U0115878

福建師範大學文學院百年學術論叢　第六輯

文藝創新與文化視域

管　寧　著

本成果受「開明慈善基金會」資助

第六輯
總序

　　庚子之歲，正值「露從今夜白」的秋季，福建師範大學文學院又邁出兩岸學術交流的堅執步伐，與臺北萬卷樓圖書公司繼續聯手，刊印了本院「百年學術論叢」第六輯。

　　學科隊伍的內外組合、旁通互聯，是高校學術發展的良好趨勢。我發現，本輯十部專書的十位作者，有八位屬於文學院的外聘博士生導師及特聘教授。他們或聘自本校其他學院，或來自省內外各高教、出版、科研部門，或是海峽彼岸遠孚眾望的學術名家。儘管他們履踐各殊，而齊心協力，切磋商量，共為本學院「百年學術」增光添彩的目標則無不一致。這種大學科團隊建設的新形態，充滿生機，令人欣悅。

　　泛觀本輯十種著作，其儻論之謹嚴，新見之卓犖，蓋與前五輯無異。茲就此十書，依次稱列如下：其一，劉登翰《中華文化與閩臺社會》，採用文化地理學和文化史學交叉的研究方法，提出閩臺文化是從內陸走向海洋的多元交匯的「海口型」文化重要觀點；其二，林玉山《漢語語法教程》，系統性地引證綜論漢語之語法學，以拓展語法研究者的學術窺探視野；其三，林繼中《王維——生命在寂靜裡躍動》，勾畫出唐代文藝天才王維的深廣藝術影響，揭示其詩藝風格之奧秘；其四，顏純鈞《中斷與連續——電影美學的一對基本範疇》，研討電影美學的核心理論問題，提出「中斷與連續」這一對新的美學範疇，稽論此新範疇與其他傳統範疇之間的關係；其五，林慶彰《圖書考辨與文獻整理》，辨析臺灣「戒嚴時期」出版大陸「違禁」著述的情實，兼涉經史研究、日本漢學、圖書文獻學之多方評識，用力廣

博周詳；其六，汪毅夫《閩臺區域社會研究》，從社會、文化和文學
三個部分，分析閩臺文化的同一性和差異性，並及中華文化由中心向
閩臺的潏動情狀；其七，謝必震《明清中琉交往中的中國傳統涉外制
度研究》，結合中琉交往中相關的中國涉外制度作多方梳理，揭明中
國封建王朝的對外思想、對外政策的本質特徵，以及對世界格局的影
響作用；其八，管寧《文藝創新與文化視域》，把脈世紀之交文學與
消費社會及大眾傳播之間的關係，分析獨具視角，識見精審；其九，
謝海林《清人宋詩選與清代文化論稿》，全面梳理有清一代宋詩選
本，對於深化宋詩研究乃至清代詩學研究有一定的參考價值；其十，
周雲龍《別處另有世界在──邁向開放的比較文學形象學》，在不同
類型的文本中擷取有關異域形象的素材，以跨文化、跨學科的視角，
對其中的話語構型進行解析，探究中西、歐亞在現代性話語中的遭
遇。從學科領域觀之，這十種著作已廣泛涉及文學、歷史、語言、區
域文化、電影美學等不同學科，其抒論角度、方法、觀點之新穎特
出，尤使人於心往神馳的學術享受中獲得諸多啟迪。

　　晚清黃遵憲詩云：「大千世界共此月，今夕只照人兩三」（《人境廬
詩草》卷一），句中透露著無奈的孤獨感。藉此比照今日兩岸學術文化
溝通交流的情景，我們無疑已經遠離了孤獨，迎來了眾所共享的光風
霽月。我校文學院「百年學術論叢」在臺灣印行到第六輯，持續受到
歡迎稱道，兩岸學者相與研磨，便是切實的印證。我感受到，在清朗
的月色下，海峽兩岸的學術合作之路，將散發出更加迷人的炫彩。

福建師範大學汪文頂

西元二〇二〇年歲在庚子仲夏序於福州

目次

第六輯總序 ……………………………………………………… 1

目次 ……………………………………………………………… 1

文學變身：文化背景與媒介動因
——當代文學生存環境的文化與媒介考察 …………… 1

一　文學的「華麗變身」……………………………………… 1

二　文學變身的文化背景 …………………………………… 10

三　文學變身的媒介動因 …………………………………… 17

傳媒時代文學的生存策略與符碼轉換 ………………… 23

一　媒介時代文學存在形態的多樣化 ……………………… 23

二　文學：影像化與後現代法則 …………………………… 28

三　經典改編：知名度與商業價值 ………………………… 32

消費文化理論與大眾傳媒 ………………………………… 41

一　消費文化及其後現代形態 ……………………………… 42

二　「媒體場域」：後現代社會的特殊景象 ……………… 56

三　「懸浮」與「分離」：中國消費文化的特徵及其對
　　文學的影響 …………………………………………… 64

新世紀的青春寫作與媒體運作 ………………………… 73

後現代消費文化及其對文學的影響 …………………… 85

　一　消費文化及其後現代形態 …………………………… 85

　二　「媒體場域」：後現代社會的特殊景象 ……………… 90

　三　「懸浮」與「分離」：中國消費文化的特徵及其對
　　　文學的影響 ………………………………………… 93

當代中國文學的時尚化傾向 …………………………… 101

　一　時尚：操縱與反操縱中的意義變遷 ………………… 101

　二　時尚文化的符號暗示效應 …………………………… 109

　三　文學時尚化的表現特徵及其成因 …………………… 113

都市消費文化與文學的時尚審美 ……………………… 123

　一　消費邏輯與時尚文化生產 …………………………… 124

　二　都市生活場景與時尚審美取向 ……………………… 129

視覺文化與文學的跨媒體生存 ………………………… 137

　一　視覺之成為一種文化 ………………………………… 137

　二　視覺文化：基本特徵及其演變 ……………………… 140

　三　文學：影像傳播與元素重構 ………………………… 144

時間的空間化：藝術方式的轉換 ……………………… 151

　一　後現代文化理論中的時空概念 ……………………… 152

　二　有限度的空間化：小說文本實證分析 ……………… 157

大眾文化生態與後先鋒的突圍
──對新生代小說生成語境的考察 ·················· 169

一　社會轉型：大眾文化生態的形成 ················ 169

二　新生代小說：夾縫中的突圍 ···················· 175

三　作家身分與寫作姿態：內在動因和藝術可能 ········ 178

創意產業：概念、分類與組織形式 ·················· 185

一　創意產業：概念與特徵 ························ 185

二　創意產業的分類及生產組織形式 ················ 193

文化創意：接續傳統與現代
──城鎮化視野下傳統文化的保護與傳承 ·········· 199

一　城鎮化：自毀傳統文化何時休？ ················ 199

二　歐風美雨：傳統文化何處棲息？ ················ 204

三　何以拯救：傳統文化怎樣補課？ ················ 206

四　大師創意：傳統文化何以接軌現代？ ············ 209

中國文化創新發展問題再考量
──基於理念、消費與環境之視角 ················ 219

一　文化創新：源於傳統與立足當代 ················ 219

二　文化消費：審美需求與層級提升 ················ 227

三　文化環境：氛圍營造與人才戰略 ················ 232

城市品牌建構的文化思考
──基於文化選擇與創造的視角 ·················· 239

一　對傳統文化應持怎樣的姿態 ···················· 240

二　城市品牌建構的當代視野……………………………244

三　城市品牌：靈魂守護與精神動力…………………249

時尚創意鑄就的朝陽產業
——以法國文化產業為考察中心……………257

一　法蘭西：文化繁榮，產業興盛……………………257

二　法國文化產業：經驗與特點………………………260

三　法國文化產業：啟示與借鑑………………………268

流行音樂的當代內涵與文化貢獻
——以周杰倫為研究中心……………………273

一　周氏音樂：顛覆與融匯……………………………273

二　叩問周氏音樂文化密碼……………………………280

三　粉絲與偶像：迷戀周董為哪般？…………………287

創意設計、文化傳統與日常生活………………297

一　創意的基石：思想觀念與文化資源………………298

二　創意之獲得：創意思維與心理素養………………301

三　設計的旅程：時代潮流的風向標…………………305

四　多維的視角：文化創意之外圍關係………………312

五　創意設計：怎樣再鑄輝煌…………………………318

融合現代設計　弘揚造物文化
——中華傳統造物文化現代性轉化………………325

一　中華造物文化：傳承與復興………………………325

二　設計文化：當代理念與實踐………………………329

三　現代設計：啟蒙與重構……………………………337

文化：當代背景、傳承理念與活力再造
——關於文化發展若干問題的思考 ………………… 345

一　引言：當代文化發展的背景 ………………… 345

二　傳統文化：傳承理念與當代延伸 …………… 346

三　文化產業：可持續發展何以可能 …………… 350

四　文化人才：感性素質與藝術教育 …………… 357

創意設計：引領經濟發展轉型升級
——集成創新時代的產業深度融合 …………… 361

一　新引擎：創意設計與國家戰略 ……………… 361

二　新轉向：集成創新與深度融合 ……………… 363

三　新思考：價值取向與內生動力 ……………… 372

色彩、創意與視覺設計 ………………………… 377

一　引言 ………………………………………… 377

二　創意：魅力無窮，但不是隨處可貼的標籤 … 379

三　色彩：讓創意炫出個性與活力 ……………… 381

四　色彩：助推創意產業拓展新空間 …………… 387

荷香蓮田　別有洞天
——陳禮忠壽山石雕刻藝術探覓 ……………… 395

一　鋒芒初露：摹刻山水人物 …………………… 396

二　漸入佳境：雕琢翎毛飛禽 …………………… 400

三　蛻變昇華：營造秋荷意境 …………………… 405

四　凝聚精華：構築宏大境界 …………………… 410

文學變身：文化背景與媒介動因
——當代文學生存環境的文化與媒介考察

一　文學的「華麗變身」

　　時至今日，人們不得不承認，當代文學發展的軌跡及其所構成的地形圖變得越來越難以辨認。人們不得不動用種種西方當代文學理論和文化理論來闡釋文學。但即便如此，文學地形圖的變化總是那樣迅速地逃離賦予她的概念和命名，尤其是網路技術的發展和運用，更是將文學納入了一個疾速變化的媒介空間——從網路文學到博客空間、從網路評論到微博的出現，文學的形態、傳播方式和表現方式以前所未有的走馬燈式地改變著。由此導致批評界的缺位和失語成為這個時代的家常便飯。

　　但這並不意味著批評家無所作為，只是人們無法像以往那樣即時性的對文學評頭論足，而是要隔著一定的時間帷幕去考察不斷發生變化的文學，並由此描繪出文學地形圖的基本輪廓。

（一）文學變身的外在表現

1 文學成為消費社會符號生產的重要依託

　　以消費為中心的消費社會所形成的後現代消費文化，著力彰顯商品的文化內涵——包括文化理念、價值觀、時尚趨向、人生姿態等等，並將這種內涵與人的身分、地位乃至教養等聯繫在一起。一種香水的廣告對該香水的物質構成和生產技術隻字不提，卻似乎是不著邊

際地說上一句：用了這種香水，會令人想起夏威夷風光。而事實上這種香水與夏威夷毫無關係，這麼說僅僅只是因為每年有許多世界級的富商到夏威夷度假，夏威夷也就在某種程度上具有特殊的符號意義，即象徵著財富與金錢。能夠讓人想起夏威夷風光的香水也就不同一般了——選擇它如同選擇了一種富貴：儘管這只是一種虛幻的富貴符號。大量運用文學表現手段的現代廣告，無時無刻不在借助文學的表現力賦予商品以及人們日常行為以新的意義和內涵。許多知名商品品牌所包含的獨特文化內涵，都是依靠富有創意的文學表達和其他表現方式得以實現的。Ports、Adidas、LV、GUCCI 等服裝和箱包品牌被消費者接受的原因，主要不在於產品質量，而在於設計和品牌獨特的文化理念，而文化理念的形成和被接受，往往離不開富有文學色彩廣告創意。不僅是商品，人們選擇什麼樣的住宅、遊什麼樣的旅遊景點、逛什麼樣的商業街區、去什麼樣的書屋購書、到什麼樣的影院音樂廳看電影聽音樂等等，都跟這些地方是否被廣告修飾過密切相關。文學事實上參與了整個後現代消費文化的建構與形成。

2 文化經濟化過程中文學扮演了重要角色

在文化產業異軍突起的今天，文化已成為一種新的生產力得到高度重視。文化的創造已不單是文化本身的事情，而是與經濟發展密切融合。文化人的勞動也不再是單純地創造文化成果，而同時也是在進行經濟活動，力圖實現盡可能多的經濟利益。於是，擁有文學才能的文化人，不再是關在書齋裡從事純粹的文化創造，而是分化為許多直接創造經濟價值的文化商人和文化經營者。如出版商、演藝經紀人、自由撰稿人、歌星影星等等。他們大多數事實上也是從純粹的文化人轉變為進行文化商業運作的文化商人。無論是哪個文化行業的，市場運作過程中最重要的內容開發，往往也都離不開文學的參與。

3 文學參與了傳媒文化的形成與演變

　　與審美文化注重於美學建構、歷史思考與現實批判，強調審美功能、意義建構和教育功能不同，傳媒文化則是一種消費性的文化，具有很強的商業性，是由一系列的媒介產品所組成，它注重於感性直觀、感官愉悅，追求時尚，強調即時的文化消費。傳媒文化的消費活動雖然本身也是一種文化，但與傳統的精神文化不盡相同。傳統的審美文化、精神文化更關注形而上的精神領域的價值建構，而傳媒文化則關注日常生活方式以及行為方式的移變，其影響更多地指向人們的生活姿態、消費觀念和生活方式。於是，傳媒文化被理解為是一種「其內涵側重於在當代社會所引發的信息方式和生活方式的變革，特別是二十世紀五六十年代以來蓬勃發展的、以現代傳媒和電腦科技為支持的、以金錢資本為動力的、以包含信息和價值的光電影像或虛擬互動為主要內容的大眾文化產品，及其外圍的生產、傳播和消費活動。」[1]傳媒文化在營造時尚、傳播流行文化的過程中，文學無疑是重要的合謀者。儘管當下「圖像、影像等視覺內容與形式日益成為我們文化的主要內容和形式，」[2]但這些影像媒介都在很大程度上或直接運用了文學的表現方法，或延伸和改造了文學的藝術手段；而文學本身也直接參與了後現代消費文化的形成──當下的傳媒文化事實上就是後現代消費文化的一個重要組成部分。

4 文學成為新媒體內容建構的重要元素

　　如今，以純粹的文學形式呈現的文學作品越來越處於邊緣地位，但不可否認的是，在報刊、廣播、電視和廣告這四大傳統媒體之中，處處閃現著文學的身影──文學文本的圖像化、影像化成為讀圖時代

1　陳龍：《傳媒文化研究》（北京市：中國人民大學出版社，2009年），頁20。
2　陳龍：《傳媒文化研究》（北京市：中國人民大學出版社，2009年），頁19。

的文化時尚，大量改編自文學的圖畫書、漫畫書、動漫片、電視和電影，事實上是另一種媒介形式的文學傳播。就是廣告，也越來越具有審美意味，甚至我們可以將其看作一種簡約型的商業文學表達。不僅如此，文學的身影還出現在依靠新技術支撐的新媒體之中——數位廣播、手機簡訊、移動電視、網路、觸摸媒體等，這些新興的媒體無疑需要有大量的內容作支撐，而這些內容許多都是從文學派生出來的。文學在這個時代許多時候被媒介作為一種文化母本和文化元素，經由合乎文化消費市場需要和現代人審美口味的加工，成為形形色色的媒介文化產品：這其中雖不乏精品之作，但更多的是娛樂文化產品。

（二）文學變身的內在表現

文學與社會文化、經濟發展，特別是與傳媒之間關係的變化，在很大程度上改變了文學地形圖，也改變了文學在整個社會文化大格局中的地位。如果僅僅從狹義的文學而言，其地位通常被描述為邊緣化，甚至被視為消亡的命運已在等待著文學。這事實上也是市場經濟條件下文學的真實現狀。但如果從寬泛的意義上理解文學的地位，則全然是另一種結論——文學在整個社會經濟文化發展中扮演了舉足輕重的角色。從文學變身的外在表現看，其地位不言而喻。但這些外在關係的變化究竟給文學本身帶來了什麼，這是我們不能繞開的話題。

事實上，外在關係的變化給文學自身帶來了十分顯著的變化。概要說來表現為五個消失和五個浮現。

1 五個消失

（1）美感的消失

這裡講的美感是傳統意義上的美感。從既往的審美尺度來看，當下文學作品缺乏豐富、厚重的理性內涵，也缺乏對社會某個方面本質

的揭示，對真、善、美的表現幾乎淡出了作家的視野。人們從作品中看不到對社會問題與人生哲理的深入挖掘，同時在美學風格上，失去了對崇高、壯美、綺麗、空靈等美感形態的追求。

（2）情感的消失

當下文學作品，不再強調對純潔的、真摯的情感表現，也缺少忠貞不渝的兩性情感的描寫。如今的作品難以有把愛與生命相維繫的表現，也難以有像賈平凹的《小月前本》、張潔《愛，是不能忘記的》、路遙《人生》（巧珍那金子般的心）等作品中那種純潔的愛、至死不渝的痴戀，以及愛與道德理性之間的矛盾糾葛。愛情被性愛所取代、激情被狂熱所替換、友情被肆意放逐、親情由契約來體現。諸多情形表明──一九九〇年代以後，人們的情感方式發生了深刻變化，道德觀念也發生了變化，特別是八十後與九十後的年輕一代，情感方式與傳統的、古典式的完全不一樣。

著名作家格非在給學生講課時遇到的一個情形，再典型不過地說明了年輕一代的情感特點。有一次他上課講到莫言的《透明的紅蘿蔔》，他認為這篇小說是莫言寫得最好的小說之一。小說寫主人公黑孩，沉默寡言，但心靈很巧。在工地上砸石頭時，他喜歡上一個比他大的叫菊兒的女孩。周圍一些女子都看不起這個不說話、還有點神祕的黑孩，但這個菊兒不知為什麼卻喜歡他、關心他。這樣一來，也許處在青春期，對異性有一種朦朧的幻想，黑孩見菊兒關心他，便暗戀、愛慕起這個姐姐。後來在砸石頭時，黑孩砸破了手指，就抓了一把土往傷口上捂，菊兒看到了，一邊責怪他，一邊幫他清洗傷口，然後掏出繡著月季花的手絹給他包紮傷口。小男孩一看，可了不得，我這麼愛慕的一個女孩，竟然把她的手絹掏出來給我紮傷口，紮了傷口，這手絹也就歸我了。這一來心裡更加不平靜了。他如獲至寶，想把手絹藏起來。可他在工地上幹活，沒處藏呀。就把手絹塞到一座大橋橋

墩的石縫裡。每天經過大橋時，都要看看那個石縫，有時還要爬上去，看看手絹是否還在。格非認為這些細節很生動，把黑孩朦朧、曖昧的情感傳達得曲折有致、細膩入微。但很含蓄，全篇沒有一個地方寫他的心理活動，只寫行為，但他的心思卻表現得非常清晰和出色。

可有一個學生，還是女生，聽了這個故事，怎麼也鬧不明白，這黑孩在幹什麼呀？格非說，這怎麼搞不懂，他在戀愛呀。這個學生說，談戀愛有這麼談的嗎？這麼彆扭，這麼費勁。於是老師就問，那你們現在是怎麼談的呢？這個女孩說，談戀愛簡單得很，你愛不愛我？不愛？不愛拉倒。沒有那麼多曲曲折折、彆彆扭扭的事，那麼多模糊的中間地帶，那麼多曖昧。

很顯然，情感方式的不同，對作品的理解就不一樣，審美判斷也就不一樣。

這就是八十與九十後年輕人的情感方式。反映到小說裡，就是另一種表現了。比如衛慧《上海寶貝》中的女主人公，與情人天天有著纏綿的精神之愛，同時又與德國人保持著狂熱的肉體之歡。可她非常坦然，沒有任何的自責，也沒有內心衝突，只有陶醉。在《我的禪》中，連精神之愛都沒有了，情感被完全放逐了，只有性，只剩下性。小說中有一段話，很能說明主人公的情感態度：

她說在紐約，「性在這兒似乎像一分錢的小硬幣隨地可撿，但這兒的人其實遺失了性的古典式樂趣，忘了坐在咖啡館裡拋出一個個含蓄而嫵媚的眼神，慢慢地調情，拒絕、迎合、暫停，再逗引，再拒絕，再暫停。這種一進一退的探戈，這種拉鋸戰術，是需要時間的。但在紐約，時間太昂貴了。」

（3）風景的消失

在以往的經典作品中，不乏出色的風景描寫，許多這樣的段落被收入中學課本，成為範文。可眼下作品中很難看到風景描寫，從古典

詩詞曲賦中傳承下來的風景描寫，似乎斷了文脈。這事實上是與情感的消失相聯繫的。風景描寫常常是為了抒情，所謂情景交融，是一個理想的意境。

而如今不再有什麼抒情的作品，特別是小說，除了敘述一個好看的故事，或是用拼貼的方式，進行種種欲望的描寫，幾乎很少有抒情。風景描寫的消失，還不僅是意味著抒情的消失，而且意味著人文情懷的淡化。

（4）道德的消失

當下作品，更多地追求閱讀快感，追求趣味性，完全將道德理想的承載放棄了。

八十年代的小說，道德感很強，寫人性欲望，寫情感與道德之間的矛盾、衝突。到九十年代，人們之間關係從道德關係轉化為利益關係，在契約與規則下的利益實現和欲望實現，這樣道德就淡化了。

（5）歷史的消失

我們這裡說的歷史的消失有兩個含義，一是指從所謂的歷史是不可靠的，歷史的真實也是不存在的這一新歷史主義觀點出發來考察歷史小說而言的。譬如在先鋒小說中，作家受新歷史主義影響，對歷史的真實性表示質疑，他們筆下對歷史的描寫，不再像以往那樣追求所謂的歷史真實，而是將歷史作為一種元素進行再敘事，重新編織故事，既不關注也不刻意再現歷史的真實性，只是關注如何將歷史融入所講述的故事或所表現的內容，或僅僅將歷史作為一種載體、背景和元素，為小說所要表現的人性內涵服務。

二是指在歷史題材小說中，不注重歷史規律、歷史本質的揭示，而關注於歷史人物的人性的展示。如唐浩明的《曾國藩》；凌力的《少年天子》、《傾城傾國》；二月河的《康熙大帝》、《雍正皇帝》、

《乾隆皇帝》；陳斌的《李鴻章》等，這些歷史小說雖然也按歷史的脈絡書寫，但那僅僅是作為表現人物情感、心性的一種必要過程，而對歷史進程中人物的作用、歷史事件背後的社會文化因素則缺乏深入表現，而作家對歷史本身的理解也顯得模糊不清。這些作品最大的特點在於表現了富有個性和人情味的歷史人物。

2 五個浮現

（1）欲望的浮現

　　受商品經濟時代和市場導向的影響，文學創作呈現出對人性欲望描寫的熱衷。在現實社會追逐物欲和享受的氛圍下，難免更多地激發了人性中種種感性欲望──權欲、錢欲、情欲、占有欲、支配欲、爆發欲、破壞欲等，這些便成為作家描寫的重心。在這所有的欲望中，最重要的就是情欲、消費欲。不論是朱文、韓東，衛慧、棉棉、周潔茹，還是新近的網路作家痞子蔡、今何在、天下霸唱、安妮寶貝、林長治、當年明月、唐家三少、李尋歡、蕭鼎、何馬、玄雨……等作家的作品，往往以表現性愛欲望和消費欲望為主。衛慧《我的禪》與《上海寶貝》如出一轍，寫女主人公與外國男友的情事，依然十分大膽，十分前衛。其中也表現了主人公超前的性愛觀念、強烈的物質消費欲望。尤其令人感嘆的是，在八十年代曾寫過像《北極光》那樣作品的資深作家張抗抗，在市場經濟時代卻寫出《情愛畫廊》這樣風格全然不同的作品──《北極光》中那種對情愛純淨和理想化的追求，到了《情愛畫廊》裡已然演繹成性愛欲望的氾濫。

（2）快感的浮現

　　欲望和快感都是相對於情感而言的。欲望是一種本能宣洩，快感則是具有娛樂意味的欲望，是相對於沉重感而言的。也就是說，在時下的欲望宣洩中，總是指向快樂的、輕鬆的和趣味的。

　　事實上，對欲望的表現可以有不同的書寫方式，在深度模式下書寫欲望，依然能夠表現深刻的人性內涵。而在時下所有表現欲望的作品中，只是為表現欲望而表現欲望，很少表現欲望之間的衝突。一有衝突就會有困擾，甚至有痛苦，也就必然要顯現出沉重感，而如今的文學是拒絕沉重感的。

（3）個人的浮現

　　以往是強調群體，大到國家、民族，小到組織、集體，對個人需要的尊重是有限的。王蒙《布禮》在泛政治意識的影響下，連談戀愛時寫的情詩都需要與革命聯繫在一起：「我們沒有自己，我們把自己獻給了革命。在我的心裡啊！親愛的同志，你的意見就是愛情，愛情！」時下作品則往往更多地關注個人的欲望，並且這種個人還不僅只是與社會相區別，而且與其他的個人相區別。也就是說，只表現屬於個人的欲望，並且只通過個人來表現，而不是通過個人與個人之間、個人與社會之間的關係來表現。是一種孤立的個人欲望表現。所以，許多文章將九十年代以來的文學概括為平面化，就是因為孤立表現欲望的結果。如果是在人與人、個人與社會層面表現欲望，就可能產生深度。

（4）娛樂的浮現

　　時下的文壇，不論是菁英書寫，還是大眾的、網路的寫作，都強調可讀性、強調市場效應，以娛樂代替了審美建構和理性批判。這導致作品大都追求娛樂性、可讀性特徵，怎麼好看、怎麼吸引人就怎麼寫。女性作家中，如海男寫的一部小說，篇名就叫〈情婦〉，發表在《作家》雜誌上。小說中表現一個叫吳竹英的女子，丈夫去世後，與一個叫羅文龍的男子相好達二十多年；而她的女兒陳瓊飛與大學同學戀愛，未婚生下一個女兒，叫姚桃花，她長大後，逐漸發現了外婆的

私情。故事寫得很曲折，很好看，娛樂性不言而喻。許多菁英寫作也是如此。比如莫言《檀香刑》，有人性深度，但以古代酷刑為主要內容，大量、精細地描寫各種駭人聽聞的刑罰，就是為了吸引讀者。作家當然可以借助刑罰來揭示人性醜陋的一面，但並非一定要如此大規模地描寫酷刑才能表現，完全可以弱化，可以採用間接地描寫方式。

（5）都市的浮現

時下許多有影響的創作群落和創作流派，基本上都是表現都市題材，如新寫實、新生代、女性寫作（身體寫作）、新新人類以及大量的網路文學作品。而前此的文學寫作，雖然也有不少都市題材，但寫市井和民間的居多，而且多是歷史題材，如馮驥才的津門小說、鄧友梅的京味小說、陸文夫的「小巷人物志」系列作品等。

到九十年代之後特別是新世紀以來，文學創作基本是寫當代都市生活的。這與都市化進程提速密切相關。這些依託於現代化進程中的都市，為作家提供了眾多新的想像空間：實體空間，如別墅、豪華轎車、酒吧、商廈、歌舞廳、高爾夫球場等；抽象空間，如金錢關係、商品關係物質交易等。都市空間的突顯，為欲望、快感、娛樂化的表現提供了場所。而與純樸、寧靜乃至單純相聯繫的鄉村，則逐漸淡出了作家的視野。

從上述五個消失和五個浮現，我們不難看出，文學書寫已完全掙脫了既往的審美規範，在市場取向和自由表現中，呈現出價值虛空、欲望失控、娛樂失根、審美失範的狀貌。這些變化背後，無疑有著深刻的文化與社會背景。

二　文學變身的文化背景

在人類文明發展的歷史進程中，電腦和網際網路出現的時間無疑

是相當短暫的，但就在這短暫的幾十年裡，由電腦和網際網路帶來的變化卻是劃時代的，甚至是令人驚嘆的。當初電子計算機和網際網路的發明者無論如何也不會想到，這一電子通信技術的進步帶給人類的遠不只是人們信息傳播和交流的便捷，更重要的是由此導致了社會與文化格局的巨大變革以及文化生產方式的改變，並由此產生出一種新的文化形態：網路文化。

如今，網際網路已將民族國家之間的文化邊界消弭殆盡——民族文化作為一個民族的身分表徵，曾經是那樣神聖莊嚴、那樣深厚穩定、那樣具有排他性。但現今這種民族文化的壁壘早就被網際網路衝擊得支離破碎，以致許多在文化傳播方面處於相對弱勢民族國家，面對強勢文化咄咄逼人的入侵態勢，越來越感覺到維護國家文化安全的緊迫性與重要性。文化安全是與國家的文化主權相聯繫的，包括了文化制度和意識形態選擇權，以及與之相應的文化立法、文化管理、文化傳播和文化交流的獨立自主權等。但我們更關注的是強勢文化（包括各種具有相當市場占有率的文化產品）傳播所帶來的文化滲透，對另一個民族國家產生的文化觀念、文化生態和價值取向等深層次的意識形態影響，這種影響才是最要害的，也是最具危險性的。

從這個意義上說，人們關於文化安全的擔憂不是沒有道理的。網際網路強大的傳播能力和滲透力，已在很大程度上打破了以往文化傳播的模式和阻隔：一種文化只要有足夠的吸引力和相應的技術支撐，就能夠跨越國界和民族文化壁壘，長驅直入、橫掃全球，不論怎樣的圍追堵截都無法阻止其入侵。文化殖民的時代正是由這種強勢文化借助網際網路而構成了文化霸權：體現著某種理念而又被眾多異族群體所追捧的文化，事實上就形成了一種無需依靠武力的文化侵略。

當然，文化霸權的實施除了傳播媒介的作用，傳播內容也具有舉足輕重的支配地位。這種內容主要由兩個因素構成，其一是所秉持的文化理念，其二是擁有足夠的趣味性。美國好萊塢影片之所以風靡全

球，就是因為它通常具備了這兩個因素——美國式的個人主義、人性視角，倚靠經濟和軍事大國的潛在後盾的影響，被許多國家民族的人們所接受；而好萊塢式的敘事風格和獨特的講故事的方式，當然還有數位高科技的支撐，使得美國價值觀總是那樣悄無聲息地傳遞到世界的各個角落，讓人在不知不覺中接受和奉行。上世紀那種在刀光劍影的威逼下強行實施文化侵略的現實已然成為歷史，代之以不見硝煙的文化輸出和文化貿易，自覺自願的文化消費背後，潛藏著的文化入侵和文化霸權則往往被人們所忽略。

　　必須看到的是，眼下這種文化入侵絕不是我們所想像的那樣簡單，也就是說，強勢文化在進入另一個民族文化的場域時，未必就能立竿見影地構成影響，更不可能輕易就形成具有主導地位的主流文化。許多時候，文化植入的結果往往導致文化的融合，而這種融合必然形成一種新的、複雜的文化形態，需要細緻的辨析才能釐清其相互交織的情形。英國學者費瑟斯通對全球化時代文化融合所作的論述頗為精到：「伴隨著一些跨社會的全球的進程，以前民族國家間劃分邊界的牆漸漸被認為是可穿透的了。由於從別的文化中引入形象、商品和符號變得更加方便，消費文化破碎的符號遊戲也被搞得越來越複雜，而且隨著交換流量的逐漸增大，這種引入也不再會被視為是遙遠、離奇和異域的。因此，我們必須慢慢適應去提高我們的靈活性和生產力，以便在需要弄清我們碰到的形象、經驗和實踐的內涵時切換規則，嘗試不同的框架和模式。」[3]

　　事實上，文化融合是兩種或多種文化觀念、文化習俗和文化元素之間相互碰撞、衝突、吸納與結合的過程，其複雜程度難以準確描繪，通常人們只能作大致的分析。在我們看來，網際網路時代的文化融合，主要是在霸權與反霸權、殖民與反殖民、滲透與反滲透的過程

3　〔英〕麥克‧費瑟斯通著，楊渝東譯：《消費文化——全球化、後現代主義與認同》（北京市：北京大學出版社，2009年），頁114。

中完成的，但這還不是融合的全部，還有相當部分是影響與認同，以及多種文化混合而形成的複合文化。按照費瑟斯通的說法，就是文化同質化，即人們在創造一種共同文化事業時，「都必然是一個忽視地方差異，或者最多是提煉、綜合和混合地方差異的文化需要的一致化過程。」⁴這是當今文化融合的時代特徵，在衝突中伴有融合，在融合中存在著衝突，同質化與差異化同時存在。

　　網際網路在為文化霸權推波助瀾的同時，也孕育出另一種抵抗力量——文化民主和地方文化。電子媒介在賦予強勢傳媒集團足夠的話語權力的同時，也賦予廣大受眾前所未有的文化權力：民眾的話語權在今天這個時代無疑獲得了空前的解放，任何一個網民不論其社會地位、文化程度差異多大，都可以在網路空間自由地發表言論，在網路空間早已實現了人人平等。這種對傳統直線式文化傳播的顛覆性變革，導致了整個社會文化生態發生深刻變化，文化民主的大範圍實現，迅速形成了一個越來越多樣化的文化生態環境。

　　而地方文化的興起，一方面出於對文化霸權抵抗的需要，另一方面也是文化傳播手段現代化的一種結果。文化安全已被越來越多國家和民族所重視的今天，主權國家必然要以各種方式和手段強化各自民族的地方文化或地域文化，其目的不僅是出於文化安全的考慮，也是避免全球化的經濟交往與合作所帶來的文化同質化趨勢。

　　事實上，多樣性與差異化正因網路傳播的普及而成為廣泛文化訴求的時代，文化霸權和文化專制都只是整個文化生態的一個進行中的局部狀態，在其擴張延伸的同時，另一個相反的文化力量也在擴張延伸。誰都無法占據主導和主流地位，即便占據了也是暫時的，新的主導和主流很快會形成。多樣性、多變性和多元化是這時代最引人注目的突出特徵，地方文化甚至會愈來愈因其獨特性而備受關注。「全球

4　〔英〕麥克·費瑟斯通著，楊渝東譯：《消費文化——全球化、後現代主義與認同》（北京市：北京大學出版社，2009年），頁124。

化進程頗具矛盾色彩的一個結果就是它並不製造同質性，而是讓我們熟悉更大的多元性，接受更大範圍內的地方性文化。」[5]

在這個過程中，文化傳播的方式與形態也呈現出異乎尋常的豐富性和複雜性。而網路技術日新月異的發展，又不斷地強化著這種豐富性和複雜性。網路傳播事實上已成為我們今天文化傳播中最富有活力和生機的傳播媒體，而包括網路媒體在內的新媒體，如手機、MP4等，又進一步延伸了網路媒體的傳播功能，將現代文化傳播帶進一個嶄新的時代。

互動性使文化民主變得可能，也改變了傳統的文化傳播和文化生產方式。創作者和接受者直接互動與交流的便捷，在許多時候直接顛覆了文化創造和文化生產。就文學創作而言，作家閉門寫作的方式已成為歷史：一部作品的誕生不再是作家獨立的創造，而是在寫作過程中與讀者互動、讀者參與的結果。這種發散式的文學寫作和生產，構成網路時代的一大景觀。

當紅網路作家崔曼莉的成名，就是這一景觀典型的例子。崔曼莉在成名之前，曾花費近三年時間潛心創作在她認為非常具有文學性的作品《琉璃時代》，但這部傾注著作者所有心血的作品，其命運卻遠不如崔曼莉另一部無意中創作的網路小說《浮沉》。這兩部作品截然相反的遭遇格外耐人尋味。如果說一個富有獨特寫作個性的寫手，一開始就從事網路寫作，其作品的走紅也許並不讓人感到驚奇——這樣的故事和奇蹟在網路時代早已司空見慣、不足為奇。儘管那些孜孜不倦、嚴謹專注的作家們，或對此現象心存感慨，或對網路文學抱以輕視的態度，甚至從根本上排斥網路文學，但這都可以理解。畢竟他們付出的心血與受眾認可之間的反差，同那些網路寫手們鬧著玩兒的就能暴得大名相比，真可謂天壤之別，令人難以忍受。就是崔曼莉本

5　〔英〕麥克・費瑟斯通著，楊渝東譯：《消費文化——全球化、後現代主義與認同》（北京市：北京大學出版社，2009年），頁120。

人，在她親歷了這種反差時，最初也表示過憤怒：她歷時三年潛心創作的《琉璃時代》，卻落得個四處央求出版無門的結果，而她鬧著玩似地在網路上以「京城洛神」之名在天涯上發帖寫的《浮沉》，僅七天時間，就居然有數家出版社主動登門要求為她出版。可當時她的「第一反應是很憤怒，因為我寫《琉璃時代》寫了三年時間，根本不知道在哪裡出版，我覺得寫作是一個很嚴肅的事情，我說出版社和出版公司怎麼這麼不負責任？」但她在朋友的勸說下，還是將《浮沉》寫了下去，最終獲得成功。對此，崔曼莉深感網上讀者對自己的鼓勵和幫助，「沒有他們對《浮沉》的熱愛，沒有他們的跟帖，沒有他們的點擊，就沒有今天的這本《浮沉》。應該說《浮沉》是我一個人的創作，但是也是我和網友們分享的一個結果。」[6]

　　崔曼莉的這一經歷表明，在網路時代，文學的創作和生產方式可以是多種多樣的，而且，文學的接受和存在方式也可以是多種多樣的。就拿《浮沉》來說，喜歡這部小說的讀者借助網路集聚了一個個QQ 群和 MSN 群，各地城市還有群主，如同歌迷一樣形成一幫《浮沉》迷。而居住首都的「北京群」還能直接與作者面對面交流，討論小說怎麼寫更好。這樣的體驗給作家的觸動無疑是很大的，作家一方面深刻體驗到「線上創作和純粹文本式創作肯定不同，因為很多讀者會建議你，我希望誰跟誰好，我希望誰誰怎樣的，他不會受一個情節設計的影響」、「因為《浮沉》是線上創作的小說，《浮沉》給創作者最大的來源就是互動。」而對於這樣一部線上書寫的小說，如何評價其藝術價值？崔曼莉對此也有了新的感受和認知：「難道一定要作家關起門來寫一些大家看不懂，或者大家一時之間不能接受的作品才叫高尚，或者活生生寫我們身邊這樣人的故事，但是它的文學性就低了嗎？」[7]的確，在這全民寫作的時代，許多問題需要我們重新思考。

6　胡野秋：《作家日》（深圳市：海天出版社，2009年），頁94。

7　胡野秋：《作家日》（深圳市：海天出版社，2009年），頁96、97。

事實上，我們完全可預測，伴隨網路技術的迅速發展，還會出現更多更新的方式。這就是網路帶給我們這個時代的東西，我們除了接受，就是去完善，把網路帶來的不利於人類文明健康發展的東西消除掉，把無法消除的負面影響降低到最低限度。

　　網路帶來的文化民主，解放了人們的思想，同時也解放了語言──把語言文字從既有的規則、語法和約定俗成的舊規範中解放了出來。事實上，人類文明史上每一次傳播媒介的歷史性進步，都在很大程度上導致語言文字的變革。網路媒介的出現及其日新月異的技術更新，使得語言文字的交流運用發生了重大變化。即時性、交互性的網路媒介平臺，必然誕生與之相應的語言表達，儘管這種語言可能很不規範，也難以進入主流媒體，但在網路這一特定空間卻成為約定俗成的東西，甚至就是一種新的規範。在傳統的語言規範下將文字運用得得心應手、游刃有餘的作家，雖然有許多人並不把缺乏規範的網路語言當回事，但也有一些作家在進入網路並領略了網路語言獨特魅力之後，則完全成為網路語言的忠實擁護者和實踐者。作家徐坤的文學語言可謂細膩、輕盈而不失犀利，文字功底相當深厚老道，但就是這樣一位作家，在與網路語言相遇之後，竟然對以往自身的文學寫作產生厭倦與憎恨：「網路線上書寫越簡潔越好，越出其不意越好，寫出來的話，越不像話越好。一段時間網上聊天遊玩之後，我發現自己忽然之間對傳統寫作發生了憎恨，恨那些約定俗成的、僵死呆板的文法、恨那些苦心經營出來的詞和句子，恨它們的冗長、無趣、中規中矩。整個對漢語的感覺都不對頭了。我一心想顛覆和推翻既定的、我在日常工作中所必須運用的那些理論和書寫模式，恨不能將它們全都變成雙方一看就懂的、每句話的長度最多不超過十個漢字的網路語言。」[8]

8　徐坤：〈網絡是個什麼東西〉，《作家》，2000年第5期。

　　所有這一切，構成了文學變身的深刻文化背景。在這一背景下去理解和把握時下形形色色的文學現象，我們就不至於陷於失語，而且還能在一定程度上把握其發展的方向。

三　文學變身的媒介動因

　　在探討文學變身的文化背景時，我們多少涉及了媒介問題。由於現代媒介在當今社會舉足輕重的特殊地位，尤其是網路新媒體的飛速發展，以及文學變身本身具有的多種症候，使我們有必要對媒介背景做進一步的考察。

　　現代傳媒的發展其重要的特徵在於，它不再只是單純的傳播信息的工具，而且還營造了一個有別於現實世界的媒體世界──依靠所選擇、加工、策劃、渲染的各種形式的傳媒內容，構築起一個新的世界。更值得關注的是，這個由媒介構築的世界，已經在相當程度上成為人們觀察和認識社會的重要途徑，它在影響人們的思想意識、價值取向和生活方式方面所起的作用，甚至超過了現實世界。由報刊媒介、影視媒介和網路媒介組成的龐大媒介軍團，借助日益更新的現代電子技術的支撐，不僅構織了一個強有力的傳播網路，而且營造出一個有別於現實世界的媒介空間。其中由網路媒介營造的媒介空間，對當今社會文化的影響尤為巨大。這種影響在相當程度上源於網路媒介的獨有特徵──互動性、參與性、開放性，這導致了網路媒介在現代傳媒中具有非同尋常的地位：「網際網路的意義之所以遠遠超過了一般的通訊工具，一個重要的原因是：它提供了一個虛擬空間。」並且「人們可以和這個虛擬空間互動。網民可以投入其中，成為虛擬空間內部的一分子，表達自己的觀點和情緒。這種表達不是一種徒勞的單向活動；相反，這種表達將某種程度地改變──哪怕是極為微小的改變──虛擬空間的構成；另一方面，虛擬空間的反饋也將某種程度地

觸動網民，或多或少地影響他的言行舉止。」[9]而從審美角度講，互動性改變了審美的構築過程：「新媒體的交互性交流與現代媒體單向性的傳播相比，把美的生產者和消費者更緊密地聯繫在一起，使其共同參與美感體驗，甚至難分彼此。這樣的審美不是靜觀和沉思，也不是單向性的，而是多元的和動態的，是無邊的和開放的。」[10]

　　事實上，網路媒介的開放性、互動性、兼容性，使大眾直接參與文化建構成為可能，有著鮮明的民間化特點，其結果是徹底改變了以往的社會文化格局，主流文化與菁英文化一統天下的局面不復存在。從電視媒介的普及到網路媒介的普及，媒介生態發生的變化可以說是革命性的——畢竟電視是單向性的傳播，「即便公眾獲得了說話的機會，他們也要受制於由電視臺制定的各種條條框框，」因此「公眾通過媒體進入公共領域——至少是接觸到它——的機會既不是自由的，也不是有保證的」，[11]換句話說，媒介權力還沒有掌握在公眾手裡。但比起紙介質媒介而言，電視媒介的出現，已經在一定程度上削弱了菁英文化的地位，這是因為「電視更容易為所有社會群體所接受，無論這些人的年齡和受教育的程度如何，」、「相比之下，印刷媒體創造了許多不同的社會群體，這些社會群體因解讀專門化語詞編碼的能力不同而彼此有別。」[12]另一方面，出於收視率的考慮，電視媒介理所當然要顧及公眾的趣味和訴求，由此必然導致大眾文化的崛起和菁英文化的式微。

　　但到了網路媒介的普及之後，這種狀況越發突顯——公眾徹底掌握了話語權，媒介成為自由出入的公共空間，這個空間匯聚了各個階

9　南帆主編：《網絡與社會文化》（福州市：海潮攝影藝術出版社，2009年），頁2。

10　劉自力：〈新媒體帶來的美學思考〉，《文史哲》2004年第5期。

11　〔英〕格雷姆・伯頓：《媒體與社會：批判的視角》（北京市：清華大學出版社，2007年3月），頁99。

12　〔美〕黛安娜・克蘭著、趙國新譯：《文化生產：媒體與都市藝術》（南京市：譯林出版社，2001年4月），頁21。

層的人士，無論是誰都可以在這裡發出自己的聲音。而在這些群體
中，那些以往缺失話語權的平民百姓，壓抑之後發出的聲音格外響
亮，於是網路成為草根文化的滋生地和重鎮，甚至在一定程度上導致
菁英文化退居邊緣：網路空間集聚的公眾群體不僅在數量上占據絕對
優勢，而且在這個空間所形成的文化氛圍和發生的文化事件，儘管很
少受到菁英文化的關注，或者被關注了也往往被當作批判的對象，但
其在整個社會層面上的影響要遠遠超過菁英文化。網路媒介事實上構
築的是一個流行娛樂或狂歡的文化，在掙脫主流文化和菁英文化的過
程中，網路空間裡誕生了一批又一批的草根英雄和民間文化英雄，這
些層出不窮的流行符號迅速取代了主流文化和菁英文化長期樹立的種
種文化形象，並得到大批娛樂「粉絲」的推崇和追捧。伴隨「無厘頭
文化」在網路空間大行其道的，還有諸如「芙蓉姐姐」、「豔照門」等
引發百萬網民捲入其中的網路媒介事件。一個在菁英主義者那裡毫無
意義的現象、話題和事件，在網路這一特殊的空間裡竟然可以掀起軒
然大波，這不能不說是網路媒介時代所獨有的現象：網路是使這些事
件成為備受關注話題的關鍵因素，網路的上傳、點擊和議論的便捷，
直接產生了多米若骨牌（Domino Effect）的連鎖反應和放大效應。雖
然也有學者認為「豔照門」事件「是一個典型的私人領域公共化的事
件，它突顯了網路時代中國公共領域和私人領域的雙重危機，」並認
為這麼多人和媒體熱衷於討論這件事情很不正常。[13]在我們看來，這
些事件雖然反映了潛隱於人們內心深處的種種隱祕心理，但如果沒有
網路媒介的誘發，這些心理是不會釋放出來的。

　　在這樣的媒介環境中，文學自然也逃脫不了被娛樂化、大眾化的
命運，其變身也就成為理所當然、水到渠成的事了。事實上，文學變
身的另一重要方面，還在於文學不只是寫作、生產方式發生變化，而

---

13 陶東風：〈去菁英化時代的大眾娛樂文化〉，《學術月刊》2009年第5期。

且欣賞和接受方式也發生巨大變化。尤其是在全方位、立體化的媒介環境中去欣賞和接受一部作品，就與單純地不受媒介渲染的閱讀和觀賞大不一樣。這是因為，「在當今世界，在日常生活中包圍著我們的物，已不再是一個對象，而是極大地被文化化，是富有象徵意義的一系列符號遊戲的一部分。由於符號遊戲的複雜化，想像力的吉爾，消費也就變成了奇觀，或者變成了生活本身的精粹。與此同時，文學藝術的消費方式——觀看、聆聽或閱讀過程，也發生了相應的變化。欣賞一部電影的過程，不僅僅與作品本身有關，它是由一系列商業、文化娛樂操作作為前奏，由電影院的成套『舒適』服務相伴隨，由觀看電影所獲得的滿足感三部分構成的。同時，觀看電影的過程在一定程度上變成了對廣告宣傳的確認或質疑過程，不論是確認還是質疑，無形的控制都將始終存在。一部小說的閱讀也與此類似。欣賞與閱讀方式的變化，必然經過市場這一中介，對寫作本身產生不可忽視的影響。」[14]

　　網路文學作為網路草根文化的一個支脈，極大改變了整個文學格局：由龐大的網路寫手組成的創作軍團，不僅使文學存在空間大大擴展，而且催生了眾多文學創作和文學生產的新方式。這一切依然源於網路媒介的互動性與開放性。正如知名網路寫手李尋歡所言：「在過去的文化體制裡，文學是屬於專業作家、編輯、評論家們的事情。它們創作、發表、評論，津津有味，卻不知不覺間離開『普通人』越來越遠。」、「現在我們有了這個網路，於是不必重複深更半夜爬格子，寄編輯，等回音，修改等等複雜的工藝了。想到什麼打開電腦輸入，發送——就 OK 了。」[15]網路媒介不僅取消了文學的准入證、拆除了

---

14 格非：〈經驗、真實和想像力〉，《視界》第7輯（石家莊市：河北教育出版社，2002年），頁177、178。

15 李尋歡：〈我的網絡文學觀〉，http://deptcyu.edu.cn/zwx/jiaoxueziliao/wdewangluowenxueguan.htm.

文學的門檻，讓文學在民間這塊廣袤肥沃的土壤上自由生長，而且還製造了一批又一批擁有眾多粉絲的網路文學寫手，並且這些從網路起家而成名的寫手的作品，在以傳統紙介質的形式傳播時同樣風行暢銷。就連那些不是依靠網路寫作出身的作家，其成名也離不開網路的推波助瀾。郭敬明最初的名氣得益於《萌芽》雜誌和春風文藝出版社的商業運作，但他之所以能夠成為一代青春文學的偶像級作家，卻與網路密不可分。當他走紅之時，學院派態度冷漠，並不看好，可網路空間裡相關的評論和話題卻鋪天蓋地、火爆異常，使郭敬明的人氣迅速飆升。郭敬明本人也充分利用網路媒介，開設個人博客，與讀者交流互動，導致產生更多的粉絲，迅速延伸和擴大了他的知名度。由於網路媒介的獨特作用，在很短的時間裡，就誕生了一個文學明星。

　　網路寫作一個突出的特徵就是引入了受眾視野：寫作者不僅受自身審美表達的控制，同時也受網路受眾審美趣味的支配。如果說以往經由編輯之手發表作品，在一定程度上也受到編輯意志的影響，但這畢竟只是面對單一受眾（編輯就是第一個受眾），而網路作家則必須面對一群的受眾，在一群人的七嘴八舌、指手畫腳下寫作。崔曼莉寫作《浮沉》的經歷，充分表明網路互動性特徵對文學寫作的深刻影響。這樣的寫作方式，完全可以出現一部作品多個文本、多種結局。

　　網路寫作所面對的受眾通常不是真實的個體，而具有虛擬特徵。網路作為虛擬空間，受眾對作品品頭論足完全可以隱身埋名，自由表達其最希望看到什麼樣的結局，最希望從作品中得到什麼樣的滿足。網路受眾甚至可以虛擬身分和性別與寫手進行交流，這樣的對話方式顯然不同於傳統媒體，產生的作用也就與眾不同。「虛擬性意味著網路受眾對自己的角色可以進行多重設定，自由分解。人在網路環境下的表現，往往不是單一的。有時人會在不同心情下或不同環境裡扮演不同的角色。這樣，一個受眾可能會分化成幾個不同的看上去完全不相

關的人。有時受眾甚至受眾自己，都很難對自己作出準確描述。」[16]
很顯然，在虛擬和匿名狀態下，受眾的訴求完全可能依照常理和常
規，各種潛隱內心的情緒和願望都會自由地表露出來。

網路寫作同時還要面對網路這一特殊媒體具有的環境特徵——受
眾擁有高度自由和自主的選擇權。面對網路海量的信息，受眾的選擇
性極大，自主也很強。文學書寫如何在浩如煙海的作品和信息中引起
受眾的關注，就顯得格外重要。這導致許多獨具奇趣的另類寫作往往
更易於走紅，不然就必須是那些與時下某一受眾群體普遍關注的話題
相吻合。當然，網路空間是個複雜的世界，流行與時尚所呈現的走向
也往往是飄忽不定、撲朔迷離——網路空間社群的從眾心理、現實社
會的文化走向、甚至網民精心製造的事端，都可能形成一個網路事件
和時尚趨勢，而穿行於網路空間的文學，它可能遭遇的命運就難以預
測了。

事實上，在網路媒介普及的過程中，文學就開始從紙介質媒體向
網路媒介大規模延伸。文學的這種延伸同時也出現在電影和電視媒介
之中。在這一過程中，文學實現了多方面的「華麗變身」——從創作
動因、受眾視野、寫作方式、傳播方式，到審美趣味、敘事方式、語
言風格，都發生了深刻變化。

媒介時代文學的重塑——在影像、圖片的擠壓下，文學除了「華
麗變身」，還需要「重塑金身」，實現語言表達、敘事手法、文體結構
和審美風格的重塑。歷史上幾次經濟社會轉型，都出現過文學的重
塑——從漢賦到唐詩，從宋詞到元曲，從明清小說到民國白話小說，
文學歷經多次重塑，並未衰退和消亡，反而開闢了更加燦爛多姿的版
圖。

---

16 彭蘭：《網路傳播學》（北京市：中國人大學出版社，2009年），頁302。

傳媒時代文學的生存策略與符碼轉換

一　媒介時代文學存在形態的多樣化

在文學漫長的發展歷程中，文人們總是渴望自己的創造能廣為世人所知，並傳之後世。然而古代傳播手段的落後極大限制了文人的願望，許多精彩辭章只能流轉於官宦人家和有閒階層的書房、客廳、茶室，平頭百姓、村夫野老通常只能欣賞民間口頭文學，而與文人騷客的筆墨之作無緣。隨著機械印刷時代的來臨，文學的傳播獲得一次大解放，開始甩掉鐐銬闖入尋常百姓的視野，但教育程度的普遍低下又成為另一個阻礙文學廣泛傳播的羈絆。在電影出現之前，口頭與紙介質傳播成為文學存在的主要形態。

到了當代社會，無論是傳播手段和教育水平都不再構成文學傳播的障礙──報紙期刊、網際網路、手機的以昔日難以想像的高速快捷和巨大容量，為文學傳播提供了無比優越的條件。但令人遺憾的是，恰恰在這樣的時代裡，文學的生存卻成為一個備受關注的問題。尤其令作家和批評家深感憂慮的是，文學讀者的大量流失已成為全球性的普遍現象。在素有讀書風氣的美國也不例外。「美國國家藝術基金會於不久前發表的某個年度題為『美國的讀書活動岌岌可危』的報告，報告透露：一半的美國成年人（8990萬人）在該年度三六五天內，沒有讀過任何一本書。該報告將該年的統計數字同十年前相比後得出結論：美國的『書盲』人數猛增一千七百萬人。美國國家藝術基金會會

長吉奧‧伊亞將這一巨變歸咎於電子媒體的崛起。」[1]

　　瓦爾特‧本雅明在其《機械複製時代的藝術》中，提出「新的技術、新的生產和消費方式將創造出一種全新的生活方式，因而對文學產生根本性的影響」。[2]而一些解構主義理論家則把問題推向極致：全球化時代的文學和文學研究還會繼續存在嗎？米勒、德里達等西方學者則進一步發出文學將終結的預言，「文學的時代將不復存在」、文學將消亡的論調不絕如縷。雅克‧德里達在《明信片》中說：「……在特定的電信技術王國中（從這個意義上說，政治影響倒在其次），整個的所謂文學的時代（即使不是全部）將不復存在。哲學、精神分析學都在劫難逃，甚至連情書也不能倖免。」本世紀初，米勒在其〈論文學〉中斷言：「文學的終結就在眼前。文學的時代幾近尾聲。該是時候了。這就是說，該是不同媒介的不同紀元了。」[3]很顯然，這些論調的依據是，文學是以語言為媒介的藝術。儘管時至今日，文學的身影早就越出了紙面，遊蕩於電影、電視和網際網路等圖像世界和網路空間，但文學終結論者並不承認文學的這種存在形式，在他們看來，進入圖像世界的文學「是以四維空間的形式、立體的、動態的、聲情並茂的呈現在觀眾（讀者）面前。在這其中，創造主體與接受主體之間形成一種互動的關係，接受者可以直接參與創作、修改過程。進入圖像世界的文學，具有更鮮明的綜合性藝術特點。景與情、情與理、人與自然、人與社會在語言、繪畫、音樂、動作、姿態各種媒介的交互運用中，通過作家的自由想像，創造出了一個更具有審美特性

1　陳韻耕：〈當代文學及其變化趨勢〉，見中國網（china.com.cn）。

2　〔德〕本雅明著，李偉、郭東編譯：《機械複製時代的藝術》（重慶市：重慶出版社，2006年10月），頁38。

3　〔美〕米勒：《土著與數碼衝浪者（米勒中國演講集）》（長春市：吉林人民出版社，2004年6月）。

的藝術世界。」[4]而這樣的文學已不再是文學了。在這裡，如何理解
文學成為關鍵。

依筆者看來，從文學的發生、發展及未來的走向而言，文學都首
先是語言的藝術，它是一種以語言為媒介的審美意識形式。純粹意義
上的文學，必須是以語言為媒介的藝術形式。但任何事物的發展都不
會是一成不變的，文學的發展無疑是個動態的過程。就中國來說，最
早的文學形式是詩歌與散文，小說雖然也以文字為媒介，但最初並不
被認為是一種嚴格意義上的文學形式，所謂話本小說只是對民間說書
的文字記錄而已，經由後來的不斷加工、完善，並有了越來越多的讀
者之後，才被視作一種新的文學形式。

在傳播媒體多樣化的當代社會，文學傳播的方式和途徑不再局限
於語言文字媒介，文學的跨媒體傳播成為日益普遍的現實。而在跨媒
體傳播過程中，文學所呈現出的形態必然有別於傳統的紙介質文學，
據此否認跨媒體文學的存在，顯然是一種僵化的觀念。倘若我們以動
態的、發展的眼光去看待文學的跨媒體傳播，不僅能正視文學發展的
現狀，而且有助於紙介質文學的生存發展——畢竟紙介質文學是文學
的跨媒體傳播的基礎。沒有語言文學的存在，何來文學的影像傳播和
網路傳播的存在？

如今，文學的跨媒體傳播隨處可見——網路媒體、影視媒體、手
機媒體，甚至電腦遊戲，都以不同的方式傳播著文學。特別是影視媒
體，適應視覺文化時代的受眾需要，在文學的跨媒體傳播中扮演著重
要角色。

中央電視臺的「電視詩歌散文」欄目，便是將文學與影像相結合
而出現的新形式，這種形式不僅在傳播中保留了文學的完整性，而且

4　杜書瀛：《文學會消亡嗎——學術前沿沉思錄》（廣州市：中山大學出版社，2006年
　　1月），頁26。見http://www.mianfeilunwen.com網。

借助於影像的視覺效果，以另一種新穎的、詩畫交融的形式，傳達、深化和擴展了文學原作的審美內涵。應當說，電視詩歌散文節目是將文學固有的審美內涵加以原汁原味地傳達的影像形式。當然，在詩歌散文的影像呈現過程中，文學文本原有的內涵、韻味、情趣、意向都會在聲畫的疊加中，產生更為豐富和強烈的審美效果。對此，有學者做了細緻的分析：「畫面形象是電視詩歌散文形成自有樣式的基本成分，沒有畫面形象也就不成其為電視詩歌散文，文學的聯想性在畫面中得到栩栩如生的復現，這是電視本質的體現，好的電視詩歌散文的確會挖掘文字的內涵、文學的韻味、意向的確定性，豐富文學文本的表現力。二、音樂音響更是電視的本能手段，它烘托文本時空流動幻化、渲染文本意味的色彩、連接想像與現實的無形紐帶、將情感的旋律聲音化、突出心理內涵的節奏，從某種角度看，音樂音響更能深入的揭示點化文學的細密內涵，發揮電視詩歌散文的寫意抒情特點」。[5]由此不難看出，影像手段的使用，既擴大了文學的傳播範圍，也深化了文學的某些內涵，影像化的結果為文學創造了新的生存空間。

　　電視專題片中的解說詞，無疑也是一種文學形式。文字本身具有的節奏美感、意味美感，構成了電視專題片不可或缺的審美要素。解說詞的優劣與否，直接影響著專題片的藝術質量。

　　臺灣電視專題片題材豐富，製作精美，雖然在收視率方面不及綜藝類節目，但其藝術品位的高雅、文化內涵的豐富，明顯高於臺灣電視其他節目。這其中文學解說詞的精美起了舉足輕重的作用。臺灣景色秀麗，自然風物多姿多彩，人文底蘊豐富，歷史積澱深厚，民風民俗多樣，當代時尚文化也十分活躍。這些都為專題片提供了豐富的題材。風情獨具的鄉村小鎮、純樸閒適的田園生活，與現代大都市喧囂、緊張、忙碌的生存狀態形成鮮明的對比，也因此成為現代人嚮往

5　周星：〈藝術審美化的電視呈現──論中國電視詩歌散文的審美特性〉，見CCTV.tom
　　電視批判欄目：http://www.cctv.com/tvguide/tvcomment/tyzj/zjwz/635_2.shtml

的世外桃源。表現臺灣鄉村風情民俗的「臺灣山水情」系列專題片，除了真實、自然的畫面，解說詞也非常之精美——電視畫面向人們展現了臺灣的秀麗山水，人與山水的親近、田園休閒的雅趣和鄉村精緻的新生活，解說詞則通過融入親近自然的生態理念和鄉村純樸的人文情懷，寄寓著現代人的內心追求與渴望。不難想像，如果沒有解說詞的襯托，單純的電視畫面所具有的審美魅力必然會遜色許多。

　　事實上，在影像傳播中，處處都遊蕩著文學的身影：相聲、小品、戲劇、戲曲乃至流行歌曲演唱會，在聲光電火、撲朔迷離的影像世界之下，卻掩藏不了文學的元素——如若沒有文學的支撐，這些影像內容的傳播是很難想像的。相聲、小品、戲劇腳本的好壞，直接影響到表演效果；優秀的流行歌曲，通常都有精彩而獨特的歌詞。如方文山為周杰倫量身訂做的仿古歌詞就非常有特色，也很精美，沒有相當的文學功力是寫不出來的。〈青花瓷〉中，非常注重古典元素運用，不但寫出意境，還能巧妙地與現代情感結合，傳達出一種獨特的意味。如「簾外芭蕉惹驟雨，門環惹銅綠，而我路過那江南小鎮惹了你。」江南雨打芭蕉、煙雨迷濛的景象，溫潤潮濕中泛起的歲月悠悠、古意盎然的情懷，渲染出特殊的情景與氛圍；而行走於這一江南小鎮景象中的「我」，邂逅佳人惹出情感的經歷，更注入了一種繾綣的情愫。這使融入愛情的江南景象，更添情趣。很顯然，歌詞所達到的文學水準，很大程度上造就了這首膾炙人口的流行歌曲。我們不妨可以將這些包含著音樂音響的影像傳播看作是一場文學的多媒體演示——正是由於文學的參與和文學元素的介入，影像傳播才能在多彩多姿的聲光畫面中，透露出濃郁的人性情懷和審美意蘊。事實上，文學在今天事實上承擔了撐起多媒體一片天的角色。

　　文學不僅被大量改編成影視劇，還以各種形式進入動畫、網路遊戲。《搜神記》是最早被改編成網遊的，限於當時的網路技術，現在人們已很少玩了。目前比較時興的由小說改編的網遊，有《誅仙》、《飄

邈之旅》、《神墓》、《星辰變》、《仙劍神曲》、《獸血沸騰》、《鬼吹燈》
等，這些作品原為網路小說，並以奇幻內容為主。許多人是在接觸了
網遊後，再去看小說的，網遊在這裡事實上起著引導人們閱讀小說的
作用。電視普及後，小說也紛紛被改編成電視劇，電視因此也成為小
說跨媒體傳播的重要媒介。張恨水《金粉世家》、《啼笑因緣》；二月河
《雍正王朝》、《康熙王朝》、《乾隆王朝》；池莉《口紅》；郭敬明《夢
裡花落知多少》；畢淑敏《血玲瓏》；石鐘山《激情燃燒的歲月》等小
說的改編，都使小說在跨媒體的電視傳播中獲得更大的生存空間。而
小說改編為電影的更是不計其數。從這個意義上說，媒體時代的文學
不僅沒有終結，而且以更加多樣化的形態活躍在我們的生活中。

二　文學：影像化與後現代法則

　　與其他跨媒體傳播與改編不同的是，進入新世紀以來，文學越來
越多地被作為一種元素組合到電影作品中。文學改編為電影由來已久，
但近年來的文學作品，更多地被肢解或被當作一種元素組合到電影之
中，以往所遵循的忠實於原著的審美原則，如今或不再嚴格遵循，或
被完全拋棄，由新的改編原則所取代。我們這裡說「組合」而不是
「改編」，正是基於這樣的現實──文學作品已然在一種新的規則下，
被植入電影之中，成為商業影片增加票房的元素與手段。《夜宴》、《滿
城盡帶黃金甲》、《集結號》、《大話西遊》、《畫皮》等作品，更多地追
求戲謔、搞笑或具有衝擊力的視覺效果，形成一批具有顯著後現代特
徵的作品。其中最典型的莫過於完全顛覆傳統電影改編原則的「大
話」式影片。「『大話』文藝的創造力充分體現在對於這些被時間和傳
統所固定了的文本結構、意義與闡釋符碼的顛覆。……到了今天這個
中國式的後現代消費時代，經典所面臨的則是被快餐化的命運。」[6]

6　陶東風：〈「大話文化」與文學經典的命運〉，《中州學刊》2005年第4期。

　　從文字文本到影像文本，由於媒介的區別以及由這種區別形成的藝術表現手段的不同，文學的影像改編無疑要借助一系列的藝術符碼的轉換。文學的美學元素、精神內涵經由影像轉換後，其審美效果必然在移植、刪減、改造、延展和生發過程中，發生一系列變化。這其中涉及到文學語言和電影語言在藝術表現上的相同與差異。在這裡，我們更為關注的是，在消費文化語境中，這種轉換本身發生了什麼變化，遵循了怎樣一種審美法則？

　　在以往文學的影像改編中，通常遵循的是忠實於原著、高於原著的準則，即在主題內涵、美學風格、人物形象等方面，嚴格依照原著精神，並以是否忠實於原著來衡量改編的成敗。這樣一種改編原則的背後，是受目標指向的潛在規約——即將改編作為一種純粹的藝術形式轉換和藝術創造活動來進行。在這種轉換中，文學原著的美學風格和精神內涵，通常是整體性地被移植到影像作品之中，雖然原著中的情節、人物有不同程度的刪減和改變，但主體部分、審美內質並未發生變化，甚至許多局部和細節的改動，是為了更好地強化、提升和拓展原著的審美內質和精神內涵。改編後的影像作品，原著中的藝術符碼並未發生根本性的改變。

　　而在當下的文學影像改編中，不再遵循忠實於原著的原則，也不再將改編作為純粹的藝術創造活動來進行。這其中一個重要背景，就是伴隨消費社會的出現而形成的後現代文化，在後現代消費文化語境中，藝術創造的目標指向已從創作走向生產，從作品變成產品。在藝術作品的創作中，人們考慮的是如何運用藝術技巧去強化主題內涵、人物性格和美學效果，其目的在於藝術創造與欣賞；在文化產品的生產中，人們考慮的是如何將藝術技巧服務於可以吸引大眾眼球的奇觀性、時尚性和普遍社會心理的表現，目的在於消遣、娛樂。從文學原著中提取元素，組合到影像產品的生產中，是近年文學影像改編的重要手段和方式。在這裡，文學原著的整體性被肢解，情節結構被打

破、人物形象被顛覆或重構，形成各種元素，並依照組合、戲擬、拼貼、雜糅等後現代手法進行改編。其結果，必然出現與原著相去甚遠、以致面目全非的改編產品。但就是這樣一批產品，卻贏得了業績不菲的票房效果。

　　儘管這批作品擁有較高的票房，卻遭到批評界不同程度的詬病與批判。事實上，這些批評針對的範圍還要大得多，主要包括那些新世紀以來出現的一系列國產大片──《英雄》、《無極》、《神話》、《十面埋伏》、《七劍》、《投名狀》、《集結號》、《赤壁》等。批評家們認為，這些耗資巨大的商業片在一味模仿好萊塢、片面強化視覺效果、追求商業利益的同時，陷入了藝術上的種種誤區：「張藝謀為國產『大片』確立的是場景拜物教的電影美學，這種電影美學將高度符號化的『中國場景』奇觀作為『大片』製作的核心目標，在這個目標下，人物完全變成了無生命、無意義的符號化道具」。[7]「商業大片未能形成具有本國或本民族歷史、文化或現實特色的電影類型，未能很好地解決與當代現實接軌的問題；對中國古代歷史精神缺乏宏觀、深刻的了解與領悟，對中國武俠文化缺乏嚴肅反思或當代解讀」；[8]「價值導向的缺失幾乎是所有中國式大片的通病」；[9]敘事環節的薄弱成為中國商業大片普遍存在的藝術缺失，這使「創造了中國電影票房神話的影片，都因為故事的不合理、缺乏邏輯和不能自圓其說，引發了一輪又一輪的口誅筆伐」。[10]很顯然，這些批評主要立足於傳統的批評準則，更多地從審美角度、理性內涵方面進行評判。事實上，面對一個具有後現代新質的作品系列，特別是一批主要以市場和票房為訴求的影片

7　肖鷹：〈國產「大片」的文化盲視〉，《文藝研究》2008年第10期。

8　沈義貞：〈論「現實主義大片」〉，《北京電影學院學報》2009年第1期。

9　許樂：〈《畫皮》與中國式大片之現狀〉，《電影藝術》2009年第1期。

10　董華峰：〈中國電影敘事衰微的背後〉，《福建論壇》（人文社會科學版）2006年第3期。

來說，固守傳統的評價標準是無法進行客觀審視的。

　　的確，這些大片存在許多不盡如人意之處，特別是在如何將市場價值與藝術價值結合方面，還遠遠未達到人們所期待的水平。但對這批影片的評價，必須要考慮到一些重要的社會文化背景：全球商業化大片風行、後現代文化症候的日益突顯、電影作為文化產業的重要組成被納入商業化運營的軌道，這一切使電影的創作與生產出現重要變化──即由電影人自由自發的電影創作，轉向主要依據市場需求進行創作和生產。面對這些新變化，批評家的觀察立場和視野應當有所調整。

　　在我們看來，應將這些影片放在後現代消費文化語境中進行考察。前述觀點注重於影片的審美價值，依憑以往傳統中積累下來的評價標準，沒有考慮到隨著社會歷史的發展，電影生產活動所發生的一系列變化──從創作到傳播、從作品到批評家，各種因素之間的關係發生的重要變化深刻影響了電影的審美取向。與此同時，也沒有考慮到電影的社會功能和屬性發生的變化──在消費文化語境下，電影被納入到整個文化生產體系之中，在很大程度上具有商品屬性，雖然它的生產不同於一般的物質生產，是一種借助藝術資源和藝術方式的生產，但它還是一種具有一定精神特性的特殊商品，是在一定程度上按照商品邏輯和生產規律進行生產的文化產品。

　　另一種視野則注重於電影在消費社會中為大眾提供消遣、娛樂和休閒的作用，強調電影作為一種文化產品為人們提供文化消費的特性，它的評判標準在於：是否具有為大眾所歡迎的審美趣味，能否被最廣大的讀者群所接受，是否具有最大的市場效應。但這種視野只看到娛樂功能、市場效應的一面，不僅忽略了電影作為一種特殊的商品所應具有的美學品格，而且沒有看到讀者、市場並不能作為評判電影價值的唯一標準：讀者趣味有時可能十分低俗，市場的時尚需求也往往產生這樣那樣的誤導。因而，時尚化、商業化的電影常常會步入歧

途。因此，時尚化和商業化在強調電影市場價值的同時，抹殺了其審
美價值。況且，消費社會中的符號生產也要講求品質，否則就會導致
大量的符號垃圾，造成符號過剩。

　　不難看出，以上兩種視野都具有局限性。依筆者看來，評判當下
電影現象，應當取第三種視野。這第三種視野是建立在吸納前兩種視
野的基礎上，同時又超越菁英和大眾視野的一種發展的、開放的視
野。也就是說，考察消費文化語境中的電影敘事，既不能放棄電影的
審美維度，也不能忽略電影作為一種文化消費品的商品維度——這體
現著對前兩種視野的雙重吸納。

　　但必須強調的是，不放棄審美維度，並不等於說要堅持既有的傳
統或菁英的審美尺度，而是要以發展的、變化的眼光來把握審美尺度；
不拋棄電影的商品維度，也不等於說可以完全讓電影受市場支配，而
是要以新的、發展的審美尺度去評判、規範市場化的電影——這體現
著對前兩種視野的超越。

　　只有在這種既吸納菁英與大眾、又超越菁英與大眾的視野中，才
能準確、科學地評判消費文化語境中電影的後現代特徵，也才能預示
未來電影的發展趨向。

三　經典改編：知名度與商業價值

　　當下紅色經典的影像改編之所以成為一股熱潮，一方面在於新的
時代語境下，人們對積澱著深厚歷史內涵的紅色經典有再闡釋的衝
動；另一方面，紅色經典具有的知名度和影響力，成為商業影片可以
利用的重要元素。除了遵循傳統改編原則之外，紅色經典中擁有的審
美特質，在媒介時代更多地被作為一種元素加以利用，成為市場賣

點。[11]在這裡，一個值得探討的關鍵問題是，為什麼紅色經典本身並不為當代讀者所喜愛，甚至按照傳統的原則改編的紅色經典影像作品，也沒有理想的市場效果。而那些從紅色經典中擷取某些元素進行改編的作品，卻擁有不錯的市場占有率。

　　作為特定歷史時期產物的紅色經典，在商業化時代通常並不被市場所看好。但這不意味著它不具有商業價值，只是未被開發而已。事實上紅色經典之所以能成為經典，除了其鮮明的意識形態特徵外，還蘊含著諸多獨特人物性格與人性表現。經由強調政治意識形態原則而創作出來的紅色經典作品，其人物性格和人性情感往往具有鮮明的政治化、概念化和臉譜化特點，在藝術史上形成一個特殊系列。以現代眼光去發掘其中具有商業價值的東西，再輔以後現代藝術表現方式，便能產生在審美內涵與風格上與紅色經典原作判若有別、甚至截然相反的新作品。紅色經典中高大全式的人物，看似不食煙火、無情無欲，卻可能掩藏著七情六欲──在《紅色娘子軍》原著中純潔的、清一色的革命情誼，到了電視劇中洪常青與吳瓊花之間的關係竟被演繹出複雜的情感糾葛，當一本正經的同志關係被纏綿的情侶關係所替代時，給人們帶來的新異感覺可想而知；該劇甚至被稱作是一部「青春偶像劇」。紅色經典中弘揚的集體英雄主義，卻可以被表現為相反的個人英雄主義──嚴格按組織紀律行事的英雄人物，忽然突破了既有的行為規範，成為性格獨立、自行其事的個人英雄形象，由此產生的反串角色的效果，也會讓人耳目一新。紅色經典中總是被醜化的反面人物，卻被塑造成具有獨特性格和人性情感的角色，單一的、片面化的人物，變成具有多重性格的形象。

　　不難看出，紅色經典已成為現代影視改編重要的藝術元素，之所

---

11 陶東風：〈紅色經典：在官方與市場的夾縫中求生存（下）〉，《中國比較文學》，2004年第4期。

以如此，就在於主流意識形態規約下的紅色經典，除了主題內涵具有鮮明意識形態色彩之外，其本身也形成了一種獨特藝術表現模式（甚至我們還可以將其視作一種藝術流派），活躍於這種藝術模式中的人物，構成了文學長廊中一個獨特的形象系列。這個形象系列的重要特點，在於將複雜的人物性格、人性情感，抽象或化約為單一的、純粹的、固定的形態。此種方式在藝術史上並不鮮見，如歐洲古典主義文學中人物性格的單一性，只是紅色經典是在強烈的意識形態背景下去表現人物性格，人物的思想、情感和行為基本上是為詮釋某種政治理念服務的，而古典主義作品則是將屬於人物性格中最突出的那一面進行集中展現。在現代影視改編中，從藝術手段的處理上看，就是將紅色經典中政治化、抽象化、單一化的人物性格，向另一個相反的方向轉換。如將崇高變成平庸，勇敢變為怯懦，剛毅變成軟弱，堅貞變為放縱。當然這種審美特徵的反向式轉換，其目的不僅是為形成新的美學特點，也是為適應市場消費的需求。

　　古典名著的影視改編也在後現代的浪潮中呈現出新奇的面貌——《大話西遊》、《畫皮》、《武林外傳》就是典型的案例。《大話西遊》影片的風靡，迅速觸動了那些有商業頭腦的文化人的神經：原來名著還可以這樣「改編」，原來毫無正經的戲說調侃也能使人趨之若鶩，於是引發了一系列以戲擬、拼貼，甚至用偷樑換柱、有名無實的手法改編名著的熱潮：《水煮三國》、《麻辣水滸》、《水煮後三國》、《水煮春秋戰國》、《麻辣三國》、《沙僧日記》、《悟空是個好員工》、《星光燦爛豬八戒》等，完全將名著作為一種藝術元素加以利用，遵循的是現代商業的市場原則，運用後現代手法進行創作生產的文化產品。但不可思議的是，這批冒古典名著之名，而無名著之實的水煮、麻辣作品，竟然獲得眾多讀者的青睞，其市場銷路一直看好。我們不妨先來探究這些作品的基本面目以及走紅的奧妙何在。

　　這些作品或借名著中人物進行解構式的改頭換面，或借名著之名

寫現代企業管理、勵志故事和人生哲理，內容取向不一，但都有一個共同的特點，即完全不按忠實於原著的法則進行「改編」，而僅僅借用名著的軀殼與元素，包括利用名著的知名度，裝填進完全不相干的內容，賦予新的時代內涵和審美趣味。同時竭力在語言風格、人物性格和審美趣味上迎合當下市場的需求——語言多半詼諧逗趣、人物行為民間化、主題內涵現世化、審美情趣時尚化，充滿了現代人享受人生的姿態和詼諧嬉戲的機靈聰慧。在這種「改編」法則下，原著獨特的審美風格被肢解得七零八落、面目全非，原著中人物的勇者風範、豪俠之氣、仁義之心也蕩然無存，撲面而來的是「豬哥哥」的憨態、商場競爭謀略、企業管理的智慧等等，與原著完全不搭軋。然而這些水煮、麻辣名著的「變臉」之作，卻以另類的手法和風格演繹出的現代商戰和企業管理故事，並贏得了市場。這箇中原委耐人尋味：冒名著之名而無名著之實的「改編」作品何以會有市場？

　　在筆者看來，這事實上只是寫作者的一種市場策略而已——當代人的閱讀趣味變幻莫測，難以揣度，激烈競爭的圖書市場導致脫穎而出、暢銷走紅的難度越來越大，不論作者還是出版商，都無不挖空心思謀求創意、吸引讀者。借名著之名包裝新作，顯然具有搶眼的市場效果，不論內容如何，先獲得關注度就成功了一半。「在我們這個信息時代，信息極易被複製和傳播，人們對信息的消費也趨於快餐化，淺閱讀的趨勢漸成潮流。許多習慣於在網路虛擬社區生活的年輕人，很少會仔細去看一篇冗長的文章，跟不用說去仔細地體會文章中的深刻意義。」[12]為適應這種閱讀趨勢，只要能有助於輕鬆閱讀的手段和方式都被這類作品所採用——詼諧的語言、精美的圖片、新奇的組合與另類的視角，都可給人耳目一新的感覺，並在輕鬆的閱讀中接受知識。當然，以犧牲名著理性內涵與審美底蘊獲取市場效應的做法，不

12　盛思梅：《信息技術與網絡創意產業》（北京市：東方出版中心，2009年），頁69。

免有褻瀆和冒犯經典之處，對青年一代吸收名著精華構成不良影響。巨大的市場效應與激烈的批評共存的現象的確讓人困惑，人們不難想見，對於解構名著之風是非的種種爭論還將繼續。或許，留待將來去作評判是一種更明智的策略——古往今來眾多的文化現象表明，身臨其中的評判往往不如事後客觀理性；何況人們的觀念總是處在變化之中，批評的標準也從來不會定於一尊的，此一時的審美評判，顯然無法代替未來，文學史上這樣的例子並不鮮見。

　　《大話西遊》借了《西遊記》人物和情節，講述的卻是一個符合現代人口味的愛情寓言故事。這個「無厘頭」式的影片徹底顛覆了作為名著《西遊記》的整個美學框架：唐僧師徒四人歷經千辛萬苦的西天取經，在一系列瘋瘋癲癲、嬉笑打鬧的行為中被演繹成一個博取現代青年人情感的喜劇片。一個嚴肅的主題、一組性格鮮明的人物、一種極富想像力的情節，在「大話」式的「改編」中，搖身一變成為一種風格迥異的大眾化的喜劇。與水煮、麻辣名著作品不同，這部影片保留了較多原著的框架，它「脫胎於吳承恩的《西遊記》，某些鬧劇般的劫匪生涯、浪漫的愛情插曲以及時空穿梭的奇幻片斷依附在孫悟空、唐僧或者牛魔王的故事之中。」[13]但所表現的卻是現代人對愛情主題的理解，只是這種表現的方式新奇獨特——運用誇張、調侃、戲謔、乖謬、癲狂、插科打諢、胡攪蠻纏、故作幼稚等「大話」式的話語，表現愛情的神聖、純美和真諦。主人公至尊寶全然沒有了孫悟空那超人般的神聖光環，貪生怕死、沉迷女色，在胡言亂語、瘋瘋癲癲中，周旋於晶晶與紫霞這兩個女子之間，然而就是這種毫無正經的情愛糾葛所演繹出的現代人的愛情故事，卻深深打動了一批當代青年的心。「曾經有一份真誠的愛情放在我面前，我沒有珍惜，等我失去的時候我才追悔莫及，人世間最痛苦的事情莫過於此。如果上天能

13　南帆：〈無厘頭：喜劇美學與後現代〉，《上海文學》2007年第1期。

夠給我一個重來一次的機會，我會對那個女孩說三個字：我愛你。如果非要在這份愛上加上一個期限，我希望是——一萬年！」——這句最具經典意味的臺詞曾廣泛流傳於青年人之間，成為他們茶餘飯後津津樂道的話語。而「年輕人的私下聚會、網路聊天、辦公室裡的對話以及失戀者的日記無不閃動著這部電影臺詞的影子。某些人甚至因為擅長模仿、複製或者引用《大話西遊》而贏得聲譽。」[14]這部從傳統的標準看可謂離經叛道的影片，竟出乎意料地引發一股不可小覷的「大話」熱潮。面對經歷時間考驗的名著遭到冷落，嬉戲打鬧、裝瘋賣傻的隨性之作反而大行其道的現實，批評家們不是義正詞嚴的指責，就是陷於失語，當然也有不少批評家看到其中深刻的文化轉型的大背景——消費社會時代文化的後現代轉型，導致視覺消費的盛行與淺閱讀趨勢的形成，一本正經和艱澀深奧被義無反顧的拋棄。同樣是愛情至上的表現，後現代的表現完全不同於現代主義所追求的深刻與沉重：後現代對愛情的推崇是在一片嬉笑打鬧、輕鬆逗趣中表現出來的，承續的是另一脈傳統。南帆對此作了精到的甄別：「愛情至上的風氣之中，魯迅不僅提出了『娜拉走後怎麼辦』的疑問，並且寫出了〈傷逝〉給予形象的喻示。通常，許多人將愛情想像為個人的精神堡壘，聖潔脫俗；魯迅以犀利的現實主義眼光指出，兩人的世界仍然無法從複雜的社會關係之中剝離出來。儘管眾多文學史經典提供了種種世俗如何束縛愛情的範例，可是，許多人寧可陶醉在廉價的浪漫想像之中。巴爾扎克或者托爾斯泰的故事遠不如瓊瑤的《還珠格格》、金庸的《神鵰俠侶》或者痞子蔡的《第一次的親密接觸》討人喜歡。《大話西遊》顯然秉承了後者的傳統。那些衣食無虞的神仙往返飛翔在空中，不必理睬魯迅向娜拉提出的種種難堪的問題。這似乎是享受文學的虛構特權。然而，這毋寧說利用虛構甩開了歷史。」[15]在這

---

14 南帆：〈無厘頭：喜劇美學與後現代〉，《上海文學》2007年第1期。

15 南帆：〈無厘頭：喜劇美學與後現代〉，《上海文學》2007年第1期。

裡，對聖潔愛情的表現，同樣是打動人心，卻不像魯迅那樣令人深思，而是一種帶有快樂情緒的感動──後現代拒絕深刻的美學法則在此體現得淋漓盡致。

　　大話式改編的盛行，顯然與消費社會的後現代文化轉型存在遙相呼應的關係。事實上，任何一種美學趣味和法則的形成與確立，都是一個時代文化與社會環境共同造就的。在革命時代，《紅旗譜》、《暴風驟雨》、《保衛延安》、《紅岩》等紅色經典的電影改編，無論是審美風格還是人物形象，文字文本與影像文本之間並無明顯區別，那是在意識形態高度統一的年代必然的選擇。而在高度發達的多媒體電子時代和文化多元化社會環境中，文學的影像改編也呈現出八仙過海、各顯神通的態勢，忠實原著的改編依然存在，但大話式和大片式的改編更集中體現了當下文化的特徵與走向，也因此成為風靡一時的文化現象。從文字文本到影視文本的過程，既是尋求元素轉換的過程，也是尋求轉換方式的過程。文字文本「可以被改編也就意味著它與新的圖像媒體之間相互影響；同樣，它與文化和社會環境之間也相互影響；文化與社會環境下複製品工業生產的擴張體系，將會決定它們被改編的可能性大小。同時，這些改編也引起了一些最為常見的變化，而這些變化則影響了改編中原始要素間的相互關係。[16]文化與社會環境的變遷，必然導致文學自身的變化，從中國文學的發展脈絡可以看得很清楚──從遠古的神話，到詩經、楚辭、漢賦、唐詩、宋詞、元曲，再到明清時代的小說，文學的變化不僅表現在美學取向上，也表現在形式上，從詩詞曲賦到白話小說，僅僅形式上發生的變化就十分明顯。在人們的經驗和審美感受越來越趨向視覺化和具象化的今天，文學影像改編在審美取向與價值取向上也不可避免要發生根本性變化。大話式改編無疑具有典型性，對此批評界褒貶不一、莫衷一是。這股

---

16 〔法〕莫尼克‧卡爾科-馬賽爾、讓娜-瑪麗‧克萊爾著，劉芳譯：《電影與文學改編》（北京市：文化藝術出版社，2005年3月），頁2。

風氣將向何處去，尚難預料。但不論怎樣，順應時代潮流，靜觀其
變，慎下結論，當是明智之舉。

消費文化理論與大眾傳媒

　　通常，文學審美範式的轉換總是與文學的內在要求、社會歷史語境和文化轉型密切相關。二十世紀九十年代以來文學的發展、演變也不例外。但我們必須看到，近十年來我國不僅實現了經濟體制的歷史性變革，政治體制也進行了一系列意義重大的改革，而且伴隨這些改革的實施，經濟、文化乃至科技的發展突飛猛進，特別是電腦、網際網路的迅速普及，將人們帶進了一個在社會結構、經濟體制、文化形態，以及價值觀念、行為方式、生活方式等方面都與以往判然有別的時代。這個迅速降臨的新世界，既給長期以來期盼現代化的人們帶來意外的驚喜，也使有憂患意識的知識分子們對隨之出現和產生的種種問題憂心忡忡。事實上，人們不難想見，中國這樣一個有著深厚文化積澱和民族傳統的國家，在全球化和現代化的進程中，無論是體制的轉換還是文化的轉型，都不可能是一個簡單的、純粹的過程——歷史與現實的交織、傳統與現代的糾葛、民族化與全球化的矛盾等等問題的相互纏繞與衝突，其錯綜複雜的程度遠遠超出人們的想像。由此形成的現代社會及其文化，無疑在結構、特徵、形態等方面具有其獨特的一面。尤其是近十多年來新技術的發展所帶來的電子傳媒在改變人們社會交往和生活方式上具有的劃時代的重大意義，提示我們在考察社會文化語境的過程中，不可忽視當代電子傳媒所扮演的重要角色。

　　當然，電子傳媒的發展除了新科技的介入之功外，其本身也是社會經濟發展到一定階段的產物：倘若沒有現代社會商品經濟的發展、沒有現代社會的物質基礎，沒有現代營銷策略的廣泛運用、沒有全球一體化的經濟格局，傳媒在現代社會中的地位和作用將無法實現質的

變革與轉換。因此，我們的考察還必須從社會經濟的發展入手，探究
消費文化的歷史變遷與當代特徵，特別應注重探討當下中國消費文化
的特殊性，進而闡發它與現代大眾傳媒之間的特殊關係。

一　消費文化及其後現代形態

　　人類自有商品生產以來就存在消費，因而「消費不是一個消費社
會才出現的名詞，從人類開始有意識的對物品的使用和消耗開始，消
費活動就開始了。廣義的消費是指對商品的消費。」[1]但消費之成為
一種文化，卻是在商品消費成為一種普遍的社會行為、並具有相應的
觀念之後。消費文化事實上是在一定的社會生產力水平條件下，人們
消費過程中遵循相應的消費理念而呈現出消費行為的普遍樣態，這種
樣態便構成了相應生產力水平下的消費文化。通常意義上，所謂消費
文化是指在一定的歷史階段中，人類物質與文化生產、消費活動中所
表現出來的消費理念、消費方式和消費行為的總和。在這個意義上理
解消費文化概念，顯然涵蓋了人們從物質消費到精神消費，以及與之
相關的消費觀念、消費方式等內容，是一種廣義上的消費文化概念。
而狹義上的消費文化概念，則是指「消費社會所創造出來的，並保
障、規範和制約人們消費的各種文化，是由社會集團所創造，為大眾
傳媒所傳播，為社會大眾所接受，為消費而消費的文化，包括各類物
質產品、精神產品和其他社會消費對象」。[2]不難看出，狹義的消費文
化概念主要受限於哪些制約、規範和影響人們消費行為的文化觀念和
理念，是局限於意識形態層面的一種概括與理解。鑒於本文主要探討

1　楊魁、董雅麗：《消費文化──從現代到後現代》（北京市：中國社會科學出版社，
　　2003年），頁1。

2　楊魁、董雅麗：《消費文化──從現代到後現代》（北京市：中國社會科學出版社，
　　2003年），頁25。

消費文化語境下文學審美範式的轉換過程與特徵，本文主要是在狹義層面使用消費文化觀念，但在論及文學的外部環境及其影響時，有時也從廣義上使用消費文化概念。

　　不同歷史階段有著不同內涵的消費文化。依據有關學者的研究，迄今人類的消費文化大致可分為三個階段，即前現代、現代與後現代消費文化。這三個時期的消費文化存在著不盡相同的內涵，對這些不同內涵的辨析，有助於我們理解後現代消費文化的真諦所在。

　　通常而言，現代前期在時間上的範圍界定是十六世紀至十九世紀，這個時期的西方正從古代社會向現代工業社會轉換，而中國則還主要處於農業文明時代，只出現微弱的資本主義萌芽。從概略的角度來考察，我們可以忽略地域空間存在的一些差異，將這一時期的消費文化作總體性的概括。從總體上來看，雖然這個時期英國發生了早期工業革命，蒸汽機的發明和廣泛使用以及火車的出現，使物質產品的生產能力與流通能力獲得極大提高，不僅產品數量和種類豐富起來，而且產品的標準化趨勢日漸明顯，從而在一定程度上改變了消費結構和消費方式，但從世界範圍看，絕大多數國家還處在農業社會之中。因此，這個時期的消費文化呈現的依然是以農業文明為底色的文化：物質產品的生產以手工和家庭小作坊為主，生產能力和生產規模都十分有限；而西方社會的清教倫理、禁欲主義；中國傳統的勤奮節儉、淡泊樸素等思想，都構成對消費文化的深刻影響。因此，此時不論是商品的充裕程度，還是商品的消費觀念，都呈現出前現代社會的特點：雖然在部分國家和部分人群中出現了比較充足的消費品甚至奢侈消費，由於消費品在總體上還停留在農業和手工業水平，在數量上還十分短缺，人們還不可能也沒有條件對商品消費有強烈的需求願望。因此，此時的商品以滿足日常生活必需品的需要為主，商品的使用功能占據主導地位，而文化需要則局限在十分有限的範圍內。不難看出，建立在這樣一種經濟基礎和消費水平上，人們的消費僅僅出於生

存的需要，因此，從商品的生產到使用，均將商品的耐用性、實用性放在首位；而商品消費中的文化需要因局限在少數人群中，不足以形成一種普遍性的文化行為。這便是前現代社會消費文化的特點。

進入現代社會之後，即十九世紀下半葉到二十世紀六十年代，這一時期隨著現代工業在世界範圍內日新月異的發展，消費領域出現了一系列的變化。首先是現代科學技術的進步，導致第二次工業革命的發生，汽車、遠洋輪、飛機以及電話、無線電、留聲機等家用電器相繼出現，加之一系列新技術的運用，使工業生產的能力和規模獲得極大的擴張，不僅消費品的豐富程度因此也大大高於前現代社會，還出現了種類繁多的閒暇娛樂產品。按照福特主義的基本理論，大批量的生產意味著大眾化的消費。因此，這個時期為適應商品大規模生產與消費的需要，傳統的禁欲主義和新教倫理思想開始受到排斥。而在消費領域，廣告、一次性用品和信用購買等社會學意義上創新的出現，客觀上極大促進了人們的消費欲望和消費需求。人們的消費觀念也發生了重要變化，「因為消費領域的刺激無時無刻不在強調這種新的生活觀念：勞動和積累本身並不是目的，僅僅是進行消費和炫耀的手段，現實的享樂才是人生追求的最大目標，勤勉勞動和爭取富有應成為一個人在社會生活當中是否體面榮耀的重要衡量標誌。」[3] 隨著消費觀念的變化，人們的需求又進一步從對物質商品使用價值的消費，擴展到對商品附加價值的消費，並逐漸形成了消費主義文化。

這一系列的變化，使現代社會的商品消費領域出現了一大批全新的消費品，極大滿足了人們對日用消費品的需求；在此基礎上，「人們開始越來越注重精神上的各種享受，而不僅僅滿足於物質產品的豐富了。另一方面則是社會生產方式的變革帶來了觀念的變革，使這些用品的享用變得合法化，對其追求就成了人們社會生活的重要內

3　楊魁、董雅麗：《消費文化──從現代到後現代》（北京市：中國社會科學出版社，2003年），頁115。

容。」[4]事實上，隨著商品的豐富和商品附加價值消費被重視，在這一大眾化的消費基礎上，發達的資本主義國家，一部分人群中出現了炫耀性、奢侈性的消費傾向。而這種傾向正是後現代社會消費文化的重要特徵——到了後現代社會，它已成為一種普遍的大眾消費現象。

　　二十世紀六十年代以來，隨著現代社會的進一步發展，特別是工業化的完成，西方社會以及相當一部分發展中國家，人們基本的物質生存需要問題獲得了解決，但同時出現了一系列新的問題，尤其是「在物質豐盈的社會中『個體如何生存』又成了一個日益尖銳的問題，探討這些問題的解決成為後現代主義的要旨之一。」[5]也就是說，此時社會進入了後現代時期。在這個時期，商品生產在極大地滿足人們的日常需要之後，為尋求新的發展空間，一方面利用新型傳媒不遺餘力地賦予商品種種文化內含，千方百計將商品文化化、審美化；另一方面，又將文化商品化，並形成一個按照市場機制運作的文化生產系統，在這個系統中一切文化遺產和資源都被作為一種元素，或組合、融匯到物質商品中去，或構織、創製成一種新的文化產品。在這裡，物質商品被賦予更豐富，甚至更複雜的文化意義，這雖在一定程度上提升了商品的文化含量和檔次，但必須看到的是，整個運作過程的目的不是出於文化與審美本身的考慮，而是出於淡化商品的使用價值、突顯其符號價值，從而更好地實現商業利益。這種情形雖然也存在於現代社會，但遠不如後現代消費社會如此強調符號對於商品的意義。而與此同時，文化藝術被強行納入了商品生產體系，商業原則成為支配文化產品的主角。在此情形下，為適應這一系列物質生產和文化生產方式的轉換，出現了與現代主義文化不盡相同的文化徵

4　楊魁、董雅麗：《消費文化——從現代到後現代》（北京市：中國社會科學出版社，2003年），頁107。

5　楊魁、董雅麗《消費文化——從現代到後現代》（北京市：中國社會科學出版社，2003年），頁190。

候──後現代文化。而後現代社會中消費文化則是後現代文化在消費領域的一種文化表現，體現著後現代文化的種種特徵。因而，要闡明消費社會中消費文化的特徵，首先要對後現代文化有所了解。

　　關於後現代文化，眾多闡述和概括大都來自西方學者。雖然不同學者對後現代概念的理解各不相同，但在後現代文化基本特徵的概括上卻基本相近。概括而言，後現代是在反抗現代主義過程中體現出它的特徵的。後現代文化特別強烈地抵抗現代主義的理性精神，由此建立了一套與現代主義相對立的價值體系，並由最初的在建築領域的運用擴展至整個文化領域。「儘管在二十世紀的四五十年代，後現代一詞曾被偶爾用來描述新的建築或詩歌形式，但是一直到六七十年代，它才被廣泛地引入到文化理論領域，用來描述現代主義相對立的或取而代之的那些藝術作品。」[6]由此出現的後現代藝術形成了自身的有別於現代主義的特點。在許多學者的眼中，後現代文化具有的基本特徵是：強調分裂、破碎、異質，迴避絕對價值、宏大理論和封閉的概念體系，是一種開放的、懷疑的、相對主義和多元的。它比現代主義更願意接受流行的、商業的、民主的和大眾消費的市場，其典型風格是遊戲的、自我戲仿的、混合的、兼收並蓄的和反諷的。[7]凱爾納、貝斯特在與現代主義的比較中闡述後現代藝術的特徵，在他們看來，「與莊嚴性、純粹性及個體性等現代主義價值相對立，後現代藝術展現了一種新的隨心所欲、新的玩世不恭和新的折衷主義。前衛分子以往所具有的社會政治批判特徵以及對全新藝術形式的追求，被模仿拼湊、引經據典或玩弄過去形式、詼諧戲謔、犬儒主義、商業主義、甚至在某些情況下完全是虛無主義所取代。」[8]凱爾納、貝斯特還進一

6　〔美〕凱爾納、貝斯特：《後現代理論》（北京市：中央編譯出版社，2004年），頁12。

7　楊魁、董雅麗：《消費文化──從現代到後現代》（北京市：中國社會科學出版社，2003年），頁168。

8　〔美〕凱爾納、貝斯特：《後現代理論》（北京市：中央編譯出版社，2004年），頁15。

步引述了桑塔格討論現實藝術時表達的相關看法，指出「桑塔格表達了她對現代主義小說和現代主義解釋模式的不滿，並頌揚文化和藝術中出現的『新感受』，這種『新感受』向理性主義追求內容、意義和秩序的做法提出了挑戰。與現代主義藝術不同，這種新感受沉浸於形式和風格的愉悅，把藝術的『性感』放到比意義的解釋更重要的位置。」[9]而費德勒「甚至比桑塔格更熱情地頌揚藝術中雅俗界限的瓦解和通俗藝術與大眾文化形式的出現。」、「他宣稱前衛現代小說已經壽終正寢，新的能夠『拉近』藝術家與觀眾、批評家與門外漢之間距離的後現代藝術形式正在出現。費德勒熱情地頌揚大眾文化，譴責現代主義的菁英主義，呼籲一種嶄新的、放棄了形式主義、現實主義以及自命清高的矯飾作風的後現代主義批判，主張去分析處在某種特定心理的、社會的、歷史的具體情境中的讀者的主觀反應。」[10]不難看出，後現代文化注重於感性的價值，追求短暫的快感和膚淺的愉悅，摒棄深度模式，導致感官欲望的浮現，熱衷表現偶然性、即時性、無序化、他異性和快感。這一系列的特徵，構成了後現代文化有別於現代文化的價值追求與美學觀念。

　　正如許多學者所指出的那樣，後現代文化的出現從理論發展的學理性層面而言，是基於對現代主義發展過程中某些方面進行批判、而對另一些方面加以強調的產物。正像一些學者指出的那樣：「後現代主義的轉變或進步可以被視為現代主義自身內部的某些傾向的一種選擇性強化。」[11]比如對感性的強調。但必須看到的是，後現代文化還具有其現實性基礎，那就是社會經濟在追求現代化過程中所暴露出的矛盾，在對這些矛盾和問題的批判過程中，不僅產生了一批新的概念和觀點，而且在現實社會經濟活動中出現了新的運行方式和行為準

9　〔美〕凱爾納、貝斯特：《後現代理論》（北京市：中央編譯出版社，2004年），頁13。
10　〔美〕凱爾納、貝斯特：《後現代理論》（北京市：中央編譯出版社，2004年），頁14。
11　〔英〕康納：《後現代主義文化》（北京市：商務印書館，2002年3月），頁230。

則——這些是後現代文化得以滋生和發展的現實依託。尤其是進入消費社會之後，全球化的經濟和資本擴張的需要以及商業原則的普泛化，更需要借助一種新的文化形態來表述，後現代文化便在這種基礎上，逐漸浮現和突顯。這樣，從二十世紀六十年代正式登場的後現代主義，經由福柯、得勒滋、加塔利、利奧塔、博德里亞、費瑟斯通、詹姆遜、盧瑞等理論家的研究與闡釋，形成了一股後現代理論思潮。

不難看出，後現代文化是現代社會發展到晚期，即進入消費社會後，由於經濟領域生產方式的轉換和社會領域組織結構的變化，意識形態領域為適應這種變化而形成的一種新的價值觀念體系。這一觀念體系與既往的不同之處，不僅在於它更直接地表現出文化與現實社會經濟活動之間的關係，表現出大眾廣泛的參與程度；同時還在於它的開放性，以及在這種開放中表現出的更加突出的權力作用——既往文化所具有的獨立精神品格日益淡化，逐漸演變為可進入市場和社會運作，並獲得話語權力和商業利潤的文化資本。在許多時候，後現代文化所尊奉的理念，不僅是消費社會物質和文化生產以及人們生存方式的一種文化表達，同時還與現實的經濟活動密切相關。如對感性欲望的強調，既是消費社會中人們主體生存狀態的一種體現，也是商業運作中常常加以利用且屢試不爽的法寶。從這個角度看，後現代文化相對於傳統文化而言，意味著一種文化的轉換，也意味著一個新的文化時代的來臨。

但是，我們必須看到，後現代理論儘管尖銳地指出了消費社會中由於「一般文化生產與商品生產的最終結合」這一重要特徵，正是這個特徵導致商品符號意義的豐富以及象徵性消費在更大範圍的擴散，其結果促進了文化的泛化，並隨之產生了一系列相應的文化觀念和思想，如迴避絕對價值、宏大理論和封閉的「概念」體系，強調分裂、破碎和異質，認為自我是多面的、流動的、臨時的和非本質的。這些理論觀點，無疑在一定程度上揭示了進入消費社會後，人們的文化觀

念所呈現出的種種新變化、新特徵。然而，他們只是片面地看到一種新的文化觀念的浮現，忽視了在這種文化觀念浮現的同時，既往傳統的文化觀念仍然存在並起著不可忽視的作用，傳統文化、菁英文化並未退出文化舞臺，也不會走向消亡，甚至在某些時候還十分活躍。與此同時，新文化觀念在強調文化的異質性和多元性的時候，也形成一種多樣化的文化格局，它與傳統文化之間構成的相互交織、重疊、融合的複雜情形，絕不僅僅是後現代文化理論所能概括的。

　　在後現代文化理論的形成與發展過程中，伴隨著消費社會（也稱後現代社會）的形成，後現代消費文化也隨之出現。從理論上說，它與後現代具有直接的理論淵源，從現實層面說，消費文化是後現代社會的表徵之一。在這個意義上，我們可以將後現代消費文化看作是在現實層面上體現了後現代消費社會的某些特徵、在理論上體現了後現代文化諸多特點的一種文化形態。因而這一文化形態所具有的特點，也就必須從消費社會的特徵與後現代理論的結合上進行闡述。

　　相對於生產社會而言，消費社會具有哪些特徵呢？詹姆遜對此作了最為簡要也是最說明問題的概括：「文化是消費社會最基本的特徵，還沒有一個社會像消費社會這樣充滿了各種符號和概念」。[12]這一概括道出了文化在消費社會中的重要地位，也道出了消費社會最重要的特徵。消費社會與生產社會之不同，主要在於生產社會注重的是對商品使用價值的消費，而消費社會則關注的是對商品符號價值的消費。如何賦予商品更新奇更豐富的符號與概念，成為消費社會面對的關鍵問題。伴隨這種變化的是人們消費邏輯和消費態度的變化。在日益飽和的市場環境，由於人們「在市場上可獲得的商品的數量和品種極大地增加了，個體越來越傾向於這樣理解幸福的感覺：主要根據他們的消費水平相對於高消費層次的距離」。[13]博德里亞對消費社會的特

12 轉引自〔英〕盧瑞：《消費文化》（南京市：南京大學出版社，2003年），頁44。

13 〔英〕盧瑞：《消費文化》（南京市：南京大學出版社，2003年），頁41、65。

徵也有相似的觀點，在他看來，我們現在生活的社會中，生產的邏輯
不再是最重要的；相反，意義的邏輯才是至關重要的。消費社會已經
從以商品形式占主導地位進入到以符號形式為主的時代，「物質商品
在現代社會裡獲得和表達意義的方式已呈現出歷史性的變化。人們不
再從實際功用的角度來敘述物體，相反，物體已經變成了空符號，代
表越來越多的不斷變化的意義」，而「商品的意義來源於它們在符號
的製作和在製作這一延續過程中的位置」。[14]也就是說，消費社會中人
們的消費行為越來越成為一種文化消費而不是物質消費。（當然，這
主要是就人們的日常性消費品而言，一些耐用消費品如住房、汽車
等，儘管銷售商在推銷時也要賦予其種種符號意義，但主要還是一種
物質消費。）文化事實上已被納入到整個消費社會運作有序的商品生
產體系之中，成為商業時代種種經濟神話的參與者和製造者。而雅斯
貝爾斯更深刻地指出了消費社會的這些特徵對於人們精神處境的影
響：「然而到最後個人不再為自己的需要去製造任何東西的時候，當
每樣東西只是用來滿足暫時的需要，用完之後便丟棄時，當人們住的
房子也是機器造的時候，當日常的工作不再成為勞動生活中的一部分
時，那麼便可以說，人已經喪失了他的世界。如此，他被迫隨波逐
流，失去了一切對過去或對未來歷史聯貫性的感知，人便不能保持作
為人。生活秩序的普遍化勢必將使真實世界中真實的人的生命降格為
單純的功能。」[15]

　　不難看出，所謂消費社會，是指在現代化進程中，社會經濟發展
到這樣一個階段：商品生產不僅充分滿足了人們的日常生活需要，而
且出現不同程度的過剩現象。但資本的擴張本性依舊想方設法推動商
品的生產和銷售。如何使人們不斷更新和購買新的商品，成為資本集

14 〔英〕盧瑞：《消費文化》（南京市：南京大學出版社，2003年），頁64。
15 〔德〕雅斯貝爾斯：《當代人的精神處境》（北京市：生活・讀書・新知三聯書店，
　　1992年），頁40。

團面臨的首要問題。資本集團發現，像以往商品生產那樣靠不斷開發新產品還不足以擴充生產，擴大商品銷售最有效的做法是：一方面賦予商品更多更豐富的文化意義，另一方面借助傳媒不斷製造和激發新的消費欲望。由此形成了後現代消費社會新的生產方式和消費方式——一種新的社會秩序和生產秩序出現了。在這個新秩序中，最核心的變化在於：商品的使用價值不再居於主要地位，而商品的符號價值越來越成為商品價值的重要組成部分；與之相應的是，人們購買商品也越來越忽視使用功能，而更注重商品對於身分、地位和聲望的象徵意義。也就是說，現代社會少部分人群中出現的誇飾性、炫耀性、奢侈性的消費，在後現代社會中已成為人們越來越普遍的消費需求和行為。在這裡，消費已不僅是一種單純的經濟行為，更是一種社會行為和文化形態。在博德里亞看來，這種為了某種社會地位、名望、榮譽而進行的消費，就是符號消費。「一件商品，無論是一輛汽車、一款大衣、一瓶香水，都具有這種彰顯社會等級和進行社會區分的功能，這就是商品符號價值。一件商品越是能夠彰顯它的擁有者和使用者的社會地位和社會聲望，它的符號價值也就越高。」[16]而且，他認為，「在今天，只有借助一種符號學理論，我們才能解釋為什麼商品會成為人們心醉神迷的欲望對象，為什麼某些消費形式（如誇飾性消費）會出現並長期存在，為什麼一些商品比另一些商品更受歡迎，為什麼消費在當代資本主義社會發揮著如此重要的功能。」[17]這種商品功能的歷史性轉換，導致今天在商品消費領域，人們「日益為了形象和符號本身而消費形象和符號，卻不是為了它們的『實用』或者為了它們可能象徵著更深層的價值而消費它們」。[18]博德里亞恰切明了地概

---

16 羅鋼、王中忱主編：《消費文化讀本》〈前言〉（北京市：中國社會科學出版社，2003年），頁32。

17 羅鋼、王中忱主編：《消費文化讀本》〈前言〉（北京市：中國社會科學出版社，2003年），頁27。

18 〔英〕斯特里納蒂：《通俗文化理論導論》（北京市：商務印書館，2001年）。

括了消費社會特徵所在：「我們已經從以商品形式占主導地位的資本主義發展階段進入到以符號形式為主的階段。這樣消費不應該理解為和使用價值有關的物質用途，而是作為意義，主要和符號價值有關。」、「正是通過符號編碼或符號邏輯的作用，商品才被賦予了意義。」在博德里亞看來，「商品的意義既不能理解為與它們固有的性質或用途有關，也不能根據經濟交換價值來理解之。確切地說，商品的意義來源於它們在符號的製作和再製作這一延續過程中的位置。」

　　在此，我們必須看到，西方學者的這些論述雖然深刻揭示了消費社會所呈現出的諸多重要的新特徵，但也存在許多偏頗之處。事實上，現代商品的技術含量依然是構成商品價值的重要因素，我們很難設想，缺乏技術含量、功能單一、質量粗糙的商品僅僅依靠符號意義、依靠巧舌如簧的包裝就能夠擁有廣闊的市場。科技的進步在商品市場的開拓中所起的作用，絕非符號價值所能取代──數位相機的像素、高清晰度數位電視、電腦的升級換代、汽車的技術性能，以及住宅的面積、商品的售後服務等等，都不是依靠符號意義的增加所能解決的。符號價值的體現通常存在於低技術含量的商品之中。因而，過於強調符號價值，勢必導致對商品質量的忽視，最終影響商品的市場前景。

　　不難看出，消費社會中商品生產、銷售和消費諸環節發生的一系列變化，必然導致人們消費理念、消費方式和消費行為的變化，由此構成了後現代消費文化的形成。從這個意義上說，消費社會中表現出來的消費文化必然具有後現代文化的種種特徵和烙印。

　　那麼，從精神文化的層面來看，後現代消費文化具有哪些特徵呢？

　　首先是消費的審美化。由於商品生產越來越依賴於意義和概念，利用各種方式賦予商品文化意義成為後現代商品生產重要一環。賦予商品文化意義的過程，也是商品獲得符號意義的過程，而承載符號意義的多寡，不僅影響商品的符號價值，也決定商品消費的審美化程

度。在消費社會，文化以各種形式和途徑進入和滲透到商品以及服務之中，人們是否接受一種商品，越來越取決於對與該商品相聯繫的符號意義的接受程度。於是，商品在符號、意義和概念的覆蓋下被審美化了，人們的消費行為也具有更多的審美意味，以至有學者認為當代的日常生活因此而審美化了。但必須看到的是，這種符號和意義消費，雖然極大地促進了商品文化含量的提升，也在一定程度上提升了日常生活的文化品位，卻不能掩蓋另一個事實：消費審美化只是一種表面現象，資本擴張才是其內在動因和本質，導致這種審美化不具有傳統意義上的文化價值，而是一種滿足短暫、即時性快感享受的後現代的審美趣味。

　　其次是追求無深度、平面化的快感體驗。由於追求短暫、即時性的審美趣味，消費文化便全然摒棄了對深度意義、永恆價值、理性蘊涵的追尋（後現代事實上就是對現代主義理性進行反抗、強調感性的解放），這一傾向體現在藝術領域，便是熱衷於膚淺化、表層化的遊戲、反諷效果，迴避心靈、情感、激情和內在性矛盾衝突，注重於感性、感官、欲望的表現與滿足。這一文化價值取向的出現並被強調，不僅是文化本身的演變需要，而且是商業邏輯向社會文化的各個方面滲透的結果。這種滲透不僅影響和改變了以往文化生產體系的既有格局，特別是在很大程度上改變了文化藝術的功能和地位——文化藝術作為一種具有豐富內涵的符號系統，不可避免地成為商品審美化最重要的資源。當文化藝術不是作為一個獨立整體被運用，而是作為一種元素被利用於商品及其相關服務中時，它便越來越成為商品符號價值的來源，而在這一過程中其原有的屬性勢必發生某種變化。畢竟商品追求的是批量化生產和無休止的更新換代，其審美化僅僅只是構成對消費者短暫的符號吸引，起到象徵身分、地位作用。在消費文化這一特徵的影響下，藝術家們的審美取向和表現方式也悄然發生了改變。

　　再次是文化藝術的一體化傾向。長期以來在人們的意識中文化藝

術總是被進行這樣、那樣的劃分——在古代有宮廷文化、文人文化、市井文化之分；在現代社會有主流文化、菁英文化和大眾文化之分。但在消費社會，這些不同類型的文化開始不斷走向融合，具有一體化的傾向。這是由於，消費社會商品符號化過程中對文化的利用，其原則是促進符號價值的擴展和增值，不論高雅和通俗，都只是作為一種元素進入符號生產體系，這在客觀上導致高雅和通俗的界限越來越模糊。盧瑞系統研究了生產-消費循環關係的不斷變化以及藝術-文化體系對理解當代消費文化的重要意義，認為「藝術-文化體系已經促成了消費文化的發展，而消費文化也已經引起了藝術-文化體系結構的變化，包括促成了所謂的高雅和流行文化之間界限的逐漸消失。」[19]事實上，這種界限的逐漸消失，是消費社會符號生產市場規則作用的結果——符號生產對於高雅文化的青睞，其興奮點在於促進以市場為目的的符號增值，而不是高雅文化本身，它是將高雅文化大眾化、模式化的過程，絕不是為促進高雅文化自身的發展；通俗文化進入市場並為廣大普通消費者所喜愛，這本身對高雅文化構成一種威脅，造成高雅文化不斷被邊緣化，「各種通俗文化符號和媒介形象日益支配著我們對現實的感受，支配著我們確定自身和周圍世界的方式。」[20]但通俗文化在追求市場最大化的過程中，為吸引那些趣味高雅的消費者，同時也出於更新通俗文化自身的需要，也不斷地吸收高雅文化的元素，形成雙向互動的態勢，加快了高雅文化與通俗文化一體化的過程。當然，這裡必須看到的是，在傳媒時代，高雅文化與通俗文化之間存在著相互轉化的可能性越來越大，這一現象本身也常常使二者的界限難以區分。

　　另一個導致文化藝術一體化的原因在於，二十世紀後半葉以來，「隨著文化工業的規模和重要性日漸增大，高雅文化的相對的聲譽和

19　〔英〕盧瑞：《消費文化》（南京市：南京大學出版社，2003年），頁230。

20　〔英〕斯特里納蒂：《通俗文化理論導論》（北京市：商務印書館，2003年），頁224。

引人注目程度逐漸降低」，媒體出於利潤的考慮，將社會各階層的觀眾作為它要征服的對象，因而不再熱衷於為少數高雅文化的欣賞群體量身訂做節目，而是「開始根據生活方式而不是根據社會階級來界定他們的觀眾。相應地，在迎合社會各階級內部的以及各階級之間共同的各種趣味過程中，產生了節目編排的多樣性。」與此同時，由於高雅文化自身的維持所需費用的增加，使之越來越需要依靠來自政府和民間組織的支持，而「為了證明這種支持的合理性，這些高雅文化組織不得不改變它們的文化供品以便吸收更多的受眾。這就意味著，這些組織的文化供品變得更加折衷，將以前被認為既不屬於被社會廣泛接受的藝術也不屬於先鋒派的藝術的主題和風格包括在內。」[21]這樣一來，高雅文化的品質就不可避免地越來越接近於通俗文化。

　　但必須指出的是，一體化只是一種新的現象和趨勢，而並不是文化藝術的全部。也就是說，除了一體化，我們還要看到消費社會中另一個常常被忽視的趨向：文化藝術的分眾化。在同質性、模式化、流行的大眾文化興盛的同時，非時尚的、個性化的傳統文化與高雅文化也有其自身特定的觀賞群體。傳統戲曲、古典芭蕾、交響樂、歌劇等經典作品以及中外文學名著，也有不少的觀眾和讀者，這些傳統與高雅文化的存在不可能因為消費文化的發展而被忽略。因此，分眾化事實上也是消費社會中與消費文化並存的一種現象和趨勢。

　　很顯然，進入消費社會之後，消費文化顯現出了新的特徵，這些特徵同時具有後現代文化的諸多特點，換句話說，消費社會中，消費文化是一種具有後現代特點的文化。這種具有後現代形態的消費文化之形成，則與當代大眾傳媒、尤其是電子傳媒的迅速發展與普及息息相關。

---

21 〔美〕黛安娜・克蘭：《文化生產：媒體與都市藝術》（南京市：譯林出版社，2001年4月），頁35。

二　「媒體場域」：後現代社會的特殊景象

　　從以上論述我們不難看出，消費社會中物質與文化生產以及消費活動所發生的一系列歷史性變化，使後現代消費文化顯現出獨特的內涵。但在消費文化的發展過程中，雖然商品生產的極大豐富和經濟全球化的趨勢，直接導致一系列社會經濟運行機制的改變和文化理念的更新，也由此促進了文化與經濟的融合。然而，在考察這些問題時，一個重要的環節和領域是不容忽視的，那就是當代傳媒的發展及其所起的舉足輕重的作用。人們很難想像，倘若離開當代大眾傳媒，消費社會的商品和文化生產的新體系將如何建立？依附在種種意義和概念基礎上的符號價值的生產又將如何進行？消費者有限的欲望與商品生產所需要的無止境的欲求之間怎樣對接？事實上，這一切都可通過大眾傳媒所扮演的特殊角色得以實現。因而，要揭開後現代消費文化的面紗，就必須深入探究當代大眾傳媒在消費社會所承擔的特殊角色和功能。

　　當代大眾傳媒對於消費文化的至關重要的作用，許多學者均作了闡述。但當代大眾傳媒與以往傳媒的區別在哪裡？傳媒究竟是如何促進了消費文化的發展？它在後現代意義的符號價值生產中又是怎樣發揮作用的？對這些問題的深入研究，有助於人們更好地理解消費文化與大眾傳媒之間的密切關係。

　　二十世紀後期以來，隨著電子技術的飛速發展及其在傳播領域中的廣泛運用，傳媒業發生了重大而深刻的變革——無論是傳播速度，還是傳播範圍，抑或是傳播方式和手段的多樣性，都較之傳統的印刷媒介有了突飛猛進的發展。這些根本性變革的出現，不僅使媒體步入了一個嶄新的時代，而且為大眾文化的孕育與發展提供了豐厚的土壤和廣闊的空間。

　　所謂大眾傳媒（大眾傳播媒介），「是指有組織的傳播者為了實現

一定的目的而向廣大受眾進行信息符號的複製和傳播時所憑藉的傳播手段、工具、途徑和渠道。」[22]在當代，大眾傳媒的形式主要有印刷媒介和電子媒介兩種。前者包括圖書、報紙和雜誌，這種形式的媒介，早在二十世紀初就已出現，但在當代其技術手段的先進和完善已不是那時所能比擬；後者包括電影、電視、國際網際網路等，特別是電視和網際網路的迅速普及（網際網路的出現除了它本身成為一個無可比擬的傳媒體系外，對紙介質媒體的發展亦有著極大的促進作用），使信息對於人類社會的意義發生了根本性的改變。當代大眾傳媒不僅縮小了信息傳遞的時空距離，極大地提高了人類社會活動、經濟運行的效率，而且擴展了文化時空，改變了人們的生活方式以及思維方式，甚至還在很大程度上加速了人類文明的進程。

大眾文化的出現是與現代傳媒的發展密切相關的，可以說沒有現代傳媒就沒有大眾文化。正如潘知常所指出：大眾傳媒的出現則無疑必然造就與自身的技術內涵彼此適應的文化，這就是媒介文化，也就是大眾文化。而大眾文化又是消費文化的重要組成部分，在這個意義上，也表明了大眾傳媒與消費文化之間的密切關係。

由於數位技術的廣泛應用和網際網路的迅速普及，當代大眾傳媒在許多方面擁有了與傳統媒介不盡相同的特徵。

其一，傳播速度更加快捷，傳播範圍更為廣泛。傳統的以紙介質為媒體的大眾傳媒，因其技術上的限制，從信息的發送到接收，需要一定的時間，同時還受到空間的局限。當代大眾傳媒借助網路技術，可輕而易舉地實現在同一時間裡任何空間範圍的信息傳遞。隨著電腦的普及，人們在同一時間裡實現信息的共享已成為可能。這就意味著信息，尤其是過去為少數人所享有的文化信息，已不再受時空的限

---

22 車美平：〈雙刃劍效應：當代大眾傳媒的兩難選擇〉，《中共濟南市委黨校學報》2000年第3期。

制，可為最廣泛的社會大眾所享用。如今，電視已進入千家萬戶，網路也已遍及到較為廣泛的範圍。這為各種大眾文化產品提供了高效率的傳播服務。

　　其二，信息承載的廣泛性、豐富性和多層次性。當代大眾傳媒不僅在信息傳播的空間，而且在傳播的內容上，都呈現出極大的擴展。網路媒體普及之迅速，使人們可以預計「在幾十年內世界所有地方都將成為大眾交流工具的觀眾、聽眾、讀者。」[23]由於傳播空間的不斷擴展，使信息傳播的受眾面逐漸擴大為所有的社會成員，那種由少數人掌握信息的發布並在有限的範圍內傳遞的時代所建立起來的信息特權已被解除。這使信息傳遞的內容呈現出包羅萬象的特點，而且基於受眾文化層次和興趣點的不同，信息內容也體現出品位的多層次性，表現形式也呈顯出多樣化。作為大眾傳媒之重要傳播內容的大眾文化也因此有了最廣泛的受眾，這是大眾文化得以發展的重要基礎。

　　其三，信息傳遞的交互性。雖然在口頭媒介時代，信息傳遞具有交互性，但這種面對面的、被吉登斯稱之為「本地生活在場的有效性」的語言交流，明顯地受到空間範圍的極大限制。網絡傳媒的誕生，使信息交流、特別是作為個人與社會大眾之間的信息交流不再受時空的限制。這就在很大程度上打破了知識壟斷和話語霸權，使社會大眾獲得發言權，改變了既往單向性的傳播方式，社會的每個成員均可參與到整個社會精神文化的建構中來。這給大眾直接參與創造文化產品的機會，使大眾文化在生產者與消費者的互動過程中，產生更為豐富的內容和形式。

　　其四，信息傳播的多媒體化。網路時代實現了信息傳播的多媒體化，將文字、聲音和圖像同時呈現在人們面前。一個不通文字的人，

---

23 孟小平主編：《揭示公共關係的奧祕──輿論學》（北京市：中國新聞出版社，1989年3月），第3期。

只要擁有一臺電視或電腦，就可以通過聲音或圖像獲得必要的知識信息，而通曉文字的人，則可以借助聲音和圖像更深入地理解知識信息。信息傳播的多媒體化，使知識的普及和深化變得輕而易舉，這給大眾文化以更加廣闊的發展空間，許多傳統文化和高雅藝術，可借助影視等媒體，轉換成大眾化的文化藝術。

當代大眾傳媒還具有組織結構的系統性、信息流通的中介性等特徵。不難看出，大眾傳媒的上述特徵，使其具有強大的信息組織能力，並掌握著信息發布權。依憑在傳播學上被稱作「授予地位」的功能，大眾傳媒可以輕而易舉地依照自身的意志和需要，通過強有力的輿論攻勢以及一系列精心策劃的市場運作，塑造精神偶像、誘導文化消費、製造社會時尚，從而左右整個社會的精神走向，其影響面和對人們思想觀念所具有的滲透力是不可低估的。

在這裡，還必須看到三個重要而關鍵性的問題。

一是大眾傳媒的話語權究竟是怎樣獲得的？在考察這一問題時我們不難發現：不論是在什麼體制下，傳媒話語權的獲得都與資本的介入密切相關，即便是那些主要依靠國家財政支持的傳媒，在它面向市場、面向大眾，特別是面向整個充滿商業競爭的媒體世界時，也不可能完全獨善其身。而就資本與傳媒的關係而言，資本的雄厚程度與傳媒話語權的大小存在直接的關係：通常說來，資本實力越強，傳媒話語權就越大。媒介為維持自身的話語權，往往受資本的控制和支配。於是，霍克海默和阿多諾認為，在此情形下媒介的獨立性難以保證，媒介與資本的結盟意味著媒介勢必受制於資本，處於為資本服務的地位。但是，這些學者沒有意識到，從另一個角度看，傳媒對其話語權的出色運用，一方面可通過製造消費需求為社會資本的擴張提供必要的環境，甚至引導資本的流向，另一方面有利於為自身獲得雄厚的資本──傳媒的成功運作在公眾心目中的形象，其本身就是一種能產生經濟效益的資本。二者事實上是一種相輔相成、互為促進的關係。

　　二是傳播重心的轉移。當消費社會將經濟發展更多地依託於文化，從工業社會對「自然」的征服，到後工業社會對「文化」的征服的轉換時，或者說當商品生產從使用功能向消費功能轉換時，作為大眾傳媒，為適應社會經濟的轉向，同時為了自身商業化運作的需要，它的傳播內容發生了重要轉移。這個時期，不僅美國主流媒體的「新聞報導的重點和主題已經從原來的經濟、政治、教育國防事務等傳統內容，逐步轉向了生活方式、著名人物、娛樂、醜聞等方面」，而且「全球的大眾傳播內容都在向消費主義靠攏，即傳媒著眼於公眾物質消費和精神消費的創造，在傳播中重視對物的符號意義的強調及其所營造的『消費社會』的氛圍」。[24]很顯然，媒體傳播內容的一系列變化意味著社會文化的重大轉型：傳媒集中於衣、食、住、行等生活方式的報導與種種時尚的製造與誘導，同時熱衷於滿足受眾的感官享受需要，必然導致一個以不斷地追求消費、滿足消費欲望的社會文化的運行體系的形成，而其自身也成為消費社會的一部分。

　　三是「媒體場域」的形成。置身於當代社會，人們無時無刻不感受到傳媒的存在——不論是公共空間還是私人空間，傳媒無孔不入的滲透使我們無一例外地籠罩在其無形而巨大的媒介之網中。大眾傳媒之所以發展得如此快捷、影響之所以如此巨大，顯然是基於消費社會符號價值生產的需要和新技術革命的推動，當然還有經濟全球化時代對於信息的需求，這一切都導致傳媒的迅速發展，並構成一個龐大的世界。事實上，在商業化社會中，傳媒不僅逐漸成為一個龐大的新興產業，而且成為具有獨特社會功能和精神影響力的大大小小的集團。這些傳媒集團利用它掌握的話語權，構織起一個經過篩選和過濾的媒體話語空間，儘管這個空間可能與現實社會相去甚遠，甚至是虛幻與

---

24 潘知常、林瑋：《大眾傳媒與大眾文化》（上海市：上海人民出版社，2002年3月），頁206、205。

空洞的，但經傳媒連篇累牘的敘述，以及竭盡心力運用種種手段所進行的渲染和強化，使精心構織的媒體空間，依然成為制約和左右人們意識、情感和價值判斷以及行為方式的話語場：一個由種種美麗的承諾、動人的描述、時髦的詞彙、浪漫的想像所組成的話語場——它比現實世界一些真實的事物更具有控制力和影響力，凡是生活於這個世界的人們都無法擺脫它的支配。傳媒構織的這種話語場，筆者稱之為「媒體場域」。在這個無形而巨大的場域中，人們從觀念意識到審美趣味、從價值追求到行為準則、從思維方式到生活方式，都不知不覺地籠罩在它巨大的網路之中，無時無刻不受其制約和框範。傳媒已經深深融入人們的日常生活，成為社會時尚和文化潮流的風向標。霍克海默和阿多諾曾形象描繪了大眾傳媒的場域作用：「一個年輕的姑娘，當她在想表示接受或拒絕對方的約會時，當她在打電話或在約會的地方談話時，或者敘述自己的心理和內心生活時，她都想能夠按照文化工業提供的模式進行表達。人們內心深處的反應，對他們自己來說都感到已經完全物化了，他們感到自己持有的觀念是極為抽象的，他們感到個人持有的，只不過是潔白反光的牙齒以及汗流浹背賣命勞動和嘔心瀝血強振精神的自由。這就是文化工業中廣告宣傳的勝利，消費者在觀看文化商品時強裝出來的笑容」。[25]

　　人們還必須看到的是，媒體場域之所以形成並具有如此強大的力量，一方面得益於現代科技——包括電視、廣播和報刊等大眾傳媒在內的大眾傳媒能在瞬間進入千家萬戶、覆蓋社會每一個角落；另一方面，大眾傳媒除了利用它的話語權將過濾後的信息呈現給人們，還具有另一種手段構成對人們意識的影響：即借助文化藝術的審美形式製造種種華麗和虛幻的景象，在愉悅受眾的過程中，悄無聲息地傳遞著意識形態的內容。在這裡，文化藝術僅僅是一種被借用於傳遞和承載

---

25 〔德〕霍克海默、阿多諾：《啟蒙辯證法》（重慶市：重慶出版社，1990年），頁158。

意識形態內容的形式，它所固有的審美特質並沒有在傳媒中展現出來，其結果是在隱蔽的狀態下讓受眾成為意識形態的自願接受者——當代大眾傳媒就是如此構成其特有的「媒體場域」作用的。

　　「媒體場域」的形成，其意義不同凡響：大眾傳媒正是有了這種傳媒場域效應，才從一般的信息傳遞的工具成為一個獨立的世界存在。首先，它模糊了真實與虛幻之間的界線。傳媒言辭鑿鑿地向人們承諾：它所提供的是最真實的信息和場景；人們在這種唾手可得的信息面前越來越喪失現場考察的願望，以至逐漸習慣於將媒體中的所呈現的現實等同於真實的世界。甚至更傾向、更依賴、更相信傳媒所展示的現實。這就在客觀上強化了傳媒在當今社會的地位，以至出現「沒有進入傳媒的存在就不是存在」的說法。傳媒構建的虛幻、模擬世界不但不會成為空中樓閣，或像泡影一樣被人們識破，而且會成為人們信以為真、趨之若鶩的世界，甚至成為人們爭相效仿的對象。「媒體場域」借助對各種文化和信息的組合與融匯，構織了一個龐大而誘人的符號世界，不但俘獲了人們的心，而且喚起人們對預設生活模式的不斷追求。在這裡，傳媒不知不覺中扮演了組織社會生活、建構現實和未來世界的角色。

　　更為重要的是，「媒體場域」的存在和擴張，改變了人們對現實的體驗方式和想像方式。這種改變表現在兩個方面。一是傳媒以「真實再現」的承諾所創造的模擬的符號世界，成為越來越多的人們認知世界、體驗現實的對象和基礎。也就是說，大眾傳媒的普及在相當程度上阻隔了人們對現實世界的接近，傳媒創造的世界逐漸取代現實而成為人們依賴和效仿的對象。這是由於，「在日常生活中包圍我們的物，已不再是一個對象，而是極大地被文化化，是富有象徵意義的一系列符號遊戲的一部分。」[26]二是傳媒在構建它的帝國時，將一系列

26　格非：〈經驗、真實和想像力〉，《視界》第7輯（石家莊市：河北教育出版社，2002年）。

具有時代特徵、代表著社會時尚的理念和詞彙滲透於人們的意識之中，它在改變人們的話語方式、思維方式的同時，也改變著人們的生活方式，使人們對生活的理解和追求更趨於同一性，更具有現代社會的特點。這不僅改變了人們的生活，也改變了人們對現實的體驗方式——當舒適、便捷、科學、經濟、效率等概念不斷在媒體出現而逐漸成為人們自覺不自覺地遵循的行為規範時，人們對生活的體驗方式便發生了意味深長的變化。比如，我們越來越難以體會收到朋友親筆來信或賀卡時的那種親切感，因為電子郵件與事先製作好的賀卡代替了這一切；我們也很難體驗歷時數月、跨越萬水千山奔赴異國他鄉時的那種艱辛過程，因為現代交通簡化了這樣的過程，而那漫漫旅途的艱辛與樂趣則可借助傳媒去想像和體味。

在消費社會中，當代電子傳媒以大量的圖像傳播進入人們的日常生活，這些無障礙的傳播使全社會的人都成為同一信息源的共享者，這不僅導致人們日常生活體驗的整一性，而且「導致了人與人之間的區別不再重要，為統一的消費、娛樂、工作方式所限制的個人，他所發出的聲音只具有相對的意義。」、「在今天的都市生活中，我們每個人所擁有的『經驗』幾乎是一樣的豐富，這不僅因為我們獲取信息的渠道都依賴於同一個資訊網絡，而且，我們的生活方式甚至夢本身都在相互模仿。資訊、新聞和傳播業的突飛猛進從表面上看，使得交流的途徑和方式、內容都極大地豐富了，但實際上卻使得傳統意義上的個人經驗的交流狀況每況愈下。」[27]不難看出，這種狀況的形成正是「媒體場域」無所不在而又整體劃一的結果。

---

27 格非：〈經驗、真實和想像力〉，《視界》第7輯（石家莊市：河北教育出版社，2002年）。

三　「懸浮」與「分離」：中國消費文化的特徵及其對文學的影響

　　西方社會早在上世紀六十年代便開始進入消費社會，由此產生的後現代消費文化將整個社會帶進一個被種種時尚和流行以及各色奇觀和景象充斥的世界。這個由當代傳媒造就的消費社會，由於構建它的重要組成部分——大眾文化所具有的商業化傾向，遭到包括法蘭克福學派在內的學者的批評。法蘭克福批判文化工業（大眾文化）的核心指向，就是大眾文化對於商業原則的服膺和對於藝術原則的背離，而更具深刻性的是，法蘭克福學派的重要學者之一阿多諾對大眾文化之意識形態本質的揭示。阿多諾曾如此批判道：「對於大眾文化來說，問題在於它並不是真是大眾的，與其說它是由人民創造的不如說它被用來欺騙人民，它服務於統治者的利益並潛在地服務於極權主義。」[28]但我們必須看到另一方面的問題，那就是既然大眾文化有這樣那樣的缺陷，它在消費社會為什麼還如此盛行不衰？阿多諾所指出的大眾文化的意識形態特徵，顯然是我們審視大眾文化時所不容忽視的一個重要視角，但同時我們也不可局限於這樣的視角。如果在消費文化的話語環境中，文學藝術的唯一出路就是融入大眾文化，同時成為消費社會商品生產和消費審美化過程中被利用的元素的話，那麼藝術就只有走向消亡。然而，事實上，儘管消費社會中文學藝術遭遇到前所未有的困境與挑戰，但如歷史上許多時期一樣，文學藝術最終並沒有走向消亡，而是在蛻變中走出一條新路。

　　而與此同時，消費文化的興盛、大眾文化的繁榮也勢不可當。這一發展趨勢儘管在很大程度上得益於大眾傳媒、金融資本的支撐，特

28　〔英〕戴維・麥克萊倫：《馬克思以後的馬克思主義》（北京市：中國社會科學出版社，1986年），頁349。

別是現代商品生產規律的支配，但不可否認的是，消費文化，尤其是大眾文化，它在受制於商業原則和將傳統文化藝術作為元素進行重新組合的過程中，也在逐漸創造一種合乎新時代要求的、具有審美新質的文化藝術，而並非如阿多諾所認為的僅僅是一種意識形態的存在。否則我們就很難解釋：既然大眾文化具有欺騙性、操縱性，為什麼它依舊呈現出蓬勃的生命力？既然大眾文化追求的是欲望化、感官化、平面化的審美效果，那麼又如何解釋它的受眾遠不只是普通讀者和觀眾，而是包括知識菁英在內的所有階層的人們？

　　事實上，我們一方面要承認消費文化、大眾文化有低俗、粗糙、平庸的一面，另一方面也要看到它具有為各階層人士所接受的內在品質；一方面我們要肯定嚴肅文化藝術具有的獨立審美特質，可為大眾文化提供藝術支持，另一方面也要看到嚴肅文化藝術在消費社會時代呈現出的種種不適應現實審美需求的弊病。從這個意義上說，儘管經典著作的產生是個歷史過程，也存在許多偶然性因素，但新的經典肯定不會在傳統意義上的嚴肅文化藝術中產生，也不會在典型的大眾文化中出現，而是最有可能在實現二者之間最佳結合的作品中產生。

　　相對於西方社會，中國進入消費社會則要晚得多。大致在二十世紀九十年代中後期，隨著市場經濟體制的逐步建立、日用商品生產日益豐富多樣、以及大眾傳媒的迅速發展，中國開始步入消費社會。正如有些學者指出的那樣，中國進入消費社會的顯著特徵表現在：消費呈現多層次化、個性化和審美化。但由於中國區域和城鄉之間經濟社會發展的不平衡，這些消費社會的表徵主要集中於經濟發達地區，而就整個中國而言，顯然不同於典型的消費社會——不僅存在地域間的差異，而且發達地區存在傳統文化與消費文化之間相互交織、衝突、融合，欠發達地區在充斥著消費文化觀念的當代傳媒的影響下，存在著消費早熟、超前消費等現象。這一切使步入消費社會不久的中國，在消費文化方面表現出區域和程度差異等複雜情狀。

　　作為後現代消費文化，它在中國出現的背景與條件具有特殊性。二十世紀七十世代的中國還只是一個初步工業化的國家，都市居民的基本生活尚且難以保障，廣大農村更是處在貧困的線上。僅僅二十多年時間，東部地區經濟突飛猛進的發展，導致相當部分的城市在基礎設施、商業貿易和市民日常生活等方面已經具有明顯的消費社會的特徵。這種速成的後現代景象的出現，不可避免地在文化觀念上出現巨大的脫節和斷裂現象。在幾乎是突然降臨的「後發速生」的消費社會面前，人們還無法從心理、觀念上迅速接受眼前發生的一切：一方面，具有消費條件的人群不一定具備後現代的消費觀念；另一方面又有相當多接受了後現代消費觀念的人們，卻不具備消費的經濟條件；也有許多人徘徊於傳統與現代之間，同時還有一部分人則完全拒絕傳統。這樣一種現實狀況導致中國的消費文化必然呈現出紛繁駁雜的樣態。錢中文曾表達過這樣的觀點：中國是個前現代、現代、後現代文化並存的國家。但這只是對問題的一種簡單的概括。更具體也是更重要的，是要細緻梳理並闡發這三種文化在中國當下是以怎樣的方式存在的——即它們之間是如何相互交織、衝突，又是如何相互滲透與融合的，最終又呈現出怎樣的特點。

　　當然，進行這樣的梳理並非易事。目前學界尚沒有令人滿意的分析。本文只能勾畫出一個基本的觀點，以便為下面的研究提供一個盡可能清晰而恰切的背景。

　　在筆者看來，後現代消費文化事實上是現代性發展的一種晚期狀態，其本身是從現代文化發展而來的。雖然總體上講，「我們不是消費社會，但我們社會中的確已經擁有消費社會的一些特徵。」、「況且，文學和文化是具有某些超前性的，它並不與時代保持機械的同步發展」。[29]因此，中國在現代化進程中高速發展所生產的「後發速生」

---

29 肖建華、肖明華：〈試論消費社的文學走向〉，引自文化研究網（www.culstudie.com）。

的消費文化，除了具備西方消費文化的基本特點外，還具有許多自身的特點。

首先是不平衡性與「懸浮」狀態。中國經濟社會發展的不平衡不僅表現在區域之間，還表現在城鄉之間，這導致基於一定經濟基礎之上的消費文化的發展也存在嚴重的不平衡性。當東部發達地區都市進入消費社會時，西部及廣大農村還處在前現代和初步現代化的狀態中，這些地方的消費觀念、消費方式就整體而言與後現代消費文化還存在很大距離，還缺乏消費文化的生長的社會土壤和經濟條件。但另一方面又必須看到，在無孔不入、無遠弗屆的現代傳媒的覆蓋下，後現代消費文化具有超越經濟發展水平的限制而實現其影響的可能。近年來，大量西方後現代消費文化通過譯介和影視的傳播，在相當程度上影響了人們的觀念意識，導致在發達地區的都市裡，消費文化占據了越來越重要的地位；而在欠發達地區以及還不具備後現代消費社會經濟條件的地區，滋生著大量不切實際的、超前的消費想像。這種現實社會、經濟基礎與後現代消費意識不對稱的、脫節的現象，導致消費文化僅僅「懸浮」於觀念層面，而難以進入實踐的、行為的層面。也就是說，在這個意義上，西方有關後現代消費文化話語的引進，在一定程度上使後現代文化更多地以觀念意識的形態存在於中國的許多地區。

其次是反覆性與「分離」狀態。在發達地區的都市中，雖然形成了後現代消費文化存在的社會經濟條件，而且也確有一些地方的消費文化迅速發展和繁榮起來。但必須看到的是，由於這些地方消費社會的基礎是在很短的時間裡建立起來的，人們傳統的思想、觀念、習俗還未徹底扭轉，也由於新興的消費文化理念更多地是通過傳媒從西方輸入的舶來品，因而不可能像自發生長的思想觀念那樣具有深厚歷史根基和社會土壤。在這種情形下形成的「後發速生」的消費文化，不可避免地帶來這樣一種後果：一方面，傳統的消費文化觀念仍然占據

一定市場，並影響人們對後現代消費文化觀念的接受，即便是已經接受了後現代消費文化觀念的人，也可能在一定的環境壓力下發生動搖和改變；另一方面，從西方舶來的消費文化理念，雖然很快被人們所接受，但在進入中國具體的社會實踐，在向人們的意識深層滲透時，往往會遭遇種種尷尬和抵制，呈現出與傳統文化的「分離」狀態，甚至出現傳統的反彈。這種文化交織過程中的反覆現象，便構成中國消費文化的重要特點。

這種不平衡性與反覆性，導致中國社會傳統話語、現代話語和後現代話語呈現出既相互分離、同時並存，又相互碰撞、彼此滲透，消費文化因此具有多重性和混雜性，只有清醒地認識這一點，才能很好地把握這種文化語境中文學藝術所面臨的真實處境。

那麼，消費文化對文學究竟產生了哪些影響呢？

雖然有學者對中國是否存在消費文化提出質疑，但消費文化在中國的出現與興起已然是不可否認的事實。不難看出，消費文化的日趨興盛，無疑使整個社會文化語境發生了深刻的變化——人們消費理念、消費方式和消費行為的變化，勢必對文學構成巨大而深刻的影響。

作為後現代社會的消費文化，它的出現首先導致文學與現實關係、文學自身存在格局的變化。就文學與現實的關係而言，消費文化語境中，由於大眾傳媒在商品的包裝宣傳中所展開的源源不斷的符號生產，使得日常生活中越來越充斥和滲透著種種文化與審美因素，這些文化與審美因素既有傳統文化的，也有現代文化，同時還有各種融合了傳統與現代、東方與西方的混合型文化。這一商業領域的運作方式，在大眾傳媒發達的當代社會已成為一種具有普遍性的文化行為，而文學作品作為一種有著雙重屬性的精神產品，在其生產與傳播過程中勢必受到消費文化語境的深刻影響。以往文學從創作到出版到傳播所遵循的種種規則，均被新的文學生產系統與傳播模式所取代。這就給文學帶來前所未有的衝擊——不論是作家的創作心態，還是文學文

本的審美特徵乃至審美範式，都發生了深刻的變化。

在消費文化語境中，文學最引人注目的變化在於，從以往單純的精神文化建構，演化成為整個社會文化消費的一個組成部分；以往居於主流地位的菁英文學、雅文學日漸式微，而具有明顯商業化傾向的大眾文學則異軍突起，以其繁榮的創作和廣泛的受眾而成為人們無法忽視的、甚至具有主流意義的文學景觀。在這一過程中，都市消費文化對文學的影響尤為深刻，正如有學者指出的那樣：「當代電子媒介、電腦網路在改變社會公理和文化交往的中介系統，改變既有的審美／文化的存在方式與價值規範的同時，也改變著文學藝術的傳統的價值觀念和規範體系。特別是文學與各種媒體藝術、時尚文化的相互滲透與結合，使得文學藝術的嚴肅、高雅、崇高的價值定位及其巨型敘事模式，為世俗的感性愉悅和平面化的日常藝術消費所遮蔽，關於終極價值的追問被泛情的世俗關懷所取代。」[30]不難看出，消費文化語境中，不用說當文學作為一種文化因素和資源被納入符號價值生產之中所不可避免地要帶有濃厚的商品色彩；即便是試圖極力擺脫市場控制的文學寫作，也常常被無孔不入的傳媒所利用而陷入消費市場的怪圈。張承志、張煒對文學神聖性的維護之被傳媒作為一種「另類」宣揚；余秋雨文化散文之被市場所利用和炒作，無不表明商業原則對於社會文化肌體的廣泛滲透及其無形而巨大的力量。

正是在這樣的環境下，文學的審美範式經歷著一場前所未有的變革。以往那種在主流意識形態的統攝之下的「宏大的民族-國家寓言式的敘事，明顯轉向了個人化的、私人性的小敘事；對那些悲天憫人的命運的關懷，轉向了感覺、體驗和想像；厚重的深度感變成了輕薄的平面感。」[31]在這一變革中，突出的現象是文學「都市性」寫作的

---

30 姜文振：〈都市消費文化的興起與文學生存方式的新變〉，《當代文壇》2004年第3期。
31 陳曉明：〈現代性對後現代性的反撥〉，《文學自由談》2003年第1期。

崛起。作為消費時代都市性寫作，其主體是出生於六十年代末、七十年代初的一批新生代作家。這些作家多數履行著「一個極為確切的社會功能：奢侈的、無益的、無度的消費功能」，「體現在他們身上的娛樂道德，其中充滿了自娛的絕對命令，即深入開發使自我興奮、享受、滿意的一切可能性，盡可能地享受生活。他們所代表的享樂主義實際上已成為我們這個時代的主流價值觀。」[32]

概括說來，消費文化語境對文學構成的巨大影響，表現在這樣幾方面：

一是享樂的正當化。以往文學或強調厚重的理性內涵與社會教化功能，或追求情感聖潔、心靈淨化、志向高遠、意蘊深刻的審美形象和境界。而消費文化語境下，文學迅速轉向以表現享樂為主的內容和藝術形象——不論是情節還是主題，不論是話語方式還是藝術追求，都表現出濃厚的娛樂化傾向。文學被越來越身不由己地納入到消費社會享樂主義的潮流中，成為一種重要的娛樂形式。

二是欲望的感官化。以往文學對欲望的表現總是與某種理性訴求相聯繫，體現為一種理想、願望和追求，如愛國主義、人格尊嚴、道德理想、人生追求等。在審美品格上則更多地表現對宏大敘事、人物形象、理性蘊涵的追求。而在消費文化語境下，欲望被剝離了種種人文外衣，成為赤裸裸的感官化表現。

三是現實的幻象化。以往文學更多地傾向於追求客觀地表現現實生活，揭示現實社會和人生世態的奧妙與本質，在審美上追求描寫的真實性與生動性的統一——栩栩如生、唯妙唯肖、真實感人，成為一部作品審美品格的重要標準。而消費文化語境中，關於真實的概念已發生徹底變化。消費社會對符號意義追求的原則被不同程度地運用於文學——許多作家們不再熱衷於現實生活的描摹，而是迷戀於對現實

---

32 伊偉：〈論「七十年代後」的城市「另類」寫作〉，《文學評論》2003年第2期。

人情世相和文化資源進行重新編碼，製造出具有吸引眼球、迷惑心智的幻象世界。

　　四是文學的事件化（新聞化）。以往文學作品引起社會關注，往往是其本身具備獨特的藝術品質，同時它所表現和揭示的內容恰好為一個時期乃至一個時代的人們所普遍關注，能夠觸動人們的情感與心靈。也就是說，一部作品的成功主要在於其自身的藝術魅力與理性內涵。而在消費社會，大眾傳媒具有的話語權力，以及它在商業化的文化生產體系中所建立起來的運作機制，使在大眾傳媒操縱下的文學是否被人們所接受，往往不是取決於作品的藝術魅力，而是取決於傳媒是否成功地對作品進行了包裝宣傳。一次耗資巨大、策劃成功的包裝，可以使一部平庸的作品成為家喻戶曉的暢銷書。當一部作品與一系列的事件、報導和評論聯繫起來而成為一種文化現象時，人們關注點通常被種種與作品相關的新聞報導所吸引，而對作品卻往往不甚了然。那種「一讀為快」的心理也只是出於對現象的好奇。這時文本本身表現了什麼、表現得如何已不再重要，重要的是人們必須把閱讀這樣一部作品當作一件必須參與的事情來做──當盡人皆知的作品你竟然一無所知，勢必被人們當作另類看待。這樣一種文化語境中，文學常常有意無意地被事件化也就理所當然了。

　　不難看出，這一系列的影響對文學意味著什麼。從作家的創作姿態到出版社機構的行為動機，從作品的流通環境到讀者的閱讀趣味，乃至批評標準的市場化，無不改變著文學的生存環境。在這一過程中，文學既有的審美範式發生了怎樣的變化？這些變化又是如何發生的？它與傳統的審美範式之間存在著怎樣一種關係？這是我們必須深入考察的問題。

新世紀的青春寫作與媒體運作

　　世紀之初，一批年輕的作家在網路時代自由的寫作氛圍下，以純粹個人的心性表達和充分擺脫傳統的寫作風格的姿態進入文壇，形成一種既與主流文學判然有別，又與新生代和新新人類寫作相異的文學現象。這便是以郭敬明、寒雪、張悅然、安尼寶貝等為代表的純粹體制外的自由撰稿人的寫作，這批作家的寫作構成了新世紀青春文學寫作的重要組成部分。與衛慧、棉棉等新新人類作家對時尚自覺的趨附與推崇不同，這批作家的寫作基本源於內心感受的個人表達，他們往往以第一人稱的敘事視角將自身的生命體驗真實地呈現出來，表達的是一種極具個人特點和色彩的對生命和世事人情的感悟。如果說存在對時尚的趨附，那也主要是傳媒出於市場需要的刻意渲染，是傳媒有意識的運作的結果，在傳媒的運作下，這些作品獨特的寫作方式和審美元素被誇大和強化，成為一種新的閱讀潮流。因此，與其說這批作家趨附於時尚，倒不如說是消費社會中的文化生產機制的強行介入，使這些作家的作品成為消費文化的一個組成部分。當然，從郭敬明等作家的作品看，也的確存在諸多時尚因素——他們的人生態度、生活方式和審美追求都是那樣的特立獨行，並在很大程度上體現著七十後乃至八十後一代年輕人的價值取向和精神形態。這也是傳媒進行市場化運作的現實基礎。這些作家的作品能在年輕一代中風靡一時，不是僅僅靠傳媒的推波助瀾所能奏效的。許多年輕讀者並不是由於傳媒的炒作而去接受他們的作品，往往是這些作品從裝幀設計到審美取向在很大程度上契合了當下青少年的內在心理需求。郭敬明、安尼寶貝們的寫作，事實上呈示著網路時代成長起來的年輕人獨特的精神世界，

這個世界與上一代人存在的區別是顯而易見的。圍繞著這個世界的年輕讀者群已顯示出對於傳統文學經典的隔閡與疏離（現今許多中文系的大學生已不再熱衷於閱讀古今中外的經典，而更熱衷於從網路世界中去尋找他們的精神家園）。他們自以為是地確認了一種審美風格，並大有趨之若鶩之勢，由此而成為傳媒跟蹤和炒作的對象。這種現象值得我們加以深入探討。

　　近年來文學界出了個青春寫手郭敬明。他的出現以及他作品的暢銷，事實上已不僅是文學圈內的事件，而是一個很值得探討的文化事件。郭敬明現象當然有深刻的背景，它無疑是與消費社會中傳媒功能的改變密切相關。因此，對於郭敬明的研究，我們當然不能忽略媒體的市場運作所起的重要作用，可以說沒有現代傳媒的商業運作，就不會有郭敬明現象。但這只是問題的一個方面，我們還必須關注的問題是，郭敬明小說到底給文學提供了什麼特別的東西。因為如果沒有一種特別的東西，僅僅依靠傳媒的炒作也是難成氣候的。事實上，在郭敬明的成名過程中，這兩方面的因素都起了重要作用，缺了哪一個都不可能有今天的郭敬明。

　　郭敬明十七歲時寫下的記錄他青春期成長的小說《愛與痛的邊緣》，就已充分顯示了他的寫作才華。這部小說顯然不屬於宏大敘事的作品，作為一個年僅十七歲的作者，他通常只能敘寫與自身緊密相關的事情和成長過程中的種種內心感受及衝突。這樣的作品是否特別，就要看所表現的內容與時代的關係，以及有沒有個人獨特的感受。《愛與痛的邊緣》真實地記錄了一個憂傷而性格矛盾的孩子的成長過程。作家優美而略帶華麗的文字，人物真實而又充滿虛幻色彩的豐富感覺，構織出一個青春期成長過程中敏感而細膩的心理世界。這個世界，不僅鮮明地映顯了當下青年的生存環境，而且富有質感地表現了在傳媒時代特殊的文化氛圍中青少年所面臨的精神問題。傳媒時代信息的無邊界擴散，導致價值觀的多元化；而消費社會多向性、多

層級的發展模式，給予人們更多的現實選擇，同時也帶來更多的夢想。置身於這種環境之中，人們嚮往自由的願望變得更加強烈，崇尚一種自主自為的人生。小說中的人物個性鮮明、渴望獨立自由的生活，對學校按部就班、壓抑沉悶的學習生活深感厭倦；但他又不是沉迷於理想而脫離現實的人，他有強烈的現實感，也明白只有通過高考才能證明自己的成功；他嚮往作為一個作家所具有的豐富精神世界，但這並不妨礙他對世俗的物質與金錢抱有強烈的渴望。事實上，他矛盾性格本身也反映了這個時代的諸多特徵。

在這個物質至上的時代，小說主人公卻有格外豐富的精神追求。這個少年熱衷於音樂、電影與閱讀。他對音樂如痴如狂，音樂是美好心境的源泉，是精神得以慰藉的靈丹妙藥，沉醉於音樂世界對他來說是一種莫大的享受。製造夢幻的電影，給主人公帶來的則是另一種感受──寂寞。電影的世界包羅萬象、五彩繽紛，但他似乎從中只感受到寂寞。寂寞成了他現實心境的一種主色調。在這個充滿欲望和物質享受的時代，喜好讀書幾乎成了一種孤寂甚至不合時宜和潮流的行為。但我們的主人公卻對閱讀情有獨鍾。當然，他有自己的選擇，這種選擇與以往主流意識形態框範下的作品不盡相同。他閱讀的感覺和體味到的情趣也具有另類的特點：「閱讀是午夜裡的御風飛行，我一直這麼認為。閱讀似乎成了我生命中的一種極其重要的狀態，黑色的風從翅膀底下穿過的時候，我總會有莫名的興奮。我所看的書很是極端，要麼就是如許佳、恩雅般的安靜恬淡，要麼就如蘇童、安妮寶貝般的冷豔張揚，或許我天生就是個極端的人。」

人們不難看出，這個物質主義的時代，郭敬明的作品所表現的卻是一個注重內心情感和精神追求的世界，只是這個世界是以他這代人特有的方式進行表達的。這與朱文、韓東等新生代作家對物質和欲望的崇尚判然有別。但必須看到的是，作者對音樂、電影和閱讀的熱衷，是對一種純精神生活的追求和嚮往所使然，或者說，他對藝術的

愛好具有唯美主義的傾向，僅僅關注藝術的美感層面，而並不注意藝術所表現的意義層面。這種唯美主義的傾向也表現在郭敬明作品的文字風格上——華美流麗，節奏舒展，溫潤輕柔，意趣盎然。這樣的文字，加上作者眾多獨到的比喻和形象表達，形成了具有新穎美感的藝術世界。他的感覺，他的苦悶，他的喜好，他的憂傷，不僅真切地傳達出在消費社會和傳媒時代青少年的特殊感受——他們對現實的認知更多地是從審美文本這個「第二世界」獲得的，具有明顯的表象化特點；而且通過他的文字表達方式，又轉換為一個讓他的同輩人所欣賞的美學文本，在這個文本世界中，年輕讀者找到了屬於他們自己對於這個世界的感受。毫無疑問，郭敬明是具有很好的語言天賦，他的文學世界是他駕馭語言的能力與他對這個世界的細膩感受結合的結果。

　　郭敬明的散文帶給人們唯美主義的感受，而他的小說則呈現了在資訊發達的時代裡，青少年們的內心情感和人生態度。《1995-2005夏至未至》作為一部長篇小說，自然少不了人物描寫。但穿行於作品中的人物如傅小司、陸之昂、立夏、七七、遇見等，與傳統小說的不同之處在於幾乎沒有相互區別的明顯的性格差異，也沒有曲折的情節結構，更沒有激烈的矛盾衝突。小說結構鬆散，布局隨意，並無精心設計之處。除了作者慣常使用的文字風格在小說中依然表現得格外鮮明之外，作品在意義層面並沒有刻意的預設和蘊涵。但從小說中幾個人物身上，我們多少還是可以把握到他們的情感脈絡和精神輪廓的。首先他們是一群與《愛和痛的邊緣》中人物一樣喜愛音樂的青年男女，同時又喜歡滿世界遊歷。他們似乎沒有生存的壓力，也沒有學校緊張的學習困擾，他們似乎也沒有特別執著的追求，他們只是按照自己的感覺在茫茫人海中，在世俗的軌道上滑行。遊戲般的情愛，充滿幻想的遊歷，並在遊歷中體味和思考著種種人生問題。我們不能說這些學子們胸無大志、無所事事，他們在看似遊戲般的行為中，卻格外投入、格外真切地體味和思考著什麼是愛，什麼是幸福，什麼是人生最

重要的東西，什麼是永恆，什麼是青春年華中值得留存的——就是在這些體味和思考中，小說呈示了這一代年輕人心理與情感世界。傅小司在與陸之昂的交往中感慨著時光對人生印記的磨蝕——「曾經那樣清晰的痕跡也可以消失不見，所以，很多的事情，其實都是無法長久的吧。即使我們覺得都可以永遠地存在了，可是永遠這樣的字眼，似乎永遠都沒有出現過。所以很多時候我都在想，之昂，我們可以做一輩子的好朋友麼？即使以後結婚，生子，日漸蒼老，還依然會結伴背著背包去荒野旅行麼？你還是會因為弄丟了一個我送你的皮夾子而深深懊惱麼？」[1]對什麼是幸福，他們也有著自己的理解：「幸福。幸福是什麼呢？細節罷了。那些恢弘的山盟海誓和驚心動魄的愛情其實都是空殼，種種一切都在那些隨手可拾的細節裡還魂，在一頓溫熱的晚餐裡具象出血肉，在冬天一雙溫暖的羊毛襪子裡拔節出骨骼，在生日時花了半天時間才做好的一個長得好像自己的玩偶裡點睛，在凌晨的短消息裡萌生出翅膀。又或者更為細小，比如剛剛一進機場傅小司就背著立夏的行李走來走去幫他辦理 CHENK IN 手續，立夏想伸手要回來自己背的時候還被狠狠地瞪了一眼得到一句『你有毛病啊有男生讓女孩子背行李的啊！』又哪怕是傅小司低下頭在自己耳朵邊上小聲提醒飛機上需要注意的事情甚至彎下腰幫自己把安全帶繫上，又或現在，即使閉上眼睛也知道小司輕輕地幫自己下了遮光板並關掉了頭頂上的閱讀燈，種種的一切都是拆分後的偏旁和部首，而當一切還原至當初的位置，誰都可以看得出來那被大大書寫的『幸福』二字。」[2]

　　不難看出，這些年輕人的世界裡，不僅僅只是遊戲化的行為和談吐，也不單是只知調侃和玩世不恭，在看似嬉戲玩鬧中，卻有著對種種人生問題的感悟和理性思考。所不同的，他們不是以嚴肅嚴謹的姿

1　郭敬明：《1995-2005夏至未至》（瀋陽市：春風文藝出版社，2005年），頁92。
2　郭敬明：《1995-2005夏至未至》（瀋陽市：春風文藝出版社，2005年），頁93。

態去面對人生問題，而是以比較超然的甚至有點遊戲的心態去面對，但遊戲中又不乏真實和真誠，顯示出這代人特有的方式。

安妮寶貝的長篇小說《蓮花》同樣是一部以人物（善生與內河）的遊歷為主線，主人公喜歡用一種冷淡的行為意識去掩蓋自己的熱情，這或許是現代都市人喜歡的方式。小說借助主人公的遊歷，十分細膩、真切地表現生命在面對這個世界中人和事以及大自然時的感受和體驗，傳遞出人物對世態人生的特殊感悟。其中所表現出來的人生態度與價值觀念，與郭敬明筆下的人物有許多相似之處：喜歡遊歷，喜歡遠離人世，喜歡奇異的事物，喜歡虛幻的愛。這些都與新生代的作家專注於欲望的表現截然不同。作為長篇小說，《蓮花》的人物十分有限，情節結構也很簡單。但作品通過三個人物之間關係的表現，不僅以優美抒情的筆觸，構織出一個具有神祕色彩和清幽意境的審美世界，而且透過對人性的揭示和剖析，深刻展示了人物內心世界的複雜圖景，探詢了生命本質及其意義所在。小說將人物活動的背景放在遠離都市的邊遠地區──雅魯藏布江的江河河谷以及那與世隔絕的墨脫。剛剛從名利場的喧囂中脫身的中年男人善生，長途跋涉前往與世隔絕的墨脫尋訪久友內河。內河曾與善生有過一段不尋常的經歷，如今卻被世人遺忘，她與善生的往昔故事是由善生向身患疾病的年輕女子慶昭的傾訴中逐漸呈現出來的。在這一過程中，一代人痛苦而流離的精神歷程和當代都市人的內心情感也在深入的透視中展現出來。小說的魅力在於散落於善生的傾訴過程而又貫穿始終的對於愛、信仰和生命本質的追尋和困惑。正是這些困惑的突顯和反覆出現，顯示了作品的理性深度與美學內涵。

小說中人物在遠離城市喧囂的旅途中，在原始但質樸單純、充滿自然氣息的高原蠻荒之地，對現代都市的生活有了新的感悟。尤其對消費社會的生活方式表現出深刻的反思和質疑：「所謂的奢侈品、高級品牌、時尚，它們使人們信奉形式和虛榮，充滿進入上流社會的臆

想。安享太平盛世。追求一只名牌包一輛名車使你疲於奔命。離開城市之後，你會發現它的畸形和假象，對人的智力是一種侮辱。」[3]

　　主人公一邊遊歷一邊思考人生，山川雪嶺、河谷草原、高山湖泊，奇異壯闊的景象蘊藏著神祕的力量，給來自都市的遊歷者以奇異的感受，觸發著對人生的種種探詢和感悟。對於愛，他們的理解也充滿著自己獨特的色彩。他們以為現代人已經沒有愛情可言：「我不覺得在城市裡能夠有愛情。人們已經習慣把感情放置得很安全。掌握完全的控制權。不讓對方知道自己的內心。不表達對彼此的需要。不主動，也不拒絕。他們只相信自控自發的絕對行動。相信現金。相信時間。如果有什麼東西要以貿然的姿態靠近，那麼將會被他們義無返顧地一腳踢開。」[4]

　　這些探詢無疑具有許多虛幻的色彩，但必須看到，他們是以真誠的心，甚至是用生命的每一根觸角去體悟和思考。雖然他們沒有成熟的價值體系來批判周圍的一切，憑的只是一種直覺、一種本性，體現著這個年齡所具有的朦朧嚮往和對生命意義的執著叩問。

　　不難看出，出自這些年輕寫手的作品，似乎並沒有像新生代小說那樣表現出明顯的欲望化傾向，相反，在消費社會濃厚的商業氛圍之中，這批更年輕，同時也更多地受到消費文化薰染的作家，卻特別執著地在精神和情感層面追尋著屬於自己的理想王國。按照一般的商業邏輯，這樣充滿個人色彩和虛幻意味的作品，與眼下物質主義潮流日益高漲的時代不相適宜，因而也很難成為大眾讀者喜愛的流行讀物。然而，儘管這些作家沒有像新生代作家那樣有明確的市場意識，也不像新新人類作家那樣純粹以欲望的大膽表現去吸引大眾的眼球，他們只是以出自青春的熱情和探索欲望去感受周圍的世界，並希望借助自

3　安妮寶貝：《蓮花》（北京市：作家出版社，2006年3月），頁168-169。
4　安妮寶貝：《蓮花》（北京市：作家出版社，2006年3月），頁123。

己的眼光來了解和認知自然和人生。但他們獨特的對於生命、對於愛、對於自然萬物的感知，在構織成一種新的審美元素的同時，卻被現代傳媒的業內人士看中了其巨大的市場價值。傳媒敏銳地意識到，這批作家沉迷於個人內心世界所表現出的帶有濃厚唯美主義傾向和虛幻色彩的感受，在很大程度上反映了一代青少年的審美取向、價值觀念和精神追求。他們是生長於電子傳媒時代，浩若煙海、魚龍混雜、真偽難辨的媒體信息構織成一個龐大的獨立世界，即「第二世界」。人們對於現實世界的認知越來越依賴於這個由媒體構成的「第二世界」，尤其是青少年，他們對於網路世界的依賴遠甚於現實世界。網路信息雖然有一定的真實性，但它的虛擬性對於人們的影響顯然更加廣泛和深入。處於青春期喜歡幻想的青少年，他們對未來的憧憬之情借助於網路世界而變得更加熾熱，同時也變得更為絢麗和虛幻。郭敬明、安妮寶貝等作家的作品所傳達出的有別於傳統的獨特情感形態和美學形態，恰好在很大程度上契合了同時代人的青春想像和內心感受，他們在這些作品中找到了自己想要表達的感受和對於這個世界的認知態度，也找到了掙脫傳統的的方式和叛逆激情的宣洩口。

圍繞著這樣一批在青少年中有巨大市場的作品，傳媒展開了一系列的商業運作和包裝。我們不能設想，如果沒有現代傳媒進行成功的市場運作，這些青春寫手的作品會有如此輝煌的市場業績。儘管在批評界始終沒有把郭敬明、安妮寶貝等人作品納入視野，但他們在青少年讀者以及社會大眾中的名氣卻超過了人們通常認為更有名氣的劉震雲、楊麗萍、李詠等名人。在二〇〇六年《福布斯》（Forbes）公布的「中國名人排行榜」上，留著長髮、瘦小得不足五十公斤的郭敬明竟然列在第九十三位，榜上收入是一六〇萬元，而劉震雲等人卻排在其後。郭敬明是靠什麼擠入「福布斯」並位居前列呢？說來簡單，就是靠他在市場中狂銷的兩本書《幻城》與《夢裡花落知多少》。二〇〇三年，競爭激烈的北京圖書訂貨會上，《幻城》列於排行榜第

二，郭敬明另一部長篇小說《夢裡花落知多少》也於同年出版，兩本書的銷量分別為一〇五萬和一一〇萬冊，連郭敬明自己都沒有想到他的書竟賣得比海岩、池莉都火。郭敬明幾乎一夜間成名，短短幾年，竟已成為二十歲左右青少年讀者群的偶像。

　　考察郭敬明現象，不能不提到春風文藝出版社。這家出版社在營銷上的成功，在很大程度上奠定了郭敬明作為一個青春文學的新秀所具有的市場號召力。〈幻城〉原為發表在「萌芽」上的一個短篇小說，但隨後卻出人意料地在「萌芽」的網站上引起熱評。出版商很快注意到這個信息，找到郭敬明讓他把小說改成長篇，最終使郭敬明一夜成名。責任編輯時祥選明確表示《幻城》和郭敬明的成名，春風文藝出版社在經營上付出的努力起了重要作用：「我們在當時已經判斷出市場熱點，當時就把這本書定位為金牌推薦書，為此我們設計了許多新穎的營銷方式，比如推出 Flash，在各網站不斷釋放書的最新消息。在二〇〇三年初，社長韓忠良甚至親自致信發行商，大力推薦《幻城》」。應當說，春風文藝出版社是有市場眼光的，二十一世紀初，青春文學正在開始熱起來，他們抓住了這個機遇，加上成功的營銷策略和推介力度，使潛在的市場成為現實的市場。他們並沒有像一些傳聞那樣，按市場需要去指導和約束郭敬明的寫作，時祥選說：「我們沒有那麼緊密，雖然和他簽合約，但也只是四年內至少有一本達到出版要求的書，對於他的寫作，我們給予很大的空間，我們也非常信任他。常常他就大概告訴我們他在構思一個什麼東西，然後到了寫完交給我們後，我們才稍微探討一下怎麼營銷」。不難看出，出版社的作用主要在於營銷策劃，這是初期的情況。待到小說暢銷後，大眾媒體的跟進炒作，則進一步推動了作品的銷量。這其中網路也起了非同尋常的作用。作為主要對象為青少年的青春小說，它在網路上的推介，很快在青少年中形成影響。而這些青少年在網路上的互相推介，無疑導致閱讀者成倍的迅速增加，在很短的時間裡就形成一個新

的閱讀熱點。

在消費社會中，傳媒的一個重要特點就是善於製造事件和包裝炒作，當一個熱點剛剛冒頭，傳媒敏銳的嗅覺就會察覺到並進行一系列的包裝，最大限度地開發其商業價值。郭敬明作品的熱銷，不僅成為媒體報導的焦點，而且種種與之相關的商業策劃與運作也隨之展開。先是出版商將《幻城》的版權賣到韓國及臺灣地區，並同時與郭敬明簽約出版他在大學期間寫的作品。而後春風文藝出版社又出版了《幻城》漫畫版、《幻城之戀1》、《幻城之戀2》，由此迅速掀起了郭敬明熱。在這個過程中，網際網路也起了推波助瀾的重要作用。一方面，紙介質媒體頻繁的出現郭敬明宣傳和作品信息，必然會被網路媒體所吸收，從而在更廣泛的範圍內實現二次傳播，而網路媒體的受眾大多數是青少年，郭敬明作品正適合於他們的口味。另一方面，當郭敬明走紅後，儘管學院派批評對之抱以冷漠態度，但在網路自由空間裡，相關的評論和話題卻鋪天蓋地、不絕如縷，以極快的速度擴展和蔓延，形成一股熱潮。與此同時，郭敬明又在網上開了個人博客，眾多的「粉絲」不僅構築了一個新的傳播平臺，而且通過這個作家與讀者之間直接對話的方式，「粉絲」們可以從郭敬明的博客中了解更多的相關信息，使他們的崇拜進一步升級。

由此產生的商業鏈還沒有完。郭敬明深知自己名氣具有的市場價值。他一方面在隨後的著作的出版上知道該如何維護自己的利益，另一方面，他又組織了一個工作室，由自己主編出版《島》系列讀物，最近又主編青春文學雜誌《最小說》，具有相當的市場號召力。《最小說》以時尚的裝幀和考究的用紙顯現出與眾不同，內容既有長中短篇小說，也有最新流行的電影、CD 的介紹。其中也刊登了郭敬明為《最小說》量身訂做的長篇連載《悲傷逆流成河》。

當這一切如火如荼地進行的時候，當郭敬明的名氣隨著在媒體出現頻率的迅速增加而越來越大的時候，不僅在青少年中郭敬明的作品

成為他們閱讀的首選，就是成年人也不得不關注這一重要的文化現象。儘管從純文學的角度而言，同時期也有相當多的好作品，但在傳媒時代，一個作家及其作品是否進入媒體以及進入的方式和程度如何，將在相當大的程度上決定著這個作家能否被關注和被接受。在傳播手段高度發達的信息時代，媒體的作用已遠不限於單純的傳播工具這樣的功能，而具有組織信息、構築一個新的世界的功能。如果一部好作品不進入媒體，或者只是很有限地進入，就很有可能被社會所忽略，成為「存在的不存在」。眾多的好作品往往因沒有進入傳媒的視線而成為文壇遺落的珍珠。

不難看出，郭敬明的成功，固然與他的作品所顯現的審美趣味恰好迎合了當代青少年的閱讀需要有密切關係，但媒體的商業運作也起了極為重要的作用。媒體的全方位介入，郭敬明本人對媒體的利用，以及全新的包裝推銷方式，都為一個新的偶像作家的誕生奠定了基礎。

應當說，郭敬明開始的寫作全然沒有市場的考慮，而純粹是成長過程中內心感受和生命體驗的真實抒寫。待他成名後，雖然也保留了他以往的寫作風格，但多少有了迎合讀者需要的意識。總的來看，郭敬明、安妮寶貝等作家的寫作，既沒有明確的旗號，也沒有刻意地迎合市場，他們之所以成為一個引人注目的時尚神話，則是傳媒的強勁介入和成功的商業運作的結果。在這一點上，他們與朱文等新生代作家一開始就有明確的市場意識，並著力於表現消費社會的欲望體驗迥然有別。但結果也構成了一種閱讀時尚，二者殊途同歸，均成為消費社會的時尚神話。

後現代消費文化及其對文學的影響

　　文學發展的歷史表明，文學審美範式的轉換總是與文學的內在要求、社會歷史語境和文化轉型密切相關。二十世紀九十年代以來中國文學的發展、演變也不例外。我們在考察九十年代以來文學審美形態變化的總體趨勢時，不可忽視當代社會文化語境所發生的重要變化——因為這些變化，是我們把握當下文學審美走向的重要視角與路徑。

一　消費文化及其後現代形態

　　二十世紀九十年代以來，我國社會文化語境發生了重要變化，這些變化都與部分發達地區具有消費社會之基本特徵密切相關。要考察九十年代以來我國社會文化語境的變化，首先需要對什麼是消費文化、後現代消費文化具有哪些特徵有一個清晰的認識。

　　人類自有商品生產以來就存在消費，因而「消費不是一個消費社會才出現的名詞，從人類開始有意識的對物品的使用和消耗開始，消費活動就開始了。廣義的消費是指對商品的消費。」[1]但消費之成為一種文化，卻是在商品消費成為一種普遍的社會行為、並具有相應的觀念之後。消費文化事實上是一定的社會生產力水平條件下，人們消費過程中遵循相應的消費理念而呈現出的消費行為的普遍樣態，這種樣態便構成了相應生產力水平下的消費文化。通常意義上，所謂消費文

1　楊魁、董雅麗：《消費文化——從現代到後現代》（北京市：中國社會科學出版社，2003年），頁1。

化，是指在一定的歷史階段中，人類物質與文化生產、消費活動中所表現出來的消費理念、消費方式和消費行為的總和。在這個意義上理解消費文化概念，顯然涵蓋了人們從物質消費到精神消費，以及與之相關的消費觀念、消費方式等內容，是一種廣義上的消費文化概念。

　　不同歷史階段有著不同內涵的消費文化。依據有關學者的研究[2]，迄今人類的消費文化大致可分為三個階段，即前現代、現代與後現代消費文化。在前現代時期，即十六世紀至十九世紀，這個時期從世界範圍看，還處在農業文明時代，商品從生產到使用，均將商品的耐用性、實用性放在首位；而商品消費中的文化需要因局限在少數人群中，不足以形成一種普遍性的文化行為。進入現代社會之後，即十九世紀下半葉到二十世紀六十年代，這一時期隨著現代工業在世界範圍內日新月異的發展，消費領域出現了一系列變化，人們的需求開始從對物質商品使用價值的消費，擴展到對商品附加價值的消費，並逐步形成了消費主義文化。

　　二十世紀六十年代以來，隨著現代社會的進一步發展和工業化的完成，西方社會以及相當一部分發展中國家進入了後現代時期，即消費社會。相對於現代生產社會而言，消費社會具有哪些自身的特徵？詹姆遜（Frederic Jameson）對此作了最為簡要也是最說明問題的概括：「文化是消費社會最基本的特徵，還沒有一個社會像消費社會這樣充滿了各種符號和概念」。[3]這一概括道出了文化在消費社會中的重要地位，也道出了消費社會最重要的特徵。「消費社會的理論突出了社會形態從生產為中心的模式，向以消費為中心的模式轉變」。[4]消費社會與生產社會之不同，主要在於生產社會注重的是對商品使用價值

2　楊魁、董雅麗：《消費文化——從現代到後現代》（北京市：中國社會科學出版社，2003年），頁46。

3　轉引自〔英〕盧瑞：《消費文化》（南京市：南京大學出版社，2003年），頁44。

4　周憲：〈視覺文化與消費社會〉，《福建論壇》（人文社會科學版）2001年第2期。

的消費，而消費社會則關注的是對商品符號價值的消費。如何賦予商品更新奇、更豐富的符號與概念，成為消費社會面對的關鍵問題。伴隨這種變化的是人們消費邏輯和消費態度的變化。在日益飽和的市場環境，由於人們「在市場上可獲得的商品的數量和品種極大地增加了，個體越來越傾向於這樣理解幸福的感覺：主要根據他們的消費水平相對於高消費層次的距離」。[5]博德里亞對消費社會的特徵也有相似的觀點，在他看來，我們現在生活的社會中，生產的邏輯不再是最重要的；相反，意義的邏輯才是至關重要的。消費社會已經從以商品形式占主導地位進入到符號形式為主的時代。

　　不難看出，所謂消費社會，是指在現代化進程中，社會經濟發展到這樣一個階段：商品生產不僅充分滿足了人們的日常生活需要，而且出現不同程度的過剩現象。在消費社會中，最核心的變化在於：商品的使用價值不再居於主要地位，而商品的符號價值越來越成為商品價值的重要組成部分；與之相應的是，人們購買商品也越來越忽視使用功能，而更注重商品對於身分、地位和聲望的象徵意義。也就是說，現代社會少部分人群中出現的誇飾性、炫耀性、奢侈性的消費，在後現代社會中已成為人們越來越普遍的消費需求和行為。在這裡，消費已不僅是一種單純的經濟行為，更是一種社會行為和文化形態。在博德里亞看來，這種為了某種社會地位、名望、榮譽而進行的消費，就是符號消費。

　　在此，我們必須看到，西方學者的這些論述雖然深刻揭示了消費社會所呈現出的諸多重要的新特徵，但也存在許多偏頗之處。事實上，現代商品的技術含量依然是構成商品價值的重要因素，我們很難設想，缺乏技術含量、功能單一、質量粗糙的商品僅僅依靠符號意義、依靠巧舌如簧的包裝就能夠擁有廣闊的市場。科技的進步在商品

5　〔英〕盧瑞：《消費文化》（南京市：南京大學出版社，2003年），頁41。

市場的開拓中所起的作用，絕非符號價值所能取代——數位相機的像素、高清晰度數位電視、電腦的升級換代、汽車的技術性能，以及住宅的面積、商品的售後服務等等，都不是依靠符號意義的增加所能解決的。符號價值的體現通常存在於低技術含量的商品之中。因而，過於強調符號價值，勢必導致對商品質量的忽視，最終影響商品的市場前景。

那麼，從精神文化的層面來看，後現代消費文化具有哪些特徵呢？

首先是消費的審美化。由於商品生產越來越依賴於意義和概念，利用各種方式賦予商品文化意義成為後現代商品生產重要一環。賦予商品文化意義的過程，也是商品獲得符號意義的過程，而承載符號意義的多寡，不僅影響商品的符號價值，也決定商品消費的審美化程度。於是，商品在符號、意義和概念的覆蓋下被審美化了，人們的消費行為也具有更多的審美意味，以致有學者認為當代的日常生活因此而審美化了。

其次是追求無深度、平面化的快感體驗。周憲指出：「消費社會的理論範式強調的是欲望的文化，享樂主義的意識形態和都市化的生活方式。」[6]由於追求短暫、即時性的審美趣味，消費文化便全然摒棄了對深度意義、永恆價值、理性蘊涵的追尋（後現代事實上就是對現代主義理性進行反抗、強調感性的解放），這一傾向體現在藝術領域，便是熱衷於膚淺化、表層化的遊戲、反諷效果，迴避心靈、情感、激情和內在性矛盾衝突，注重於感性、感官、欲望的表現與滿足。這一文化價值取向的出現並被強調，不僅是文化本身的演變需要，而且是商業邏輯向社會文化的各個方面滲透的結果。

再次是文化藝術的一體化傾向。長期以來在人們的意識中文化藝術總是被進行這樣、那樣的劃分——在古代有宮廷文化、文人文化、

6　周憲：〈視覺文化與消費社會〉，《福建論壇》（人文社會科學版）2001年第2期。

市井文化之分；在現代社會有主流文化、菁英（雅）文化和大眾文化之分。但在消費社會，這些不同類型的文化開始不斷走向融合，具有一體化的傾向。這是由於，消費社會商品符號化過程中對文化的利用，其原則是促進符號價值的擴展和增值，不論高雅和通俗，都只是作為一種元素進入符號生產體系，這在客觀上導致高雅和通俗的界限越來越模糊。盧瑞系統研究了生產-消費循環關係的不斷變化以及藝術-文化體系對理解當代消費文化的重要意義，認為「藝術-文化體系已經促成了消費文化的發展，而消費文化也已經引起了藝術-文化體系結構的變化，包括促成了所謂的高雅和流行文化之間界限的逐漸消失。」[7]

但必須指出的是，一體化只是一種新的現象和趨勢，而並不是文化藝術的全部。也就是說，除了一體化，我們還要看到消費社會中另一個常常被忽視的趨向：文化藝術的分眾化。在同質性、模式化、流行的大眾文化興盛的同時，非時尚的、個性化的傳統文化與高雅文化也有其自身特定的觀賞群體。傳統戲曲、古典芭蕾、交響樂、歌劇等經典作品以及中外文學名著，也有不少的觀眾和讀者，這些傳統與高雅文化的存在不可能因為消費文化的發展而被忽略。因此，分眾化事實上也是消費社會中與消費文化並存的一種現象和趨勢。

很顯然，進入消費社會之後，消費文化顯現出了新的特徵，這些特徵同時具有後現代文化的諸多特點，換句話說，消費社會中，消費文化是一種具有後現代特點的文化。這種具有後現代形態的消費文化之形成，則與當代大眾傳媒、尤其是電子傳媒的迅速發展與普及息息相關。

7　〔英〕盧瑞：《消費文化》（南京市：南京大學出版社，2003年），頁230。

二　「媒體場域」：後現代社會的特殊景象

從以上論述我們不難看出，消費社會中物質與文化生產以及消費活動所發生的一系列歷史性變化，使後現代消費文化顯現出獨特的內涵。但在消費文化的發展過程中，雖然商品生產的極大豐富和經濟全球化的趨勢，直接導致一系列社會經濟運行機制的改變和文化理念的更新，也由此促進了文化與經濟的融合。然而，在考察這些問題時，一個重要的環節和領域是不容忽視的，那就是當代傳媒的發展及其所起的舉足輕重的作用。人們很難想像，倘若離開當代大眾傳媒，消費社會的商品和文化生產的新體系將如何建立？依附在種種意義和概念基礎上的符號價值的生產又將如何進行？消費者有限的欲望與商品生產所需要的無止境的欲求之間怎樣對接？事實上，這一切都可通過大眾傳媒所扮演的特殊角色得以實現。

當代大眾傳媒對於消費文化的至關重要的作用，許多學者均作了闡述。在這裡，我們還必須看到三個重要而關鍵性的問題。

一是大眾傳媒的話語權究竟是怎樣獲得的？在考察這一問題時我們不難發現：不論是在什麼體制下，傳媒話語權的獲得都與資本的介入密切相關，即便是那些主要依靠國家財政支持的傳媒，在它面向市場、面向大眾，特別是面向整個充滿商業競爭的媒體世界時，也不可能完全獨善其身。而就資本與傳媒的關係而言，資本的雄厚程度與傳媒話語權的大小存在直接的關係：通常說來，資本實力越強，傳媒話語權就越大。媒介為維持自身的話語權，往往受資本的控制和支配。於是，霍克海默和阿多諾認為，在此情形下媒介的獨立性難以保證，媒介與資本的結盟意味著媒介勢必受制於資本，處於為資本服務的地位。但是，這些學者沒有意識到，從另一個角度看，傳媒對其話語權的出色運用，一方面可通過製造消費需求為社會資本的擴張提供必要的環境，甚至引導資本的流向，另一方面有利於為自身獲得雄厚的資

本——傳媒的成功運作在公眾心目中的形象，其本身就是一種能產生經濟效益的資本。二者事實上是一種相輔相成、互為促進的關係。

　　二是傳播重心的轉移。當消費社會將經濟發展更多地依託於文化，從工業社會對「自然」的征服，到後工業社會對「文化」的征服的轉換時，或者說當商品生產從使用功能向消費功能轉換時，作為大眾傳媒，為適應社會經濟的轉向，同時為了自身商業化運作的需要，它的傳播內容發生了重要轉移。這個時期，不僅美國主流媒體的「新聞報導的重點和主題已經從原來的經濟、政治、教育國防事務等傳統內容，逐步轉向了生活方式、著名人物、娛樂、醜聞等方面」，而且「全球的大眾傳播內容都在向消費主義靠攏，即傳媒著眼於公眾物質消費和精神消費的創造，在傳播中重視對物的符號意義的強調及其所營造的『消費社會』的氛圍」。

　　三是「媒體場域」的形成。置身於當代社會，人們無時無刻不感受到傳媒的存在——不論是公共空間還是私人空間，傳媒無孔不入的滲透使我們無一例外地籠罩在其無形而巨大的媒介之網中。大眾傳媒之所以發展得如此快捷、影響之所以如此巨大，顯然是基於消費社會符號價值生產的需要和新技術革命的推動，當然還有經濟全球化時代對於信息的需求，這一切都導致傳媒的迅速發展，並構成一個龐大的世界。事實上，在商業化社會中，傳媒不僅逐漸成為一個龐大的新興產業，而且成為具有獨特社會功能和精神影響力的大大小小的集團。這些傳媒集團利用它掌握的話語權，構織起一個經過篩選和過濾的媒體話語空間，儘管這個空間可能與現實社會相去甚遠，甚至是虛幻與空洞的，但經傳媒連篇累牘的敘述，以及竭盡心力運用種種手段所進行的渲染和強化，使精心構織的媒體空間，依然成為制約和左右人們意識、情感和價值判斷以及行為方式的話語場：一個由種種美麗的承諾、動人的描述、時髦的詞彙、浪漫的想像所組成的話語場——它比現實世界一些真實的事物更具有控制力和影響力，凡是生活於這個世

界的人們都無法擺脫它的支配。傳媒構織的這種話語場筆者稱之為
「媒體場域」。在這個無形而巨大的場域中，人們從觀念意識到審美
趣味、從價值追求到行為準則、從思維方式到生活方式，都不知不覺
地籠罩在它巨大的網路之中，無時無刻不受其制約和框範。傳媒已經
深深融入人們的日常生活，成為社會時尚和文化潮流的風向標。霍克
海默和阿多諾曾形象描繪了大眾傳媒的場域作用：「一個年輕的姑
娘，當她在想表示接受或拒絕對方的約會時，當她在打電話或在約會
的地方談話時，或者敘述自己的心理和內心生活時，她都想能夠按照
文化工業提供的模式進行表達。人們內心深處的反應，對他們自己來
說都感到已經完全物化了，他們感到自己持有的觀念是極為抽象的，
他們感到個人持有的，只不過是潔白反光的牙齒以及汗流浹背賣命勞
動和嘔心瀝血強振精神的自由。這就是文化工業中廣告宣傳的勝利，
消費者在觀看文化商品時強裝出來的笑容」。[8]

　　「媒體場域」的形成，其意義不同凡響：大眾傳媒正是有了這種
傳媒場域效應，才從一般的信息傳遞的工具成為一個獨立的世界存
在。首先，它模糊了真實與虛幻之間的界線。傳媒言辭鑿鑿地向人們
承諾：它所提供的是最真實的信息和場景；人們在這種唾手可得的信
息面前越來越喪失現場考察的願望，以至逐漸習慣於將媒體中的所呈
現的現實等同於真實的世界。甚至更傾向、更依賴、更相信傳媒所展
示的現實。這就在客觀上強化了傳媒在當今社會的地位，以致出現
「沒有進入傳媒的存在就不是存在」的說法。傳媒構建的虛幻、仿真
世界不但不會成為空中樓閣，或像泡影一樣被人們識破，而且會成為
人們信以為真、趨之若鶩的世界，甚至成為人們爭相效仿的對象。
「媒體場域」借助對各種文化和信息的組合與融匯，構織了一個龐大
而誘人的符號世界，不但俘獲了人們的心，而且喚起人們對預設生活

8　〔德〕霍克海默、阿多諾：《啟蒙辯證法》（重慶市：重慶出版社，1990年），頁158。

模式的不斷追求。在這裡，傳媒不知不覺中扮演了組織社會生活、建構現實和未來世界的角色。

三　「懸浮」與「分離」：中國消費文化的特徵及其對文學的影響

　　相對於西方社會，中國進入消費社會則要晚得多。大致在二十世紀九十年代中後期，隨著市場經濟體制的逐步建立、日用商品生產日益豐富多樣、以及大眾傳媒的迅速發展，中國開始步入消費社會。正如有些學者指出的那樣，中國進入消費社會的顯著特徵表現在：消費呈現多層次化、個性化和審美化。但由於中國區域和城鄉之間經濟社會發展的不平衡，這些消費社會的表徵主要集中於經濟發達地區，而就整個中國而言，顯然不同於典型的消費社會——不僅存在地域間的差異，而且發達地區存在傳統文化與消費文化之間相互交織、衝突、融合，欠發達地區在充斥著消費文化觀念的當代傳媒的影響下，存在著消費早熟、超前消費等現象。這一切使步入消費社會不久的中國，在消費文化方面表現出區域和程度差異等複雜情狀。

　　作為後現代消費文化，它在中國出現的背景與條件具有特殊性。二十世紀七十世代的中國還只是一個初步工業化的國家，都市居民的基本生活尚且難以保障，廣大農村更是處在貧困的線上。僅僅二十多年時間，東部地區經濟突飛猛進的發展，導致相當部分的城市在基礎設施、商業貿易和市民日常生活等方面已經具有明顯的消費社會的特徵。這種速成的後現代景象的出現，不可避免地在文化觀念上出現巨大的脫節和斷裂現象。在幾乎是突然降臨的「後發速生」的消費社會面前，人們還無法從心理、觀念上迅速接受眼前發生的一切：一方面，具有消費條件的人群不一定具備後現代的消費觀念；另一方面又有相當多接受了後現代消費觀念的人們，卻不具備消費的經濟條件；

也有許多人徘徊於傳統與現代之間，同時還有一部分人則完全拒絕傳統。這樣一種現實狀況導致中國的消費文化必然呈現出紛繁駁雜的樣態。錢中文曾表達過這樣的觀點：中國是個前現代、現代、後現代文化並存的國家。但這只是對問題的一種簡單的概括。更具體也是更重要的，是要細緻梳理並闡發這三種文化在中國當下是以怎樣的方式存在的──即它們之間是如何相互交織、衝突，又是如何相互滲透與融合的，最終又呈現出怎樣的特點。

當然，進行這樣的梳理並非易事。目前學界尚沒有令人滿意的分析。本文只能勾畫出一個基本的觀點，以便為下面的研究提供一個盡可能清晰而恰切的背景。

在筆者看來，後現代消費文化事實上是現代性發展的一種晚期狀態，其本身是從現代文化發展而來的。雖然總體上講，「我們不是消費社會，但我們社會中的確已經擁有消費社會的一些特徵。」、「況且，文學和文化是具有某些超前性的，它並不與時代保持機械的同步發展」。[9]因此，中國在現代化進程中高速發展所生產的「後發速生」的消費文化，除了具備西方消費文化的基本特點外，還具有許多自身的特點。

首先是不平衡性與「懸浮」狀態。中國經濟社會發展的不平衡不僅表現在區域之間，還表現在城鄉之間，這導致基於一定經濟基礎之上的消費文化的發展也存在嚴重的不平衡性。當東部發達地區都市進入消費社會時，西部及廣大農村還處在前現代和初步現代化的狀態中，這些地方的消費觀念、消費方式就整體而言與後現代消費文化還存在很大距離，還缺乏消費文化的生長的社會土壤和經濟條件。但另一方面又必須看到，在無孔不入、無遠弗屆的現代傳媒的覆蓋下，後現代消費文化具有超越經濟發展水平的限制而實現其影響的可能。近

9　肖建華、肖明華：〈試論消費社的文學走向〉，引自文化研究網（www.culstudie.com）。

年來，大量西方後現代消費文化通過譯介和影視的傳播，在相當程度上影響了人們的觀念意識，導致在發達地區的都市裡，消費文化占據了越來越重要的地位；而在欠發達地區以及還不具備後現代消費社會經濟條件的地區，滋生著大量不切實際的、超前的消費想像。這種現實社會、經濟基礎與後現代消費意識不對稱的、脫節的現象，導致消費文化僅僅「懸浮」於觀念層面，而難以進入實踐的、行為的層面。也就是說，在這個意義上，西方有關後現代消費文化話語的引進，在一定程度上使後現代文化更多地以觀念意識的形態存在於中國的許多地區。

其次是反覆性與「分離」狀態。在發達地區的都市中，雖然形成了後現代消費文化存在的社會經濟條件，而且也確有一些地方的消費文化迅速發展和繁榮起來。但必須看到的是，由於這些地方消費社會的基礎是在很短的時間裡建立起來的，人們傳統的思想、觀念、習俗還未徹底扭轉，也由於新興的消費文化理念更多地是通過傳媒從西方輸入的舶來品，因而不可能像自發生長的思想觀念那樣具有深厚歷史根基和社會土壤。在這種情形下形成的「後發速生」的消費文化，不可避免地帶來這樣一種後果：一方面，傳統的消費文化觀念仍然占據一定市場，並影響人們對後現代消費文化觀念的接受，即便是已經接受了後現代消費文化觀念的人，也可能在一定的環境壓力下發生動搖和改變；另一方面，從西方舶來的消費文化理念，雖然很快被人們所接受，但在進入中國具體的社會實踐，在向人們的意識深層滲透時，往往會遭遇種種尷尬和抵制，呈現出與傳統文化的「分離」狀態，甚至出現傳統的反彈。這種文化交織過程中的反覆現象，便構成中國消費文化的重要特點。

這種不平衡性與反覆性，導致中國社會傳統話語、現代話語和後現代話語呈現出既相互分離、同時並存，又相互碰撞、彼此滲透，消費文化因此具有多重性和混雜性，只有清醒地認識這一點，才能很好

地把握這種文化語境中文學藝術所面臨的真實處境。

那麼，消費文化對文學究竟產生了哪些影響呢？

雖然有學者對中國是否存在消費文化提出質疑，但消費文化在中國的出現與興起已然是不可否認的事實。不難看出，消費文化的日趨興盛，無疑使整個社會文化語境發生了深刻的變化——人們消費理念、消費方式和消費行為的變化，勢必對文學構成巨大而深刻的影響。

作為後現代社會的消費文化，它的出現首先導致文學與現實關係、文學自身存在格局的變化。就文學與現實的關係而言，消費文化語境中，由於大眾傳媒在商品的包裝宣傳中所展開的源源不斷的符號生產，使得日常生活中越來越充斥和滲透著種種文化與審美因素，這些文化與審美因素既有傳統文化的，也有現代文化，同時還有各種融合了傳統與現代、東方與西方的混合型文化。這一商業領域的運作方式，在大眾傳媒發達的當代社會已成為一種具有普遍性的文化行為，而文學作品作為一種有著雙重屬性的精神產品，在其生產與傳播過程中勢必受到消費文化語境的深刻影響。以往文學從創作到出版到傳播所遵循的種種規則，均被新的文學生產系統與傳播模式所取代。這就給文學帶來前所未有的衝擊——不論是作家的創作心態，還是文學文本的審美特徵乃至審美範式，都發生了深刻的變化。

在消費文化語境中，文學最引人注目的變化在於，從以往單純的精神文化建構，演化成為整個社會文化消費的一個組成部分；以往居於主流地位的菁英文學、雅文學日漸式微，而具有明顯商業化傾向的大眾文學則異軍突起，以其繁榮的創作和廣泛的受眾而成為人們無法忽視的、甚至具有主流意義的文學景觀。在這一過程中，都市消費文化對文學的影響尤為深刻，正如有學者指出的那樣：「當代電子媒介、電腦網路在改變社會公理和文化交往的中介系統，改變既有的審美／文化的存在方式與價值規範的同時，也改變著文學藝術的傳統的價值觀念和規範體系。特別是文學與各種媒體藝術、時尚文化的相互

滲透與結合，使得文學藝術的嚴肅、高雅、崇高的價值定位及其巨型敘事模式，為世俗的感性愉悅和平面化的日常藝術消費所遮蔽，關於終極價值的追問被泛情的世俗關懷所取代。」不難看出，消費文化語境中，不用說當文學作為一種文化因素和資源被納入符號價值生產之中所不可避免地要帶有濃厚的商品色彩；即便是試圖極力擺脫市場控制的文學寫作，也常常被無孔不入的傳媒所利用而陷入消費市場的怪圈。張承志、張煒對文學神聖性的維護之被傳媒作為一種「另類」宣揚；余秋雨文化散文之被市場所利用和炒作，無不表明商業原則對於社會文化肌體的廣泛滲透及其無形而巨大的力量。

正是在這樣的環境下，文學的審美範式經歷著一場前所未有的變革。以往那種在主流意識形態的統攝之下的「宏大的民族-國家寓言式的敘事，明顯轉向了個人化的、私人性的小敘事；對那些悲天憫人的命運的關懷，轉向了感覺、體驗和想像；厚重的深度感變成了輕薄的平面感。」[10]在這一變革中，突出的現象是文學「都市性」寫作的崛起。作為消費時代都市性寫作，其主體是出生於六十年代末、七十世代初的一批新生代作家。這些作家多數履行著「一個極為確切的社會功能：奢侈的、無益的、無度的消費功能」，「體現在他們身上的娛樂道德，其中充滿了自娛的絕對命令，即深入開發使自我興奮、享受、滿意的一切可能性，盡可能地享受生活。他們所代表的享樂主義實際上已成為我們這個時代的主流價值觀。」[11]

概括說來，消費文化語境對文學構成的巨大影響，表現在這樣幾方面：

一是享樂的正當化。以往文學或強調厚重的理性內涵與社會教化功能，或追求情感聖潔、心靈淨化、志向高遠、意蘊深刻的審美形象和境界。而消費文化語境下，文學迅速轉向以表現享樂為主的內容和

---

10 陳曉明：〈現代性對後現代性的反撥〉，《文學自由談》2003年第1期。
11 伊偉：〈論「七十年代後」的城市「另類」寫作〉，《文學評論》2003年第2期。

藝術形象——不論是情節還是主題，不論是話語方式還是藝術追求，都表現出濃厚的娛樂化傾向。文學被越來越身不由己地納入到消費社會享樂主義的潮流中，成為一種重要的娛樂形式。

　　二是欲望的感官化。以往文學對欲望的表現總是與某種理性訴求相聯繫，體現為一種理想、願望和追求，如愛國主義、人格尊嚴、道德理想、人生追求等。在審美品格上則更多地表現對宏大敘事、人物形象、理性蘊涵的追求。而在消費文化語境下，欲望被剝離了種種人文外衣，成為赤裸裸的感官化表現。

　　三是現實的幻象化。以往文學更多地傾向於追求客觀地表現現實生活，揭示現實社會和人生世態的奧妙與本質，在審美上追求描寫的真實性與生動性的統一——栩栩如生、唯妙唯肖、真實感人，成為一部作品審美品格的重要標準。而消費文化語境中，關於真實的概念已發生徹底變化。消費社會對符號意義追求的原則被不同程度地運用於文學——許多作家們不再熱衷於現實生活的描摹，而是迷戀於對現實人情世相和文化資源進行重新編碼，製造出具有吸引眼球、迷惑心智的幻象世界。

　　四是文學的事件化（新聞化）。以往文學作品引起社會關注，往往是其本身具備獨特的藝術品質，同時它所表現和揭示的內容恰好為一個時期乃至一個時代的人們所普遍關注，能夠觸動人們的情感與心靈。也就是說，一部作品的成功主要在於其自身的藝術魅力與理性內涵。而在消費社會，大眾傳媒具有的話語權力，以及它在商業化的文化生產體系中所建立起來的運作機制，使在大眾傳媒操縱下的文學是否被人們所接受，往往不是取決於作品的藝術魅力，而是取決於傳媒是否成功地對作品進行了包裝宣傳。一次耗資巨大、策劃成功的包裝，可以使一部平庸的作品成為家喻戶曉的暢銷書。當一部作品與一系列的事件、報導和評論聯繫起來而成為一種文化現象時，人們關注點通常被種種與作品相關的新聞報導所吸引，而對作品卻往往不甚了

然。那種「一讀為快」的心理也只是出於對現象的好奇。這時文本本身表現了什麼、表現得如何已不再重要，重要的是人們必須把閱讀這樣一部作品當作一件必須參與的事情來做──當盡人皆知的作品你竟然一無所知，勢必被人們當作另類看待。這樣一種文化語境中，文學常常有意無意地被事件化也就理所當然了。

　　不難看出，這一系列的影響對文學意味著什麼。從作家的創作姿態到出版社機構的行為動機，從作品的流通環境到讀者的閱讀趣味，乃至批評標準的市場化，無不改變著文學的生存環境。在這一過程中，文學既有的審美範式發生了怎樣的變化？這些變化又是如何發生的？它與傳統的審美範式之間存在著怎樣一種關係？這是我們必須深入考察的問題。

當代中國文學的時尚化傾向

　　後現代消費文化一個最基本的特徵之一，就是不僅注重於對符號價值的消費，同時熱衷於符號意義的不斷遷徙。也就是說，符號價值的創造者並不期望生產那種具有永恆性的符號意義，讓人們重複享受、反覆消費，而是有意識地製造那些即時性的符號意義，讓人們在短暫的消費之後，期待著新的符號意義的出現。物質產品如此，精神文化產品的消費也具有相同的特徵——消費社會中，人們對文化產品的消費和解讀，常常受種種相關因素影響，如產品的製作者是否當紅，媒體的介入程度如何、相關事件的暴光度如何等，在這一過程中，文化產品成為一個符號系統，而人們對這個符號系統的關注往往勝於產品本身。很顯然，這一文化特徵背後，資本的擴張本性起著至關重要的作用，而當代大眾傳媒則扮演著推波助瀾的角色。消費社會無所不在的商業原則，或隱或顯地構成對整個文化生產體系的深刻影響。作為一種社會精神走向、審美趣味和意義象徵風向標的時尚，就成為消費社會中重要的文化現象，而文學作為消費社會中文化的構成部分，亦不可避免地具有時尚化傾向。

一　時尚：操縱與反操縱中的意義變遷

　　消費社會無止境的符號生產，決定了它追新逐異的文化特徵。柯林‧坎貝爾曾指出：「推動現代消費主義的核心動力與求新欲望密切相關，尤其是當後者呈現在時尚慣例當中，並被認為能夠說明當代社

會對於商品和服務的非同尋常的需求」。[1]而這種求新欲望又是在傳媒不露痕跡的操縱下進行的──鋪天蓋地、源源不斷的精美廣告，每時每刻都在以新的產品、新的符號引誘著人們。與其說人們受到物的包圍，不如說受到符號的圍剿。人們的現實生活和對未來生活的想像，越來越受到符號生產的影響──不可否認的現實是，現今人們的消費觀念、生活方式和行為方式，都與廣告密切相關。正如博德里亞所指出：「消費社會也是進行消費培訓、進行面向消費的社會馴化的社會」，[2]而傳媒在這一馴化過程中承擔了不可替代的作用：傳媒利用它的話語權和滲透力，在幾乎所有領域不斷地製造時尚和流行，全方位地向人們展示現今是怎樣一種社會、未來又是怎樣一種世界。人們除了按照傳媒的誘導決定自己的生活方式和行為方式，似乎無計可施。在此，時尚成為消費社會的風向標──無論是商品消費還是文化消費，都離不開時尚的引導。而在消費社會中，時尚本身也成為被製造的對象。

　　那麼，究竟什麼是時尚？它是如何形成的，又是怎樣消失、復現與更替的？

　　何謂時尚？概而言之，時尚是一定社會與歷史時期中，人們在物質與文化生產及消費活動中所表現出來的對某一事物的普遍的共同興趣，是人們在這種興趣中體現出來的共同價值追求、審美趣味與行為方式的總和。

　　時尚作為人類社會中普遍存在的現象，並非始於當代社會。在中國古代，就存在時尚現象，並有不少這方面的事例與記述。《後漢書》〈馬廖傳〉就記載了當時長安市民在著裝和打扮上的一些流行時尚現象：「城中好高髻，四方高一尺。城中好廣眉，四方且半額。城中好

1　〔美〕柯林・坎貝爾：〈求新的渴望〉，見羅綱、王中忱主編：《消費文化讀本》（北京市：中國社會科學出版社，2003年），頁266。

2　〔法〕博德里亞：《消費社會》（南京市：南京大學出版社，2001年）。頁38。

大袖，四方全匹帛」。兩千年前的這首民謠，生動記載了當時長安城引領時尚潮流的現象：長安城中如果流行高髮髻，外鄉女人就會把髮髻梳得高到一尺；長安城中如果流行畫寬眉，外鄉女人也都跟著效仿。這表明潮流與時尚的興起，往往前有引領，後有推動，導致相互效仿，推波助瀾，越演越烈。此類記載還有《墨子》中的寓言：「吳王好劍客，百姓多創瘢；楚王愛細腰，宮女多餓死」等。在梳妝方面的時尚，古代也經歷了許多演變，有著不同的流行風格。關於眉妝的時尚變化，各個朝代都有各自流行的審美取向。如：先秦畫的是蛾眉，細長而彎；西漢曾流行闊而短的「廣眉」，濃重如臥蠶，女人們個個顯得精明幹練。東漢，梁冀的妻子，大美人孫壽標新立異，作愁眉，啼妝，天下景從，女人們全變得多愁善感。到了宋代，那些教坊勾欄中的女子，百日內眉式無一重複。元代的后妃多畫一字眉。明清崇尚秀美，眉妝復歸纖細彎曲。與此同時，眉的顏色也有變化。秦以前流行綠眉，所以宋玉〈登徒子好色賦〉形容女子「眉如翠羽」，秦始皇的後宮「皆紅妝翠眉」。漢代女子喜歡黑眉。六朝綠眉之風再起，「雙眉本翠色」的風氣一直延續到唐初，詩人們還在歌頌「眉黛奪將萱草色」、「深遏朱弦低翠眉」。然後，楊貴妃作白妝黑眉，時尚為之一變，徐凝說：「一旦新妝拋舊樣，六宮爭畫黑煙眉」。黑眉的時代又到來了。

　　不難看出，追時尚、趕潮流，古已有之，它是人類社會的一種普遍現象，也是人的一種特殊的心理表現，是社會經濟、文化發展過程中人們審美觀念演變的一種體現。

　　步入近代以來，尤其是二十世紀初期，隨著以報刊雜誌為代表的現代傳媒業的興起與發展，出現了具有現代意義的時尚潮流，即一種時尚的出現，已不再是社會心理和審美觀念的自發狀態所使然，而更多地是現代傳媒在追逐利益過程中創造出的流行風。誠如李歐梵先生論及創辦於一九二五年的良友圖書印刷公司麾下的一系列雜誌——

《良友》、《銀星》、《近代婦女》、《藝術界》和《體育世界》——時所言:「這些雜誌的標題表明了良友公司的主要商業方向:藝術和娛樂。由此這個雜誌在滿足都會需求上是不言而喻的,但同時也很可能這種都會需求是被雜誌本身創造出來的。」在這一時期,以上海為中心的中國現代工業化都市,因現代傳媒業的出現與繁榮,導致時尚的產生具有與傳統社會全然不同的特點。

首先,報刊雜誌等現代傳媒的出現,極大促進了文化的傳播速度和傳播範圍,這就在很大程度上使時尚能夠超越空間距離,在短期內迅速擴散與傳播。上世紀二十年代曾風行一時的《良友》畫報以現代傳媒的形式,借助現代攝影而非如晚清的《點石齋畫報》那樣依賴於傳統畫,能快捷、形象、富有影響力地傳達各種時尚的文化理念。這個畫報以大量展示西式時裝以及有關健康和家庭衛生等方面的知識和圖片,有效地營造了一個現代都會生活方式的時尚氛圍。

其次,更為重要的是,傳統社會裡依靠民間的口口相傳及有限的書籍傳播方式,往往只能使時尚在小範圍裡緩慢地擴散,人們對於時尚的效仿與追求,也更多地依靠想像。而現代傳媒不僅具備時空上的優勢,而且由於其傳播方式的多樣性(除了報刊雜誌,還有電影),文字與圖像共同創造的流行時尚,無疑要遠比單純的文字傳播更具有直觀性,更易於人們進行模仿,更能激發人們對新時尚的追求。

當歷史進入消費社會之後,時尚的產生又具有新的特徵。傳統社會中一種時尚的萌芽和產生,往往不是出於統治者的喜好與倡導,便是出於社會風習的自然演變和萌發。而現代傳媒的傳播方式和追求利潤的特點,使製造時尚不僅成為一種可能,而且成為傳媒的價值目標和重要存在方式。於是,在現代傳媒的運作下,一個又一個時尚從策劃者的謀略變成現實的流行風尚,甚至成為一種時尚理念。進入消費社會,時尚作為一種文化現象,更大程度上被納入商業化的操縱之中。時尚本身也在很大程度上成為文化生產的一個重要組成部分。

　　不同社會、不同歷史時期有不同的時尚，時尚的形成與消失不僅是複雜的生產、消費活動以及媒體意識形態宣傳共同作用的結果，同時也與社會心理演變、外來文化影響等諸多因素密切相關。一種時尚從萌芽到擴散再到消失，甚至若干年後又捲土重來，常常變幻莫測、無一定之規，但在傳媒時代，一種時尚的出現雖然有其自身的規律，可在許多時候往往是商業集團、資本集團和傳媒以有意識操縱的結果，有時還是這些集團與受眾合謀的產物。也就是說，在消費社會，時尚的出現通常是一系列精心策劃和運作的結果，它在滿足人們追新逐異心理的同時，實現著其預謀中的商業利益。在這個過程中，精心製作的廣告、花樣翻新的營銷、不惜血本的包裝和飽含智慧的運作，創造了一個個充滿誘惑力的符號世界。這些虛幻但卻魅力四射的符號，或給人們帶來短暫的愉悅，或給人們以身分的象徵，或為人們解除暫時的煩惱，或將人們引入虛幻的境地──在這個意義上，時尚成為人們日常生活中不可缺少的依附對象。人們已經很難想像，沒有了時尚，這個世界將會是什麼樣──沒有了時尚，這個世界將頃刻間收斂起它五彩繽紛、充滿活力的一面而陷入一片沉寂。這樣的擔憂不無道理。事實上，不可否認，時尚已成為我們日常生活的一部分。我們正是在對一個時尚到另一個時尚的追趕中走到今天，並在同樣的追趕中走向未來的。而時尚作為一種符號，其意義的不斷更新和遷徙，成為時尚本身不斷更替的內在表徵。

　　由於時尚的產生、消失以及重現所具有的複雜性，使我們對時尚的探討顯然不能駐足於此。齊美爾對時尚有著系統的研究，並對時尚及其形成提出了自己的看法。在他看來，「時尚是既定模式的模仿，它滿足了社會調適的需要；它把個人引向每個人都在進行的道路，它提供一種把個人行為變成樣板的普遍性規則。但它同時又滿足了對差異性、變化、個性化的要求，」、「時尚只不過是我們眾多尋求將社會一致化傾向與個性差異化意欲結合的生命形式中的一個顯著的例子而

已。」[3]齊美爾進而看到時尚對於奇異事物的青睞:「反常的、極端的事物都會納入時尚的領域:時尚不會去抓住那些普通的日常的事物,而會去抓住那些客觀上一直表現得奇異的事物」。[4]事實上,對奇異事物的追逐過程,也正是符號意義轉換與遷徙的過程。關於時尚所具有的魅力,齊美爾作了如下概括:「時尚特有的有趣而刺激的吸引力在於它同時具有廣闊的分布性與徹底的短暫性之間的對比。而且,時尚的的魅力還在於,它一方面使既定的社會圈子更加緊密——顯現了既是原因又是結果的緊密聯繫。最後,時尚的魅力在於,它受到社會圈子的支持,一個圈子內的成員需要相互的模仿,因為模仿可以減輕個人美學與倫理上的責任感;時尚的魅力還在於,無論通過時尚因素的誇大,還是丟棄,在這些原來就有的細微差別內,時尚具有不斷生產的可能性。在那些多種多樣的結構中,社會機制在相同層面上將相反的生活趨勢具體化,時尚顯現出自身只不過是其中一種單一的、特別有特點的例子。」[5]但齊美爾最獨特的觀點,在於對時尚的變遷提出了他自己的看法。他將時尚的演變歸結於社會階層之間為區別身分而進行的遊戲。在他看來,時尚總是產生於較高社會階層,而後向較底階層擴散;當這種擴散進行到模糊了兩個階層之間區別時,較高社會階層就會去尋求新的時尚。「如果社會形式、服裝、審美判斷、人類表達自我的整體流行風格籍時尚而不斷變異,那麼,所有這些事情中的時尚——最新的時尚就僅僅影響較高的社會階層。一旦較底的社會階層開始挪用他們的風格,即,越過較高社會階層已經劃定的界限並且毀壞他們在這種時尚中所具有的帶象徵意義的同一性,那麼較高的

3　〔德〕齊美爾:〈時尚的哲學〉,見羅綱、王中忱主編:《消費文化讀本》(北京市:中國社會科學出版社,2003年),頁243。

4　〔德〕齊美爾:〈時尚的哲學〉,見羅綱、王中忱主編:《消費文化讀本》(北京市:中國社會科學出版社,2003年),頁263。

5　〔德〕齊美爾:〈時尚的哲學〉,見羅綱、王中忱主編:《消費文化讀本》(北京市:中國社會科學出版社,2003年),頁265。

社會階層就會從這種時尚中轉移而去採用一種新的時尚，從而使他們自己與廣大的社會大眾區別開來。這種遊戲就這樣快樂地周而復始。」[6]在這裡，齊美爾深刻揭示了時尚變遷的動因，但他只是看到其中的一個方面，而忽略了另一種變遷方式。比如，美國社會中，許多時尚是從底層開始的，街舞、踢踏舞和一些流行歌曲都是從黑人社會向白人社會擴散而成為時尚的。

事實上，在消費社會中，由於傳媒的無邊界擴散，菁英與大眾、社會上層與下層之間在文化消費上的差別越來越趨於模糊（或者說交叉越來越明顯），時尚的產生與變遷更多地處於商業集團、大眾傳媒的操控之中。現代社會中那種自然產生的時尚幾乎不再出現。商業集團、大眾傳媒借助資本與話語權力，對時尚的產生擁有的控制力常常超出人們的想像。一個名不見經傳的作家，可以借助傳資本與傳媒的力量，而迅速成名；一首普通歌手的演唱歌曲，經由傳媒的包裝，可以在一夜之間家喻戶曉、人人傳唱。資本權力與傳媒擁有的話語權的聯手，成為製造並掌控時尚的主導力量。

但必須看到，社會中另一股力量的存在也可能導致時尚的產生。雖然消費社會中人們追新逐異成為一種普遍現象，這不僅是基於人們對新事物趨附的本性，也是消費社會商品生產新規則的內在需要。「對於新東西的各種渴望在現代消費主義中顯然發揮了重要的作用，現代消費主義體現了一個普遍的假設，即消費者們會在『新鮮』商品上花掉他們可支配的大部分財力」[7]但這並不意味著社會所有人群和階層都會捲入追新逐異的潮流。面對傳媒的操縱，知識階層中保守分子或菁英分子，他們往往對新事物表現出本能的抵制與反抗。柯林·

6　〔德〕齊美爾：〈時尚的哲學〉，見羅鋼、王中忱主編：《消費文化讀本》（北京市：中國社會科學出版社，2003年），頁245。

7　〔美〕柯林·坎貝爾：〈求新的渴望〉中，見羅鋼、王中忱主編：《消費文化讀本》（北京市：中國社會科學出版社，2003年），頁273。

坎貝爾在肯定人們渴望獲得新東西的同時，也看到新奇事物遭到抵制的另一面：「將呈現為新奇形式的新事物引入到社會當中，通常會遭到激烈的反對。」中國這個具有深厚傳統文化根基的社會裡，人們對傳統、習俗、慣例往往存在難以擺脫的依附心理，雖然今天人們已置身於全球化的社會環境，「但即使在現代社會，依然存在反對人們接受新奇事物的強有力的傳統力量。因此，儘管時尚體系本身已經為人們廣泛接受，但是對於那些容易被接受的獨特的時尚風格來說，它們普遍被認為更多顯示了新奇的事物，而不是社會文化保守方面，因此它們也容易激起強烈的反對，這通常是因為體現在新產品和服務當中的新奇性被看作是對既有道德規範的一種威脅。」[8]這種反對，如呼喚傳統、懷舊思潮等，常常伴隨著新事物產生的過程而不絕如縷，構成對傳媒操縱性的一種反抗。

但富有諷刺意味的是，這種反抗所發出的聲音卻常常被傳媒所利用。「詹姆遜將拼貼和折中主義等看作在廣泛的贗品和美學產品領域出現的後現代時尚的本質」。[9]當社會名流或某一年齡層群體發出與時尚相背離的主張與聲音時，傳媒往往巧妙地將這種聲音轉化為一種新的時尚——它運用後現代文化的拼貼、組合手法，將對立性的主張中那些有利於與現代時尚相結合的因素提取出來，製造出新的時尚文化。這一過程中，不僅原來反抗的聲音被削弱，而且其涵義也因被巧妙的肢解和轉移，形成了新的符號意義。這事實上體現了大眾傳媒時代文化權力的特殊作用和地位。

作為文化的一個組成部分，受大眾文化時尚和流行特性的影響，文學也在很大程度被時尚化，尤其是在消費社會中，隨著消費文化大

8　〔美〕柯林・坎貝爾：〈求新的渴望〉中，見羅綱、王中忱主編：《消費文化讀本》（北京市：中國社會科學出版社，2003年），頁279。

9　〔美〕威爾遜：〈時尚和後現代身體〉，見羅綱、王中忱主編：《消費文化讀本》（北京市：中國社會科學出版社，2003年），頁290。

面積擴散與滲透，文學的通俗化與時尚化越演越烈。消費社會中，文學作為一種獨立精神創造的精神產品的藝術品格受到嚴重削弱，而作為一種文化商品的市場屬性卻被日益強化。在具有濃厚商業意味的時尚文化中，文學被作為一種可以不斷更新的精神產品，被納入了商業化運作的軌道，這不但改變了文學的生產方式，也改變了作家的生存狀態，其結果，是導致文學在相當程度上從創作到傳播，都成為整個時尚文化生產體系中一個重要元素。在中國傳統社會，受印刷技術和傳播手段的限制，同時也受「文以載道」思想及自發性文學生產方式的影響，文學通常只局限於在上層社會和文人士大夫階層傳播，難以形成時尚化的大眾基礎和社會文化氛圍，即便有時尚現象，也只是局限在很小的範圍內。到近代社會，隨著現代報刊業的出現與發展，傳播手段的更新與傳播範圍的擴展，使文學的時尚化成為可能。這個時候，文學的閱讀開始受到廣告宣傳的影響，現代教育的發展也為文學培育了眾多的大眾讀者，一個時期裡流行一種風格和題材的文學成為較普遍的現象。進入消費社會，文學與時尚建立了更加緊密的聯盟關係，文學不僅可以被包裝、炒作成時尚的文化產品，文學往往還自覺地吸收種種時尚元素以獲得流行，甚至還能借助傳媒創造出新的閱讀時尚。在這一過程中，文學所發生的審美移變正是我們要詳加考察的。

二　時尚文化的符號暗示效應

人們已然知曉，在後現代消費社會中，無論是物質還是文化產品，也無論是商品消費還是文化消費活動，符號意義的製造或生產已成為這一過程中的關鍵環節。而時尚文化的形成正是符號意義生產獲得成功的一種表現。儘管人們知道傳媒具有符號製造的種種魔力，但符號意義究竟為何具有如此大的魅力呢？齊美爾為我們描述過時尚文化的魅力所在，可這些魅力是如何產生的？事實上，時尚文化的魅

力，我們可借助心理學知識的分析來揭開其神祕的面紗。

　　在社會生活中，作為個體的人，除了自身生存與生命（包括本能、欲望、感情、意志等）的需要之外，還因人的自我意識而具有獲得社會認同的需要。但這些需要都需借助一定的方式、經由一定的途徑來實現。比如，人的物質消費欲望要通過購買行為和接受服務來實現。但必須看到是，進入消費社會，當人們對物質的使用價值的占有得到滿足之後，對精神和文化的占有、對審美化的閒暇快樂的消費便上升為需求的重心。此時，意義而不是物質具有了更為重要的地位。而意義的存在通常必須借助符號與概念來體現，按照符號學的觀點來看，所謂符號「就是任何可以拿來『有意義地替代另一事物的東西』。」[10]因而，對於意義的消費也就體現為一種符號消費。後現代理論家博德里亞在看到消費社會文化意義不斷突顯的事實之後，發展了商品邏輯的符號學，從以往「對生產的強調轉向了對再生產的強調，也即轉向了由消解了影像與實在之間區別的媒體無止境地一再複製出來的記號、影像和模擬的強調。」[11]不難看出，這裡所謂對「記號、影像和模擬的強調」，就是對符號的強調。符號既然是一種有意義的替代物，它就可以不斷轉化意義內涵而使替代對象生產新的意義，即意義的再生產，最終導致替代對象完全喪失固定意義。「大眾就在這一系列無窮無盡、連篇累牘的記號、影像的萬花筒面前，被搞得神魂顛倒，找不到其中任何固定的意義聯繫。」[12]商品生產者正是充分利用了符號的這一特徵，想方設法不斷地擴大符號再生產，賦予商品與服務新的符號意義。他們意識到，人們對物質的消費總是有限的——

10　〔英〕霍克斯：《結構主義和符號學》（上海市：譯林出版社，1987年），頁138。

11　〔英〕費瑟斯通：《消費文化與後現代主義》（上海市：譯林出版社，1987年），頁21、23。

12　〔英〕費瑟斯通：《消費文化與後現代主義》（上海市：譯林出版社，1987年），頁21、23。

一個人所使用的杯子、所消費的酒都是有限的──而對體現心理快感、身分地位、本能欲望、審美滿足和人格尊嚴等等具有象徵性意義和幻想性滿足的消費則是無限的，他們從這裡找到了促進商品生產與銷售的途徑。也正因如此，人們的物質消費越來越成為一種社會行為和文化行為，「消費社會也從本質上變成了文化的東西。」[13]。很顯然，在這樣一種物質文化生產中，人們對商品實用特性的消費越來越被象徵性的消費所取代。費瑟斯通曾舉了這樣一個例子：「一瓶陳年佳釀的葡萄酒，也許會贏得極高的聲譽及其絕對的優越性，這意味著它從來沒有被消費過（開過瓶，並被飲用），儘管它又以不同的方式被象徵性地消費著（被人長久凝視、夢寐以求、品頭論足、照相和拿在手裡擺弄來擺弄去），使人獲得極大的滿足。」[14]這個例子不僅揭示了象徵性消費的存在，也啟示我們：象徵性消費這種方式可以用來強調生活方式對於社會地位差異的區分──能夠享有更多象徵性消費的人們，其社會地位往往要高於他人。這本身也使符號生產變得更為重要、更受青睞。

由於符號意義再生產的不斷膨脹，人們對符號的關注遠勝於實物，更重要的是，實物消費的有限性和符號消費的無限性，使商品生產者一方面不斷製造符號意義，另一方面通過各種方式提高符號消費本身的價值。這在很大程度上改變了人們以往單純借助物質財富來象徵自己地位身分的狀況，而愈來愈依賴於通過符號來體現身分、滿足欲望。當然，這一切都必須借助傳媒的力量。

那麼，人們為什麼要相信傳媒為符號生產所進行的一系列永無止境的包裝、宣傳呢？我們已經知曉，在發達資本主義國家，大眾傳媒

13　〔英〕費瑟斯通：《消費文化與後現代主義》（上海市：譯林出版社，1987年），頁21、23。

14　〔英〕費瑟斯通：《消費文化與後現代主義》（上海市：譯林出版社，1987年），頁21、23。

在商業原則支配下已然形成了一整套完善而複雜的運作方式，這些運作方式在經濟全球化趨勢的推動下，逐漸被眾多包括中國在內的發展中國家所接受，成為其自身市場經濟體制的一部分。大眾傳媒的這些運作方式固然有著經濟學的支撐，但人們對傳媒製造的符號世界的認同與趨附，卻必須從心理學的角度進行闡釋。

現代社會，龐大的媒體集團往往有雄厚資本的支撐，這些媒體的存在本身構成了一種話語權：它不僅決定著人們能夠看到、聽到什麼樣的信息，而且決定著人們只能接受什麼樣的信息。更有甚者，它不但能將模擬世界敘述得比真實更令人願意接受，而且還能製造種種美麗的幻象讓人們陶醉其中。當然，傳媒的力量並不完全取決於它的存在，人們之所以願意聽信傳媒、跟著傳媒走，與傳媒自身形象的塑造密切相關。

在消費社會中，大多數傳媒都十分重視自身在受眾中的形象塑造——傳媒對受眾能否起到「號令三軍」的作用，往往取決於它在公眾中的形象。傳媒形象的打造，除了資本實力之外，更多的要通過傳媒運作過程中表現出的綜合水平和實力來建構。這涉及到一系列諸如形象定位、製作隊伍業務水平、欄目設計編排、新聞的及時性與可信度以及覆蓋範圍等體現形象和實力的因素。其中最重要的便是新聞的時效性與可信度，這往往是新聞類、綜合類傳媒能否確立其地位的關鍵所在。為此，許多傳媒都不惜血本、不遺餘力地追求在第一時間發布新聞，並盡可能保證其真實性。久而久之，這些媒體就在公眾中樹立起公正可靠的形象——人們不但相信媒體所說的一切，而且在媒體的包圍中逐漸把媒體敘述的世界等同與真實存在的世界。

正是在這樣的前提下，媒體所倡導的文化時尚、媒體為商品包裝所作的宣傳與承諾、媒體所傳播的關乎人們生活方式的種種信息，都成為受眾現實的價值追求和行為仿效的無形律令。這些獲得人們信賴的媒體，它所發出的信息、它所製造的符號本身已具有一定的權威

性，而許多符號信息又通常是在無盡無休、連篇累牘的循環中反覆出現，其結果勢必給人們造成一種心理暗示──當來自一個權威的聲音不斷在你耳邊響起，你除了相信似乎別無選擇，並且，即便你心存懷疑，但潛意識裡所受的心理暗示作用，常常令你無法進行必要的反抗，只有聽從它的召喚和引導。這便是符號的暗示效應。當代傳媒製造的符號世界之所以能成為人們追逐與嚮往的對象，其奧妙正在於此。

三　文學時尚化的表現特徵及其成因

商品和文化消費領域中，符號意義的生產與再生產逐漸成為一種普遍現象甚至普遍原則時，傳統文化與菁英文化的版圖日趨萎縮，大眾文化在傳媒的推波助瀾之下異軍崛起、其勢洶湧。大眾文化就其生產機制和消費群體來看，顯然屬於時尚文化──大眾文化不僅僅只是為了迎合大眾讀者的口味，它同時還是傳媒藉以謀取商業利潤的重要途徑。這決定了大眾文化必然要將最廣泛的人群納入它的受眾範圍，無論是知識階層的專家、學者，還是經濟領域的老總、白領等新富人，也不論是追逐新潮的青少年，還是社會底層的弱勢群體，大眾文化都渴望他們成為自己的受眾。為此，大眾文化有意識地「抹去了差異、區別、對立、界限、懸殊以及地域界限、社會差別、政治衝突、階級對立、年齡懸殊、性別差異、私人話語與公共話語的隔閡，從而得以形成為一種共享的文化」，[15]為達到這樣的目的，大眾文化往往會尋找各種方式與途徑來迎合盡可能多的受眾，哈貝馬斯就深刻地揭示了這一現象：「市場首先創造條件使公眾有能力獲得文化商品，然後，通過降低產品價格，從經濟上增強更多公眾的獲取能力。或者，市場根據自己的需求，調整文化商品的內容，從而從心理上增強各個

---

15 潘知常、林瑋：《大眾傳媒與大眾文化》（上海市：上海人民出版社，2002年3月），
　　頁177。

階層民眾的獲取能力。邁爾森指出，這是將獲得文化商品的條件降至休閒水平。當文化不僅僅從形式上，而且從內容上變成商品的時候，它就失去了一些只有經過一定的訓練才能掌握的因素，這裡，『獲取能力』有了大幅度的提高。文化商品的商業與其綜合體之間的關係反轉了，這並非是因為文化商品的標準化，而是因為對它的預先塑造，亦即，使文化商品成為消費品，確保無需嚴格的前提條件，當然也沒有任何明顯的後果，便可以被廣泛接受。」[16]不僅如此，在大眾傳媒的掌控下，大眾文化往往並不指望創造那種讓人回味久遠和反覆欣賞的作品，追求短暫、即時的感官快樂便成為大眾文化重要而普遍的特徵。

作為文化的一個組成部分，受大眾文化時尚和流行特性的影響，文學也在很大程度被時尚化，尤其是在消費社會中，隨著消費文化大面積滲透，文學的通俗化與時尚化越演越烈。一些學者的目光已投向這一現象，關於文學時尚化的批評文字時有所見。二○○二年間，《文藝報》就開設了「文學時尚化批判」的專欄，這個平臺的搭建，引來不少批評家的討論。眾多討論中核心的觀點，就是充分意識到社會文化轉型中，商業原則對於文化生產領域的廣泛滲透，其結果導致作為精神生產的文學創作迅速被納入市場化的運行軌道，成為消費社會中商業化的文化生產與符號製造的一個組成部分。對此許多學者給予了有限的肯定，而對文學時尚化過程中表現出的不足進行了批判，同時強調不能放棄文學對審美品格和人文品格的追求。二○○三年四月，《文藝報》又與河北大學文學院聯合舉辦了「文學時尚化批判」高級論壇，對新的歷史語境中出現的文學時尚化傾向展開激烈的討論。

於可訓在〈時尚：文學的雙刃劍〉中[17]將文學的時尚化分為兩

16　〔英〕哈貝馬斯：《公共領域的結構轉型》（上海市：學林出版社，1999年1月），頁192。

17　於可訓：〈時尚：文學的雙刃劍〉，見2002年1月21日《文藝報》。

種：一種是傳媒對作家作品的時尚化包裝，即我們通常所說的市場運作；另一種是文學活動中表現出的普遍的消費性和休閒性特徵。與此同時，該文還指出另一種文學反彈現象：時尚化導致一批嚴肅作家起而抗爭，對文學市場化的抵抗和堅持文學固有精神品格的藝術實踐，使這些作家的創作成為一道獨特的景象，於文將其歸為另一種時尚——以反大眾時尚為旗幟的一種有深度的文化時尚和文學時尚。李建盛著文〈對文學時尚化的理性批判〉[18]，對文學時尚化形成原因進行深入分析，認為「時尚這個概念本身就體現了社會心理和文化行為的合力共謀機制，」這種機制「刺激和推動著文學的時尚化傾向。」李文對這一現象表示理解的同時，強調不可放棄文學自身的追求，認為這有助於對時尚化現象所隱藏的危機進行揭示。

　　蔣巍、劉國斌等對文學時尚化給予了充分肯定。蔣巍首先肯定時尚本身的積極意義，在他看來，時尚是個中性的概念，「它的發生與更新常常隱含著社會發展變化的核心，表現為對社會傳統生活方式和文化心理模式的求新、求變、求異。展示個性、跟上新潮是時尚產生的根本動力。」因此，時尚「在展示社會發展現代性方面，在反映新的社會精神氣質方面，在傳遞社會主導思想或新興意識的價值取向方面，在催生新事物、新氣象方面，在激勵和誘導社會創新指向方面，是有著重大和積極意義的。」在這一前提判斷下，蔣巍認為文學是天然時尚的，文學時尚化在當代的意義體現為它不僅「是改革開放和思想解放的收穫，是市場經濟條件下的文化果實，」而且在促進文學觀念改變、推動文學精神和文學創作與時俱進方面，都有著積極的意義。[19]劉國斌主要分析了當下指責文學時尚化缺乏精神深度的原因：一是經典崇拜觀念的干預，二是對消費行為、商業行為的反感。同時

---

18 李建盛：〈對文學時尚化的理性批判〉，見2002年1月28日《文藝報》。
19 蔣巍：〈「文學時尚化批判」的異議〉，《北方論叢》2003年第4期。

指出，拒斥文學時尚化的批評家可能對文學本身的要求過於苛刻，更深層面的癥結在於「擔心傳統話語權力」的喪失。[20]

不論批評家們對文學時尚傾向抱怎樣的態度，文學的時尚化在二十世紀九十年代的出現已是不爭的事實。但上述學者的討論還僅僅停留於對文學時尚化現象，形成原因及其存在價值的粗略分析和總體判斷，尚未就其具體的表現特徵、形成的內外在原因展開深入探討。在筆者看來，二十世紀九十年代以來，隨著消費文化的興起，文學時尚化傾向不僅表現在傳媒的包裝和文學活動消費性的呈現，而且表現在文學觀念、審美取向和藝術表現方式的一系列變化；對文學時尚化傾向的探討，不僅要放在消費社會文化語境中進行考察，也要從文學審美邏輯發展的內部動因加以分析。

關於文學時尚化的表現，許多批評家的概括多停留在現象層面，如平面化、世俗化、欲望化、感官化等等。筆者以為，關於時尚化的探討，必須從文學審美範式的轉換的立點上進行探討，從文學審美表現的根本性變化中去探尋其藝術方式發生的變革。總體來看，九十年代以來文學時尚化具有如下表現形態：

首先是美感表現的物質化。消費社會中，不論是物質生產還是文化生產領域，抑或是整個消費活動，符號意義的生產成為至關重要的環節。在這一過程中，商品生產的文化化與文化生產的市場化、商品化，導致商品與文化的融合日趨緊密、難分彼此。其結果是，文化被降為商品，而商品又具有越來越豐富的文化意味，這使人們從文化、文學消費活動中獲得的美感享受，與從物質消費中所獲得的感受越來越接近、越來越相似。也就是說，當文化遵從於市場原則，淡化甚至放棄了它的精神價值、審美追求而貼近大眾、貼近生活、貼近現即時，它的美感表現必然發生深刻變化，即物質化；這時它給人們的審

20 劉國斌：〈文學和「文學時尚化」〉，《劍虹評論》2002年10月23日。

美感受，與被賦予了種種符號意義的物質商品所給予人們的感受已十分接近。在這一潛在商業律令的支配下，文學敘事的美感表現便指向感性的、物質的、肉體的體驗，呈現出物質化的鮮明特徵。

其次是個人敘事的非道德化。人們普遍認為從宏大敘事向個人敘事的轉化是九十年代文學的重要特徵，這種轉向顯然是基於對「特殊」與「個別」的強調，是對長期以來重視「一般」與「抽象」的反抗。但這種個人敘事帶給文學最深刻的變化還在於：道德意識的大面積退隱、欲望書寫的全面進駐。在這裡，個人敘事的突顯不僅是從大視野向小視野的轉換，而且是整個文學觀念和哲學視野的轉換。對個人敘事的關注，意味著文學向日常生活、世俗欲望的靠近──體味個人的感受、珍視自我的願望、關注個體的生存質量──文學不再熱衷於抽象的、大而無當的情感、道德、自由、責任、價值、靈魂、美等概念性描寫，而是將現實的、具體的需求轉化為文學的表達。文學對大概念敘事的「中止」，目的在於試圖從個體出發，表現和探尋人性存在的真實性和複雜性，儘管這樣的探尋還相當膚淺，是否能真正走向深入而不是陷於庸俗的泥潭尚無法預測，但它畢竟已經開始。

再次是人性想像的極端化與符號化。文學時尚化的目的之一，就是期望有更廣泛的讀者，開闢更大的傳播範圍和市場空間。為此，它在納入消費社會文化生產體系之中，或在借助消費文化的生產運作方式實現自身市場價值的過程中，不可避免地要在表現內容上竭力突顯那些最能直接吸引人們目光的東西。而對於文學來說，人性中千奇百異的複雜內容正可以成為吸引眼球的表現對象。以往優秀的文學作品往往是建立在對人性內涵的深刻揭示上，但時尚化的文學則選擇了一條捷徑：它拋棄了人性欲望與道德倫理、價值取向、社會心理、文化積澱、傳統意識等之間的糾葛，也放逐了對人性善與美的藝術建構，而是將人性的本能欲望作為獵取社會關注的因素，僅僅在單一的、純粹化的層面進行極端化的表現。同時，文學還善於利用這樣一種因

素，借助傳媒的力量和市場化手段將其符號化——九十年代眾多創作群落的命名、媒體的炒作和作家自身的宣揚，都在相當程度上將文學符號化，使文學成為一種供人們消費的產品，文學欣賞也就成為一種時尚閱讀。

最後，在藝術表現方式上，出現與上述審美趨向相適應的種種轉化。諸如拼貼手法、非邏輯化的散點敘事、歷史事象的虛擬化、現實景象的擬態化敘事等等。但這些轉化中最具有革命性意義的，是時間的整一性被打破，時間懸置並被空間化。時尚化的文學追求的是即時性消費價值，它對深度模式的本能拒斥，內在地構成了線性時間的瓦解。這一轉換，使傳統文學敘事中的時空概念和時空邏輯發生極大變化，時間被割裂、瓦解和擠壓，成為構織空間世界的元素和材料；現在與未來都被融入當下，成為指向現在的唯一時間標準。這一藝術表現方式的廣泛運用，是文學時尚化在藝術上的一種必然結果，它生產了一批風格奇特的作品，但大批成熟作品的出現還有待時日。

文學時尚化傾向的形成原因，我們可以從外在邏輯和內在邏輯兩個方面來闡發。對於外在邏輯，前文的諸多論述中已有闡述，概括而言就是兩個方面：

一是媒體的作用。事實上，在消費社會，任何時尚的形成都離不開傳媒的推波助瀾。在「媒體場域」的作用下，媒介不光是信息傳遞的工具，同時也是一個吸納各種信息進行符號生產的基地。媒介將文化消費信息傳達給文學製造者，同時又將文學生產者的狀況及作品向公眾推介。前者導致大家都去寫某個題材，後者導致大眾都去購買、消費這類題材的作品，在這信息的相互作用中，往往容易形成寫作時尚和閱讀時尚。許多時候，媒介還會有意識地捕捉、操控和組織各種信息，製造新的時尚。正如麥克盧漢所說：「『媒介即是訊息』，因為對人的組合與行動的尺度和形態，媒介正是發揮著塑造和控制的作

用。」[21]因而，在傳媒時代，自發性的文學時尚將越來越讓位於有意識的時尚操控。

　　二是商業原則與資本本性的作用。在消費社會中，商業理性處於社會的核心地位，它追求利潤的最大化；而資本的本性就是對增值的無限度追求，因而需要不斷製造新的消費時尚，以滿足其擴張的需求。而在消費文化語境中，文學被視作一種有利可圖的文化商品被納入文化生產的運行體系，在這一過程中，藝術原則在商業原則的支配和侵蝕下，處於被肢解和利用的地位。時尚化的文學如果說有何藝術價值的話，也只是為了獲取更好的市場賣點而增設的一種點綴，是為強化時尚因素、吸引大眾眼球而添加的調味劑和增色素——在商業原則那裡，文學的審美價值本身是沒有市場的，但它所具有的審美元素經過必要的改造、加工和組合之後則可能贏得十分廣闊的市場。總之，消費社會中，商業原則幾乎滲透到所有領域，資本本性決定它要尋找一切機會進行擴張，在這樣的社會文化語境下，文學即便有政府的扶持與鼓勵，也難免不受大環境影響。認同大眾閱讀市場、追趕文化消費時尚成為文學不得不選擇的路徑。

　　除此之外，多媒體時代影像文化的壓力，也是文學時尚化的重要原因。發達國家在上世紀六十年代左右就已進入影像時代，即隨著電影、電視的普及，帶來了極其繁榮的影像文化，它以全信息、平面化、觀賞性娛樂性強等特點，吸引了大部分受眾，傳媒和資本對它的青睞使之能借風展翼、平步青雲。更值得關注的是，中老年受眾群雖然也不排斥影視文化，但他們的閱讀慣性還多少保留了對印刷媒體的留戀，而年輕一代受眾則基本上是在影像符號的薰陶下成長的，他們對影像文化的天然親近，在很大程度上預示著文字符號魅力的衰退與影像符號的崛起。我國九十年代以來，電視與網路的迅速普及，使大

---

21 〔加〕麥克盧漢：《理解媒介》（北京市：商務印書館，2000年10月），頁34。

眾視聽文藝異軍崛起，在整個文化格局中占據了重要地位。影像文化的強盛，不僅奪走了大量受眾，給文學帶來極大的生存壓力；更為嚴峻的是，影視除了有雄厚的資本作後盾，還有現代高科技的強有力支持——種種新技術的運用，特別是電腦數位成像技術的加盟，更使影像的表現力如虎添翼、與日俱增。相形之下，文學除了借助現代出版技術和電腦網路加速傳播速度之外（而網路文學的存在方式又不同於印刷媒體），從高科技那裡幾乎受益無多，這就使文學無法與影像文化處於同一個競爭平臺。文學的弱勢地位決定了它不得不納入傳媒的時尚化運作之中，成為整個商業化行為的一部分。

除了外在邏輯，文學發展過程中自身的內在邏輯也值得人們注意。如果說外在社會文化條件是將文學推入時尚化軌道的話，那麼，文學發展自身的邏輯，則是導致文學主動接受或走向時尚的內在動因。這種內在動因表現在：

第一，作家主體寫作姿態的移變。寫作姿態是作家主體寫作理念、創作動因、審美追求的綜合表現。作家秉持怎樣的寫作姿態，往往決定作品的審美品位和藝術水準。以往作家總是將文學視為具有獨立美學品格、體現神聖與崇高境界、表現心靈與情感世界的精神創造，文學因此成為作家乃至讀者心目中有別於世俗世界的聖潔的精神殿壇。隨著社會經濟的轉型，當作家置身於另一種迥然相異的消費文化語境中時，其自身的生活就不可避免地要融入當下的社會環境，其所接受的文化信息也不可避免地要受種種時尚文化的影響——當作家目睹整個社會沉浸在大眾文化的狂歡中，感受到通俗文學對於讀者巨大吸引力時，他們不可能不受其影響而改變原有的創作模式。另一方面，新時期以來儘管不斷進行著藝術創作模式的探索，但總體而言還基本是在現實主義的大框架下的變革，甚至可以說更多地體現在主題內涵的拓展與更替上。這個時候，作家力圖超越既有藝術模式的內在需要，恰好與消費文化語境中新的文化創造模式的形成和突顯相契

合，於是，作家內在的動因與市場潛在的誘因的遇合，便觸發了作家寫作姿態發生的變化，這種變化的核心在於作家創作目的的根本改變，導致他們自覺不自覺地與傳媒、與市場共謀。

第二，文學生產方式的改變。在以往，文學作為一種存在，它的實現方式通常遵循這樣一種模式，即從作家創作作品——出版社或雜誌社出版——讀者閱讀。依照這個模式存在的文學，不論從作家、出版者還是讀者三方面來說，都是將文學作為一種精神性創造來看待的。因此，在他們眼裡，文學作品既不是商品，也不是物質的東西，而是一種精神的、文化的、審美的存在。它與物質商品的生產是風馬牛不相及的。而在消費社會裡，雖然作家的寫作還有相當部分屬於體制內的，但其寫作姿態已然發生深刻變化，特別是由於出版商和雜誌社對於文學作品的姿態已經徹底改變——文學已成為創造商業利潤的重要工具，這就在一個重要的環節上轉變了文學的生產方式。在此情形下，即便作家依然堅持自己的創作理念和藝術方式，但出版這一環節的缺失，使文學本身的存在不再可能。為適應這樣的生產方式，文學存在的實現方式就必然要進行調整，而種種調整往往又是以市場的需要為潛在指向，其結果必然產生商品化的文學產品而非審美化的文學作品。因此，文學在生產方式發生轉變之後，就與時尚結下了不解之緣。

基於文學時尚化形成的內外在原因，我們不難看出，對時尚化問題的研究，絕不是以往簡單的作家、作品和社會歷史等角度的探究所能闡發的。而必須以全面、動態的視角進行考察，即不單要考察作家、作品與社會歷史的關係，更要考察文學生產過程中傳媒與資本的特殊作用（包括文學與種種相關事件之間的微妙聯繫），商業原則的滲透與支配，以及多媒體時代信息的超量傳遞與視覺文化的壓力等等眾多因素。這種研究範式，是消費社會中商業原則的普泛化和文學的特殊處境所決定的。

　　事實上，文學時尚化的形成，其原因遠不止這幾方面。消費社會中讀者閱讀趣味的變化、網路文學的興起、社會文化思潮的影響等因素，都在不同程度上決定著文學生產的時尚走向。同時我們還必須看到，時尚化傾向是就文學的整體而言的，也就是說，不論是嚴肅文學還是大眾化的通俗文學，都存在時尚化的傾向。區別僅僅在於：嚴肅文學通常是在不自覺的情況下，融入了一定的時尚因素，或被傳媒利用而進行式尚炒作；通俗文學則是自覺地以大眾讀者的閱讀口味作為審美取向，或是模仿那些已經成為暢銷作品的寫作模式，有意識地融入時尚閱讀潮流。因此，我們可以說，消費文化語境中，時尚化不僅是文學的重要特徵，也是整個社會文化的重要特徵，而文學的時尚化作為整個社會文化特徵的組成部分，顯然不同於影視、歌舞等其他藝術門類的時尚化，而具有其自身的表現形態。

都市消費文化與文學的時尚審美

　　步入二十一世紀後，當消費邏輯越來越強有力地介入了精神文化生產領域，當消費主義文化氛圍日漸濃厚並導致時尚文化在社會生活中占據重要位置時，文化創造所具有的獨立地位受到全面挑戰，文化開始深深地被納入了工業生產的軌道之中，成為滿足整個商業社會不斷膨脹的欲望需求的消費品。消費社會中以符號消費的不斷轉換與遷徙為特徵的消費文化，通常要依託於商品經濟發達的大城市，並以不斷變換的時尚為表現形式。

　　在消費社會中，城市的生活場景往往最能體現各種時尚行為和時尚精神，不論是流行的物質商品，還是流行的文化商品，甚至是時髦的生活方式，都會借助城市的生活場景呈現出來。城市生活場景事實上成為後現代消費文化最豐厚的土壤。而置身於這一場景中的當代作家，特別是女作家，他們對現代都市時尚的敏銳感受及不同程度的認同感，導致一批以個人的視角表現物質欲望的寫作時尚的出現。但另一批更為年輕的「八十」後作家，他們極具個性化和另類特徵的率性率情寫作，淋漓盡致地表現了一種自由的性情和內心感受的真切，而這種獨具特色的文學表達卻很快被傳媒所利用，迅速炒作和包裝成時尚的閱讀產品。事實上，在消費社會中，消費文化化和文化消費化的語境裡的，文學也不可避免地成為市場機制下提供給消費者的文化商品，在這一過程中，文學可能喪失了許多獨立的精神和藝術品格，但文學同時也以不同的形式滲透到社會生活的各個方面，並由此獲得種種新的功能。

一　消費邏輯與時尚文化生產

　　進入消費社會，傳統社會中文化的獨立品格被消解，文化欣賞的階級特權也逐漸瓦解，這一切均源於社會結構和文化生產方式的改變。誠如有學者指出：「在當前的消費社會中，文化的消費化和消費的文化化，使文化再生產和更新的規律發生了根本變化。它不同於二十世紀上半葉以前的資本主義社會的地方，就在於整個文化及文化在生產本身的性質及其社會功能都發生了變化。文化與文化在生產同整個社會、同社會政治、同社會經濟的關係，已經不再像過去那樣。也就是說，文化和文化再生產不再是作為整個社會或社會政治和社會經濟的附屬品，而是成為社會本身的關鍵事物，成為滲透於社會整體結構、滲透於社會政治和社會經濟的主要因素。」[1]文化再生產與更新的這種變化，其直接的結果便是導致時尚文化在現代生活中具有廣泛的影響。而當代社會由於科學技術的發展、商業的網路化趨勢、傳媒的特殊運作機制，以及消費群體社會階層的模糊性，都為時尚文化生產、傳播和興盛奠定了良好的社會基礎和社會環境。

　　現代科技的高速發展，極大促進了社會生產力的提高，在今天，商品和物質的豐盛和富足遠不是傳統社會甚至工業社會所能比擬的。商品消費進入了以符號意義的消費為重心的時代，符號意義的製造和生產也就成為消費社會所獨有的一個領域。這個領域的存在，決定了一大批在生活品味、審美趣味和個性追求等方面都顯示出特立獨行、永不知足的專門人才的不斷湧現。他們不僅熟悉商業運作的種種玄機和手段，而且善於將自身不斷變換的審美趣味和理念賦予商品及其相關服務，從而使符號意義不斷轉移和遷徙，商品市場永遠是一派新面孔取代舊面孔的熱鬧活躍局面，時尚也就是在這種意義的轉換中不斷呈現出新的面貌。

1　高宣揚：《流行文化社會學》（北京市：中國人民大學出版社，2006年），頁73。

全球化和信息社會時代，不僅商品的流通實現了全球的暢通無阻，而且與商品消費密切相關的時尚也在全球範圍內得以大面積的擴散和傳播。這事實上意味著，一個地區或一個國家的時尚文化的興盛和演變，絕不僅僅局限於這個地區和國家製造時尚的能力，而是受到全球範圍的影響。時尚文化也因此呈現出更替的頻繁和變幻莫測的顯著特點。不僅如此，由於商品生產中意義和文化內涵的重要性得到不斷突顯，使商品生產遠不僅僅局限於經濟領域，而是「擴展到社會的各個領域，成為與其他領域相互滲透和互相轉化的重要通道和社會力量。」[2]也就是說，不論是社會的哪一個領域發生的事件、出現的事端，都有可能被運用到商品生產的領域，成為賦予商品某種特殊意義的契機。這也在很大程度上導致時尚文化的興盛。

當然，任何意義的生產和再生產，都離不開傳媒。而當代傳媒借助於網路技術的飛速發展和新的運作方式，具有與傳統媒介所不同的社會功能。傳統媒介只負責傳播已經發生的事，而現代傳媒所具有的功能則要複雜得多。現代傳媒最重要的特徵在於：一、信息的互動性。電視的普及和參與性節目的盛行，網路媒體的廣泛運用，使傳播者與受眾之間的交流成為可能。這種交流使傳播者以最便捷的方式獲得了受眾的需求信息，為時尚文化的創造和流行提供了條件。二、操作的可能性。由於傳媒在現代社會的大範圍覆蓋和無孔不入的特點，使人們生活在媒體的包圍之中；而傳媒借助各種手段不斷為自身塑造的形象，也導致當代人對其產生程度不同的信賴感；加之消費社會商品生產的文化化特點，便使傳媒利用其獨特的話語權，通過運作而創造種種流行時尚成為可能。事實上，當代社會層出不窮的時尚現象和消費神話，就是傳媒別出心裁的成功運作的結果。置身於現代傳媒之中，時尚文化的生產也就成為這個時代的寵兒。

2　高宣揚：《流行文化社會學》（北京市：中國人民大學出版社，2006年），頁154。

　　現代科學技術和傳媒為時尚文化的生產和傳播奠定了良好的基礎，但如果沒有相當數量的消費群體，沒有消費群體本身所提供的新的消費趣味和消費取向，時尚文化的發展無疑將喪失必要的動力。而現代社會中階層的界限開始變得模糊和難以區分。活躍的商品經濟，每天都在生產著新的富人，同時也使一些富人淪為窮人；另一方面，不斷出現的新的職業群體及其在社會中地位的提升，導致社會階層的不穩定性。這使得在傳統社會中具有超穩定性的階層，在當代社會中出現了不同階層之間的相互轉化和互相滲透的現象，不同階層群體之間的流動狀態，其結果是相互間界限的模糊不清。這對於時尚文化而言，最重要的意義在於提供了更為廣泛的消費群體——由於處在變動不拘的狀態中，今天這個階層的人，明天就可能屬於另一個階層了，不同階層之間的文化趣味便具有了相當程度的趨同性，原本只是大眾消費的時尚文化，也就因此擁有了比傳統社會廣泛得多的消費人群。

　　社會文化的時尚傾向，不可避免地影響了置身其中的當代作家。特別是那些初涉文壇的年輕作家們，他們生活與成長的時代正是瀰漫著濃厚商業氛圍和時尚氣息的社會，儘管正統的教育以及學校教科書中關於傳統社會及其文化的描述仍然在發揮著作用，但年輕一代所親歷的商品社會中的繁複多樣的消費形態和多彩多姿的生活景象，使他們的人生體驗和生命感受具有全新的內容，由此形成的價值觀和審美取向便呈現出與傳統判然有別的特徵。他們中的許多人，不再把寫作當作內心情感和價值理想的真實表達的途徑，也不再將寫作視為人文關懷和社會承擔的表現方式，而是有意識地運用寫作這個工具，實現其名利雙收的現實需求。人們不難看到，活躍於新舊世紀之交的一批作家，他們最大的特徵在於對當代時尚文化的敏感，並有意識地利用傳媒等手段追求時尚。新新人類在這個時期的出現，正是消費文化開始興盛的一個重要表徵。這一作家群的形成及其產生的影響，清晰地

展現了消費社會時尚的誕生所要經歷的過程。

　　也許是出於對消費社會時代文化生產機制發生變化的敏感，世紀之交幾家刊物和出版社領風氣之先，精心策劃並推出了一些別出心裁、不同凡響的欄目和叢書，如《作家》在一九九八年第七期推出的女作家小說專號，《大家》在一九九九年推出「凸凹文本」專欄，以及冠以「都市浪漫先鋒系列」之稱號的「布穀鳥」叢書。試圖借助一種另類文學寫作的傳播，形成新的審美趣味和閱讀時尚。文壇的這一舉動，其意義並在於作品本身具有怎樣的文學價值，而在於這批作家出場的方式和作品內容及表現方式所發生的根本變革。《作家》在推出女作家小說的同時，配上了女作家們的照片，這本來不是什麼新鮮事。問題在於照片中的形象不再是以往那種坐姿端莊、神情嚴肅的形態，而是突出顯示個性化的表情和姿態，有意的扮酷之舉，不僅能吸引讀者的視線，還有助於引發人們對其作品的閱讀興趣。《大家》雜誌推出的「凸凹文本」，事實上是以形式實驗的文本進行標新立異的一次製造時尚的大膽舉動。意圖如此明確的策劃行為，一方面表明傳統的媒體編輯開始具有媒體文化人的商業意識，另一方面則顯示出作家對一種可能成為時尚的表現內容和寫作方式的自覺認同。這些作家儘管個人背景和寫作才情不盡相同，但就作品來看，那種顯而易見的趨同性，體現了作家對時尚的自覺認同。這個時期，一方面既往的文學表現模式已經十分成熟，而完善的事物往往意味著走向封閉守成，意味著停滯不前，打破傳統原則、超越現存模式也就勢所必然。現代文藝便是在反叛古典文藝的原則中崛起的。如同伽達默爾所指出的，從十九世紀的歷史束縛中大膽地自我解放出來的現代藝術，在二十世紀變成了一種真正敢於冒險的意識，使所有迄今為止的藝術都被當作已經過時的東西。另一方面，在消費文化語境下，文學創作被納入了文化生產的軌道，成為整個社會商業化的符號生產的一部分，與眾不同、標新立異、反叛經典成為這個時代日益普遍的行為。新的文藝現

象和創作方式就是在這種反叛中確立，並逐漸成為一種引領潮流的時尚。一代年輕作家敏銳地感受到社會文化氛圍和藝術生產規則的變化，當一種寫作風格很可能成為文化市場中廣受青睞的讀物時，轉眼間便出現了一批以相近的寫作方式和風格而聚集起來的作家群。

　　衛慧、棉棉、朱穎文、周潔如、金來順、趙凝、戴來、宣兒等作家，他們作品所表現出諸多共同特徵，在很大程度上顯示了作家對一種寫作形態的自覺追求和相互效仿。這既是來自於這批作家自身生命體驗和生命表達的需要，也是對一種時尚寫作的自覺不自覺的認同。前衛的城市生活場景是這批作家所熱衷表現的題材，都市的繁複多姿的生活場景成為新新人類作家繞不開的寫作空間。城市生活場景之所以讓作家們駐足流連，就在於當代都市已全然不同於傳統的城市——商品生產的極大豐富、形式多樣的經濟文化活動、當代信息技術支撐下的傳媒網路以及與新的物質和文化生產水平相適應的人際交往方式，使當代都市已完全不同於傳統都市那種生產與供給的簡單模式，而具有多樣化的生產、服務和消費方式，同時具有超越時間和空間的對於各種商業的和非商業的、民族的和外來的文化廣泛的接納和包容。特別在日常生活中表現出對於文化與審美情趣的追求，並且這種追求不是縱向的深度體驗，而是不斷變化著的、淺層的、享樂式的欣賞。「現代都市在近一百年來有很大的變化，主要是逐漸地遠離工業生產過程而轉向以消費文化為主的社會生活中心，從而成為真正的享樂主義者的天堂，並因此交錯成各種多元的共同體生活時空結構，會聚和混雜著越來越多的不同的溝通代碼。各種類型的文化，包括原有的被區分為『高雅文化』和『低俗文化』的明顯階級結構型文化間隔，現代都在都市文化中融合在一起。這種融合雖然並不意味著它們之間原有差異的徹底消除，但至少為它們之間的溝通和流通創造了新的條件，也為各種希奇古怪的新興文化催生。現代都市已經不是傳統的消費中心，而是以其文化創造為主軸旋轉著的文化生命體。人們在

盡情消費的同時，有不時地玩弄記號遊戲，盛行著各種追求超越個人主義的運動，強調情感與美的鑑賞，把悠閒自得提升自身情趣當成最高的享樂。」[3]

二　都市生活場景與時尚審美取向

　　現代都市生活場景絕不是單一的結構組成，而是多重的複合體結構和相互交織融匯的世界。城市是消費社會中消費文化存在和生長的豐厚土壤，商場、大型超市、展覽館、影劇院、歌舞廳、夜總會、餐廳、酒吧等場所，為消費文化提供了形形色色的存在方式和空間。在這些城市空間裡，花樣繁多的社會文化活動，令人眼花繚亂的時尚更替，其目的幾乎都指向商業利益的獲得，這與傳統社會存在重要區別。商業行為不再是直接的買賣關係，甚至也不是簡單的商品銷售過程，而是種種經過精心策劃的文化行為。許多商業企業「不僅將大量文化產品商業化，直接將文化產品當成商品去販賣和推銷，將文化及其產品商品化，而且，以商業方式和企業管理方式製造文化商品，銷售和推銷文化，並輔之以文化形式進行行銷，將其商業實行過程裝扮成文化活動，採用諸如廣告、影視、文化裝飾等方式，使原本是純商品的東西文化化。」[4]這些以文化形式開展的商業活動，由於形式活潑、內容通俗、貼近生活，吸引了眾多市民的目光，成為城市最為普遍且持續不斷的文化活動，而那些曾經是城市文化主體的純粹的文化活動，不是被以這樣那樣的方式融入商業行銷過程，就是處於邊緣化的地位。從這個角度看，商業文化如今已滲透到城市的各個角落，並成為現代城市重要的文化形態。

3　高宣揚：《流行文化社會學》（北京市：中國人民大學出版社，2006年），頁203。
4　高宣揚：《流行文化社會學》（北京市：中國人民大學出版社，2006年），頁209。

　　城市商業文化的存在和興盛離不開現代大眾傳媒。大眾傳媒發展到今天，特別是電子傳媒的高速發展，不僅形成了龐大而系統的傳播網路，擁有更強有力的文化效果，而且由於傳媒與社會經濟、商業活動、文化生活等之間的密切關係，導致傳媒的功能和性質發生了根本性改變。傳媒在推動商業文化發展的同時，也形成了自身的文化，即傳媒文化。現代傳媒文化最重要的特徵在於它對社會文化具有不可低估的影響力。這種影響力是傳媒通過其話語權和特殊的運作方式實現的。傳媒的高度發達使信息實現了超容量、無障礙傳播，但現代傳媒的任務和功能不再是單純地傳遞信息，而是對信息進行選擇、過濾與再創造，甚至根據需要製造信息以達到預設的效果。傳媒這種功能的發揮，事實上已使它扮演了社會文化事件組織者的角色，並形成按一定遊戲規則進行運作的傳媒文化。置身於這種傳媒文化之中，不僅人們的價值觀念、審美取向會受到潛移默化的影響，而且人們的生活方式和消費行為也將在相當程度上受其左右。傳媒借助現代技術走進了千家萬戶，走進了人們的日常生活，人們與傳媒近距離接觸的結果，便是對傳媒的依賴和信賴，心甘情願地按照傳媒的引導去設計、建構自己的生活。傳媒對於公眾的號召力和影響力已深入到左右和改變人們價值取向、審美趣味和生活方式的層面，傳媒文化的這種特性，確立了其在消費社會中的獨特地位。

　　城市商業文化和傳媒文化共同構築了後現代消費文化的濃厚氛圍。新新人類的寫作正是在這樣一種現實背景和氛圍中展開的，而其作品本身也成為消費文化的一部分。衛慧、棉棉等作家的作品，幾乎一無例外地以現代大都市為寫作背景，人物從審美情趣到生活方式，無不充滿著現代人的時尚欲望和物質迷戀，同時也充斥著莫名的焦慮和恐懼。但這些作品的基調大同小異，重複著商業時代年輕人熱衷於時髦的、物質化的生存方式以及迷戀浪漫激情、自由放浪式的生命體驗。這些與傳統以及正統小說判然有別的作品，不僅與當下消費社會

的諸多生活場景相互映襯，而且以其反常規的另類情感和行為的表現，為商業化的運作提供了具有市場意義的元素。衛慧《像衛慧一樣瘋狂》中，主要人物的情感與行為無不與主流社會格格不入，她們的情感態度、人生追求全然脫離了一般的體制規範而處在社會的邊緣。但她們的生活方式和生活環境則又具有消費社會的時尚特徵。生活方式的時尚化和精神情感的奇異獨特，構成這類小說最大的賣點。活躍於小說中的「衛慧」和一個叫阿碧的女孩，作家沒有表現她們置身於大都市中如何通過自身的努力去創造美好的生活，而事實上她們對任何事情都持一種率性率情的態度，敢於追求，也敢於放棄，同時又隨遇而安，作家對這一過程的描寫，使人物各自不同尋常的心理感受和情感經歷格外醒目地突顯在人們面前。「衛慧」在物質豐盈的都市裡出入於歌廳酒吧，邂逅著各式各樣的男人，不斷遭遇愛情，她的生活看起來顯得那樣悠閒自在、浪漫有趣。細究衛慧筆下的人物，多半是沉迷於感官享受和都市時尚的女性，其生活哲學「就是簡簡單單的物質消費，無拘無束的精神遊戲，任何時候都相信內心衝動，服從靈魂深處的燃燒，對即興的瘋狂不作抵抗，對各種欲望頂禮膜拜，盡情地交流各種生命狂喜包括性高潮的奧祕，同時對媚俗膚淺、小市民、地痞作風敬而遠之。」很顯然，在這些女性身上，固然無法完全擺脫生命本身帶來的痛苦和煩惱，但她們卻有一套與眾不同的消解痛苦的獨特方式：她們不是以理性的認知和反思去面對既往的經歷和生活中的憂傷，從而開始新的未來，而是以不斷地尋求新的刺激和新的經歷去彌合舊日的傷痛。她們似乎從不在內心積累什麼，或者說她們總是處於不斷的揮霍中，不僅揮霍情感、精力和金錢，也揮霍生命。她們的生命往往缺乏沉重感，她們只關注當下的過程，而從不關心未來。

　　衛慧的另一部小說《蝴蝶的尖叫》，也將人物置身於現代都市的時尚環境之中，城市的物質享樂所帶來的感官刺激，男女間的性愛交流所噴發出的激情，變換無序的生活所帶來的迷亂感，依然是小說區

別於傳統寫作的顯著特徵，也是衛慧作品的審美基調。正是憑藉這種特殊的審美基調，新新人類小說才有資格成為商業時代讓人另眼相看的文學時尚。小說中雖以「我」——阿慧的眼光去表現一個在都市裡討生活的女子朱迪的人生經歷，但阿慧本身的遭際也貫穿其中，呈現了兩個年輕女子另類而充滿迷離和困頓的一段人生軌跡。作家在作品裡表現了在消費社會物質豐盈的社會條件下一部分城市青年獨特的精神狀態。五光十色的都市生活誘發著她們青春的欲望，她們有足夠的精力去進行愛情遊戲，卻沒有耐心一步一個腳印地去建立自己未來的生活，而是迫不及待地想投入和享受現代都市的種種時尚生活。她們享受生活的唯一資本就是旺盛的青春情欲和精力，而她們對付現實的不幸和煩惱，也同樣是依靠青春的精力。正是這樣一種獨特的精神狀貌，將這些形象與既往的都市青年形象區別開來。

棉棉的小說也以一貫的描寫女性特立獨行的生活姿態而成為人們關注的作家。必須看到的是，棉棉等作家表現的人物的特立獨行，並非是一種有高遠志向和獨立追求的精神境界，而更多的是與當下最時髦的生活形態和時尚行為相聯繫。作家所表現的人物，無論其情感如何怪異與不合常理，也不論其對現世持怎樣無所謂的態度，都一無例外地對都市的時尚生活充滿著熱情。她們可以不斷地變換職業和男友，但不會改變對酒吧、歌舞廳、購物的迷戀。不論是《香港情人》、《一個矯揉造作的晚上》，還是《鹽酸情人》，小說中的主人公無一例外地都是喜歡泡酒吧、聽音樂，與情人纏綿的女性，她們那意亂情迷、或真切或虛幻、或激進或頹唐的生活姿態，構織成一組精神形態相類似的人物系列。棉棉筆下的人物的性愛追求同樣有著反常規的特點，但她不像衛慧那樣格外熱衷於時尚生活的表現，而是更注重於對人物情感和心理的形而上的表現，顯示了棉棉的獨特之處。

活躍於上世紀末的一批年輕作家中，金仁順、周潔茹、朱文穎等人的創作與衛慧、棉棉有著異曲同工之處。周潔茹的《我們幹點什麼

吧》、金仁順《月光啊月光》、朱文穎的《高跟鞋》、《廣場》等作品，儘管表現的理性內涵較衛慧、棉棉更為豐富些，觸及到人物細膩而多層次的心理感受、男性權力對女性的控制以及女性的變相的反控制、對男女之間迷離錯亂的性愛關係的哲學思考，但這些小說中人物活動的場景及他們的行為方式、生活體驗和價值取向卻全然不同於新時期初期的作家作品，他們是新一代在消費社會的文化環境中成長起來的、有著獨特精神狀貌的年輕人。他們提供給人們獨異的審美感受和體驗。他們身處主流之外，追求自由、獨立、時尚，同時又行為怪異、談吐隨意，熱衷於刺激而冒險的愛情經歷。許多女主角不是喜歡與有婦之夫偷情，就是陶醉於邂逅相遇的短暫情愛，在不斷的更換男友中揮霍著青春和生命。她們似乎生來就是為愛情而活著，儘管歷險式的愛情也常常帶來痛苦和頹唐，但新的歷險使她們很快就走出情感低谷，一如既往地投入新的情感體驗。她們在情感上最大的特點便是只熱衷於性愛體驗，人們幾乎看不到精神和心理層面的內容——簡簡單單的異性吸引、狂熱迷亂的男女之歡、沒有原由的分道揚鑣，構成了這些小說人物的基本情感模式。相形於新時期初期的小說，這些作家作品中愛情描寫的美學邏輯全然不同於張潔《愛，是不能忘記的》、賈平凹《小月前本》等作品那種聚焦於精神層面的開掘，甚至也不同於衛慧、棉棉、木子美、九丹等作家熱衷於性愛的感性體驗的表現，她們的作品更多表現一種性與愛分離的兩性關係——既表現性愛的感性經驗，又表現基於心靈層面的情愛，但二者處於分離而非融合狀態。作品中的人物通常是為性而性，不再有傳統的性的忠誠與堅貞，人們可以出於寂寞和孤獨的理由而有性關係，但這並不意味著有愛。

金仁順的《拉德茨基進行曲》中的張妍出於網上戀愛的兩情相悅，而與初次見面的苑小雪做愛，雖然說不上有多少感情，但愛做得還可以有質量。《啊，朋友再見》中「我」的愛情是從性開始的。金仁順的其他小說《愛情詩》、《時光流溢》、《酒醉的探戈》、《去遠

方》、《愛情進行曲》，也都揭示了性與愛的分離，表現出現代人對於性愛的堅貞的另一種觀念：即性愛的堅貞不在於性的忠誠，而在於內心精神世界的忠誠，在於靈魂的堅貞。這些作品中的人物完全顛覆了傳統文化中關於堅貞的觀念，不再把性的歸屬視作是否堅貞的標準，而強調內心情感與靈魂歸屬的重要性。但必須看到的是，作家在表現這樣一種新的觀念的時候，完全放棄了傳統觀念作為一種文化背景的作用，放棄了對觀念轉換過程中心靈掙扎的表現。這在很大程度上顯示了這批作家對傳統的拒絕，甚至她們本來就與傳統存在著隔閡。她們在電子傳媒時代直接接受了現代觀念和行為方式，她們在橫向的影響和開闊而多元的文化視野中成長，缺乏歷史的眼光和積澱。她們也存在焦慮，但往往與精神無關，而是消費社會物質與感性欲望所帶來的困惑。正像王曉明指出的：「年輕人的普遍的沮喪和軟弱，以及由此造成的對『認真的精神生活』的迴避，這是發生在當代生活中的最重大的事情。」[5]

　　周潔茹的小說則在人物活動環境的表現方面，突顯了新一代作家的審美取向，象徵現代都市消費文化的種種符碼充斥於小說文本——酒吧、健身房、流行樂、排行榜、DJ、香腸、計程車、遊蕩、漂宿、閒逛、自由職業者、籠中鳥、金絲猴，這些符碼不僅是城市時尚的表徵，而且在很大程度上借助這樣一種物質環境揭示了在物的包圍下城市獨身子女的那一份孤獨感，他們成長過程中的這種孤獨與現代城市人際關係的冷漠相融合，形成這一代新成長起來的青年的獨特精神狀貌。

　　朱文穎的《高跟鞋》雖然在一定程度上顯現出古典氣息，但小說中更多地表現了人物基於物質層面的欲望、空虛與焦慮。小說中活躍的人物儘管擺脫了物質匱乏的困擾，但在享受物質的過程中，她們似

5　王曉明：〈小說與當代生活〉，《當代作家評論》2006年第6期。

乎並沒有獲得多少快樂和滿足，而是迅速陷入另一種莫名的焦慮和空虛之中。很顯然，這種焦慮和空虛來自於精神的缺失和貧乏，也來自於對欲望的過度揮霍。這不僅是消費社會的普遍徵候，也是這批年輕作家在消費文化語境中的現實體驗的表達。

鄢然、鍾物言和巴橋等作家，他們具有都市言情浪漫風格的小說，也在相當程度上體現著一種或頹廢或遊戲化的情感姿態，人物大多為情欲所困，雖然其中也交織著愛與恨、生與死、靈與肉的矛盾糾葛，但情欲與性愛的表現總是占據更突出的地位。鄢然的《昨天的太陽是月亮》中展現的是一個劇作家與風情美貌的女演員的情愛故事，其中充滿複雜的情感糾葛和浪漫色彩；鍾物言的《男豆》儘管筆調純淨抒情，但敘寫的依舊是男女之間欲望色彩濃厚的浪漫情感；巴橋的《一起走過的日子》演繹的是一個在古代文人傳奇故事中經常能看到的下層文人與底層女子的情愛經歷——城市青年巴橋與一個外來妹從肉體開始的愛情。這些人物以及作品中所表現出來的性愛欲望，顯然不同於以往小說注重於情感的精神層面的發掘，而是以濃厚的筆墨去表現帶有濃厚浪漫色彩的情欲。鄢然的《昨天的太陽是月亮》一書的廣告宣傳也突出了這種傾向：「等待的日子枯燥難熬。躁動的情欲伴隨著春天的氣息在我的身體裡繁衍、膨脹。衝破孤獨對愛的渴求，如同拉赫瑪尼諾夫的作品《春潮》般彰顯著生命活力。我的愛的激情就像這俄羅斯作曲家通過音樂傳遞給人們的信息一樣，在滾滾翻捲的音流中跳躍，似那鋼琴上奏響的春潮不等斑斑殘雪從田間最後消失，便向沉睡的岸邊嘩嘩流去。再沒有比尋找一個愛人更誘人的想法了。」

很顯然，這些作家作品中的人物形象是既往文學中所沒有的，很難說他們給文壇留下多少變革性的東西，但這些形象的確以其不同凡俗、奪人眼目的特徵給當代文學提供了新的審美元素。然而必須看到是，這些作家的作品雖然體現了具有鮮明個人化特徵的感受和表達方式，但由於他們寫作動機中的商業因素，使得這些有才氣的作家的個

人靈性與稟賦受到限制，自覺不自覺地落入對時尚閱讀的認同和趨赴之中：小說中的人物無不崇尚物質化的生活，熱衷於品牌消費，追求即時性的感官享受，儘管有不斷變化的興趣，但都離不開時髦的消費場景。毫無疑問，小說中的這些時尚元素在很大程度上契合了消費社會特有的文化語境，由此很快成為文化生產中迎合市場需求的寫作模式。這種寫作上的趨同，正是消費文化語境下文化生產機制發生重大變革後所形成的對文學的一種無形的框範，由此導致時尚審美取向的產生。

視覺文化與文學的跨媒體生存

一　視覺之成為一種文化

如今，視覺（圖像）文化在我們的日常生活以及審美活動中占據了越來越重要的作用──這種作用事實上已逐漸居於主導地位。許多以文字符號傳播的文化遺產和文化成果，不斷被轉化成圖像和影像。現代影像複製技術日新月異的進步，使得這種圖像轉化變得輕而易舉，曾經位居中心地位的傳統的文字（話語）文化，在圖像文化繁盛之後，不再具有主導性。「新的視覺文化最驚人的特徵之一是它越來越趨於把那些本身並非視覺性的東西予以視覺化。」[1]近年出版界流行出版圖說系列叢書，如《圖說三國演義》、《圖說西遊記》、《圖說紅樓夢》，《圖說中國》、《圖說歷史》、《圖說天下》等，還有眾多名著被搬上銀幕，最典型的莫過於《花木蘭》，被好萊塢拍攝成系列動畫片。

不僅如此，與傳統社會相區別的是，圖像在當代社會具有新的功能，它不再是簡單地作為真實世界的反映，也不再依賴客觀實體的存在，而常常是被虛構並借助視覺機器編碼而成的。在法國理論家居伊德波看來，當代社會「整個的生活都表現為一種巨大的奇觀積聚。曾經直接地存在著的所有一切，現在都變成了純粹的表徵。這個表徵說到底就是圖像。今天圖像已經成為社會生活中的一種物質性力量，如同經濟和政治力量一樣。當代視覺文化不再被看作只是『反映』和

1　〔美〕尼古拉斯・米爾佐夫著，倪偉譯：《視覺文化導論》（南京市：江蘇人民出版社，2006年），頁5。

『溝通』我們所生活的世界，它也在創造這個世界。」[2]

不可否認，圖像已成為當今時代文化表達的重要方式，並開始支配我們周圍的一切——圖像媒介「已經不再只是我們溝通和了解世界的工具，而是成為生活的一部分。」[3]人們越來越依賴那些並非來自現實的虛構圖像，以致將這些圖像作為消費的對象。

然而，隱藏在這一現象背後的動因是什麼？以圖像符號進行表達早在數千年前就已存在，電影的出現也有一百多年歷史，電視的出現也有半個多世紀了，為何在這個漫長的歷史過程中沒有形成視覺文化興盛的局面？從廣義上說，視覺文化是指以圖像符號來表達人對世界的理解以及種種複雜的情感。狹義上的視覺文化，則是指在消費社會人們把「視覺聚焦為一個意義生產和競爭的場所」[4]。在這個時期，視覺快感的獲得和視覺消費成為人們普遍的、重要的需求。若從文化形態的角度來考察，視覺文化則「是指文化脫離了以語言為中心的理性主義形態，日益轉向以形象為中心，特別是以影像為中心的感性主義形態。」[5]在我們看來，視覺文化在今天的突顯絕非偶然。視覺文化的形成，與整個人類發展進入消費社會、高科技傳播手段的普遍運用、視覺表達和欣賞的獨特性，以及視覺生產的運作方式密切相關。

進入上世紀九十年代以來，中國社會最突出的變化在於逐漸從生產社會向消費社會過渡（而西方發達國家則在上世紀六十年代就進入了消費社會）。在生產社會中，由於物質的匱乏，經濟活動的目的主要為了滿足人們基本的物質需要，由此形成了以生產為中心的社會。

2　〔法〕雅克・拉康、〔法〕博德里亞等著，吳瓊編：《視覺文化的奇觀》（北京市：中國人民大學出版社，2005年12月），頁12。

3　任悅：《視覺傳播概論》（北京市：中國人民大學出版社，2008年6月），頁21。

4　〔美〕尼古拉斯・米爾佐夫著，倪偉譯：《視覺文化導論》（南京市：江蘇人民出版社，2006年），頁11。

5　孟建等主編：《衝突與和諧：全球化與亞洲影視》（上海市：復旦大學出版社，2003年），頁207。

而在消費社會中，由於物質匱乏的消除，使社會「存在著一種不斷增長的物、服務和物質財富所構成的驚人的消費和豐盛現象」[6]。因而在筆者看來，消費社會事實上是一個因物質與商品的豐富而形成的以消費為中心的社會。二十世紀下半葉以來，由於生產力的大幅度提高，物質和服務的豐富成為現實，由此導致人們消費觀念、消費行為的改變，甚至導致人們生活方式和生存態度的根本變化。在這個物與商品過剩的社會中，人們對物和商品的使用與消費，除了注重技術和性能外，對文化含量和符號意義更加關注，商品的價值也因此更多地依賴於符號價值。也就是說，在人與物之間，使用和被使用的關係許多時候已居於次要地位，而人與附著於物的概念和意義之間的關係占據了重要位置。由於物質生產的相對過剩，為推動消費的擴大，物與商品以及相關的服務被賦予了更多的符號價值，符號價值也因此在消費中占據越來越重要的地位。「這樣，消費不應該理解為和使用價值有關的物質用途，而是作為意義，主要和符號價值相關。」[7]

　　事實上，消費社會是人類物質和文化生產發展到一定程度的產物。在這個階段中，物質的生產越來越依靠於文化的支撐，而文化生產則跨越了純粹精神生產的階段，越來越作為一種商品被納入到整個社會生產的結構體系中。在消費社會，伴隨著後現代消費文化的崛起，視覺化的需求和生產成為這個時代重要特徵。沒有哪個時代像今天這樣充滿著視覺符號：人們不再滿足單純的文字符號帶來的美感，層出不窮、花樣翻新的視覺符號吸引了人們的眼球；廣告、動畫等圖片圖像對於日常生活無孔不入的侵入，導致人們目不暇接，無心顧及哪怕是非常出色的文字符號；而消費社會符號生產與消費的內在法則，以及電視、網際網路、手機等高科技傳播手段的普及，更是將圖像的獲取成為唾手可得的事情。於是，一種不僅將視覺化的生產和消

6　〔法〕博德里亞：《消費社會》（南京市：南京大學出版社，2001年），頁1。

7　〔英〕西莉亞・盧瑞：《消費文化》（南京市：南京大學出版社，2003年），頁63。

費納入到物質和文化生產的各個環節中，而且使之成為社會文化的普遍現象的視覺文化，便悄然浮現，矗立於時代的舞臺中心。正如美國學者米爾佐夫所言：以往被分開來研究的視覺媒體，「如今則需要把視覺的後現代全球化當作日常生活來加以闡釋。包括藝術史、電影、媒體研究和社會學在內的不同學科的批評家們已經開始把這個正在浮現的領域稱為視覺文化。」[8]

在視覺文化的崛起過程中，人們首先要考察的是：這個視覺文化時代的視覺（圖像）表達究竟有哪些區別於傳統視覺表達的特徵？新的視覺表達是以怎樣的方式集聚圖像和遵循怎樣的審美法則？這種集聚又形成了一種什麼樣的審美風格？要回答這些問題，既要理解視覺文化自身的基本特點，也要了解消費社會時期消費文化的特徵。

二　視覺文化：基本特徵及其演變

視覺文化顯然是以圖片、影像為基礎對現實世界和精神世界進行再現和表達的一種文化形態，由繪畫、攝影、電影、電視、動畫等所組成的圖像世界，具有與文字符號不盡相同的再現現實和表達情感的獨特方式。

視覺文化最基本的特點是其直觀性，以直觀的方式再現和傳達現實，並由直觀而獲得審美快感。由於這種審美快感的獲得較文字要容易得多，不少學者便將視覺文化視作膚淺的文化。這顯然是一種簡單武斷的評判——作品的深度與審美內涵從來都不是由表達手段決定的。不論是文字作品還是影像作品，都有膚淺與深刻之分，並非圖像作品一定就比文字作品膚淺，文字作品就一定比圖像作品深刻。

視覺文化的另一個特點是事物特徵的整體形成，而不像文字作品

8　〔美〕尼古拉斯‧米爾佐夫著，倪偉譯：《視覺文化導論》（南京市：江蘇人民出版社，2006年），頁3。

那樣需要依靠想像去完成，這使其具有較強的審美衝擊力。一個慘烈的戰爭場景是用文字還是影像來表現和傳達，其審美衝擊力孰強孰弱是不言而喻的。從接受美學角度看，視覺文化產生的審美內涵和意味往往在頃刻間便能把握，而文字作品則通常需要一定的時間過程，這導致讀圖比讀書有更高的效率，看影像作品比看文字作品更輕鬆更易懂。看一部繪圖版的《紅樓夢》所花的時間無疑要遠比看文字版的《紅樓夢》少得多，也輕鬆得多。在生活節奏越來越快的當代社會，視覺文化的這種特性便恰逢其時地暗合了時代的需求，為大眾傳媒所熱衷，成為文化生產和消費的核心。

　　但在消費社會，我們還必須看到視覺文化之備受青睞，還與它所呈現的許多新特徵密切相關。

　　視覺文化的上述特徵古已有之，為何在今天圖像生產與消費大行其道呢？事實上，除了圖像自身的特點適合於當今時代快節奏文化消費的需要外，一個很重要的因素在於：圖像生產的方式及其所呈現出的美感特徵已發生重大變化。

　　以往圖像通常是作為人們表達精神情感的審美載體，是對世界體驗、認知、理解的一種符號化體現。當下的圖像生產，則是圍繞著市場消費趣味而進行的，圖像的集合、匯聚、處理所產生的意義和美感，往往要迎合大眾的口味。戲說歷史片、無厘頭電影、新武俠電視、挪用經典的動漫片，都是以全新的方式所進行的視覺表達，由此產生了戲謔、調侃、詼諧、逗趣、搞笑等新的審美品格。

　　與此相應的是，影像作品對圖像的編排、組合遵循了一套新的藝術法則——取代以往對稱工整、邏輯清晰、風格一致等藝術法則的，是隨意拼貼、結構鬆散、風格混搭的後現代藝術手法。這些圖像往往糅合了古今中外各種文化元素，而對這些元素的利用，不是著力於意義的建構，而是熱衷於快感和快樂的製造。當然，不可否認的是，以傳統的藝術方式進行的影像創造依然大量存在，且同樣具有相當廣闊

的觀眾市場，但這些創造中都多少融合了當下藝術的表現方式和手法，或者在某個敘述角度和層面上，注入了新的內容和新的創造。

當圖像被作為一種文化商品來製作時，市場的競爭壓力便導致圖像製作的功用化，圖像創造手段和方式就不可避免地始終處在不斷變化、迅速更替的狀態之中。這種情形下，新的藝術法則往往未及沉澱和完善，就被更新的法則所取代，也就難以形成定於一尊、占據主導的藝術潮流。適應這種更替的需要，打破各種藝術類型和風格界限的混搭手法，以及古典元素的現代改造，便成為一種普遍的圖像生產方式。這些圖像產品與現代派繪畫那種追求對世界的獨特觀察和理解的作品迥然相異——現代派作品雖然打破了許多傳統的藝術法則，但本質上依然是畫家自身精神的寫照和對世界的個性化體驗，未經專業化的訓練通常難以把握；而當代的圖像世界則是一種能讓大眾自由觀看且一目了然的視覺空間。

很顯然，視覺文化處於一個全新的繁榮時期，其發展空間十分廣闊。這一廣闊的空間，相當程度上來自於我們所處的消費社會，來自於後現代消費文化的獨特語境，這些無疑為圖像的生產與消費提供了肥沃的社會文化土壤。

不過適宜的環境與土壤還只是視覺文化發展的客觀條件，並不能天然地造就視覺文化的繁榮。影像世界的打造還必須依靠人的主觀創造力的釋放，特別是要依靠文化創意，將影像世界開闢成一個不斷湧現新的審美因素、創造新的審美體驗的現代藝術殿堂。

肇始於上世紀九十年代的創意產業依靠文化創意，不僅推動著文化的產業化發展，也在很大程度上推動著經濟的發展。影像文化產品的內在動力就源於獨出心裁的文化創意。當下人們的文化消費的趣味、接受方式和興奮點都發生了極大的變化，存量龐大、底蘊豐厚的中華傳統文化如何轉化為當代人喜聞樂見的文化產品，無疑是消費社會文化生產必須關注的首要問題。在當今視覺化生存的現實下，唯有

依靠文化創意，才能夠將傳統文化資源轉化為文化產品，並在鋪天蓋地的圖像海洋中獨領風騷，吸引大眾的眼球。

創意並非今天才有，在漫長的圖像藝術歷史上，一切有價值的藝術創造都是富有創意的作品。只是傳統文化創造中的創意，往往是基於藝術家自身的藝術靈感和現實體驗，是藝術家情智的表達與宣洩。而在消費社會，創意的出發點則通常是源於市場的需求，源於大眾的趣味和時尚的追求，換言之，大眾的觀賞趣味是文化創意的依據和導向。傳統意義上的創意，體現的是藝術家獨特的、個人化的感知及其個性化的表達，是一種菁英化的創意；現代意義的創意，則強調如何捕捉消費者的感知需求，如何傳遞與契合消費者的審美趣味，是一種與現代消費觀相契合的、流行化的創意。

另一方面，文化創意在針對一項具體的產品開發時，既要關注於文化產品本身的創新出彩，還要關注前期的造勢預熱，同時也要關注產品的下游市場和衍生產品的開發。如何將孤立的產品擴展成產業鏈，成為文化創意的重要內容，這在傳統文化的創造中是不存在的。

近年來，在現代文化的創造中，經典被不斷挪用。《夜宴》之對於《哈姆雷特》、《滿城盡帶黃金甲》之對於《雷雨》的挪用，表明現代商業文化對於經典挪用的一個潮流。一目了然的故事情節、簡單化的人物、極盡排場的大場面、強烈的視覺衝擊、精心設計的武打，都只為一個目的——盡可能將經典元素流行化，以期吸引觀眾眼球，滿足一時的審美快感。即便是古典題材，如《赤壁》，許多臺詞也融入了現代話語。而就最近的影片《畫皮》對《聊齋》的改編而言，則更是糅合了許多現代元素——原作的驚悚元素經由改編，具有了現代魔幻特點，同時又與時下大片所流行的動作戲相結合（如有魔幻的九尾妖狐和蜥蜴精，有炫目的飛簷走壁和武打戲，有狐狸完整地剝下那層皮的恐怖……），演繹成了現代版恐怖動作片。而鮮明的古典元素、唯美浪漫的三角情愛以及煽情表現的渲染（有遼闊的西域和小橋流水

的江南場景），都使影片更符合現代人的觀賞趣味——內蘊豐厚的古典敘事肌理，被最終演繹成以愛為核心主題的魔幻商業大片。

除了經典被挪用，當代小說也時常被改編成影像作品。依據楊金遠小說《官司》改編的戰爭大片《集結號》，顯然不同於上世紀八、九十年代的電影改編，而是完全從觀眾的立場、從市場的賣點出發去謀劃作品的敘事結構和表現主題。其主要亮點有三：一是慘烈戰爭場面的微觀表現——以往表現戰爭通常是宏觀層面的，如三大戰役，甚至包括《投名狀》和美國的《大兵瑞恩》（臺譯：《搶救雷恩大兵》）。而該片戰爭場面的表現主要在於微觀，從視覺上給人新鮮感和震撼感。但必須看到的是，這種表現除了畫面效果的突破，還為影片後半部分主人公替戰友討公道的執著行為作了充分的鋪墊。倘若沒有這種鋪墊，主人公個性行為的表現，就不可能具有深刻的審美震撼力。二是人性的表現與視覺感受的追求緊密結合起來——許多大片只追求單純的視覺感受和衝擊力，缺乏對人性的深度挖掘。此片有明顯的突破。如，表現戰爭面前人的恐懼與懦弱——這是人的常態，而以往常常只是表現人的英勇和無畏。事實上，對戰爭有恐懼的人，卻能為別人做出犧牲，這才是真正的英雄。三是可觀與可感結合。新的人物形象，也是一種普通的英雄形象，不是概念化的。主人公為了一種最樸素的人性情感，要為戰友討公道，當然，這種行為力量的產生，必須有鋪墊——戰爭場面的慘烈，為人物的行為做了最好的鋪墊。如果沒有前半部分的戰爭描繪，後面人物的行為就不可能打動人心。影片很好地將觀賞性與審美性結合在一起，這就與一般的商業大片有了區別。

三　文學：影像傳播與元素重構

很顯然，在後現代消費文化語境下，文學的地位、表現形態、存在方式都發生了深刻變化。「以消費為標誌的這種文化轉變導致了文

化的內部變革，並進而波及文學的當代形態的重構。」[9]

毫無疑問，如果從傳統意義上看，文學的地位已今非昔比，上世紀八十年代那種風光與繁盛的時代一去不復返了。文學被邊緣化早已是不爭的事實。雖然從文學作品的數量上看，每年一千多部的長篇小說的產量要遠遠高於上世紀八十年代，但與龐大的作品數量形成鮮明反差的是發行量的微不足道。這意味著文學傳播效應的縮小，文學讀者群的大量流失。而年輕一代沉迷於電腦網路和影視的現象本身，也使文學的邊緣化越演越烈。

這種邊緣化的另一個表現，就是文學刊物的萎縮——大批文學期刊停辦或勉強維持或轉向為文化類刊物，導致文學的生存空間日益狹窄。在此情勢下，文學期刊的大眾化、時尚化成為趨勢。如《中國作家》，加大紀實文學分量，《湖南文學》改版成為「另類文化期刊」，和「時尚性雜誌」——《母語》；《天津文學》改版成為面向中學生的《青春閱讀》；《中華文學選刊》改成文化期刊和討論文壇熱點的園地；《百花洲》改成女性文學專刊。

不過，這還只是文學突圍的一個方面。事實上，在圖像時代，文學的影像傳播已成為一個蔚為大觀的潮流。不僅經典作品以及當代的優秀小說不斷被搬上銀幕，而且文學的敘事方式也被更多地運用到影像傳播之中。當代媒體是個充滿影像的世界，影像審美的直觀性和便捷性輕而易舉地爭奪了大批觀眾，這對以文字為媒介的文學構成極大的壓力。在這種壓力下，文學一方面不斷變換藝術手法，形成新的語言風格與審美形態；另一方面在邊緣化的同時，不斷向其他藝術形式擴散，諸多由文學作品改編的影視劇，事實上是以影像的方式延伸著文學的傳播，即所謂文學的跨媒體傳播，包括電影、電視、網際網路、手機等。其中電影電視作為影像傳播，因其內在地契合了視覺文

9　陶東風：〈大話文學與消費文化語境中經典的命運〉，《天津社會科學》2005年第3期。

化時代的審美需求，成為文學跨媒體傳播的重要途徑。在這個過程中，文學以另一種面貌出現，探討文學改編成影像作品過程中藝術符碼的轉換及其審美效應，將為考察媒體時代文學提供一個新的角度。

在以文學作品為內容的影像傳播中，無疑承載著文學的諸多因素——不僅文學作品中體現的情感、理想、人生哲理、歷史感悟以及各類母題等在影像作品中得到傳達，而且文學的敘事技巧、表現手法也被不同程度地運用到影像作品中，並由此構織成多樣化的審美形態。但文學的紙介質傳播與影像傳播畢竟是兩種不同的傳播媒介和傳播方式，由此導致在當今時代不同的遭遇。這顯然與二者的傳播與接受機理的差異性有關，同時也與視覺文化時代所形成的欣賞習慣的變化密切相關。

文學的紙介質傳播，其審美信息的傳達通常要在一定的時間裡完成，許多時候還必須借助相當的專業知識和審美體驗的訓練。而文學的影像傳播雖然也需要時間，但比起文字閱讀，影像的觀賞所需時間顯然要少得多。更為重要的是，一個簡單的影像畫面通常能毫不費力地將相應的大篇幅的文字內容傳達給觀眾，尤其是那些商業化的大片，更是將文學經典中那些最為重要的元素以最通俗的方式傳達出來，既擴大了傳播範圍，也提升了傳播效果。

文學的閱讀固然可以讓人領略文字的節奏、語感，玩味細節描寫的細膩微妙和內在韻味，其中更深層的美學內涵還可給欣賞者以無限的想像空間，使讀者在作品意涵的延伸中去體味無限豐富的感受和稍縱即逝的靈光。但這一切的前提必須有足夠的時間，足夠的專業訓練和足夠的審美敏悟力，尤其是必須有淡定怡然的心境甚至超然出世的心態。可現代人卻面臨著與古人迥然相異的生活環境——快節奏的生活、無處不在的生存壓力使現代人普遍處於浮躁之中，難以靜心品味；而傳播媒體的多元化、影像化和便捷性以及鋪天蓋地而又多彩多姿的傳播內容，則導致現代人無暇顧及文學經典與文學精品，而更熱

衷於輕鬆的影像觀賞。於是，一系列根據文學經典與精品改編的影像
作品的出現並受到觀眾喜愛，便不足為奇了。

　　影像對文學經典與精品的傳播，不僅是為了適應現代人的審美欣
賞習慣和需求，而且其本身也是擴展文學經典現代影響的重要途徑。
文學經典作為一個特定時代的文化產物並歷經幾代人的審美檢驗的文
化存在，它在藝術審美上的典範性、開放性與不可替代性、精神內涵
上的普適性與超越性，使之在支撐一個民族的文化地位中扮演著不可
或缺的作用──任何一個民族的文學如果沒有足夠的堪為世人稱道的
文學經典的支撐，就難以確立其在世界民族之林中的地位。儘管當代
社會也有極為豐富的文學創造，其中也不乏文學精品，但如若缺乏作
為民族文化象徵存在的文學經典的傳播與接受，無疑將極大地削弱民
族文化傳播的深厚底蘊和深刻的認同感。人們不難設想，如果沒有了
莎士比亞，英國的民族文化必然會為之遜色；如果沒有了雨果和巴爾
扎克，法國的民族文化也將會為之大失異彩；如果沒有四大名著，中
華文化的也不可能像今天這樣如此燦爛奪目。文學經典事實上已成為
一個民族的文化符號和象徵。在今天高度發達的媒體中，顯然不可缺
少文學經典的傳播。

　　當然，人們也必須看到的是，文學經典的超越性和開放性，決定
了其傳播過程是個不斷被建構和不斷被重新解讀的過程──不僅其精
神內涵的超越性使不同時代的媒體可以依據接受者的審美趣味進行再
建構，而且其藝術審美的開放性導致不同時代的讀者有不同的解讀。
中國的四大名著從上世紀初就被改編成電影，其中經歷了二十世紀三
四十年代、五六十年代、八十年代和九十年代幾個階段的改編，這些
電影改編與同時期數量繁多的不同版本的紙介質出版物，共同構成了
四大名著蔚為壯觀的傳播史。不難看出，古今中外眾多文學經典不斷
被影像化的事實，足以表明文學經典的生命力以及被一代又一代讀者
（觀眾）所接受的可能。從這個意義上說，文學經典是不會死亡的，

也因為經典所具有的不朽生命力和歷史地位,當代作家創造經典的夢想也不會消失。

依憑以往的文藝理論與批評觀念,影像作品對文學的改編必須最大限度地忠實於原著──這一觀念的背後通常有一套意識形態體系、文藝思潮作支撐,並與一定的社會文化發展形態相聯繫。而伴隨著電子媒體特別是網際網路的普及,以及整個社會步入後現代時期,消費代替生產成為這個時代的主宰,文學的影像傳播也發生了根本性的變革:從忠實於原著的經典化原則,轉向戲說歷史、乃至無厘頭的去經典化;從依憑藝術規律的改編,轉向依憑現代觀眾趣味的娛樂化改編。在這一過程中,文學的影像傳播呈現出與傳統迥然相異的形態。

現如今,文學影像改編的動因發生了變化。文學被改編的目的已不再是為了擴大文學本身的影響,同時也不是為了借助文學題材創作一部影視作品,而是為了生產一部有市場賣點的文化產品。在這裡,影像作品已被當作文化商品來生產,其內容、風格是否符合原著無關緊要,但必須符合觀眾口味。作為母本的文學作品,其內容不再是被完整地移植到影像之中,而是被化解成各種元素,根據需要任意選取。如《大話西遊》對《西遊記》人物故事的借用;《夜宴》對《哈姆雷特》王子復仇題材的挪用;《滿城盡帶黃金甲》對《雷雨》情節的移植等。

文學影像改編的藝術方式也發生變化。以往文學的影像改編通常遵循的是現實主義傳統,寫實手法被廣泛運用,影視的情節線索基本與原著相符合。當下的影視改編則運用與糅合了更多不同藝術方式──既有寫實的,也有超現實和荒誕的;既有真實場景的表現,也有魔幻特技的運用;既有莊重的正劇手法,更有戲謔與無厘頭的喜劇風格。在這些手法中,大場面的營造和七拼八湊、任意組合的方式運用得最多,正契合了後現代文化的特質。

與上述變化相呼應,文學影像改編更熱衷於將意義作感官化表

現。以往影像作品注重挖掘文學原著的藝術內涵，當下則關注於將抽象的意蘊通俗化，不再遵循所謂敘事的內在邏輯，以及這種邏輯所指向的審美內涵與哲理內涵，而只是將情感與理性概念——如愛情的浪漫想像、武功的蓋世超人、仇恨的刻骨銘心等等——作遊戲化或簡單化處理，追求超凡脫俗、驚豔奇絕、單純美妙的感官效果。很顯然，在消費社會中，文學的影像改編有其特殊的表徵：文學經典和精品不再是完整的藝術品存在，而是作為一種文化資源，被納入到文化消費產品的生產之中，成為一種元素依照後現代藝術原則進行重構。這種重構除了體現後現代藝術原則，通常還必須體現大眾觀賞趣味，適應流行化的審美取向。

雖然在視覺文化時代，文學的影像傳播發生了深刻變化，產生了許多顛覆以往藝術準則的作品，這些作品以其敘事方式、語言風格、審美旨趣贏得了當代人的喜愛與追捧，以致出現「巴爾扎克或者托爾斯泰的故事遠不如瓊瑤的《還珠格格》、金庸的《神鵰俠侶》或者痞子蔡的《第一次的親密接觸》討人喜歡」的奇特現象。[10]這是由於「消費社會中消費行為的社會化、大眾欲望的合法化、傳播途徑的多元化，使得大眾的文化需求在『量』上日益膨脹，在『質』上卻趨向平面化，突出表現是：取消深度的傾向；追求同質化的時尚、奢侈、快感等；大眾需求呈現群體性的個體化等特徵」。[11]

然而，我們必須看到，當下影像作品所呈現的形態儘管運用了諸多新的藝術手法，但傳統的藝術原則並沒有完全退場。在貌似整體顛覆的表象下，傳統的藝術法則仍然發揮著不可忽視的重要作用，一大批具有後現代風格的作品，因忽略或喪失了傳統藝術法則的運用，招致種種詬病。如出自當紅大導演的商業大片《英雄》、《十面埋伏》、

---

10 南帆：《五種形象》（上海市：復旦大學出版社，2007年12月），頁115。
11 陶東風：〈大話文學與消費文化語境中經典的命運〉，《天津社會科學》2005年第3期。

《無極》、《夜宴》等，由於過度追求奇異的造型、美妙奇幻的視覺感
受和強烈視覺衝擊力的畫面，忽略了對敘事邏輯的精心營造，導致在
故事性上存在嚴重缺陷，大片所追求的震撼性效果也因此打大折扣。
有學者對這一現象作了深刻的分析：「當電影人以個體的身分而不是
以某種意識形態代言人的身分開始言說的時候，面對龐雜的社會、多
變的人生，很難做出準確的判斷並進行大刀闊斧的整合，更無法給混
沌的生活下一個明晰的結論。於是，著眼於個體表達，或者面對形而
上重大命題的影片選擇影像這種不確定的語言方式，不自覺地忽略敘
事的完整性和事件發生發展的邏輯，就成為不可避免的現象。」[12]面
對這一現象，人們需要警醒的是，在我們專注於影像表現及話語體系
的轉化以及這種轉化背後的歷史文化底色的同時，仍然有必要將傳統
的藝術法則作為一種尺度加以運用──畢竟任何脫離傳統憑空而生的
文化現象是不存在的。深圳的讀書調查中顯示，四大古典名著受到青
年的偏愛，這表明文學經典在一定的市場空間裡，仍然表現出它的價
值和魅力。由此我們不難看到，文學經典依然具有強大的號召力，比
起商業大片而言，其影響力是長期而久遠的。如果我們打破狹隘的紙
介質傳播的觀念，充分利用新媒體來傳播文學經典，如「利用大眾文
化的寵兒諸如電視劇、電影、網路等走進大眾生活，以更加具有親和
力的方式接近大眾，讓大眾心甘情願地接受。」[13]那麼，文學經典的
生存空間無疑將是十分廣闊的。

12　董華峰：《福建論壇》（人文社會科學版）2006年第3期。
13　陶東風：〈大話文學與消費文化語境中經典的命運〉，《天津社會科學》2005年第3期。

時間的空間化：藝術方式的轉換

　　在消費文化語境中，市場邏輯將文學納入了具有鮮明商業性的文化生產體系之中，這不但導致文學作為精神世界建構的傳統的喪失，也使在現代作為意識形態體現的文學，轉眼之間便陷於商業機制的約束和「媒體場域」的隱性控制之中。如前文所述，符號意義的製造和不斷遷徙，是消費社會的顯著特徵，它不僅構成了傳媒的行為指向，也成為對一切文化生產的內在規約──是否具有豐富的符號意義、這種意義是否處在不斷變化與替換之中，決定著文化生產的市場份額與前景。不難看出，這種符號的生產，顯然不同於以往文化創造中所表現出的文化價值，而僅僅是為了拓展文化產品的市場、或以新的產品取代舊產品而進行的表層意義的符號更替。在這個意義上，符號生產顯然是一種缺乏創造性的活動，它往往只是在既有的文化模式中替換、更新、增添新的符號意義，由此形成的新鮮感和誘惑力，其全部旨歸就是在人們的心理產生一種新的期盼和欲望。很顯然，在這樣的過程中，古今中外漫漫歷史長河中積累的文化遺存，當代社會呈現出的氣象萬千的社會文化現象，都可成為製造符號意義的材料和元素。與此同時，不經提煉、隨手拿來的拼貼、組合，消解深度意義而追求感性、感官刺激的努力，都使符號的生產不僅形成了意義鏈的斷裂──種種文化元素的組合因缺乏內在邏輯的貫穿而處於零散化狀態，而且逐漸形成了一種對時間的割裂與懸置──這是後現代文化意義消解的重要原因之一。為此，符號生產中，割裂、壓縮時間，將時間空間化，已經成為一種新的文化表現方式，這無疑對文學的審美表現構成深刻影響。但文學傳統的線性敘事擁有的強大藝術慣性，決定

了時間並沒有完全從文學撤離。

一　後現代文化理論中的時空概念

　　在消費社會中，經濟全球化趨勢和高新技術的廣泛運用，不僅帶來交通、通訊等領域的革命性變革，而且導致社會結構、文化形態以及日常生活的大變動。在這些變革與變動過程中，一些原先居於社會中心位置的事物逐漸被邊緣化，甚至從人們的視野中消失；而另一些處在邊緣地位的事物迅速向中心移動，同時向社會中心移動的還有許多不斷浮現的新事物。伴隨這種中心與邊緣的位置轉換、移動和更替，不僅改變了人們的生產方式、交往行為和生活方式，而且更為重要的是導致了人們思維方式、價值觀念和行為準則的一系列變化。後現代文化理論，在一定程度上就是對這些變化及其所呈現特徵的分析批判。在這裡，我們著重就後現代文化理論中的時空概念進行評述，這也是我們切入九十年代文學的一個重要視角。

　　二十世紀六十年代興起的後現代理論，是在對現代主義及現代精神的批判和對消費社會表現出的種種新的社會文化現象的研究中形成的。在這一理論的建構過程中，西方許多重量級的學者參與其中，作出了他們各自的貢獻，也因此形成了關於後現代理論的種種闡釋和見解。按照一些學者的梳理[1]與後現代理論有關以及參與這一理論建構的學者主要有尼采、福柯、德勒滋與加塔利、利奧塔、博德里亞、格里芬和詹姆遜，此外還有康納、哈維等人。尼采被認為是後現代理論的開端，福柯推動了後現代理論的發展，德勒滋與加塔利的見解則具有冒險性，他們試圖「創立一種新的思維形式、寫作形式、主體性形

1　參見楊魁、董雅麗：《消費文化──從現代到後現代》；〔美〕凱爾納、〔美〕貝斯特：《後現代理論》（臺北市：中央編譯出版社，2004年）。

式以及政治形式」，[2]利奧塔以他的《後現代狀況》而使「後現代」一詞廣為傳播，在理論立場上，「他幾乎比任何人都更堅決地擁護與現代理論和現代方法的決裂，並積極地推廣和傳播後現代替代方案」[3]。而作為後現代世界的「守護神」，博德里亞具有鮮明的後現代思想，「在闡明後現代性這方面，他比所有的人都走得更遠」，[4]他的「內爆理論」成為描繪和理解後現代狀況的重要視角，格里芬代表的是一種建設性的後現代主義，他將後現代理論視為一種新型的「世界觀」理論，「是一種通過批判反思現代精神後所重建的適應後現代社會的新文化」，[5]詹姆遜作為後現代理論的著名學者，其後現代理論主要體現在〈後現代主義與消費文化〉，此文經過大量擴充和修改，形成一九八四年發表的《後現代主義：或晚期資本主義的文化邏輯》一書，此外還有一九八七年發表的《沒有解釋的閱讀：後現代主義與錄像文本》。在這些論著中，詹姆遜「大都討論後現代主義文化的形式和風格特徵，即它對模仿作品的喜好，對與現代派獨特風格的『深度』美學相對的『平面』增加和拼貼的風格的喜好，以及它放棄統一的人格概念，向自我喪失於無差別時間中的『類精神分裂性』經驗的轉變。」此外，他在《快感：文化與政治》、《文化轉向》、《時間的種子》等論著和文章中，從時空觀的轉變來探討後現代文化領域平面化和空間化趨勢的根源。在此，我們著重來看看他對後現代文化理論的時空概念的分析。

2　楊魁、董雅麗：《消費文化——從現代到後現代》（北京市：中國社會科學出版社，2003年），頁173。

3　楊魁、董雅麗：《消費文化——從現代到後現代》（北京市：中國社會科學出版社，2003年），頁176。

4　楊魁、董雅麗：《消費文化——從現代到後現代》（北京市：中國社會科學出版社，2003年），頁180。

5　楊魁、董雅麗：《消費文化——從現代到後現代》（北京市：中國社會科學出版社，2003年），頁182。

作為後現代理論的知名學者，詹姆遜敏銳地洞察到後現代文化在時空觀上的重要轉變，揭示了後現代時間空間化的現象。並由此提出一些相關概念，闡述了後現代時空概念的具體內涵。

（一）時間感的消失與時間的空間化

後現代消費社會中，人們的時間感發生了意味深長的變化──一系列的社會經濟、科技文化的變革，在不同向度上改變了人們的時間概念。這種變化首先表現在：交通、通訊的發達，在相當程度上消除了傳統概念中的空間距離。從一個地方到另一個地方、從一個城市到另一個城市、從一個國家到另一個國家，與傳統社會相比，只是瞬息之間的事，時間被大大的壓縮了，成為從一個空間到另一個空間的轉換。同時，現代通訊的高度普及帶來的人們心理空間距離的縮小，也使時間從人們的感覺中淡出：不論相距多遠，即刻間就能進行同步聯繫，這與傳統的書信通訊方式相比，時間被完全省略和取消了。其次，消費社會資本周轉的普遍加速，帶來兩個重要的結果，一是「強調了時尚、產品、生產技術、勞動過程、各種觀念和意識形態、價值觀和既定實踐活動的易變性與短暫性」，只有這種易變性與短暫性，資本追求最大利潤的目的才能實現；而且「在商品生產領域裡，主要的影響是突出了即刻性（即刻和快速食品、進餐和其他滿足）與一次性物品（杯子、盤子、刀叉餐具、包裝、餐巾、服裝等等）的價值和優點。」雖然這是純粹商品生產領域的變化，但所帶來的影響卻是廣泛而深刻的，因為「一次性物品充斥」的社會，「意味著不止是扔掉生產出來的商品（造成巨大的一次性廢品的問題），而且也意味著可以扔掉價值觀、生活方式、穩定的關係、對事物的依戀、建築物、場所、民族，以及接受的行為和存在方式。」[6]這些變化也意味著使人

6　〔美〕戴維‧哈維：《後現代的狀況──對文化變遷之緣起的探究》（北京市：商務印書館，2003年11月），頁357。

們的時間感更加淡化。再次，在後現代消費社會中，出於對符號生產和形象製造的需要，並且由於圍繞這種需要所展開的活動在整個社會中具有壓倒一切的中心地位，不論是古今中外的物質文化、精神文化，還是科學技術、自然地理，都成為符號生產和形象製造的元素。在這一過程中，最能體現時間性的歷史被肢解，成為沒有連續性的歷史碎片，組合、拼貼到現時的符號與形象之中。正如詹姆遜所言：「我們開始感覺到的東西──作為後現代性的某種更深刻、更基本的構成而開始出現的東西，或至少在其時間維度上出現的東西──是現在一切都服從於時尚和傳媒形象的不斷變化，今後再沒有任何東西能夠改變。」、「形象這一現象帶來的是一種新的時間體驗，那種從過去通向未來的連續性感覺已經崩潰了。新時間體驗只集中在現時上，除了現時以外，什麼也沒有」。[7]

　　不難看出，時間感的喪失成為後現代時間觀的一個重要特徵。但時間感的消失並不意味著時間的不存在，只是在後現代社會裡，時間以另一種形式出現：即傳統的線性的、一維的時間被瓦解，時間整體性在崩潰之後成為一種散化的、無向度的時間碎片。這些時間碎片被另一種力量所左右，並被組織、匯聚到「現在」，「現在」成為包容過去和未來的唯一時間存在的標識。從這個角度看，時間被納入了以「現在」為中心的空間，或者說過去與未來的時間都被納入了現時的空間，時間被空間化了。

（二）空間的平面化

　　當後現代的空間匯集了過去與未來的事物以及這些事物所構成的形象和符號時，它無疑是高度混雜和擁擠的，這是因為後現代空間不僅包括物質空間和精神空間，而且按照列斐伏爾在《空間的生產》中

7　王炎：〈論詹姆遜後現代文化理論中的時空概念〉，轉引自文化研究網（http/www. culstudies.com）。

提出的，還包括第三種空間──社會空間。這個空間是借助社會關係的重組與社會實踐性建構過程而確立和生產出來的。但必須看到的是，匯集於這個空間的事物，特別是符號與形象雖然高度密集，卻處在不斷轉換和更替之中，它不追求人們長期關注和擁有，相反，它希望人們不斷將注意力投向那些新的形象與符號系統。這就決定了後現代空間裡聚集的通常是事物表層化的形象和無深度的符號意義。事實上，後現代「距離感的消失」已成為普遍現象，其結果，就如詹姆遜所指出的那樣，後現代摒棄了四種深度模式──本質與現象的辨證模式、隱義與顯義的弗洛伊德心理模式、真實性與非真實性的存在模式、能指與所指之間的符號對立模式。很顯然，這些深度模式的喪失，意味著後現代空間深度的消失，從而走向表象化與平面化。這不僅是後現代社會人們時間和空間經驗轉變的結果，也正符合後現代的消費邏輯。

　　詹姆遜在考察了後現代時間空間化、空間的平面化特點的同時，提出了「超空間」這一重要概念。在他看來，後現代的「超空間」是在晚近消費社會普遍的空間轉化中生產的。這個超空間顯然與具有一定結構和秩序、並有明確定位的正常空間不同。在正常空間中，人們通常能明確自身的空間方位，同時還能感受到時間和歷史的存在。而在超空間中，人們既找不到方向感，也找不到時間感，因為在這個空間中不但匯聚著過去、現在和未來，而且匯聚著大量由傳媒製造的模擬世界，一個充斥著形象和符號的世界，常常導致現實與模擬之間的區別變得模糊不清、難以辨別，人們由此獲得的空間感常常是一種失去組織性和結構性的。

　　詹姆遜同時還進一步闡發了後現代空間的幾個重要特徵。首先，他充分注意到電子傳媒技術的突飛猛進帶來視象文化的主導地位，其結果是在社會空間中人們被視象文化所製造的各種「類象」所包圍，這些類象在強化人們視覺感官的同時，抑制了我們其他感官功能的作

用。更為重要的是類象的氾濫取代了真實的世界，使後現代空間表現為一種文化幻象，這將導致人們感受方式和經驗方式的改變，最終改變人們的思維方式。其次，後現代空間消除了距離感，也消除了時間感和方向性。在這個空間裡似乎無所不包：城市與鄉村、現實與模擬、傳統與現代、高雅文化與大眾文化等，但又什麼都不是。這使人們在傳統和現代社會中建立起來的認知體系喪失了區分和辨別的能力，處於一種茫然的混沌狀態。也就是說，混淆性成為後現代超空間的一個重要特徵。再次，雖然後現代超空間有極強的混淆性，似乎無所不包，但它同時又是一個具有異質性的空間。儘管混淆性使後現代超空間消除了一切距離、打破了一切差別，具有同質性的一面，但它同時又允許在多種多樣的層面上同時展開不同質的事物，具有異質性。也就是說，後現代空間存在著同質性與異質性的二律背反現象。它一方面消除了種種距離和差別，另一方面又允許差異的存在。「如西方發達國家與第三世界國家共存於當代這一時間段中，在發展階段上卻存在著非共時性的差異。在這種共存中，各民族身分和民族生活方式被包裝起來向世界市場推銷，以期求得身分認同。後現代空間的異質性變成了同質性；反過來，高度標準化和統一的世界空間必須以一種多樣性和他性的方式向各民族國家進行滲透。後現代空間的同質性又變成了異質性。詹姆遜認為這兩種特徵都存在於後現代超空間中，並且是無法調和、無法解決的。」[8]

二　有限度的空間化：小說文本實證分析

　　文學作為消費文化語境中文化生產的一部分，後現代時間的空間

8　王炎：〈論詹姆遜後現代文化理論中的時空概念〉，轉引自文化研究網（http/www.culstudies.com）。

化趨勢及其時空概念也對其構成重要影響。這種影響表現在文學敘事
方式發生了深刻變化。但同時必須看到，時間性在文學中的地位並未
喪失殆盡，有時還十分穩固——由於文學線性敘事擁有強大的傳統，
特別是小說藝術，儘管有現代主義的意識流、荒誕派等藝術表現手
法，以及後現代文化背景下時空概念的轉化，但線性情節的藝術表達
方式仍不時地隱伏於當代具有後現代傾向的作品中。在分析當代小說
時，我們顯然不能將文本作為後現代時空概念的簡單印證，而是要在
具體的實證分析中，闡發其在藝術表現上呈現出的審美特徵。

　　上世紀末，日益普及的電子傳媒迅速改變著文化藝術既有的版
圖——視覺文化領風氣之先，在大規模開疆拓土中迅速擴充著自己的
領地，其結果不僅掠去了大批文學讀者，而且培養了一批倚賴視覺影
像作為認知世界的一代年輕人。這無疑使商業社會不斷邊緣化的文學
雪上加霜。但文學顯然不會自願退出歷史舞臺，特別在有著悠久文化
傳統和強大文學資源的中國，文學在影視文化咄咄逼人的壓力下，並
未走向衰亡——儘管相當一批文學刊物走向大眾化和文化化，文學的
綠洲被一片片蠶食，但文學依然在消費社會的浪潮中以不同的方式顯
示出其生命力。一方面，市場和讀者群的萎縮並沒有阻礙大批作品的
問世，單是每年中長篇小說的數量就十分可觀，還有近年走俏的散
文、隨筆也有相當的產量，這至少表明文學還沒有喪失存在的根基；
另一方面，新一代年輕作家層出不窮的湧現（從六十後、七十後到八
十後），帶給文壇新的生機，他們以敏銳的另類感受和新異的表達方
式，不斷衝擊著既有的美感經驗和審美範式，不同程度地融入了市場
化的文化生產體系之中，成為消費文化的一部分。但也不可諱言，年
輕一代作家具有另類色彩的創作總是擁有更大的市場，更容易成為傳
媒的寵兒，而批評界也往往更多地關注這些作家。衛慧、棉棉等新新
人類作家就其創作而言顯然無法與八、九十年代活躍於文壇的張煒、
張承志、閻連科、賈平凹、王安憶等相比擬，也無法與蘇童、格非、

余華、馬原等先鋒作家比肩，但在世紀末這個特殊的時期，新新人類的一批驚世駭俗的作品，幾乎吸引了所有對文學感興趣和不感興趣的人們的目光，也成為媒體不斷關注的對象，更重要的是，他們並不成熟的作品將成為日後批評家們不斷提及和文學史家們繞不開的話題，而真正那些有實力的作品反倒可能被人們所忽略。這無疑是消費文化語境下文學生存的一種特殊樣態和方式。

　　但必須承認，這些不成熟的作品之所以引人關注，顯然有著複雜的社會文化原因，但關鍵在於它肯定存在著一種尖銳的東西，這種尖銳之物衝擊了我們的審美視野，打破了我們長期以來形成的審美習慣，雖然它存在著諸如粗糙、單薄等缺陷，甚至被指責為「非文學」，但它在某個層面上顯露出的東西卻是以往沒有的，並由此確立起特殊的地位。比如衛慧的《上海寶貝》、《床上的月亮》、《像衛慧那樣瘋狂》；棉棉的《糖》、《啦啦啦》；周潔如的《到常州去》等作品，給我們描繪的是一幅儘管混亂但卻十分鮮明的後現代圖景，主要人物的生活圈子、生存狀況，特別是對性愛的態度，表達出一種摒棄傳統價值觀的另類觀念。其他新新人類（或稱七十年代作家）的創作，在這點上也顯示出驚人的相似：小說人物出入於酒吧、歌舞廳、豪華賓館、商廈等場所，過著閒適而瘋狂的生活——放浪形骸，舉止落拓，看似五光十色、眩目迷離，卻擺脫不了蒼白與單調。在這些作品中，與其說作家是在營造，不如說是在宣洩——營造的是一種需要個體獨特理解與相應藝術技巧支撐的創造性寫作，而宣洩僅僅是內心欲望的排遣，至多是具有個人心性特點的發洩。從這個意義上說，新新人類的寫作在藝術上可取之處十分有限。

　　然而，值得注意的是，雖然這些作家在語言與形式創造方面並未有新意之處，而僅僅是在「新新人類」這樣具有商業策劃意味的標誌下寫作，但這種的寫作雖然導致描寫的極端性傾向（這些傾向在不斷的媒體宣揚和批評家的評論中被符號化了），卻還仍然是作家的一種

隨心所欲的宣洩，其中不自覺地體現出了一種新的不成熟的藝術方式——時間的空間化。我們從衛慧的新作《我的禪》的分析中可見一斑。

《我的禪》是在衛慧寫作頗受爭議的《上海寶貝》四年之後重新提筆的第一部作品。從總體內容看，《我的禪》依然是一個具有自傳體色彩的小說，其中「我」作為主要人物，與《上海寶貝》中的伊可在精神氣質上有眾多相似之處。性愛、時尚場所、國際化背景與後殖民色彩仍然是小說的表現中心，所不同的是衛慧將「我」的愛情的最後歸屬指向了禪——雖然這種指向十分含混與模糊，但畢竟顯露了些許精神性的依託。小說值得關注之處首先還是作家以不羈的筆觸描繪的具有濃郁後現代色彩的圖景——人物來往於紐約、上海兩個超級大都市，心無所憂地棲息於賓館、酒店和高級住宅，興味盎然地穿梭、隱沒在髮廊、酒吧、舞廳、健身房、高檔商店等高消費的時尚場所，擁有自己的裁縫師和美髮師，而後把一副養尊處優、精力充沛、欲望飽滿的身軀交給性愛——自由自在地享受性愛樂趣。如果說一、二十年前，這樣的生活場景與生活方式還是一個令人們感到遙不可及的天方夜譚，那麼在二十一世紀的今天，當中國眾多都市已然出現了一個又一個現代西方生活模式的飛地時，人們顯然不再感到陌生，而且會將其視為心目中嚮往、渴望與追求的理想之境。這些場景不僅在我們身邊隨處可見，並且我們周圍不斷有人成為這些場景的主人；而傳媒對這種生活場景的渲染，既激發著人們的渴望，也構織著一種幻象式的圖景——似乎這個世界已經全面進入了後現代時期。當代作家的作品中，也越來越多地將這些場景納入他們的視野，成為他們作品中人物活動的場所和背景，只是很少將這些場景作為人物活動主要甚至是唯一的舞臺。

衛慧小說的特殊之處，首先在於她不僅描繪了聲色犬馬、五光十色的後現代場景，將其作為人物活動的唯一舞臺，而且賦予這些場景

以符號的意味。很顯然，單是這些場景的描繪還不足以形成完整的符號意義：賓館、酒店和高級住宅，髮廊、酒吧、舞廳、健身房、高檔商店等實體空間，只是為人們提供了一種物質性的象徵符號和想像空間，如果置身於這個空間而不具有與之相應的觀念意識，就不可能真正地融入其中。為賦予這種實體空間以更顯著、更飽滿的符號意義，衛慧在另一個抽象空間——消費社會的人際關係、商品關係、金錢關係——中展開她的想像，於是，人們在《我的禪》中看到了一批在價值觀念、行為準則、生活方式和人生姿態上完全融入這些實體空間的女性：她們不僅有置身這些場景的經濟能力，而且有駕馭這些場景並從中獲得快樂的能力。她們似乎生來就是為了享受，也似乎只有在這些場景中才能獲得享受的樂趣。她們能夠樂此不疲地沉浸於這些場所，將這些場所作為她們獲取人生快樂的唯一的、最佳的舞臺。正是這樣一批人物的出現，才使這些場景真正具有了符號意義——你瞧，穿梭、隱沒於這些象徵著現代物質文明的場所中的女性們是多麼悠閒自在、快樂無比，這樣的生活、這樣的人生難道不令人嚮往和追求嗎？這不就是我們所想像的現代化生活嗎？不就是我們夢寐以求的理想世界嗎？很顯然，衛慧正是在恰當的場所放進了恰當的人物，讓她們現身說法，才創造出一個具有感召力、誘惑性和後現代色彩的符號世界。

那麼，這些人物為什麼置身於這樣的場所才會感到快樂，而另一些人卻可能感到彆扭、困惑和乏味呢？關鍵在於衛慧賦予這些人物以獨特的氣質稟性。「我」CoCo 與美國男子 Muju 的異國戀情，以及與好友朱紗之間的友情構成了小說主要敘事內容。小說在紐約和上海兩大場景的轉換中，疊現的是一系列缺乏邏輯線索、缺乏核心事件，也缺乏情感心理脈絡的零散瑣碎的生活片斷——從一個情景到另一個情景的無序轉換，構成了小說的主要框架。而 CoCo 則是在這些情景的轉換中呈現出她的面目——一個從「上海寶貝」走出來的、僅僅在內

心多了一點對傳統的歸依感的又一個 CoCo。這個 CoCo 如今有著更廣闊的活動背景，但其行為和生存姿態並未發生根本性變化，只是少了些瘋狂與頹唐。小說中 CoCo 大約只熱衷兩件事：性愛享受與時尚生活。這個 CoCo「十九歲有了十分糟糕竟把保險套遺忘在陰道裡面的第一次性經驗，二十二歲以對一個教授痛苦暗戀為題材發表了第一篇小說」，[9]到二十六歲因寫出小說《88》而在多個國家出版並拍成電影，由此被稱作「放浪形骸的美女作家」。就是這樣一個女子，在與美國男友 Muju 的交往中，CoCo 大膽、坦蕩地表現出對性愛的追求與沉迷：Muju 不在身邊的時候，竟與一位十五歲的做足部按摩的男孩有一夜的放縱；與 Muju 的性愛生活不但充滿著狂熱，而且充滿著奇異之舉——她常常讓男友撕裂自己身上的絲綢內衣來激發性的快感：「請動手吧，絲綢撕裂的聲音，是世間最好的春藥」；雖然她愛著 Muju，卻同時也愛著有「花花公子」名聲的尼克，最後懷孕了竟不知誰是孩子的父親。不難看出，CoCo 在性愛方面遵奉的完全是一種另類者的觀念，其最大特點就是沒有一絲一毫的道德負累，是一個只有性愛的行動而沒有性愛倫理觀念的人。也就是說，在她身上，欲望成為唯一的主宰，支配著一切。此外，她又是一個崇尚時髦生活的女性：買服裝要去「最貴的幾家百貨公司」，在外就餐要上最好的飯店，用名牌化妝品，去最雅緻豪華的休閒場所，等等，彷彿生來就是為時尚而活的。很顯然，女主人公在觀念層面不僅完全具備了現代意識，而且已經走向後現代，具有與後現代消費社會相適應的價值觀念和行為方式。她不僅是屬於現時的，而且是屬於想像中的後現代消費社會。也就是說，在精神層面上，她是個完全沒有歷史，沒有傳統的現時的人，她不是從哪一個歷史和傳統中走出來的，而是直接屬於當下社會。

9　衛慧：《我的禪》（上海市：上海文藝出版社，2004年），頁16。

　　誠然，小說也安排了部分章節表明主人公的出身及其與佛教的關係，甚至還表現了 CoCo 對象徵東方文化的佛的歸依——這多少顯露出衛慧創作的新的指向。但這些描寫顯然僅僅只是一種外加的、模糊的，甚至有些牽強的理性內涵的表達——從作品中我們無法看出出身於法雨寺、並有一個叫「智慧」的法名、最後在夢中感受到佛的召喚的 CoCo，其身世的宗教背景究竟對她成年後的種種行為有怎樣的影響。換句話說，人們在 CoCo 身上既找不到佛家思想和教義與她驚世駭俗的行為之間有何內在關聯，也看不到佛教思想與人物後現代理念之間的衝突。事實上，這些筆墨的安排僅僅表現出作家與以往寫作的些許區別和某種模糊、朦朧的內心感觸與精神上的變化，並無助於改變主人公的觀念意識。

　　在賦予主人公這些氣質稟性中，作家的藝術方式值得我們注意。首先是小說中時間感、歷史感的淡漠。如前所述，主人公身上沒有任何的歷史牽絆和傳統的負累，她的身世模糊不清、她的經歷也缺乏交代、她的心理和行為彷彿天生如此無須來歷。但這一切似乎並不影響她帶給人們的鮮明感受——她在性愛上的叛逆行為、在生活上極端和純粹的時尚追求，都是那樣神形畢現、活生生地撲面而來。在這裡，小說基本上運用場景轉換——從一個空間到另一個空間的轉換來表現人物、敘寫情景——大量事象在空間的維度上聚集而不是在時間維度上展開，成為小說最主要的結構方式，並且，這種聚集往往缺乏邏輯關聯，只是呈現為一種鬆散、凌亂的堆集、排列。作者「刻意營造了一個局限在場景中的開放性的故事結構，彷彿要以此來與小說經典性的封閉式結構形成區別；也好像要背叛充斥著過多理性、邏輯的現實世界。」[10]很顯然，這樣的結構方式，不僅喪失了時間以及可能帶來的深度，而且導致空間本身的平面化。事實上，空間場景的頻繁轉換

---

10 董麗敏：〈墜落的飛翔——評所謂「七十年代出生的小說家群」〉，《上海社會科學院學術季刊》2000年第4期。

與更疊，意味著符號的不斷遷徙，這正體現了後現代社會生活的快節奏以及頻繁進行符號更替的內在需要。小說描寫主人公感受的一段文字，可為此作一個形象的註腳：「性在這兒似乎像一分錢的小硬幣一樣隨地可撿，但這兒的人其實遺失了性的古典樂趣，忘了坐在咖啡館裡拋出一個個含蓄而嫵媚的眼神，慢慢地調情，拒絕、迎合、暫停，逗引，再拒絕，再暫停……」、「這種一進一退的探戈，這種拉鋸戰術，是需要時間的。但在紐約，時間太昂貴了。」[11]很顯然，在後現代消費社會中，在商品原則和資本本性的支配下，商業集團與傳媒的合謀製造著一個又一個時尚神話，一切都在疾速的更替之中，不甘落伍的人們疲於奔命地追趕時尚，誰要是駐足不前就意味著將被時代所淘汰。人們沒有足夠的時間去細心領略和體味已然獲得的東西，便急匆匆地奔向另一個目標。在此，沉迷於時間，便意味著喪失種種躋身於社會時尚的機會，也將意味著因此喪失置身社會上層所必須的身分象徵——身分往往是借助時尚的符號消費來獲得的。於是，人們只能放逐時間，讓位於空間，使空間成為這個世界的主宰，這導致由時間構築的深度感、歷史感、滄桑感失去存在的基礎，代之以空間事象的聚合、轉換與更替。

但必須看到，空間的平面化不僅只是時間缺席的結果，而且也是空間事象的物質化所使然。CoCo、朱紗、喜珥等女性的生活空間完全被物質所包圍，對於性愛和物質的追逐構成她們生活的全部。她們幾乎一刻也離不開富足、奢華的生活：她們有自己的髮型師、瑜伽老師、網球教練和旅遊經紀人，她們頻繁光顧高檔商場與餐飲館，結交與追逐各色各樣的男友——這事實上源於她們對物質的沉迷：「即使在我最瘋狂地披頭散髮地寫作的時候，也從沒有忽略過所有物質的美。絲綢是美的，玉是美的，Prada 是美的，法拉利跑車是美的，印

---

11 衛慧：《我的禪》（上海市：上海文藝出版社，2004年），頁37。

著富蘭克林頭像的美金也是美的」。[12]追求物質享受帶來的快慰成為這些有閒階層女士們生活的重要主題，再加上愛情和性愛帶來的刺激，便構成她們生活的一切。但這種快慰和刺激的短暫性是顯而易見的，為保持這種快慰，她們只能不斷地更換消費品和消費方式，不斷地更換男朋友──擺脫久的、追求新的，成為她們的生活模式。於是，衛慧的小說便集中呈現了一個個後現代色彩濃重的場景，她力圖表現主人公對傳統文化的歸依感，卻身不由己地被奢華的、縱情的描寫筆墨所取代，僅有幾處極不顯眼的筆墨留給主人公的精神世界。這種時間的空間化、空間的平面化，事實上是後現代消費社會商品經濟邏輯的必然表現，而衛慧的寫作正可以作為這種邏輯的註腳。

不難看出，衛慧小說具有鮮明的當下性（儘管她在每個章節開頭徵引了古今中外的文獻典籍和名人格言，但那僅僅是一種點綴，是作為一種依附在小說結構上的文化元素，與小說內容並無深刻的內在聯繫）。這種當下性，由於擺脫了過去和未來而獲得了一種前所未有的自由──不受任何歷史和傳統約束的自由的當下。「這種『當下』並不像現代主義那樣指涉著永恆，而是指向物化、指向自己的身體」。[13]不過，雖然衛慧小說結構中這種時間的空間化在新新人類作家的作品中具有一定的普遍性，但在與她們相隔不久的新生代那裡，雖然也表現出一定的空間化特點，但顯然並沒有徹底摒棄傳統。在新生代作家那裡，傳統的慣性依舊存在，儘管其表現內容可能相當世俗化。

在新生代作家中，朱文、韓東、邱華棟等人的作品對於傳統的割裂十分明顯。作為「斷裂」寫作的主要發起人，朱文作品可以說理所當然地最鮮明地體現出新生代小說的審美取向：出沒於其小說中的人物，幾乎一無例外地要麼是身分卑微的城市貧民，要麼是整日遊蕩、

---

12 衛慧：《我的禪》（上海市：上海文藝出版社，2004年），頁36。

13 王炎：〈時間性的終結與後現代文化症候〉。轉引自文化研究網（http//www.culstudies. com）。

無所事事的自由職業者；他們的行為也無一不是與正統的社會規範相
背棄——打架鬥毆、尋釁滋事、滿口穢語、放縱欲望。他們的精神情
狀在常人眼中也顯得難以理喻——在對現實存在的調侃和瓦解中常常
陷於無端的空虛和孤獨；對性愛過眼煙雲般的體驗導致什麼都無所謂
的人生態度；對生活的戲謔所帶來的短暫快感致使戲謔不斷重複而最
終產生麻木；對人生意義的虛無立場所萌生出的無聊、荒誕情緒四處
瀰漫、滯留不散。無論是《什麼是垃圾，什麼是愛》中那個空虛無
聊、心緒茫然、玩世不恭的無業青年小丁；還是《把窮人統統打昏》
裡對於生活細節充滿世俗色彩和「痞子」味的調侃、戲謔；以及《小
刺蝟，老美人》中幾個連姓名也沒有的人物紮在一起對世態人情說長
道短、嬉戲笑談，都活生生地鋪寫和托現出一幅幅迥異於傳統小說價
值理性追求的獨特圖景。何頓與邱華棟的小說也具有相似的特徵——
都於作品中表現出更多的現代商業社會的價值理念和情感形態。

　　但相對於朱文、何頓與邱華棟在理性意蘊和美感形態上更多地掙
脫了傳統而言，新生代其他幾位作家的創作則更多地表現出對傳統的
依憑，他們對傳統的掙脫是有限的。韓東雖是與朱文在一九九八年一
道發起「斷裂」寫作的作家，他有不少小說也的確體現出與朱文作品
的相似之處（如《雙拐李》、《在碼頭》、《美元硬過人民幣》等），但
韓東還有許多作品則擁有另一種屬於他自己的審美特質。在韓東的一
些小說中，對於情愛的描寫，欲望的因素顯然要少得多，細膩的心理
繪寫代替了情欲的表現。「與其說我關注的是存在問題，還不如說我
關注的是情感。愛情、男女之情、人與人之間以及人與動物間的感情
是我寫作的動因，也是我基本的主題。有時，生存的情感被抽象為關
係。對關係的梳理和編織是我特殊的興趣所在。在處理心理現即時我
不能滿足於所謂的『意識流』。我認為只有在關係的設置和變化中心
理研究才能達到『分子』水平。」[14]《三人行》、《同窗共讀》、《我的

---

14 韓東：《我的柏拉圖》〈序〉（西安市：陝西師範大學出版社，2000年）。

柏拉圖》、《古杰明傳》等小說文本中，不僅有共時態的心理情感描寫，也有歷時態的人物情感關係的鋪衍，其對於微妙細膩心理情感的捕捉和繪狀，與傳統小說的表現方式並無二致。當然，作為新生代作家，韓東的描寫還是表現出特殊之處──對兩性情感之深層的、隱祕的心理動因的直白、真率傳達，構成其區別於傳統小說的獨異之處。張旻的小說在敘寫「自己的故事」中，現實事象的呈現顯然不如朱文等人的小說那樣富有現場感，而表現出一定的主觀化色彩。「對我來說，通常一篇小說的題材一小部分來源於我本人或我關注的生活事件，大部分則來源於內心體驗和想像。後者是更重要的。」、「我在寫作過程中不斷擴大心靈空間，凝神聚力，仔細講述故事，以求達到『還原真實』的目標」。[15]這一寫作理想，使張旻小說更多的貼近了傳統，同時也具有前先鋒的某些藝術特徵。事實上，張旻的創作游移於傳統與先鋒之間，在對二者的糅合中顯示出自己的藝術個性：敢於直逼性愛的細節描寫，但又能以坦蕩從容的心態，淡化性愛的欲望色彩，從而竭力繪狀出性愛所具有的動人情調和優雅美感。

　　不難看出，新生代作家雖以與傳統「斷裂」為藝術旨歸，在割裂歷史、切斷時間指向的過程中，於當下空間維度建構起自身的美感特徵。但不同的作家個體在同一口號下對傳統的掙脫和踰越顯然不會是相同的。這一方面固然是由於作家個體藝術修養和性格稟賦所使然，另一方面則表明傳統所具有的強大的內在規約作用。對於新生代小說的把握顯然不應忽略這一點。事實上，眾多關於新生代作家的批評文本中，常常只是將目光凝聚、駐留於他們的共同特點，有時甚至牽強附會地論及他們的相通之處，這導致對新生代作家之間赫然存在的藝術分野視而不見。如此脫離文本實際的批評，往往會成為一種失真而又空洞的理論演繹。從這個意義上看，九十年代以來具有後現代傾向

---

15 張旻：《愛情與墮落》〈序〉（西安市：陝西師範大學出版社，2000年）。

的小說，也並非是一種同質性的存在，在時間空間化的趨向中，傳統的線性情節仍具有強大的藝術慣性，依舊滲透在一批「斷裂」、「前衛」的作品之中。這些作品中，時間依然占據著重要地位，時間的空間化也是有限的。

大眾文化生態與後先鋒的突圍
——對新生代小說生成語境的考察

　　新時期以來，小說創作的多元化局面到二十世紀九十年代真正形成蔚為大觀之勢：不僅八十年代崛起的作家以他們的審美方式活躍於文壇，如王安憶、陳村、王小鷹、賈平凹、張煒、張承志等；同樣從八十年代過來的一批先鋒作家在經歷了不同程度的藝術蛻變之後，依然以其獨特的藝術存在成為文壇不可忽視的景觀，如蘇童、余華、格非、孫甘露和北村等在九十年代創作的一系列小說佳構；此時的歷史小說也在藝術品格與市場原則之間找到了某種平衡點，成為既被批評家認可、又為大眾讀者所歡迎的小說品種；而眾多九十年代躋身文壇並聲譽雀起的青年作家則以另類的個人化書寫開闢出一片新天地。這批被批評界稱作新生代（筆者稱之為後先鋒）[1]的作家及其創作的作品，無論是寫作姿態，還是審美方式以及由此構成的美感形態都與此前小說判然有別。本文擬從大眾文化生態角度就朱文、韓東、魯羊、邱華棟等後先鋒作家小說美感形態的生成語境作一考察，以探究大眾文化生態與小說創作走向之間的內在關係。

一　社會轉型：大眾文化生態的形成

　　進入九十年代後，中國的社會文化形態發生了實質性的變化：隨著經濟體制改革的深入，市場經濟開始在一切相關領域中建立，與商

1　參見拙文：〈錯位與彌合：新生代小說的敘事策略〉，《廈門大學學報》2003年第1期。

業社會相伴而生的種種觀念意識和價值取向在與傳統理念的衝撞和牴牾中，逐漸占據上峰，成為具有普遍性乃至主導性意義的社會意識。其結果是，傳統的道德觀念、價值取向和思維方式在短短幾年中便發生了巨大的、根本性的變化，形成與八十年代截然不同的社會文化語境。大眾文化正是在這種轉型社會中隨著現代傳媒（主要是電視和電腦網絡）的迅速發展，繼主流文化與菁英文化之後，不僅成為一種赫然矗立、不容忽視的文化存在，而且與商業社會語境及現代文化工業共同形成了適合於大眾文化生產與消費的大眾文化生態。

　　正如許多學者所指出的，大眾文化不僅是個外來語（即由英文中 popular culture 和 mass culture 兩個概念演化而來），而且是工業化時代、信息時代和傳媒時代的產物。在西方，大眾文化雖可追本溯源到十八和十九世紀，「但是有關理論和紛爭的大量出現，則是二十世紀二十年代以後的事情」，「隨著工業技術的飛速發展和大眾傳媒的迅速崛起，其結果是整個社會的工業化和都市化，而個人則相應被『原子化』」。[2] 那麼，什麼是大眾文化呢？英國學者雷蒙·威廉斯下了這樣一個定義：「大眾文化不是因為大眾，而是因為其他人而得其身分認同的，它仍然帶有兩個舊有的含義：低等次的作品（如大眾文學、大眾出版商以區別於高品位的出版機構）；和刻意炮製出來以博取歡心的作品（如有別於民主新聞的大眾新聞，或大眾娛樂）。它更現代的意義是為許多人所喜愛，而這一點，在許多方面，當然也是與在先的兩個意義重疊的。近年來事實上是大眾為自身所定義的大眾文化，作為文化，它的含義與上面幾種都有不同，它經常是替代了過去民間文化占有的地位，但它亦有種很重要的現代意識。」[3] 這一定義至少包

2　陸揚、王毅：《大眾文化與傳媒》（上海市：上海三聯書店，2000年1月），頁15、16。

3　〔英〕威廉斯：《關鍵詞：文化和社會詞彙表》（倫敦：豐塔那出版社，1976年），頁199。

含三個涵義：其一表明大眾文化「不是大眾自己所為，而是政治和商業機制自上而下強加給大眾，故而大都是些聲色之娛」的文化產品[4]；其二表述了大眾文化相對於菁英文化的特點──通俗、低級、庸俗，往往為知識界所輕蔑；其三指明了大眾文化在現代社會中的地位和意義──它通過對民間文化的替代而獲得與高雅文化並駕齊驅的現實待遇。

在許多西方學者眼裡，作為傳媒時代及資本主義市場經濟條件下的大眾文化，由於其所受操縱的方式和追求市場利潤的原則，使它與傳統文化和菁英文化相區別而形成自身獨立的一系列特徵。霍克海默將大眾文化視為文化工業的一種產物。作為規模化生產的文化商品，大眾文化「因此成為標準文化、程式文化、重複文化和膚淺文化的同義語，是為一種虛假感官快樂而犧牲了許多歷久彌新的價值觀念。」[5]標準化的機械複製必然要拋棄藝術創造，重複性的生產只要能博得受眾的青睞、帶來快感享受，便可以不斷地運用相同的創作模式進行千篇一律的文化生產。很顯然，大眾文化「關心的不是藝術的審美價值和批判功能，它已經失去了在精神之維上的人文關懷，它的宗旨是為人們提供娛樂和消遣。大眾文化描寫金錢、買賣、肉欲和暴力，不斷重申占有物質和商品是人生的唯一追求和真正價值，而不是質疑地、批評地和審美地對待生活」。[6]大眾文化的這種追求無疑是將獲取市場利潤放在第一位，不僅為數眾多的文化消費者熱衷快餐式的文化產品，就是菁英階層中也不乏大眾文化的忠實受眾，這無疑在一定程度上強化了大眾文化的世俗化特徵。無怪乎在麥克唐納眼裡，大眾文化具有如此性質：「它是一種低級的、瑣細的文化，同時出空了深層現實（性、死亡、失敗、悲劇）和質樸自然的快感，因為現實是太現實

4　陸揚、王毅：《大眾文化與傳媒》（上海市：上海三聯書店，2000年1月），頁13。

5　陸揚、王毅：《大眾文化與傳媒》（上海市：上海三聯書店，2000年1月），頁14。

6　車玉玲：〈啟蒙精神逆轉的理性根源〉，《中國社會科學文摘》2002年第4期。

了，快感是太活躍了，而無以被誘使」。[7]按照他的這種描述，大眾文化事實上成為「一種不要思想，只要感性；不求深度，只要享樂，而且是坐享其成，不要觀眾動腦筋參與的逃避主義文化。」[8]

不難看出，這些學者均是從大眾文化的審美特徵角度進行闡釋。事實上，對大眾文化特徵的把握還應從傳播學的角度加以考察——作為現代文化工業生產體系中的一種文化產品，大眾文化顯然是現代傳播業（包括出版、廣播、電影、音像和電腦等行業）所賴以獲取利潤的文化商品。受傳播業利潤驅使的控制，大眾文化往往被製作成為一次性消費的文化產品，這使傳播過程中意義和快感的即時性顯現和體驗成為大眾文化所特有的一種品格。正如約翰·菲斯克所言：「大眾文化的意義和快樂是多種多樣、轉瞬即逝的，並最終定位在構成了從屬性且始終以某種形式的對支配力量的反抗關係而被體驗到的多種多樣的社會關係中。與其說它們存在於文本結構中，不如說存在於閱讀的時刻，因而就不容易進行分析。」[9]

然而，西方學者對大眾文化的闡釋畢竟有其自身的語境，其內涵和特徵是否能用來解釋作為中國當下社會語境中的大眾文化？換句話說，中國九十年代才普遍興起的大眾文化是否就等同於西方學者所論及的大眾文化？這兩者之間在概念上的相同、交叉與區別何在？事實上，大眾文化作為一種外來語在用以概括當下中國已然出現並普遍存在的種種文化現象時，既不可能完全脫離原有的含義，也不會是原有含義完整不變的移植。中國學者在闡述大眾文化時不可避免地會將大眾文化的現實狀況作為理性思考的依據，由此作出自己的概念界定。

7　〔美〕麥克唐納：〈大眾文化理論〉，見《大眾文化》（格倫科：自由出版社，1957年），頁72。

8　陸揚、王毅：《大眾文化與傳媒》（上海市：上海三聯書店，2000年），頁21。

9　〔美〕約翰·菲斯克：《解讀大眾文化》（南京市：南京大學出版社，2001年），頁144。

　　對於九十年代中國大眾文化所表現出的特徵，早已引起一些學者的關注和闡述。進入九十年代後，社會的文化分層運動導致大眾文化從既往主流文化話語、知識分子（菁英）文化話語占主導地位的格局中脫穎而出，並呈異軍突起之勢，形成一種新的、足以同主流和菁英文化抗衡的文化存在。由於中國九十年代大眾文化是在社會文化轉型這一特殊歷史時期生長成型的，這決定了我們在對其特點進行描述時，必須充分注意到轉型期社會文化的獨特性——當大眾文化從長期占據主導地位的主流文化和菁英文化的夾縫中掙脫而出時，必然會以較極端的反叛面目和姿態登臺亮相；當它的出現和成長伴隨著對西方大眾文化的無意識模仿時，也勢必會在某種程度上形成與傳統的巨大裂縫。這種獨特性無疑將對大眾文化構成內在的深刻影響。

　　人們已經看到：在九十年代濃厚的商業化語境之下，中國大眾文化不可避免地突出地顯示出以現實物質利益和感官欲望為基礎的世俗化立場，「強調日常生活的生存象徵意義和現實功能，強調物質滿足的感性實踐，強調價值目標的『當下化』，強調形象生存的合法利益，」[10]成為九十年代大眾文化最醒目的身分籤識。與此同時，隨著中國社會文化轉型歷史進程的加快所形成的某些後工業社會特徵，加之西方後現代文化紛湧而入帶來直接的橫向影響，中國大眾文化也具有了後現代文化的某些特徵，迅速地與主流文化和菁英文化乃至傳統文化劃出了鮮明的界限。「它以消解『政治／道德』理性權威性的方式，在放逐各種形而上思考的同時，肯定了人生意義的平凡性和生存活動的現實要求，突出了日常生活的具體目標。它以對『崇高』價值理想、『英雄』創業神話的撤解，強化了大眾世俗欲望的實際追求和滿足，提高了世俗性存在的地位。它以大眾利益的當下滿足，破壞了具有歷史主義特徵的理想精神模式，把現實活動從精神性高度重新

10 王德勝：〈文化轉型、大眾文化與「後現代」〉，《上海藝術家》1998年第5期。

拉回到平常百姓具體感受經驗之中」。倘若我們進一步援引邁克、費瑟斯通對後現代藝術的闡釋，便能更清晰地看出九十年代大眾文化所具有的後現代特徵：「而在藝術中，與後現代主義相關的關鍵特徵便是：藝術與日常生活之間的界限被消解了，高雅文化和大眾文化之間層次分明的差異消弭了；人們沉溺於折中主義與符碼混合之繁雜風格之中；贗品、東拼西湊的大雜燴、反諷、戲謔充斥於市，對文化表面的『無深度』感到歡欣鼓舞；藝術生產者的原創性特徵衰微了；還有，僅存的一個假設：藝術不過是重複。[11]

　　很顯然，九十年代中國經濟體制的轉型以及由此帶來的文化轉型，在給大眾文化的生長提供基礎的同時，也造就了中國大眾文化自身的特色——深厚的傳統文化根基、後發速生的現代化進程和全球化語境下思想意識的共享性——這一切都不能不深刻影響和制約著還處在生長階段的九十年代中國大眾文化，使之具有自身的特徵和表現形態：作為對長期以來在意識形態領域占據主導和優勢地位的精神與道德情感的一種反撥，九十年代中國大眾文化顯現出更為徹底的世俗性和欲望色彩；而西方後現代文化理論的傳播與中國尚處於起步階段的後現代社會現實的奇妙結合，以及都市和小城鎮現代經濟、文化發展的不平衡，使大眾文化更多地表現出都市的消費時尚和娛樂趣味；豐厚的傳統文化資源在納入文化工業的生產體系之後，其固有的審美價值和觀念往往被現代意識所改造和取代，成為大眾文化娛樂觀眾、取悅讀者的工具。九十年代中國大眾文化所具有的這些特點，不僅使其成為一種獨立的文化存在和權力，而且構成對其他各層面、各類型文化的滲透與影響。

---

11 〔英〕麥克・費瑟斯通：《消費文化與後現代主義》（南京市：譯林出版社，2000年5月），頁11。

二　新生代小說：夾縫中的突圍

如果說九十年代的大眾文化是在主流文化和菁英文化的夾縫中掙脫並生長起來的，那麼新生代小說則是在對傳統小說與先鋒小說的兼收並蓄中確立了自身獨特的藝術地位。在這個過程中，我們顯然不能忽略大眾文化生態這一背景。置身於九十年代的大眾文化生態之中，作為剛剛嶄露頭角、尚處於成長狀態的新生代作家，不可能不受現實文化語境的影響，同時也不可能完全擺脫傳統文化的美學藩籬和先鋒小說的藝術濡染；這使新生代作家既承繼了傳統小說基本敘事技巧，同時又具有明顯的先鋒性質和後現代色彩。事實上，新生代小說獨特的審美方式與美感形態，一方面得益於多種文化形態和美學要素的混合與融匯，另一方面則是新生代作家以自身思想資源和藝術稟賦為基礎，為超越傳統、獲得合法性存在而進行藝術突圍的結果。

新生代作家進駐小說園地之際，首先面對的是橫亙在他們面前的一批八十年代過來的作家風格成熟、技巧精湛的創作，這批作家獨特的人生閱歷和思想資源遠非新生代作家所能比擬——動盪年代的生存經歷和知青生活的深切體驗，賦予他們認知世界、感悟人生的獨特視角；特定歷史時代的意識形態環境，使他們的「文學資源主要是俄羅斯（蘇聯）文學、十九世紀歐美文學、二十世紀歐美的現代主義文學、拉美的魔幻寫實主義以及中國五四以來的現實主義文學資源」，[12]同時作為體制內作家，他們或多或少地還受到主流話語的內在牽制和影響，由此形成的思維方式和審美觀念已然定型，其作品也因此成為一種技巧成熟、情感濃郁、內蘊厚實、風格穩定的創作存在，這必然給後來者設下了不易踰越的藝術標竿。尤其對新生代作家來說，他們

---

12 揚揚：〈變化意味著什麼？——九○年代中國文學的變化及其自身的思想障礙〉，《南方文壇》2001年第2期。

有著截然不同於八十年代作家的生活經驗、思想資源。新生代作家由此明確地意識到：在這種成熟的美學範式中尋求突破不是事半功倍，就是徒勞無益。於是，另闢蹊徑成為他們的必然選擇。

九十年代大眾文化的興起不僅僅意味著文化工業時代一種具有廣泛受眾的文化形態的正式出場，而且標誌著一種傳媒和信息時代獨有的社會文化氛圍的形成。商業社會對世俗利欲的追逐和現世享受的感官愉悅趨向，一方面造就了大眾審美方式和趣味的現實轉換，形成大眾文化消費的旺盛需求；另一方面則給文化工業機構進行規模化的大眾文化生產與轉播提供了內在動力和廣闊市場——這二者的相互作用，極大地促進了大眾文化的發展，提升了其作為獨立的文化形態在整體文化格局中的地位。值得注意的是，通常情況下人們更多地只看到大眾趣味對大眾文化美學取向的影響，而忽略了大眾文化生產權力的操縱者對大眾文化審美趣味的導引和規約。事實上，大眾傳媒的操縱者在傳播大眾文化的過程中，也將他們的價值取向和審美意識加諸於消費對象，使大眾在不知不覺中處於受制約、被操縱的地位。然而，明確這一點並不意味著可以忽略大眾審美趣味對大眾文化生產者的影響——沒有對大眾審美心理的深入研究並設法迎合與滿足，就無法最大限度地實現大眾文化所具有的商業價值。很顯然，在許多時候，大眾文化是傳媒與大眾合謀的產物，抑或說是權力和大眾相互作用的結果。這二者的互動作用與權力關係所構成的現實文化存在，我們稱其為大眾文化生態。

這一文化生態的存在，無疑將以各種方式和途徑滲透和影響到其他文化形式，當然也在很大程度上規約著新生代作家的審美取向。大眾文化消解中心、取消意義、追求快感、崇尚享樂、趨俗媚世的價值趨向和文化精神，成為尋求突破的新生代作家重要的文化資源之一，其小說創作所顯現出的諸多美感特徵，都包蘊著大眾文化的因子。放棄精神層面的開掘和古典化情感的抒寫，熱衷於感官欲望和世俗性體

驗的表現，強化即時性、瞬間感受的傳達——新生代小說的審美方式和特徵在諸多方面體現出大眾文化的特質。

但新生代自身的文學資源所起的作用也不容忽視：他們所「接受的大都是五、六十年代歐美的現代主義、後現代主義文學，中國八十年代具有現代主義傾向的實驗文學，七、八十年代以來的歐美搖滾音樂和流行音樂，以及大量現代和後現代的外國影視片」[13]。在這樣一種文學資源濡染下，一方面決定了新生代作家不可能全然納入大眾文化的審美軌道，另一方面又很容易使他們重蹈蘇童等八十年代先鋒寫作的覆轍。面對這種處在夾縫中的尷尬局面，新生代作家聰明地採取了兼收並蓄、另擇他途的策略。事實上，在敘事視角的選取上，新生代作家對八十年代先鋒寫作的承繼是顯而易見的：以獨立自持的個人化寫作立場建構小說世界，排斥任何形式的公眾視域和意識形態，強調話語、情感、認知的個人化特徵——這與大眾文化的通用性、套話式的特點截然相反，是先鋒藝術的重要特徵之一——我們將新生代稱作後先鋒的主要依據也在於此。

但朱文們顯然對可能陷於前先鋒的藝術窠臼抱有警惕。他們更多的時候明智地繞開了先鋒寫作的藝術之徑——敘事技巧、語言迷宮、主觀意象營造、虛擬人性描寫、重塑歷史景象等藝術方式所構築起來的精巧的小說殿堂，不僅對先鋒作家本身的藝術超越構成障礙，也給後續的先鋒寫作設下難以踰越的標竿。新生代作家因此完全放棄了藝術技巧上體現先鋒性的突圍努力，而僅僅保留了先鋒精神，並以此作為對大眾文化世俗精神的突破——這導致新生代小說具有大眾文化的某些特質的同時，又在精神性層面上顯現出明顯的先鋒色彩。作家在對世俗化日常生活圖景的表現中，顯然不像新寫實那樣以零度情感繪

---

13 揚揚：〈變化意味著什麼？——九〇年代中國文學的變化及其自身的思想障礙〉，《南方文壇》2001年第2期。

寫平凡、庸常的現實生存景象，而是將筆觸伸向具有非常態性質的邊緣化人物與事象的描寫（如朱文《什麼是垃圾，什麼是愛》、《把窮人統統打昏》，韓東《美元硬過人民幣》，魯羊《在北京奔跑》，張旻《愛情與墮落》等），以蔑視權力、挑戰規範、擯棄理性的姿態進行富有個人化色彩的審美建構。於是，採用傳統線性敘事方法、具有大眾文化某些特徵的新生代小說，在戲謔、調侃的敘述基調中表現出情感的怪異性和荒謬感；在涉筆欲望的同時，借助對生活碎片的拼貼與組合，將種種怪異感覺作為表現的中心，從而在當下世俗圖景和本能欲望的繪寫中，透視出人類生存的孤獨困境和人性的內在矛盾，在精神指向上踰越了大眾文化的疆界。

不難看出，新生代小說創作之所以引人注目，正在於它既從大眾文化那裡吸納了某些為大眾讀者樂於接受的審美質素，從而保持了與市場機制下社會文化轉型所帶來的審美意識轉化的新趨勢相同步；又從先鋒作家那裡承襲了超越俗世的先鋒精神，從而能在為大眾接受的前提下獲得某種藝術的超升。不難看出，新生代從大眾文化和前先鋒的夾縫中所作的突圍努力，使之成功地獲得了一種新的美學品格。這種成功，除了上述原因外，還與作家的身分和寫作姿態密切相關。

三　作家身分與寫作姿態：內在動因和藝術可能

羅蘭‧巴特曾在《寫作的零度》中說道：「一位作家的各種可能的寫作，是在歷史和傳統的壓力下被確定的。」[14]上述分析中，我們已經看到：九十年代商業語境催生的大眾文化生態和種種西方現代主義及後現代主義文藝思潮，無疑是新生代小說得以形成的思想文化

---

14 見〔法〕羅蘭‧巴特著，懷寧譯：《羅蘭‧巴特隨筆錄》（天津市：百花文藝出版社，1995年）。

「壓力」。但市場經濟在導致社會文化轉型的同時，也深刻改變著人們的價值觀念和生存狀態。就新生代作家而言，他們中相當一部分是自由撰稿人，其所從事的是一種體制外的寫作。值得注意的是，無論作家的這種自由撰稿人身分的獲得是出於自願還是被迫的選擇，顯然都離不開市場經濟體制確立後，社會商業化準則的普遍推行所形成的生存環境。這種環境，一方面在精神和心理上給人們造成一種生存壓力，另一方面也為人們依靠自身能力實現自我價值和理想提供了平等的機會──正是在這樣一種社會文化環境中，新生代作家為自己確立了體制外寫作的身分。

　　體制外寫作身分的確立，對作家而言最重要的變化在於：不再受來自體制內制度和意識形態等因素的顯在或潛在的制約，也無需按照主流話語的要求在慣常的藝術軌道上行進。內在心靈規約的解除，必然導致藝術精神的解放，其影響不可低估──作家可依憑自身的藝術稟賦自由地選擇表達方式和審美取向，當然，他們還要面對商業化的現實生存環境，這是誰也無法逃避的。這種體制外寫作身分，給新生代寫作姿態的確立以深刻影響──他們因此完全繞開了既往的寫作模式，以邊緣化的心態從事邊緣寫作。邊緣化心態對於新生代作家來說，既提供了一種面對現實、觀照生活、感知存在的全新視野和角度，也意味著一種健康平靜、自由想像、自由表達的心靈狀態的獲得。「在這種邊緣化語境中，他們擁有了中國幾代作家夢寐以求的那種放鬆、自由、也是健康的心態。這種健康的心態最突出的表徵就是作家與生活之間健康關係的獲得，作家們不再如前期新潮小說那樣抵制生活和現實、否認文學與生活的關係，而是一再強調生活對於文學無可替代的價值」。[15]正是在這種寫作姿態之下，新生代小說創作找到屬於自身的藝術之路，實現了三個方面的轉換：從歷史碎片到生活碎

---

15 吳義勤：〈在邊緣處敘事〉，《鐘山》1998年第1期。

片、從意象營造到事象呈現、從依憑傳統到掙脫傳統。這種轉換使新生代不僅與前先鋒寫作相區別，而且與傳統小說及八十年代過來的作家的寫作不盡相同，同時也九十年代興起的大眾文學存在諸多差異──儘管它程度不同地擁有這幾類寫作的因素和特質，但毫無疑問它是一種具有鮮明個人化色彩和獨特美感的藝術存在，無論現今批評家怎樣評判其價值，未來的文學史著作中，新生代小說不但將被提及，而且會占據一席地位。

　　後先鋒作家自身寫作姿態的獲得，不僅導致上述三個方面的轉換，而且為這種轉換確立了一種話語方式──個人話語。「如果說從前的文學只有一個政治的或意識形態的集體話語的話，那麼新潮文學（引者按：即指前先鋒小說）在遠離意識形態的合唱之後所完成的也只不過是一種非意識形態的合唱，他們以對西方話語的集體言說來取代對於意識形態的集體歸附，仍然是用群體的聲音覆蓋了個體的聲音，這也正是新潮小說充滿重複和模式化傾向的一個深層原因。而在九十年代邊緣化語境中登場的新生代作家這裡，『個人』的聲音開始得到了前所未有的強調，中國文學的面貌也正由此經歷著從集體性風格向私人化風格的轉型。」[16]這種具有相當純粹性的個人話語的確立及其在小說中的運用，使新生代小說的美感形態發生了重要變化。

　　首先，由於脫離了主流意識形態的集體話語，新生代作家可以用自己的聲音和喜愛的語彙進行言說，從而表現主流話語之外的現實事象，傳達自身獨特的邊緣化的感覺。這些事象和感覺不但由於躍出了主流話語的疆界而具有新異感，並且由於對這些事象與感覺的表現不再受既有觀念的牽制和左右而成為一種新的審美方式──儘管這種審美方式按照傳統美學標準可能毫無價值，但新生代作家還是格外偏愛這種更利於真切地傳達自我內心感受的審美方式。在新生代的小說世

16　吳義勤：〈在邊緣處敘事〉，《鐘山》1998年第1期。

界裡，邊緣化事象和感覺的表現，往往不是在主流話語的框架中去呈示社會、倫理、精神等理性內涵，而是憑藉對主流話語所遮蔽的瑣碎的、世俗性的生活碎片和人性現象的描寫，揭示出具有內在特質的人性底蘊。朱文《老年人的性欲問題》大膽地進入了一個與其說被忽略，不如說禁錮的領域，從而將一種被崇高和儒雅的耀眼光環所籠罩而變得虛假的人性情感還其真實面貌。「在面對老年人性欲問題的考察中，我們力圖避免作社會、文化意義上的深究，因為那是一個可能把考察引向歧途的陷阱。我認為，直面一個老年人的真實生活，忠實地記錄那些瑣碎的細節，一個細微的動作，一個稍縱即逝的表情，一段沉默無聲的表達，那將是更有價值的工作。」[17]不難看出，新生代作家的獨特之處就在於擅長在生活細節和人生不起眼處探覓冥妙，把捉那些看似微不足道卻呈示著某種真實而富有價值的人性內容。這些內容的「邊緣性」顯然只是相對於主流話語而言的，從新生代作家的視閾來看，這些邊緣性的人性才是更具有本質意義的——許多看似冠冕堂皇、崇高偉大的人性品格表現，往往只是一種浮於內心真實之上的精神矯飾，而那些瑣碎的、世俗性的卑微庸常的人性情感，則往往是人的內在真實性的體現。

其次，由於擺脫了先鋒作家對西方話語的集體言說，新生代作家不再受制於現成觀念和技巧的約束和箝制，而以本真情緒的自由表達，最直觀、最具個性化地體現作家個體面對世界的心靈感受和體驗。西方現代小說敘事技巧和結構方式，有其自身的歷史生成過程和存在語境，因而是與一定的思維方式和語言相維繫的。單純地借助這些技巧通常無法造就新的藝術奇蹟。先鋒作家對現代小說敘事技巧的大量運用無疑是先鋒小說令人耳目一新的重要因素，但絕非是決定性因素——倘若沒有屬於作家自身的個體人生和生命體驗以及獨特的藝

---

17 朱文：《人民到底要不要桑拿》（西安市：陝西師範大學出版社，2000年），頁108。

術敏感性作為內在的血肉與肌理（他們對西方話語的集體言說只是相對而言），技巧僅僅只是一副令人生厭的乾癟骨架而已。新生代作家就其文學背景而已，對西方現代小說技巧並不陌生。但他們顯然不再願意步先鋒寫作的後塵，甚至反其道而行之，追求一種本真化的無技巧寫作。直白、本真、坦蕩無忌成為新生代作家的主要敘事方式，這種敘事方式又與作家個人的藝術敏感性相結合，確立了一種「無障礙」的個人話語——既無需技巧又不受觀念束縛的個體感受的直呈，為文壇提供了一種富有特質的小說樣式和美感形態。在這批作家的小說中，人物的最大特徵是敏於行動疏於思考，其結果是感性直覺和生命衝動統治了人物，對感受、本能欲望的表現成為作家的藝術聚焦所在。何頓小說中常常遊走著一批「我不想事」的人物，在這些人物身上，精神、情感、道德、理想被全然放逐，只有放大了的感覺充斥所有的空間。《生活無罪》中的狗子說：「有時候想不得那麼多，要是什麼都去想又怎麼做大事呢！」《我們像葵花》中何頓對其筆下人物作這樣描寫：「他們的腦海裡沒有第六感官，他們活在長沙這座塵土飛揚的城市了只有兩個感覺：錢和女人。他們不但對別人不負責，對自己也麻痺大意。」邱華棟的小說以一種更率直的方式表現商業時代的感官世界：去除任何修飾的感性呈現實現徹底的「無障礙」寫作。在他的小說中，「語言與現實世界的關係是一種基本對應的關係，呈現出容易讓人理喻，沒有符號化的欲望表象化書寫。人性的衝動、現代人的處境、生活的存在形態在解讀中就給人樸素的顆粒般的質感。」[18]朱文小說在赤裸呈現當下世俗社會種種感性欲望的過程中，融入了作家富有個性的語言表達和情感態度：對邊緣化事象的調侃、反諷、戲謔甚至有些玩世不恭的敘寫，傳達出敘事者對存在價值的個人化理解。然而，新生代作家並沒有陷於統一的敘事框架。作家個體的藝術

---

18 張學昕：〈邱華棟小說創作論〉，《北方論壇》1999年第2期。

稟賦還是鮮明地體現出來：韓東的部分小說以直白但不乏細膩入微的筆觸，在表現欲望的同時也對情感與心理作了深入的繪寫；魯羊的創作則在現實與歷史的穿梭中進行某種精神臆想和遐思。不難看出，新生代作家所操持的個人話語，不僅體現在對於主流話語和菁英話語的獨立性，而且表現為作家個人藝術敏感點的精彩表演──這一由作家寫作姿態所造就的富有創意的小說實踐，成為後先鋒寫作藝術突圍不可或缺的內在動因。

當然，個人話語在開拓新的藝術疆域、發出新銳之聲的同時，也顯露出某種局限，主要表現在視閾過於狹窄，以及新的美感形態所具有的力度和輻射空間的不足。

創意產業：概念、分類與組織形式

一　創意產業：概念與特徵

　　近年來，創意產業這一概念越來越頻繁地出現於各種媒體，在我們的日常生活中也時有所聞。那麼，究竟何謂創意產業？

　　創意古已有之，並非新鮮事物：藝術家的創作靈感、工匠的新點子、建築師的奇思妙想、科學家的發明和創新，甚至商人獨特的經營理念，都是一種創意。從廣義上說，創意存在於一切人類文明的創造過程中。正如畫家陳逸飛所言：「事實上，創意存在於所有的行當之中，所以應該在不同行當裡採取不同的具體措施，來提升藝術對經濟的貢獻和效能。」[1]但在創意產業中，創意一詞又具有特定的含義和所指，即指科學技術與藝術結合的創造，並且更多地強調感性的、人文的、藝術的創造，科技只是提供一種技術上的保證和支持作用。比如微軟視窗、網路遊戲、「博客經濟」等就是建立在電腦網際網路和數位技術這一高科技基礎上的創意產業。

　　創意排斥模仿和重複，強調創新和創造，並通過這種創新和創造為人們提供更新穎獨特的感受和體驗。因此，創新性是創意的核心內涵與本質特徵，人文性與藝術性是創意所表現出來的主要特徵。當然，創意並非無本之木、無源之水，創意的產生離不開人類的文明積累；創意是對人類既往文明充滿智慧的再創造。

1　榮躍明：〈超越文化產業：創意產業的本質與特徵〉，載《毛澤東鄧小平理論研究》2004年第5期。

　　創意之成為一種產業，則是近二十年的事。儘管人類文明創造中都存在創意，但隨著當代經濟從工業化向後工業化轉化，特別是二十世紀六十年代以來發達國家和地區城市逐漸從生產社會向消費社會轉化之後，不論工業產品、文化產品，還是文化服務，對文化含量與創意的要求越來越高，人們的消費也從一般的生活必需品的消費，轉向更具有文化價值的符號消費。作為為各種行業提供創意服務的創意活動，便從原來從屬於某個產業和行業內部分離出來，成為獨立的產業部門。

　　從廣義上說，任何具有創造性的行業中都存在創意，都可稱作創意產業；或者說「凡是有創意推動的產業均屬創意產業」。[2]從狹義上講，創意產業應指借助一定的科技手段，以創新和創意為其核心價值的文化產品的生產與服務活動。但目前有關創意產業的概念的定義可謂五花八門，最有代表性的有如下幾種：

　　一是英國在一九九八年出臺的《英國創意產業路徑文件》中提出定義：起源於個體創意、技巧及才能，透過智慧產權生成與利用，而有潛力創造財富和就業機會的產業。由於英國是最早將「創造性」引入政府文化政策文件，並且是創意產業發展最早的國家，這一定義被普遍接受和使用。但該定義的不足在於，創意產業並不只是源於「個體」，而許多時候是源於團隊。

　　二是聯合國教科文組織在蒙特利會議上提出的創意產業定義：按照工業標準生產、再生產、儲存及分配文化產品和服務的一系列活動。這一定義只看到創意產業具有工業化生產性質的一面，卻忽略了創意產業必須具備的創新性這一核心內涵。

　　三是英國經濟學家約翰‧霍斯金《創意經濟：人們如何從思想中創造金錢》中所作的定義，他認為凡是產品在智慧財產權法保護範圍

2　厲無畏主編：《創意產業導論》（上海市：學林出版社，2006年6月）。

內的經濟部門，如版權、專利、商標和設計四個部門構成了創意產業和創意經濟。這一定義顯然是指廣義上的創意產業，與我們所探討的狹義上的創意產業的不同在於多了自然科學的專利和設計內容。

四是文化經濟理論家凱夫斯的定義：通過我們寬泛地與文化的、藝術的或僅僅是娛樂的價值相聯繫的產品和服務。該定義內涵更為狹窄，僅僅限於那些純文化產品，而未將創新性和工業化生產的特點包含其中，與傳統意義上的文化產品無異。

儘管創意產業的概念多種多樣，但都有各自的科學性、合理性，同時也有一定局限性和片面性。我們這裡所定義的概念，適合我國目前創意產業發展的實踐和特點。

除了定義之外，創意產業還有不同的文字表述，如創意經濟、創意工業、文化創意產業、創造性產業等，在這些表述中，文化創意產業最符合我們要論述的內容。

創意產業與文化產業是一種什麼關係呢？

文化產業概念最早源於西方馬克思主義法蘭克福學派霍克海默與阿多諾在一九四四年的〈文化產業：欺騙公眾的啟蒙精神〉一文，他們後來出版的《啟蒙的辨證法》中首次提出「文化工業」概念，它的提出緣起於對「大眾文化」的爭議。在霍克海默與阿多諾看來，在工業社會中，文化產品借助現代科技手段，以標準化、規格化的方式批量生產，並通過大眾傳播媒介的包裝和傳遞，成為大眾消費品，這導致文化的批判意識受到削弱，成為統治者營造滿足現實社會的控制工具。[3] 在這裡，「文化工業」的提出，實際上批判和否定了「文化產業」。但隨著經濟社會的發展，被霍克海默與阿多諾所批判的「文化工業」最初存在的語境發生了變化，不再是個帶貶義的詞，而成為今天我們所普遍使用的作為一種新興行業的「文化產業」。如今，在許

3　〔德〕霍克海默、阿多諾：《啟蒙的辨證法》（重慶市：重慶出版社，1990年）。

多國家和地區，創意產業與文化產業是通用的，如英國與聯合國教科文組織。而歐盟則將文化產業稱為內容產業。

美國將文化產業定義為：工業化和商品化方式進行的文化產品和文化服務的生產、交換和傳播。我國官方對文化產業的定義是：指從事文化生產和提供文化服務的經營性行業，文化產業和文化事業是相對應的，都是社會主義文化建設的重要組成部分。[4]

從文化產業與創意產業的定義看，由於二者都依賴於文化資源和源於文化的創新性，因此它們都屬於知識產業。文化產業需要創意產業提供創新理念和「點子」，創意產業則需要依託文化產業的平臺與資源。文化產業屬於知識生產，創意產業屬於知識服務。因而創意產業具有更廣泛的滲透性──它借助創意的提供可融入許多相關產業之中。創意產業事實上是從文化產業中脫胎而來又服務於文化產業的行業。比如，文化產業中出版和軟體製作的選題策劃，影視生產中的題材構思，廣告、服裝、建築、手工藝生產中設計創意，藝術表演中的導演形式，各種文化產品的生產工藝、標準以及銷售模式等，都可以通過獨立的創意機構來提供，而這些專門從事提供創意服務的機構與組織的活動，就構成了創意產業的基礎。從產業角度講，文化產業賣的是文化產品與文化服務，創意產業賣的是理念、設計、創意等中間產品。

創意產業具有哪些特點？

創意產業的特點與創意所擁有的特徵密切相關。創意是對既有規則、習俗和理念的超越與挑戰，力求擺脫平庸、僵化與保守，具有很強的開拓性；創意不容許任何模仿與照本宣科，追求獨一無二的東西，具有很強的獨特性；創意是挑戰舊事物、舊觀念過程中形成的前

4　見中國文化部二〇〇三年頒布的《關於支持和促進文化產業發展的若干意見》（文產發〔2003〕38號）。

人所不具有的東西，這往往不一定都是社會所需要和適合轉化為產品的，因而具有一定的風險性；創意無所不在，它可以在許多行業中顯示出不同凡響的能力、發揮意想不到的效果，具有無限的能量。

　　從創意的這些特徵看，創意產業最本質的特點在於創新性。一般的工業產品和現代文化產品，通常只是對以往同類產品的模仿、重複，是按照工業化標準進行重複性生產的複製品，在內容和設計上都缺乏創新，純粹是對已有產品的簡單的、機械的模仿，有很大的雷同性；而創意產品則是借助獨到的眼光與創造性思維，提高通過對人類文化資源的激活，形成設計和內容上獨一無二的構想，是超越前人的全新創造，至少也是在吸收前人成果基礎上形成自身特點的創造，具有獨特性和不可替代性（儘管這樣的產品也可以按工業化進行生產，但其核心內容價值是獨有的）。創意產業的創新往往還貫穿在生產、經營、銷售以及傳播等諸多環節中，比如湖南衛視的超女大賽，同樣是一臺娛樂性節目，由於在比賽規則、傳播方式等方面進行了獨創性的嘗試，獲得意外的、空前的成功；杭州的農民按八卦形狀種成八卦田，將普通的農田提升為具有文化內涵的旅遊景點，就是靠創意提升了附加價值；《印象劉三姐》通過實景演出、夜間燈光處理和現代表演元素的融合，激活了傳統民族文化資源，成為長演不衰的節目。可見，創意產業的創新可以存在於生產、銷售、組織形式等不同的環節之中。任何一個環節只要注入了創意設想，就有可能形成創意產品和服務。

　　創意產業的創新具有很強的人文性。創意產業通過創造性思維激活思想、激活文化、激活情感、激活概念所產生的創新性理念，為產品注入新思想、新文化、新情感、新概念，大大提高了文化附加價值，由此帶來可觀的經濟效益。因此創意產業具有濃厚的人文色彩，許多時候它不是依靠科技，而是依靠文化來確立產品的價值。創意產業對科技有一定的依賴性，但很多情況下創意可以不需要科技就能實

現。比如辦奧運會，以往許多國家都認為要辦奧運就是要花錢，一九
七二年慕尼黑奧運會賠了十億美元，一九七六年蒙特利奧運會賠了二
十億美元，一九八〇年莫斯科奧運會賠了九十億美元。以至奧運會成
為一塊燙手的山芋沒有人願意接手承辦。而美國人尤伯羅斯卻借助現
代傳媒的影響力和商業經營的創新，將奧運會作為一個項目來經營，
不但沒有賠錢，還大大賺了一筆二十億美元的豐厚利潤。這個傳奇人
物的過人之處，就在於充分利用了奧運會擁有的巨大關注度和影響
力，在許多環節上進行靈活而富有獨創性的商業運作——將這種關注
度分解成諸多項目版塊來經營銷售，如對奧運會贊助商搞適度競爭，
大大提高了廣告收入；搞電視轉播權拍賣，使傳播收益更加豐厚；還
獨出心裁將火炬接力當商品來賣，跑一道三千美元；同時開發各種奧
運紀念品。這一系列措施無需依賴科技，完全是一種經營方式的創
新，同樣產生了巨大的經濟效益。《女子十二樂坊》引入現代電聲
樂、時尚元素和表演方式，激活了傳統民族器樂的演奏形式，使民族
演奏適合現代人的欣賞習慣和品位，成為一臺廣受國內外觀眾歡迎的
演藝節目。可見創意產業是一種源於心智、源於文化的產業，它需要
科技的支持，但更需要文化及文化生態環境的滋養和撫育。科技可以
被壟斷，文化卻是全人類共有的財富。文化資源的非獨占性和動態
性，決定了只要具有創新思維能力，就能夠將任何文化資源轉化為文
化資本，推動經濟的繁榮發展。

　　創意產業之成為獨立的產業是上世紀末的事，它是由原先從屬於
各行業的設計、開發機構分離出來並在消費社會文化需求不斷升溫的
環境下而形成的，這就決定了在它成為獨立的產業時，具有很強的融
合性。從某種意義上說，創意存在於任何產業中，它脫胎於各行各
業，又反過來為各行業提供創意服務，並在這一過程中產生新的業
態。文化產業作為內容產業，在很大程度上依賴於文化創意，因此創
意產業對文化產業的滲透性也就顯得格外突出。比如文化產業中的圖

書出版，在激烈競爭的情況下，按照一般的編輯出版和行銷方式難以獲得理想的業績，而如果進行選題策劃、廣告推廣和行銷手段的創新，同樣的圖書就能獲得意想不到的銷售業績。如德國貝塔斯曼出版集團的出版運營就獨具特色，它打破了我國長期以來出版社出書、新華書店賣書的模式，而是以市場為導向進行智慧財產權運作，形成一套獨特的出版、行銷模式——在前期選題遴選階段，先進行市場調研，通過讀者、網站、公司職員進行調查，了解、掌握第一手的市場信息，知道某一讀者群現在喜歡什麼樣的讀物；再確定選題，討論和擬定一個寫作框架，由一個主管組織若干個助手進行創作。這些助手寫作風格要相近，文筆雷同，這樣集體寫作速度很快，在很短時間就能推出一整套的叢書；而後作整體包裝，從封面、插圖到海報、禮品、外盒等，進行整體設計和包裝，不僅賣書，也賣服務；最後展開營銷策劃，銷售策劃從市場調研就開始同步進行。有一個非常完善的銷售渠道和網絡，這是公司的強項。通過主渠道——出版社、新華書店和二渠道——遍布各地的批銷商，許多是當地的書商，但已成為自己的批銷客戶，公司準備對其控股，進行與市場直接對接的高效率的營銷。以上每一個環節都銜接得很好。另一方面進行智慧財產權運作，具體做法是：簽約強勢作者，靠高版稅、高稿酬與熱門、走紅的作家簽約，如王朔，每個字三美元，一本十萬字的書，可拿到二百萬的稿費。也簽弱勢作者，如那些文筆獨特好，寫作風格適合當下需要，但沒有名氣的作者。對其作品進行買斷，如果包裝成功，智慧財產權歸公司，可賺許多利潤。還進一步作深度營銷，如二次銷售。在圖書上做廣告，一本書幾百萬冊，靠贈送、夾帶廣告、有獎卡，進行二次銷售。目前沒有法律禁止。讓作家簽名售書，並將他們的詩歌朗誦、歌曲演唱買下來，再賣給運營商。經由這一系列富有創意的營銷方式，不但激活了市場，也激活了現存的和潛在的文化資源。

　　創意產業雖然能以自身獨立的創意產品獲得經濟效益，如通過設

計創意、選題策劃、題材構思、導演形式、營銷模式、生產工藝等創意產品形成獨立的產業形態，但創意產品的經濟能量遠不止與此，其更大的能量通常要在與傳統產業的結合中釋放出來。也就是說，創意產品雖可以獨立的存在，但更多的是借助相關產業而存在，如有形的文化產品、工業品、農產品及相關的服務等。「創意產業可以與任何一個產業結合，並產生強大的生命力，它不會破壞已有的產業，只會在很大程度上促進既有產業的發展，給原來單純的產業集體帶來高額增加值。」[5]事實上，創意產業已成為傳統產業發展強有力的助推器，尤其在消費社會，由於生產相對過剩，傳統製造業、服務業面臨產品升級、服務創新、競爭劇烈的困境，如果沒有創意產業的融入，借助各種創意來提升產品附加值，就必然走向衰退。

　　創意產業的無邊界性。創意產業的無邊界性體現在幾個方面：一是其產品形態的多重性，一個創意產品往往具有物態、非物態（包括各種服務）雙重屬性，它以物態形式呈現，而其價值體現又是一種非物態的存在，如規則、理念、心理感受、服務形式等；二是產品功能的雙重性，既有經濟價值，又有社會價值；三是從業人才的多樣性，與許多行業需要專門的知識技能不同，創意產業沒有學科與行業的界限與門檻，只要有智慧、頭腦靈活就可以從事創意產業。但看似沒有門檻的創意產業事實上卻是一個門檻很高的行業，並不意味著隨便什麼人都可以進入。它不需要有專門知識，卻需要擁有高智商、能融匯和靈活運用各方面知識進行創造性思維的人才。也正因如此，它處於各種產業鏈的上端，屬於高智商型的產業。

　　創意產業雖然能極大提升傳統產業的附加價值，但它同時也是個高風險的產業。這是因為創意產業往往是滿足人們的情感、心理和時尚趣味的需要，是以人的精神消費需求為基礎的，而人的主觀性需求

5　厲無畏主編：《創意產業導論》（上海市：學林出版社，2006年6月），頁33。

通常是變幻莫測、難以把握的，同時現代人的精神需求品位越來越高，這也極大增加了創意產品的投入成本。最簡單的例子就是現在賣座的影片基本都是高投入的大製作。可這種成功的背後也蘊藏著巨大的風險。

二　創意產業的分類及生產組織形式

（一）創意產業的分類

　　創意產業究竟包括哪些內容，或者說創意產業是由哪些門類組成？這是我們研究創意產業必須回答的重要問題。作為新興產業，創意產業包括的門類範圍不同國家和地區有不同的理解與劃分，最早對創意產業進行劃分的是英國。一九九一年英國曾將創意產業分為文字創造、視覺藝術、舞臺美術、音樂、攝錄、時裝六類，到一九九七年又做了進一步的細分，範圍擴大為十三類。為全面了解創意產業具體範圍、產品和服務，我們將這十三類的內容詳細介紹如下：

1. 廣告。包括廣告創作，促銷、公關策劃、媒體規劃、購買與評估、廣告資料生產、廣告消費者研究、客戶市場營銷計劃管理、消費者品味與反應識別等。

2. 建築。建築設計、計劃審批、信息製作。

3. 古董。藝術與古玩、藝術品古玩交易，包括：繪畫、雕塑、紙製作品、其他藝術（如編織）、家具、其他大量生產品（如大量生產的陶製、玻璃製品、玩偶、玩具屋、廣告、包裝材料等）、女裝設計（含珠寶）、紡織原料、古玩、武器及防彈車、金屬製品、書籍、裝訂、簽名、地圖等零售，包括通過拍賣會、畫廊、專家現場會、專門店、倉儲店、百貨商店、網際網路的零售。

4. 美術。工藝、紡織品、陶器、珠寶／銀器、金屬、玻璃等的創作、生產及展示。

5. 設計。設計諮詢（服務包括：品牌識別、企業形象、信息設計、新產品開發等），工業零部件設計，室內設計與環境設計。

6. 時尚。時尚設計、服裝設計、展覽用服裝的製作、諮詢與分銷途徑。

7. 電影。電影錄像、電影劇本創作、製作、分銷、展演。

8. 互動休閒軟體。遊戲開發、出版、分銷、零售。

9. 音樂。錄音產品的製造、分銷與零售、錄音產品與作曲的著作權管理、現場表演（非古典）、管理、翻錄及促銷、作詞與作曲。

10. 表演藝術。內容原創，表演製作，芭蕾、當代舞蹈、戲劇、音樂劇及歌劇的現場表演，旅遊，服裝設計與製造，燈光。

11. 出版。原創，書籍出版：一般類、兒童類、教育類，學習類期刊出版，報紙出版，雜誌出版，數位內容出版。

12. 電腦軟體。電腦軟體開發，系統軟體、合約、解決方案、系統整合、系統設計與分析、軟體結構與設計、專案管理、基礎設計。

13. 電視廣播。節目製作與配套（資料庫、銷售、頻道），廣播（節目單與媒體銷售），傳送。

從以上這些範圍來看，雖然涉及了工業設計、建築業，但基本上指的是狹義概念的創意產業。而從廣義上講，創意產業存在於一切產業之中，當然這種存在是就其現實形態來說的，即一個具體的創意項目往往是智力與文化、科技的結合體，並體現為或屬於某個行業。比如超女，屬於傳媒業的一個產品。它以富有創意的比賽規則和策劃為核心，利用傳統文化音樂為元素，借助電視和手機這一現代傳播手段，形成一個獨特的創意項目。再比如一九九九年十月，荷蘭艾德蒙電視製作公司製作的一個名為《老哥》的電視節目，將原生態的生活展現在電視攝像機前。當時荷蘭的一家電視臺想做出一種新的節目樣式。主創人員絞盡腦汁一無所獲。後來受美國正在進行的「生物圈二

號」實驗的啟發，設計出一個以「生物圈二號」作為「金絲籠子」、以實驗者為實錄對象的新的電視節目樣式──「窺探真實秀節目」誕生了。這個節目創新之處在於它的遊戲規則：節目組精心選了十名背景不同、性格各異的選手，把他們放在一處祕密的預製房中，讓他們封閉地共同生活。然後將這段生活所有細節都拍下來製作成每天半小時或一個小時的節目，向電視觀眾展示屋內發生的一切。觀眾通過電話、網路、手機簡訊來投票決定淘汰參賽者，直到剩下最後一個人──大獎獲得者。節目獲得意想不到的成功，人口僅一千五百萬的荷蘭，有四百萬人觀看了節目的最後結局。艾德蒙電視製作公司一年的營業額達到了四點六八億美元，利潤達四千七百萬美元。而作為一種新的電視形式，迅速風靡全球，成為一道獨特的電視景觀。澳大利亞、德國、丹麥、美國等十八個國家紛紛效仿，收視率大為提高，廣告費普遍上漲。

在這裡，創意如同魔術師，對各種文化元素與科技手段進行整合、點化，形成一個全新的產品。不難看出，富有創意的智力設計是創意產業的核心所在，也是創意產業生產經濟價值的關鍵所在。從這個意義上看，英國的創意產業分類抓住了創意產業的關鍵和實質，這些門類也基本是傳統文化產業的範圍，這表明創意產業與傳統文化產業之間的密切關係。

日本也使用創意產業概念，在門類劃分上與英國有諸多相似和交叉之處。歐盟與我國使用的是與創意產業十分接近的文化產業概念，美國則獨立使用版權產業概念，即指生產及分銷智慧財產權的產業。我國國家統計局於二○○四年制定了《文化及相關產業分類》，將文化產業分為文化服務業和文化相關產業。文化服務業包括核心層：新聞、出版（圖書、報刊及音像的出版、發行和版權服務）、廣播影視（各類節目的傳播服務）、文化藝術（文藝創作、表演、文化保護和文化設施服務、群眾文化服務、文化研究與文化社團服務等）；外圍

層：網路（網際網路信息服務）、休閒娛樂（旅遊文化服務、娛樂文化服務）、其他文化服務（文化藝術商務代理、產品出租與拍賣、廣告與會展文化服務等）。文化相關產業指文化用品、設備及相關文化產品的生產及銷售（包括文化用品、照相器材、攝影擴印、樂器、手工紙、印刷設備、廣播電視及家用視聽設備、工藝品等的生產、銷售）。這一分類充分考慮了文化產業的滲透性，將與文化相關的產業也納入其中。但從創意產業的核心來看，我國文化產業的劃分中沒有突出設計類，雖然設計包含在許多類別中，可是否強調設計的獨立地位格外關鍵。沒有設計為主導的文化產業，必然是缺乏創造力和生命力的。

　　綜合各國的分類來看，創意產業包括的內容有兩個方面，一是指文化及相關產業（以我國對文化產業的分類為準），此外還有體育活動（包括借助具有特殊比賽規則的體育活動來推動相關產業的發展）；二是指與傳統產業相關的設計、諮詢策劃等產業，如工業設計、建築設計、商標設計、會展與房地產業策劃乃至農業設計等。從創意產業的兩個方面看，它包含了文化產業的內容，又遠不止是文化產業，其範圍更加廣泛。

（二）創意產業的生產組織形式

　　任何一種產業都有其特定的生產組織形式，並隨著生產的發展而不斷發生變化。就拿第一產業來說，其最早的生產組織形式可以追溯到人類早期的家庭手工作坊，進而發展為簡單協作的手工工場和以分工為基礎的手工工場，最後發展為以機器大工業為基礎的現代工廠和以高科技為支撐的工業園區。作為新興產業的創意產業，其生產組織不再是單一的，而是多種生產組織形式並存。目前的創意產業有如下幾種生產組織形式：

　　一是以個體為單位的組織形式，如工藝品設計製作者、作家（包

括自由撰稿人）、畫家、雕塑家等，多以個體為單位進行創作生產，他們通常不從屬於固定的經濟實體，是一種分散的、沒有分工的個體勞動。在這種組織形式中，生產者的創意構想處於核心地位，它貫穿於整個生產過程，創意過程也就是生產過程。從產業角度來看，這種組織形式通常只單純進行產品生產，不與流通和銷售環節相聯繫。但隨著創意產業的發展，各種新的社會化生產方式正在不斷地將個體生產吸納到整個產業鏈之中，形成新的生產形式的組成部分。如在深圳與廈門的油畫村裡，畫家（畫師）的創作就被納入到整個生產、銷售流程之中，按照市場需要進行創作。在這個過程中，畫家獨立的藝術品格可能被削弱，而成為生產流程中的一個技師。

二是以簡單協作為基礎的組織形式，如影視產品、演藝節目、設計（工作室）、廣告策劃等的創作生產由小規模的集體通過一定的分工與協作來完成。這種組織形式的生產有明確的利益追求和市場目標，受市場機制和利益機制的制約與誘導。但在殘酷的市場環境中，創意仍然是這種生產的核心競爭力，一部平庸、雷同的作品（產品）是不可能有市場效益的。在這種組織形式中，創意來自於創作團隊中每一個個人的聰明才智，只是其中每一個個體發揮的作用大小不同。一般來說，主創人員的作用總是要大一些，但最終的產品質量和效果還取決於整個團隊的集體努力和創造。

三是以規模化集體合作為基礎的組織形式，如從事新聞出版、系列化大型影視產品和演藝節目、網路遊戲、動漫、工藝品設計生產的出版集團、影視集團、網路公司、演藝公司等。在這類組織形式中，不僅有明確的市場目標，而且有更為細化的分工和長期的計劃。除了生產的組織者具有創意能力和生產組織能力外，還要有大批具有不同專業知識和技能的人才共同參與合作。這類集團的產品可能並非都是面向市場，而完全是當作一種事業來做。但這種項目看似不盈利，卻在樹立集團品牌中發揮重要作用，最終對集團其他走市場的產品產生

積極的影響。另外集團的經濟行為貫穿了創意產業的上、下游，並形成——不僅有一批高端創意人才從事產品研發，而且有一個團隊專門進行產品的宣傳包裝；不僅有一整套的市場調查、分析手段為產品開發服務，還有一個系統而完善的流通網路和渠道。[6]

　　創意產業的生產組織顯然不如傳統產業和現代大工業生產那樣需要嚴密的組織和管理，這是由創意產業及其產品的獨特性決定的。創意產業最大的特點就是原創性，儘管也存在複製性的生產，但前提是要有原創性，是在原創基礎上的複製：一部文字作品或一幅繪畫、一個電腦遊戲、一部影視作品都可以進行複製性生產，但首先要有獨特的創造，否則複製出來的產品只能是毫無藝術價值的垃圾，更談不上經濟價值。但創意產品的原創性並沒絕對的標準，也就是說，產品原創性的認定，往往不取決於設計和創作者的一相情願，而取決於消費者的喜好。創意產品中所蘊涵的流行文化、審美趣味、時尚符號等，是其核心價值所在，也是獲取消費者青睞的關鍵。然而消費者的喜好通常帶有很強的主觀性，究竟什麼樣的創意能滿足消費者的需要，往往很難準確把握和預測，這種需求的不確定性意味著創意產業的高風險性。但另一方面，創意產品作為精神性的消費，其價值一旦被認可，就具有重複消費、歷久不衰的特點，甚至會因時間的推移而不斷增值。創意產品的這些特點，決定了創意產業的生產相對鬆散和自由，需要有更為寬鬆的環境和濃厚的文化氛圍。

6　參見厲無畏主編：《創意產業導論》（上海市：學林出版社，2006年6月）；〔美〕阿
　倫・斯科特著，羅雪群編譯：〈文化產業：地理分布與創意領域〉，載林拓、李惠
　斌、薛曉源：《世界文化產業發展前沿報告》（上海市：社會文化文獻出版社，2004
　年）。

文化創意：接續傳統與現代

——城鎮化視野下傳統文化的保護與傳承

　　在當代中國，正發生著兩個規模空前的實踐活動：一個是日新月異、突飛猛進的城鎮化建設，一個是風頭正勁、方興未艾的文化產業發展。這兩項實踐活動無疑在很大程度上推動了我國經濟建設、社會建設和文化建設，也由此成為正在崛起的中華民族的一個表徵。

　　但也正因為這兩項實踐活動，尤其是城鎮化建設，具有前所未有的規模速度、覆蓋廣泛的領域與複雜龐大的體系（城鎮化涉及社會、文化、經濟、建築、城鄉規劃、能源、交通、環境保護等諸多方面，而不只是單純的以人口在城鄉中的比例來衡量），也不可避免地導致許多偏差和失誤的出現——許多問題未經深思熟慮便匆忙行動，許多想法未經科學論證就付諸實施，許多事情未作充分準備就急切動手，許多創意不分優劣就草率採納……

　　其中最令人擔憂的，便是大量歷史街區、傳統村落以及非物質文化遺產遭到破壞與毀損，大規模、高速度的城鎮化建設，對文化遺產的保護來說，卻面臨歷史上前所未有的最艱難、最危險的時期。在科學發展觀日益深入人心，並成為時代主題的今天，我們的確需要沉下心來對一些問題進行認真反思和辨析。

一　城鎮化：自毀傳統文化何時休？

　　現代化的一個重要構成之一就是城鎮化，在邁向工業化、農業現代化的過程中，擁有廣闊鄉村的中國正處於城鎮化建設高速發展時

期。城鎮化在一定程度上推動了農村經濟發展和農業現代化建設，提高了農民生活水平，穩定了農村經濟基礎，縮小了城鄉差別。但由於這個過程來得十分迅猛，使得城鎮化如何將中國傳統鄉村文化、尤其是具有歷史文化價值的古村落，在不受破壞、損害的情況下平穩地進入現代社會，尚未找到一條科學、合理的路徑，以致大量的城市歷史街區和大批的傳統村落在推土機的轟鳴聲中，一個接一個地永久性消失了！

　　中國的傳統文化，除了歷史文獻和文化經典之外，相當一部分體現和保留在城市的歷史街區和傳統村落之中，同時也以活態形式保留在這些歷史街區和傳統村落的生活習俗、民間文化之中，正是它們構成了中華文化的重要根基和源泉。但是，在大規模的城市改造、城鎮化浪潮中，號稱東方文明古國的中華大地，「文化水土」正在大面積地流失，中華文化的根基正面臨前所未有的震撼與動搖。

　　我國現有國家命名的歷史文化名城一一四個，歷史文化名鎮名村三五〇個，其中名鎮一八一個，名村一六九個。但這些頂著國家級文化遺產名頭的城市和村鎮，真正完整保留並在整體上具有古城古鎮古村落風貌的已經所剩無幾。就名城而言，能夠點得出的幾乎也就只剩山西的平遙古城，那才是一個真正意義上的完整的古代城市——有保存完好的古城牆、古民居建築格局，整座城市沒有任何現代建築。而其他所謂的名城，都已經成為現代都市，只是在規模空前的現代建築群中依然擁有眾多古建築群落而已，難以被視作嚴格意義上的古城。

　　湖南大學中國村落文化研究中心課題組曾對我國（長）江（黃）河流域，以及西北、西南十七個省一一三個縣（市）中的九〇二個鄉鎮的傳統村落進行實地考察，結果顯示：二〇〇四年以來，這些地區頗具歷史、民族、地域文化和建築藝術研究價值的傳統村落總數為九七〇七個，至二〇一〇年僅存五七〇九個，平均每年遞減百分之七點三，每天消亡一點六個傳統村落。在一些發達地區，傳統村落消亡的

速度更快。

　　自二○○七年以來，我國在大規模城市化和城鎮化建設中，因為決策和人為的因素，導致三萬多個文化遺產永久性消失。而在這個過程中被破壞的，還不包括那些在許多人眼裡算不上文化遺產的近現代工業遺產、農業遺產和二十世紀遺產等。

　　我國號稱文化資源大國，實際的文化遺產數量並不讓人樂觀。國土面積只有中國七十四分之一的英格蘭，文化遺產數量竟然比我國還要多：就建築文化遺產而言，擁有登錄保護建築五十萬處，而登錄的保護區則有八千多處；相比之下，我國登錄的不可移動文物只有四十萬處，保護區也只有數百處。在歐洲許多發達國家，現代化程度遠比我國高，但文化遺產並未因此受到大規模的破壞和其他明顯的負面影響。

　　改革開放以來，我國對文化遺產保護越來越重視，先後公布了若干批歷史文化名城名鎮名村，以及數量眾多的全國重點文物保護單位，為文化遺產保護奠定良好基礎。但這些上了國家保護名單的文化遺產，雖然避免被損毀的厄運，但許多遺產因經費、管理等原因，保護情況並不令人樂觀，尤其是一些大體量、綜合性的名城名鎮名村，其整體景觀、建築格局等未能得到有效保護，依然遭到各種形式的破壞和損毀。

　　一些國家級乃至世界級的文化遺產，雖然被較為完好地保留下來，但由於過度的旅遊開發、超負荷的人流等而導致的破壞現象也屢見不鮮。最典型的如作為世界文化遺產地麗江古城，大量酒吧、餐飲、小商鋪和人流帶給古城帶來的破壞，已引起世界遺產委員會的關注，並在紐西蘭召開的第三十一屆會議上作出決定，啟動反應性監測機制，對麗江古城的保護狀況進行評估，其理由是「注意到遺產地未加控制的旅遊業和正在進行的其他開發項目所帶來的問題，可能會給

遺產價值帶來負面影響」。[1]

　　前國家文物局局長單霽翔從更為專業化的角度，一連用了五個「不分」一針見血地指出城市建築規劃和設計存在的問題：「越來越多的建築設計不分氣候特點與自然條件、不分地理位置與環境關係、不分歷史淵源與文化背景、不分原有風貌與特色景觀，不分城市性質、規模布局的種種差異，而是採取簡單的模仿、盲目的複製，以及立足於推平頭式拆遷後再重新建設的方式。」[2]

　　文化遺產保護所面臨的嚴峻形勢警示我們：在中華民族邁向現代化的過程中，在大規模的城市擴張、改造以及城鎮化建設中，必須看到文化遺產所遭受的「建設性破壞」和「保護性破壞」的嚴重性，其後果，是許多我們先人用智慧和汗水構築起來的不可再生、不可複製的珍貴遺產的永久性消失，最終將導致民族文化水土的大量流失和文化根基的動搖。

　　對這一狀況產生的原因，我們許多知名學者和文化專家早有深刻的分析。單霽翔就指出：「人們常說中華文明是綿延不絕，沒有斷裂的、是具有強大生命力的，但是在現實中卻對傳統文化缺乏應有的認知，視而不見，未能使傳統文化在城市發展中得到應有地傳承和弘揚。」[3]還有一種情況是「一些人將傳統文化與封建文化相提並論」、「在對待傳統文化的問題上，批判多於繼承，否定多於肯定，導致一些人對自己民族傳統文化的無知，缺少自尊與自信。」[4]

　　兩院院士吳良鏞也指出：導致城鎮化建設中古建築遭到破壞，

1　第三十一屆世界遺產委員會會議7B.69號文件。

2　單霽翔：《文化遺產保護與城市文化建設》（北京市：中國建築出版社，2009年），頁134。

3　單霽翔：《文化遺產保護與城市文化建設》（北京市：中國建築出版社，2009年），頁126。

4　單霽翔：《文化遺產保護與城市文化建設》（北京市：中國建築出版社，2009年），頁127。

「儘管情況錯綜複雜，其共同點則可以歸結為對傳統建築文化價值的幾乎無知與糟蹋，以及對西方建築文化的盲目崇拜。」[5]

認知決定行為，對什麼是文化遺產，對文化遺產的價值和意義的認識不到位，就不可能有相應的保護行動，更不會有科學理性的規劃；而認識的深淺和是否到位，則決定著保護意識的強弱、保護決心的大小。在今天，儘管經濟建設依然是我們工作的中心，人們對物質生活水平的要求日益高漲也無可厚非，但由於對什麼是文化遺產、保護文化遺產的意義缺乏認識，便往往導致以經濟建設的需要替代、覆蓋了文化遺產保護和文化建設的需要；或者採取不正確的方式進行所謂的文化遺產保護。

事實上，文化遺產作為中華文化的重要組成部分，積澱著中華民族最深刻的精神追求，包含著中華民族最根本的精神基因，代表著中華民族獨特的精神標識，是中華民族生生不息、發展壯大的豐厚滋養，也是中華民族自強不息、團結奮進的重要精神支撐。割裂和損毀幾千年積澱、構築起來的各種形態的文化遺產，就阻斷了中華文化源遠流長的文脈，失去我們民族賴以存在的獨特文化標誌、文化精神。中華傳統文化不僅是創造當代文化新輝煌的起點和出發點，也是持續推動經濟社會發展的源泉和動力。

在今天現代化進程越來越快的情況下，我們要比任何時候都更加充分認識到——現代化不是西方化，城鎮化既不能將傳統文化「化為烏有」，也不能照搬國外的模式，而要著眼於長遠，慎重對待傳統文化，同時結合中國本土的特點和需要進行改造和建設，走適合中國自身特點的發展道路。中國獨特的文化傳統正是形成中國獨特發展道路的精神依據和精神指南。從這個意義上說，城鎮化過程中對傳統文化遺產的破壞要引起高度重視，並盡快採取切實有效措施加以阻止——

5　吳良鏞：〈論中國建築文化研究與創造的歷史任務〉，《城市規劃》2003年第1期。

有效的保護措施每延遲一天實施，中華民族的文化水土就會多一分流失！

二　歐風美雨：傳統文化何處棲息？

如果說大規模城市建設主要構成對傳統物質文化遺產的威脅，那麼，來自西方文化大規模的入侵，來自當代大眾文化的擠壓，則從另一個方面構成對非物質文化遺產的吞噬和侵害。

在電視、網路尚未普及的年代，報紙、圖書所傳播的主要還是中國本土文化，西方著作文章的譯介雖然也曾一度興盛，但總體數量還占少數。如今電視廣為普及，網際網路也進入千家萬戶，移動網際網路更是方興未艾，西方強勢文化以更加便捷的渠道大規模入侵，導致西方文化、西方價值觀深刻影響著當代中國人，尤其是年輕一代。

從城市建築文化角度看，便形成對西方建築文化的盲目崇拜，在每年有大量歷史街區、傳統村落消失的同時，卻有大量複製、效仿、照搬各國文化符號的建築樣式雨後春筍般湧現，如此發展下去，不久的將來，中國的許多城市將從建築、街道、園藝，到指示系統、公共藝術等，都完全失去本民族文化符號，與中華民族文化傳統徹底斷裂。我們的城市乃至鄉村，將失去自己民族的記憶，這是非常值得擔憂，也是非常可怕的。甚至連外國專家都意識到這種危機的嚴重性，著名人居環境科學家、院士吳良鏞曾引用過前英國皇家建築學會會長帕金森的話：「中國歷史文化傳統是太可珍貴了，不能允許它們被西方傳來的這種虛偽的、膚淺的、標準的、概念的洪水所淹沒。我確信你們遭到了這種危險，你們需要用你們的全部智慧、決心和洞察力去抵抗它。」[6]

6　吳良鏞：《吳良鏞學術文化隨筆》（北京市：中國青年出版社，2001年），頁205。

　　一個西方學者尚能向我們提出如此重要的警示，作為中國人更應該幡然警醒，刻不容緩地拯救和保護我們的文化遺產！習近平總書記就曾深刻地指出：一個沒有歷史記憶的民族是沒有前途的。我們要牢記這一教誨，切不可為了西方式的現代化和粗放的城鎮化建設，而去冒失卻民族記憶的危險！

　　從大眾文化消費角度看，由於相當一部分媒體缺乏必要的社會責任意識，同時受到商業利益的驅使，輿論導向出現偏差，形成對西方流行文化的追捧──從電影到流行音樂，從動漫到網路遊戲，甚至西方的各種時尚文化，占據了相當大的市場。當然，在這個方面，本土的流行文化雖然也有不少宣揚民族風的通俗文化產品，體現出對傳統文化的崇尚和擴大其在當代社會傳播的努力，甚至可以看作是傳統文化在當代的發展。但是，大部分以非物質文化遺產形態存在的傳統文化，在流行文化的擠壓下，難以進入當代文化消費領域。流行文化背後，因為擁有商業社會強大的資本力量的推動，無孔不入、無處不在地滲透到我們生活的各個層面，它不僅擁有數量眾多的消費者，還培養了一大批忠實的追隨者，甚至大眾本身也參與到流行文化的創造之中。流行文化搶奪了廣大的文化市場，也吸引了廣大的消費者，相形於流行文化的強大生命力，傳統非物質文化則不僅處於受冷落的地位，而且面臨嚴重萎縮、衰退和消亡的命運。

　　儘管今天的人們也在利用包括歷史文獻、古典名著、民間文藝和非物質文化遺產資源在內的傳統文化資源來創作、生產文化產品，但在商業邏輯的制約下，卻沒能很好地遵循基本的尺度和標準，或將傳統文化庸俗化地演繹成低俗作品，或將歷史文化中不適合現代社會甚至是腐朽沒落的東西作為取悅今人的元素大加宣揚，這就本末倒置地將文化的正能量丟棄一邊，而利用現代傳媒的便捷去擴散文化的負面效應。倘若以這類文化產品為主流充斥於我們今天的娛樂市場，其後果可想而知。

　　事實上，在流行文化盛行的歐美，傳統文化依然得到很好的保護，並不因為流行文化的商業價值而放棄對傳統文化的傳承。法國擁有世界最前衛的現代藝術，蓬皮杜藝術中心（Centre Pompidou）匯聚全球現代藝術的精華，引領著世界現代藝術的發展潮流。但法國對本土文化卻始終給予最大限度的保護，無論是法律的制定，還是資金投入，抑或國際貿易中文化例外原則的提出，都體現了政府乃至民間對傳統文化多維度的保護網。就是歷史短暫的美國，也十分重視歷史遺跡和文化遺產的保護。其結果，形成傳統文化與現代文化並行發展，互相促進的格局——傳統文化作為根基和源流，為現代文化藝術的發展提供了豐厚的土壤與營養，現代文化的創新理念也為傳統文化的延續和當代發展提供了活力和途徑，二者並行、互動的發展，才使文化多樣性成為可能。

三　何以拯救：傳統文化怎樣補課？

　　在今天，隨著我國義務教育的普及和高等教育的發展，公民的整體文化素有了很大的提高。但現實生活中，仍然有相當一部分人缺乏文化遺產的保護意識，甚至對什麼是文化遺產缺乏完整、正確的認識。

　　要正確、科學地認識什麼是文化遺產，並非人們想像的那麼簡單，這是因為文化遺產概念的內涵與外延是隨著時代的發展而變化的。「文化遺產不是在時間和空間上凝固不變的對象，對於文化遺產的認識也將永遠處於發展變化之中。」[7]

　　在當下，文化遺產包含的範圍要遠比我們所意識到的範圍寬廣得多。不僅文化遺產的類別不斷擴大：由文物、古建築、古遺址，擴大到歷史街區、古村落、非物質文化遺產和文化生態區，再擴大到文化

7　單霽翔：《文化遺產保護與城市文化建設》（北京市：中國建築出版社，2009年），頁329。

環境、文化景觀、文化線路、系列遺產、工業遺產、農業遺產、二十
世紀遺產等等，從更廣泛的意義上說，城市、鄉村本身就是一個巨型
的文化遺產；而且文化遺產保護的思想觀念也在不斷變化──從保護
建築藝術精品，如宮殿、教堂、寺廟，到保護與普通人生活密切相關
的一般建築，如鄉土民居、工業建築等；從保護文物到保護文物的環
境；從保護單體的文物古蹟擴大到保護歷史地段、歷史城市；從重視
古代文化遺產到重視近現代的文化遺產；從保護與當今生活已無關聯
的古建遺址，到保護現在還有人繼續生活、繼續使用的建築遺產、歷
史街區等；從保護單一要素的文化遺產到保護多種要素的綜合性文化
遺產，如保護包含若干國家、若干城市的「文化線路」；從保護物質
文化遺產到保護非物質文化遺產，並研究二者的關係，保護二者的綜
合體；從專家保護、政府保護到民眾保護、社會保護。

　　因此可以說，全面了解文化遺產的內涵、外延，樹立新的保護觀
念，是有效保護文化遺產的前提。

　　文化遺產的價值不僅在於其不可再生性，還在於其獨有的文化特
質所形成的文化個性，更在於其所蘊含與彰顯的文化基因與文化理
念。同時，豐富多樣的文化遺產還是維繫文化多樣性的前提，沒有了
文化多樣性，就如同沒有了生物多樣性那樣，人類的精神家園將因此
黯然失色。但文化遺產的價值還遠未被公眾所認識，這造成我們身邊
的文化遺產隨時隨地在流失。

　　曾經有位文化專家，對周邊的文化存在有非常敏銳的感觸，許多
在常人眼裡與文化遺產毫不沾邊的事物，在他眼裡都被視為文化遺
產。正如加拿大學者保羅・謝弗所言：「當從整體的角度去認識人類
文化遺產時，最清楚地突出在我們眼前的是數量之巨大和無所不包的
豐富，並且它無處不在。」[8]

8　〔加〕D. 保羅・謝佛著，高廣卿、陳煒譯：《經濟革命還是文化復興》（上海市：社
　　會科學文獻出版社，2006年9月），頁494。

　　然而我們現實中太缺乏這種認知和意識了。事實上，這種認知對非物質文化遺產（非遺）而言尤為重要。由於非遺是以傳承而非物質的形態存在，在現代化過程中許多傳統手藝、技藝和工藝逐漸失去了實用的、現實的價值，這也就很容易被人忽略甚至遺忘。同時，非遺多分布和散落民間（更多地是散落於鄉村），且與民眾日常生活融為一體，民眾的認知程度決定著保護的好壞；而處於行政管理末端的鄉鎮，相對薄弱的行政執行力使得民眾自發的保護顯得尤為重要。然而，鄉村文化程度普遍較低的現實，又很難期望民眾有必要的認知。在鄉村考察中，筆者曾目睹一位企業家的大宅院裡堆滿了大量民間淘來的石刻、木雕及各種工藝品，甚至在自家的山莊裡建起一個整體小型的博物館，以及由整體拆卸搬遷再重建起來的「古民居」，足見在鄉村改造中文化遺產遭破壞的程度。

　　那麼，我們該怎樣去提高民眾對文化遺產的認知？又怎樣去加強民眾的非物質文化遺產的保護意識呢？

　　最近，法國總統奧朗德正著手醞釀和制定一系列旨在進一步保護和促進法國文化、推動文化發展的法律，其中包括「表演藝術指導法」、「資助表演藝術法」、「文化例外法案」、「視聽管理改革法」等，值得注意的是，這一系列法律中有一個旨在進一步提高法國藝術教育水平的「國家普及藝術教育法」，其主要內容是讓法國的孩子能夠在從幼兒園到大學的讀書期間免費享受藝術教育。這一法律的深遠意義在於，它不僅有助於提升法國藝術教育水平，更是為了通過藝術審美水平的提高以達到提升整個國家文化軟實力的戰略目標。我國的全民藝術教育顯然還處於起步階段，應當盡快採取相關措施，從長計議，從現在做起，補上這一課。

　　與新的文化遺產概念相呼應的，是要樹立新的保護意識和保護原則。新的保護意識要體現對文化遺產的高度尊重，我們寧可將發展的速度放慢一點，也要審慎對待遺產的處置。整體性保護原則，即要將

相互關聯的文化遺產，以及與文化遺產有內在聯繫的其他因素如自然環境、人居環境等，作為一個整體或一個體系來看待，「要求將文化遺產及其周邊環境作為一個整體，保護不僅限於其本身，還要保護其背景環境，特別是對於歷史性城市更要保護好歷史街區的整體環境，」不僅如此，還要進一步做到真實性保護，避免搞假古董式的保護，即不能隨意改變文化遺產的原來面貌，包括其擁有的全部歷史信息，「正真的保護不應該使原有居民成分發生急遽變化，不應讓傳統的生活方式驟然消失，而應該在整體上保持一種漸進演化，讓歷史街區和其中的居民共同講述真實的故事，把歷史遺存、傳統記憶與地域文化同時留下。」[9]

對文化生態保護區，還要探索系統性的、活態保護方式，即讓保護對象中的物質文化遺產、非物質文化遺產，以及與之相關聯的自然環境、生活方式等相關元素，進行整體、系統、活態的保護。

四　大師創意：傳統文化何以接軌現代？

傳統文化保護的一個重要意義，在於維護文化的多樣性。文化多樣性使得我們身處的世界多彩多姿、生機蓬勃。文化多樣性的維護關鍵在於持續不懈地保護各個國家和民族的傳統文化，同時推動當代文化以及流行文化的發展。任何的偏廢，都將導致文化同質化，並最終走向千篇一律的、單調無味的大一統文化。但是，文化多樣性的維護在當代遇到重重阻力，可謂步履維艱；探索傳統文化與當代社會的接軌，更是一個宏大的課題。在此，我們僅以若干當代建築領域的成果案例，來簡要考察傳統文化如何與現代社會接軌。

9　單霽翔：《文化遺產保護與城市文化建設》（北京市：中國建築出版社，2009年），頁329、331。

　　建築是人類文明的一個重要組成部分，獨特而精美的建築往往承載著豐富多樣的文化符號，通常也是一個民族文化的重要體現和形象表達。人類歷史發展到今天，建築已不僅僅是滿足人們居住、生活和生產的需要，而是凝聚著極為豐富的文化內涵，「是城市歷史、文化和精神的建築語言表達，需要精雕細琢。而目前城市建設速度不斷加快，建築師們靜心思考設計的時間越來越短。」[10]

　　中國傳統建築文化博大精深，其獨特的建築風格與深厚的美學內涵，成為人類建築史上自成一體的建築文化，其中不乏巧奪天工、精美無比的經典之作，不愧為人類建築文化的瑰寶。但傳統建築文化如何適應當代社會經濟、文化發展需要，如何與自成體系的當代建築相融合，如何延續眾多歷史街區和傳統村落的文脈，一直是多年來人們孜孜探求的難題。

　　建築設計從廣義上說也是文化創意產業的組成部分，在英國對文化創意產業的十三個分類中，就包含有建築設計。而在城市改造和城鎮化建設中，不可避免的要在很大程度上依靠富有創造性的建築設計，尤其是在歷史街區和傳統村落的改造中，更需要依靠人們高度的智慧和創造性的思維來解決傳統與現代的接軌問題。

　　早在一九四九年，對北京這座世界聞名的歷史古都如何保護和建設，如何適應作為現代城市和首都的現實需要，著名建築學家梁思成、陳占祥曾提出過在今天看來非常富有遠見和創意的方案。兩位建築學家在一九五〇年二月正式提出了《關於中央人民政府行政中心區位置的建議》，史稱「梁陳方案」，該方案的核心觀點是：為疏散舊城壓力，行政中心西移，在西面建立新城。即在舊城區之外的近郊建設新的行政中心，將中央政府的辦公區域設在舊城區之外。

---

10 單霽翔：《文化遺產保護與城市文化建設》（北京市：中國建築出版社，2009年），頁134。

　　考慮到保護北京古城原貌的需要，方案陳述道：「北京為故都及歷史名城，許多舊日的建築已為今日有紀念性的文物，不但它們的形體美麗，不允許傷毀，它們的位置部署上的秩序和整個文物環境，正是這座名城壯美特點之一，也必須在保護之列，不允許隨意摻雜不調和的形體，加以破壞」。「如果把大量新時代高樓建造在文物中心區域，它必會改變整個北京街型，破壞其外貌，這同我們保護文物原則是相牴觸的」。

　　考慮到提高首都行政中心辦公效率的需要，方案建議：「現代行政機構所需要的總面積至少要大於舊日的皇城，還要保留若干發展餘地。在城垣以內不可能尋出位置適當而又具有足夠面積的地區」，因此，「我們必須決心展拓新址，在大北京界區內建立切合實際的，有發展性的與有秩序的計劃」，並指出這是「新舊兩全的安排。所謂兩全，是保全北京舊城中心的文物環境，同時也是避免新行政區本身不利的部署」。

　　方案還富有預見性地指出，如果北京舊城改造的原則發生錯誤將導致的後果：「今後我們則應有自覺的責任，有原則性的來保護它，永遠為人民保護這有歷史藝術價值的文物環境」、「如果原則上發生錯誤，以後會發生一系列難以糾正的錯誤的。」

　　「梁陳方案」還全面闡述了所提建議的理由：北京的城牆是適應當時防禦的需要而產生的，無形中它便約束了市區的面積。在新時代的市區內，城牆的約束事實上並不存在。城鄉不應尖銳對立。今日城區的擁擠、人口密度之高、空地之缺乏、園林之稀少、街道寬度之未合標準、房荒之甚，一切事實都顯示著必須發展郊區的政策，其實市人民政府所劃的大北京市界內的面積已二十一倍於舊城區，政策方向早已確定。

　　方案的最後，連續用了八個「為著」來強調建議的依據和目的：「為著解決北京市的問題，使它能平衡地發展來適應全面性的需要；

為著使政府機關各單位間得到合理的且能增進工作效率的布置；為著
工作人員住處與工作地的便於來往的短距離；為著避免一時期中大量
遷移居民；為著適宜的保存舊城以內的文物；為著減低城內人口過高
的密度；為著長期保持街道的正常交通量；為著建立便利而又藝術的
新首都，現時西郊地區都完全能夠適合條件。[11]

　　然而，非常遺憾的是，這一觀念超前、設想合理、理由充分、富
有遠見且無可辯駁的方案卻沒有被採納，導致一個舉世無雙、不可再
生的東方中國古代城市建築的典範之作不復存在，這個由中華民族卓
越智慧所創造的人類文化的無價瑰寶，從此永遠地消失了。那個年代
的北京城，從總體輪廓上和城區範圍說，基本保留了明清時期古都的
格局，內城面積三十二平方公里，環繞內城的城牆長二十三公里，紫
禁城的中軸線決定著整座城市的中心，從永定門到鐘樓，全長八公里
的中軸線上分布著二十三座建築。這樣一個精心設計、格局完整、底
蘊深厚、歷經數百年歷史保存下來的古都，其中所蘊含的人文歷史、
民俗文化等信息，是難以想像的豐富與厚重。如果完整保留下來，現
今北京城的旅遊量起碼會增加幾十倍之多；更重要的是，它能保存更
多獨一無二的中國傳統文化。古城北京的損毀，不僅是中國建築文化
的最大悲劇，也是人類文明的悲劇。

　　然而，歷史的煙塵已然消退，歷史的遺憾也無法挽回。我們今天
除了要吸取教訓之外，更重要的是探索如何在現有的基礎上，去保護
和傳承傳統文化。從建築文化領域看，我們一些大師級的建築學家經
過不懈的探索，在借助創意來接續傳統與現代的嘗試中，提供了富有
價值的案例。如第一個獲得世界建築界最高榮譽普利茲克獎的中國建
築師王澍，以及同樣獲得過該獎且譽滿全球的建築大師貝聿銘，都以

---

11 梁思成、陳占祥：〈關於中央人民政府行政中心區位置的建議〉，《梁思成文集》
　　（四）（北京市：中國建築工業出版社，1986年），頁5-14。

他們傑出的智慧和對中國傳統建築文化的深刻理解，為現代建築如何融入傳統元素，找到了一條成功的路徑，積累了十分有益的經驗。

案例一　王澍──找回傳統建築元素

作為建築師的王澍，其最大的特點在於有著濃厚的傳統文人情結，並對傳統建築文化格外痴迷。王澍同時又是一個在學生時代就具有很強叛逆性的建築師，不僅對中國傳統（建築）文化，而且對現代建築藝術有其獨到理解。王澍最大的建樹，或者說他之所以能成為獲得普利茲克獎的最年輕的建築師，就在於他創造性地在現代建築設計中，將中國文化符號完美地嵌入其中，出色地解決了民族傳統（建築）文化與現代建築的有機融合，從而讓傳統文化活在當下成為現實。

從王澍的代表作品寧波博物館以及中國美術學院象山校區來看，其顛覆性的創意設計，在現代建築史上留下了精彩的一筆，也因此獲得國際建築界最高榮譽。但王澍的作品在一段時間裡並未被人們所理解，這當然與其超前的設計理念有關，更與國人的視野和觀念的局限相關聯。

寧波博物館位於寧波新區，周邊都是現代造型的高層建築，在這樣一個地方應該設計一個怎樣的博物館，的確非常具有挑戰性。當王澍以其獨特的設計理念，將一個外觀顯得陳舊而且黯淡的建築造型擺在人們面前時，起初讓人覺得似乎與周邊的環境很不搭調。但當人們真正理解了這一設計的良苦用心時，就能體會到其奇特和美妙之處。

寧波博物館建築外觀造型融合傳統文化、自然與現代三種元素，一看就知道是中國的建築，體現出中國的建築特點和符號；而博物館的內部空間則又能充分滿足現代博物館展示、交流等功能需求，同時裝飾也兼具傳統元素。建築的整體造型非常具有現代感的，有著典型的後現代建築特徵。但正是從這個建築的外形中，王澍運用獨特的材料和處理方式，找回了中國傳統民居的元素以及自然的元素，使得這

個建築體現出鮮明的中國傳統文化內涵。

　　王澍從寧波周邊二十九個被拆遷的傳統村落那裡，收集了大量舊磚瓦，按照一定規則砌到博物館外牆上，使其具有歷史記憶和傳統建築符號；而在沒有舊磚瓦的水泥牆面，則獨創性地用竹片作模板，使澆築出來的水泥牆體具有了自然的痕跡，既完成了傳統與現代的接續，又實現了人文與自然的融合，在顛覆傳統與現代的創意設計中，尋找到一個融合傳統與現代的最佳方案。

　　王澍的獨創之處，就在於很好地將中國古村落、古典園林的建築元素（如古典園林水系元素的借鑑和象山校區假山形狀的移植）、歷史印記，融入到由現代建築材料構築的建築造型與空間之中，讓經典的傳統文化元素在現代建築中找到新的生命。

案例二　貝聿銘之蘇博──融匯傳統園林精華的現代建築

　　建築大師貝聿銘的封筆之作蘇州博物館，同樣也是融合傳統與現代的典範之作。蘇州博物館選址與世界文化遺產拙政園以及忠王府、貝氏祖居相毗鄰，在這樣一個由傑出的古典園林環繞的地方構築現代博物館，其挑戰性可想而知。貝聿銘充分考慮了建築的周邊環境，更考慮到博物館新館雖然為現代建築，但必須吸收和融合中國建築文化的精華。如何做到這一點，對貝聿銘這樣譽滿全球的建築大師來說，也並非容易之事。貝老以八十五歲高齡，多次深入現場考察地段，尤其是對拙政園、忠王府一帶的環境、建築特點等作了細緻的現場調查，並查閱大量蘇州古建築、城市規劃等資料；與此同時，還邀請了國內一流的建築學家和文化學者如吳良鏞、羅哲文、周干寺、張開濟、陸文夫等，認真聽取他們的意見和建議，最終形成繼承和創新的「中而新，蘇而新」的設計理念，以及為了與周邊環境相協調的「不大不高不突出」的設計原則，創造性地闡釋了蘇州博物館新館設計方案。

　　值得特別提及的是，貝聿銘在設計中體現對傳統歷史街區很強的保護意識，並在具體的設計中充分貫徹了這種意識。他充分考慮了對所在街區歷史風貌的尊重，「博物館新館建築採用地下一層，地面一層為主的結構方式，主體建築檐口高度控制在四米。修舊如舊的忠王府建築作為新館的一個組成部分，與新館建築珠聯璧合，從而使新的蘇州博物館成為一座現代化館舍建築、古建築與創新山水園林三位一體的具有獨一無二風格的綜合性博物館」。[12]

蘇博創意看點之一：外觀造型兼具傳統與現代

　　對於蘇博的外牆用調，貝聿銘毫不猶豫地選擇了粉牆黛瓦，這些江南水鄉民居以及古典園林典型的的色調，既接續了傳統，又達到了與周圍建築和街道環境的高度融合。但它同時又摒棄了中國傳統建築「大屋頂」的結構，採用具有貝氏風格的三角形幾何圖形與鋼構件，解決了採光問題，並使建築具有現代感。

蘇博創意看點之二：古典園林建築布局與山水的巧妙借用

　　蘇博不是單體建築，而是借鑑、融合了古典園林平面鋪展式布局的方式，設計出一個主庭院和若干個小庭院，在結構上可謂與古典園林異曲同工；而主庭院裡的創意山水園，則用現代材料和手法，創造出具有古典意味的境界來。其妙處在於亭子以現代鋼構為材料，形狀則是模擬傳統園林中的涼亭；水系中的石橋，則採取古橋中的平橋形式；山水園裡的假山是貝聿銘獨創的片石假山，避免了與太湖石雷同，又具有米芾水墨山水畫的意境。

---

12 高福民主編，徐寧、倪曉英著：《貝聿銘與蘇州博物館》（蘇州市：古吳軒出版社，2007年），頁18。

蘇博創意看點之三：古典園林長廊及借景手法的借鑑

蘇博雖然採用的是現代建築材料，但仍然保留了許多古典園林的元素與技法。博物館中若干個室內長廊，就借鑑了傳統園林迴廊的方式，而隨處可見的各種古典型狀的窗口，起到了借景的獨特效果，令人如同穿行在古典園林之中。

蘇博創意看點之四：古意盎然而又新穎簡潔

蘇博雖然採用了大量古典園林的建築元素，但同時又給人全新的現代感受。博物館內部設有一個水系，其構築方式則具有很強的現代感；室內天花板的結構方式有傳統木構屋頂的影子，但借助百葉片透下的光線所形成的特殊效果，實現了用燈光來做設計的理念，使博物館室內呈現不同空間明暗對比和層次變化，富有詩意和美感。

大師創造性地融合傳統與現代的成功實踐，為我們提供了一個極具啟示性的典範和樣板——倘若我們在城鎮化過程中，能以文化遺產保護為出發點，以適應當代社會經濟發展為落腳點，用創意思維去接續傳統與現代，去規劃、設計既具有傳統文化符號，又具有現代文化氣息的城市街區、現代村落，那麼，我們獨具特色的傳統文化就能在現代化的新時代，煥發出新的璀璨光芒。

科學、合理地保護我們的傳統文化，也是擴大中華文化影響力的基礎。在今天，我們不僅要推動文化「走出去」，還要設法「請進來」——文化走出去是讓中華文化傳播到世界各地，「請進來」則一方面是要吸收世界各國優秀的、先進的文化，以促進民族文化的發展；另一方面是要讓更多的外國人到中國來，欣賞中國的歷史文化名城名鎮名村，欣賞中國的建築文化、服飾文化、美食文化、民俗文化等等。如果我們的歷史名城名鎮名村在城鎮化建設中，都被改造成千篇一律的現代化城市和村落，完全喪失中國特有的城市美學和建築景

觀，又如何吸引外國人來觀光、來定居？從這個意義上說，加強對城市歷史街區和傳統村落的保護不僅意義重大，而且刻不容緩。

中國文化創新發展問題再考量
──基於理念、消費與環境之視角

　　我國經濟在經歷了快速發展階段之後，轉型升級、提質增效成為新時代的主題和任務。在當下，經濟發展需要新動力，文化發展更需要創新精神，如何獲得創新動力也就成為未來文化發展的關鍵性問題。在經濟新常態、「一帶一路」建設、「互聯網＋」、自貿區建設等宏觀背景下，在創新、協調、綠色、開放、共享發展理念引領下，文化改革發展的方向和重心都將發生重要變化。本文擬從理論與實踐層面，以文化理念、文化消費與文化環境三個視角，探討當下文化發展中面臨哪些方向性與關鍵性問題，以期能從長遠戰略眼光來思考文化的可持續健康發展。

一　文化創新：源於傳統與立足當代

　　「詩文隨世運，無日不趨新」，這是習近平總書記在文藝工作座談會上講話中引用的清代趙翼〈論詩〉中的一句話，藉此闡明創新是文藝的生命。同樣，創新也是文化的生命，是文化發展的動力，更是文化繁榮的關鍵所在。中華傳統文化的燦爛輝煌，代表著的是前人的智慧和創造力，當代中國文化發展，不能簡單模仿和重複前人，古人尚且知道「似我者俗，學我者死」，我們今天在世界文化交流日益頻繁、新的文化形式層出不窮、新的文化業態不斷湧現的開放環境下，更沒有理由停留於以往的文化創造而止步不前，倘若那樣，無疑將迅速被這個時代所拋棄。

　　就我國當下文化建設而言，公共文化服務體系的逐步完善，使公民基本的文化權益得到保障。但這種保障的一個重要前提，是要有源源不斷的新的文化產品和服務供給，這就需要持續推動文藝創作和文化產業的發展。眾所周知，文化產業對促進經濟結構轉型升級、提升文化軟實力具有重要作用。但這種作用的發揮，前提是文化產業本身具備很強的創新意識和創意設想，形成原創性的、具有審美價值和市場價值的創意作品和設計產品，因此，十三五規劃建議提出要推動文化產業結構優化升級、扶持優秀文化產品創作生產、發展創意文化產業，即加大文化內容產業和原創文化產品的生產。在這個基礎上，通過與相關產業的深度融合，達到提升文化含量和競爭力，促進轉型升級的作用。很顯然，如何增強文化創新意識、創新能力，全面提升文化原創水平，並在世界範圍獲得認可，是文化改革發展需要考慮的關鍵問題。

　　中央提出供給側改革，通過改善和加強供給，特別是高端產品的供給，同時抑制過剩的低端產品，以此促進和確保經濟持續發展。這個背景下，服務業將面臨發展的黃金時代，它的發展可維持經濟增長，並提供大量就業崗位。據測算，第三產業每增長一個百分點，就能提供約一百萬個就業崗位，比第二產業多五十萬左右。而服務業中的文化產業，也具有很大的發展空間，並且能滲透到其他產業之中，提升相關產業的品質，這對抑制低端產品，增加高端產品的供給無疑將發揮重要作用。隨著中國人出境遊的大幅度增長，出現了海外購物掃貨現象，據統計二〇一五年已達一點五萬億元人民幣，更值得注意的是，遊客不僅狂購日用奢侈品，甚至連馬桶蓋這樣的日用品都要到國外購買，這就充分表明國內低端產品過剩、高端產品匱乏的現狀。創意設計與相關產業融合，是提升產品質量、增加高端產品數量和品牌影響力的重要途徑。一些有眼光的企業家，已經看到服務業的廣闊前景。在萬達集團掌門人王健林的眼中，文化、體育和旅遊等產業將

會成為中國經濟的新亮點和投資的機會，他預計這三個行業起碼在今後十年之內，收入都會處在大幅度增長的階段，進入這三大行業就有大錢賺。當然，這並不是說只要進入這三個行業就一定賺錢，還要看具體投資什麼項目，以及做的品質如何。文化產業雖說是現代服務業，但也可能存在產能過剩問題，如低劣的藝術品、粗俗的演藝節目、低端的藝術設計產品等等，都會隨著人們文化藝術水平的提高而被淘汰，形成產能過剩。因此，在文化發展領域，也需要通過深化體制改革，創新公共文化服務方式，促進文化產業結構優化、提質增效，打造優質原創內容，以提升文化整體發展水平。

（一）理念創新

　　文化是一個複雜的系統，其發展是由多方面因素和力量決定的。不同時代，其發展的動力要素及其相互關係不盡相同。在文化發展諸多因素中，理念和價值觀是其核心要素。當代中國文化發展應以社會主義核心價值觀為指導，而在這個前提下的理念選擇，則關係到文化發展的內涵、具體方向和目標。因此，文化創新必須從理念創新開始，沒有理念的創新，就難以形成新的思想、設計和行動。確立先進的理念格外關鍵，比如綠色理念、共享理念等，就比以往單純強調經濟指標的發展理念更加科學，也更有新的內涵，決定著未來經濟社會發展的方向和結果。再如，就文化領域而言，開放、包容的理念，意味著強調與世界各國在更加廣泛的領域深入進行文化交流、文明互鑑。而習近平提出的推動優秀傳統文化創造性轉化、創新性發展，則是當下如何進行傳統文化保護和利用的新理念，這個理念強調的是在傳統與現代有機結合中，實現創新發展。文藝是文化的重要組成部分，文藝創作對推動文化發展具有關鍵性作用，在某種意義上，文藝創作是文化發展的發動機。而「文藝創作是觀念和手段相結合、內容和形式相融合的深度創新，是各種藝術要素和技術要素的集成，是胸

懷和創意的對接。要把創新精神貫穿文藝創作生產全過程，增強文藝原創能力。」[1]今天的文藝創作具有更加多元的文化背景和豐富的表現手段，更多樣的信息資源和先進的技術支撐。我們既要充分運用民族文化資源，又要汲取各國先進文化；既要弘揚傳統技藝，又要吸收現代技術，豐富傳統文化的表現力和感染力，使「中華文化既堅守本根又不斷與時俱進」，形成強大的文化創造力。

　　觀念更新也是理念創新的一種體現。一種新的觀念能夠賦予人們長期以來習以為常的現象以新的含義。傳統概念中的文化事業是除了文化基礎設施外，一系列有關既存的文物古蹟、古代文獻經典、藝術存在、美學符號體系等的集合，這些遺產在現實文化發展中發揮著思想資源和藝術美學資源的作用，本身並不形成直接的新的文化創造。因此，要樹立一種新的觀念，即要充分利用創意將文化事業中的文化資源激活，形成新的現實的文化發展能力，而不能將文化事業與文化產業孤立起來，要推動二者的互補互動。具體而言，就是「要系統梳理傳統文化資源，讓收藏在禁宮裡的文物、陳列在廣闊大地上的遺產、書寫在古籍裡的文字都活起來。」這一觀念的引入，將有利於全面激活處於沉睡狀態的文化資源，使之成為鮮活的文化創造源泉和元素。北京故宮博物院基於文物資源進行文化創造實踐就是一個很好的案例——今天故宮博物院全面啟動的文化創意設計活動和營銷，逐步將塵封於禁宮中的文物進行新的價值再造，開發了一系列以故宮文物資源為元素的文化創意產品，使故宮文化以新的方式得到傳播、解讀和延續，同時為今天的文化生產提供了一批具有鮮明中國審美意趣的文化產品。故宮的實踐打通了傳統與現代之間的隔膜，尋找到一條傳承與創新之路，也表明「傳承中華文化，絕不是簡單復古，也不是盲目排外，而是古為今用、洋為中用，辯證取捨、推陳出新，摒棄消極

1　中共中央宣傳部編：《習近平總書記在文藝工作座談會上的重要講話學習讀本》（北京市：學習出版社，2015年10月），頁12。

因素，繼承積極思想，『以古人之規矩，開自己之生面』」。[2]很顯然，唯有以鮮活的創意，不斷地發掘、轉換、創新傳統文化，形成持續久遠、生生不息的創造活動，才能使一個民族的文化始終保持旺盛的生命力。

文化事業中的公共文化設施場館在不同的觀念視野下，也可以從單純的公共文化藝術活動空間，延伸為文化創造空間，乃至商業空間和城市發展空間，並與這些空間構成互補互動互進的關係；相反，其他公共和商業設施，只要有恰當合理的創意和組合，也能借助文化來提升附加值，推動經濟增長，形成新的活力和發展空間。事實上，當我們以開放性的思維看待文化與經濟的聯盟時，不僅是公共文化設施，甚至非文化類的城市公共基礎設施，只要「當它們為居民提供更加豐富多彩的文化經歷時，就能夠獲得最好的成功」。[3]也就是說，在一定創意思想引導下，文化可以跟諸多領域融合，形成新的發展空間和發展模式。臺灣誠品書店新近在蘇州打造了一個以誠品書店為核心文化的「誠品生活」文化商貿綜合體，其中包括書店、蘇州本土非遺展示和文化品牌、知名商業品牌，以及以文化商品為主的創意小店等，同時擁有配套的房地產項目。「誠品生活」綜合體最大特色，就是營造濃厚的文化氛圍，提供了足夠的空間場所以便開展各種文化活動，如室內公共會議大廳、藝術館以及室外活動場所，誠品自己開設的餐廳也極具文化色彩，入駐的也主要是設計含量高的商家和產品，使整個綜合體充滿濃厚文化氣息。這種文化氣息的核心，是依託多年來誠品對文化藝術的執著追求而建立起來的誠品文化理念，當這種深植於大眾之中、獲得廣泛認可的誠品文化成為一種精神性象徵時，其

2　中共中央宣傳部編：《習近平總書記在文藝工作座談會上的重要講話學習讀本》（北京市：學習出版社，2015年10月），頁29。

3　〔美〕斯內德科夫著，梁學勇、楊小軍、林璐譯：《文化設施的多用途開發》（北京市：中國建築工業出版社，2008年9月），頁12。

擁有的品牌號召力就完全可以延伸到眾多其他領域中去，成為基於誠品文化核心理念的商業文化中心。就文化事業而言，我們更要以開放的思維去理解和利用，要超越傳統的將「文化事業的範疇限制在一種既定的、繼承的、累積的藝術實體、美學形式、符號意義體系、文化活動上」，[4]以更加開闊的視野去看待。在今天，對待文化事業中除基礎設施外的文化遺產部分，不能固守於復古式的尊崇，而要立足於創新性的發展。對於任何一種文化來說，保護遺產固然重要，更重要的是，考察這種文化遺產在今天是否還具有發展和創新的價值和能力。也就是說，對待遺產不能為保護而保護，而要設法延伸其現實乃至未來的生命力。

古都西安把悠久深厚的歷史文化與現代城市建設進行對接與融合，將以大唐文化為核心主題的悠久文脈，經由整體的規劃和合理的布局，巧妙地利用大雁塔、唐城牆、芙蓉園等歷史建築和遺址，系統組合與編織進城市建設之中，並與現代商業中心、文化休閒街區相融合，成為既接續歷史文脈，又展示現代文化，同時契合商貿需求的城市文化空間的更新與再造，使悠久的歷史文化建築有機地融入都市現代化進程，在很大程度上推動了現代文化和商貿空間的拓展，創造了城市街區建設的新模式：中央文化商務區（CCBD）。大雁塔不僅是西安標誌性建築，而且是唐代文化的象徵符號。曲江區選擇以它為中心，構建以唐代文化主題的中央文化商務區：大雁塔北側是亞洲最大的現代噴泉廣場，南側是以「大唐不夜城」冠名建設的文化大道——大道中央是以唐代著名歷史人物和事件為主題的雕塑長廊，那些或威名顯赫、或詩文長存的帝王與詩人，如李白、杜甫、劉禹錫、武則天、唐明皇等輝映史冊的人物，成為熔鑄城市文化底蘊的厚重基石；沿著大道兩側依次展開的是系列文化設施，包括西安美術館、音樂

4　金元浦：〈論創意經濟〉，《福建論壇》（人文社會科學版）2014年第2期。

廳、電影院等，成為從古代步入現代的一種自然的文化延伸和創造；大道終端是具有濃厚傳統建築文化特色的氣勢恢弘的八根巨型 LED 燈柱，以及陣容龐大的開元盛世群雕，而就在不遠處則是一個規模宏大的商業中心。這就把古都歷史文化與現代文化和商貿文化融合在一起，讓現代人感受唐代歷史，同時又體驗現代文化，而適度的商業介入，促進了文化與商業相互融合、共聚人氣。在這裡，公共文化設施不再是單純提供文化藝術展示、交流作用，而是以豐富的美學內涵、歷史信息、視覺審美和新精神理念所構成的文化魅力和文化之魂，滲透於現代街區、商業中心，形成瀰漫著濃厚歷史文化氣氛和唐文化氣息的具有多重功能的復合城市新空間。

　　不難看出，傳統文化事業領域中那些既存的文化資源，既可以作為公共文化提供給公民共享，又能夠以創意激活其內在生命力，成為當今時代文化創造的資源和動力，成為活在當代的傳統文化。在今天，隨著創客文化的興起，大眾參與文化創新將逐漸成為一個時代的潮流，而在這一過程中，重要的是引導和鼓勵文化創客進行理念創新，推動基於傳統文化資源的當代文化創造，使中華民族的文化復興立足於當代，並在向世界的輸出中被認可和接受。

（二）思維創新

　　網際網路時代，不僅使人們獲取信息比任何時候都更加便捷，而且對各種資源的整合、融合也成為可能。在這個背景下，以往人們局限於某一範疇、某一領域的相對狹窄封閉的思維方式，不再適應當今社會。開放性思維、多向性思維是這個時代所格外需要的一種思維範式──既要樹立開放的和無邊界的思維方式，打破行業、專業之間界限，還要運用多向思維，打破思維慣性和定勢，敢於顛覆既有的模式和成規。在今天，數位技術、傳播技術、信息技術、雷射技術等高科技發展所產生的作用，不再局限於經濟、通訊等領域，而是能夠與文

化結合形成全新的文化創造，這就要求人們在從事文化生產時，應當
充分關注文化的外圍因素，許多文化之外的領域可以成為文化發展動
力，同時也可以成為借助文化推動其他領域發展的契機。這個過程，
可以使新興文化形態（如數位藝術、網路文藝、手機平臺微電影等）
蓬勃興起，傳統文化形態獲得創新發展。今天發達的網路技術，只要
有合適的新創意，隨時可以創造出一種新的文化產品甚至消費方式，
並以一種新的營銷方式進行推廣。「正是在互聯網高度發展的條件
下，有了跨界融合思維的飛躍，文化創意產業才能突破原有藩籬，跨
越領域與部門邊界，成為支撐第二產業甚至農業升級換代的重要推動
力量，也是提升文創產業中低端形態向高端形態升級的動力源。」[5]
以開放的、普遍聯繫的網際網路思維來看待一切，就不存在什麼行業
壁壘，不存在什麼經營模式、經營理念不能被打破，不僅任何既有的
產業模式、經營模式可以被顛覆，而且任何新的可能性都會發生——
這就是網際網路賦予今天這個時代最根本性的變化。

　　美國一家創業不到八年的連鎖酒店 Airbnb（空中食宿）就是典型
的網際網路＋酒店業的案例，雖然不是文化新業態，但它的發展深刻
而又經典地詮釋了「互聯網＋」的本質及其所帶來的巨大創新能量。
Airbnb 企業精神的精髓就是不放棄任何一次探索，它從最初的幫助用
戶找到住處的簡單初衷，發展成為一個以全新理念和方式運營的連鎖
酒店集團，並且其經營的項目還在不斷延伸。這個集團的創始人布萊
恩・切斯基和喬・格比亞，通過網際網路技術開發出一種軟體，利用
房東閒置的居住空間進行酒店業經營，完全顛覆了傳統酒店業的經營
模式，徹底改變了臨時居住空間的組織形式——傳統酒店業首先必須
有土地，有足夠的資金蓋樓房，還要擁有一定數量的員工，投資成本

5　金元浦：〈互聯網思維：科技革命時代的範式變革〉，《福建論壇》（人文社會科學
　　版）2014年第10期。

可想而知，即便如此，還有房間數量有限和運營開支大等諸多不足，而利用分散的家庭空閒房屋資源進行酒店經營，一下子解決了所有問題，並且它的市場變得十分靈活和具有彈性，不論是旺季還是淡季，都能應付自如而不需要為客房不足或閒置率高犯愁。另一個顛覆性的改變在於，傳統酒店那種需要借助廣告、旅行社牽線等主動接觸客戶的方式被徹底打破，只需要以信息平臺為媒介，聯絡客戶與租戶，客戶還具有很大的選擇空間，獲得極具個性化的居住體驗，且能與本土居民直接交往，深入體驗旅遊地普通居民的日常生活，讓你擁有回到家的感覺。更有甚者，它還可以提供傳統酒店無法提供的居住空間，如四合院、城堡、樹屋乃至一個小島！就是這樣一種基於網際網路的思維創新，成就了一個全新模式的酒店業——起步不到八年，Airbnb公司的市場估值已達二五五億美元，僅次於希爾頓而遠超酒店連鎖巨頭萬豪，其管理的房間達到一百多萬個，遍布近兩百個國家，超過了老牌的酒店集團萬豪、希爾頓、喜達屋所擁有的房間數，成長速度之快也是傳統酒店所難以比擬的。這就是「互聯網＋」所釋放出來的顛覆性創新能量，包含其最本質的意義——任何現有的資源要素，都可以借助網際網路的創新產品進行整合，形成完全不同於傳統產業的各種經營模式和新興業態，並由此成為新的經濟增長點和時代的新寵。

二　文化消費：審美需求與層級提升

理念創新雖然是文化發展的重要動因，但它畢竟屬於觀念層面，如果一個創新理念僅僅停留於觀念，其價值的實現就無從談起。因此，理念創新必須進入實踐領域，將觀念形態轉化為實物形態和服務形態，才能實現其價值意義，而文化消費則是實踐層面的重要環節。在我國，當溫飽問題基本解決，特別是在逐步進入全面小康之後，精神文化消費必然成為人們普遍的需求。文化消費表面上看來只是一種

市場行為，受到商業規律的制約，但作為精神產品的消費，其特殊性是顯而易見的：文化產品所傳遞的審美趣味、價值理念，無時不刻都在潛移默化地影響著消費者，形塑者人們的精神乃至靈魂。在這個意義上，對文化消費的考察，就遠不能僅僅局限於從一般商品消費行為去著眼。事實上，精神文化消費不僅是物質富足之後的需要，而且關係著一個國家的文化和文明水平，關係著一個民族發展前景——高品位的精神文化消費，顯示的既是一個國家的經濟實力，更是一個民族審美品味、精神風貌的體現，是比硬實力更有意義的精神價值與力量，這種力量甚至決定著一個國家和民族的未來。德國宗教改革家馬丁路德，甚至把公民的文明素養視作國家實力的核心所在：一個國家的前途，不取決於它的國庫之殷實，不取決於它的城堡之堅固，也不取決於它的公共設施之華麗，而在於它的公民的文明素養，即人們所受的教育、人們的學識、開明和品德高下。這才是利害攸關的力量所在。[6]

　　在今天，文化需求儘管處於不斷增長之中，但由於我國剛剛擺脫貧困狀態，地區發展也不平衡，人們長期以來因貧困造成的對物質消費的渴求依然處於旺盛的釋放期（國人在海外掃蕩各種奢侈品的行為就很能說明問題）。而在文化消費方面，實際的投入遠不如預想的那樣多，其中自然有教育、社保、醫保等制度不完善，加之住房、交通等方面預期開支大而限制了文化消費支出，但同時也與未能樹立和形成正常的文化消費習慣與意識密切相關。王亞南先生以大量數據分析得出結論：中國居民人均收入的提升並未帶來文化消費的相應提升。[7]這箇中原因，除了各種社會保障制度不完善，還與我國國民對文化藝

6　〔德〕馬丁·路德著，馬丁·路德著作翻譯小組譯：《馬丁·路德文選》（北京市：中國社會科學出版社，2003年4月），頁392。

7　參見王亞南主編：《中國文化消費需求景氣評價報告》（2015年）（北京市：社科文獻出版社，2015年）。

術的主觀內在需求不足密切相關，特別是對高端文化產品和服務的需求更是匱乏。

我們今天可以為電影票房的節節攀升而欣慰，也可以為新媒體文化產業的快速發展而興奮，但細加琢磨就不難看出，這些領域的文化消費開支實際上很有限，比起旅遊、餐飲消費只占很小的比例，而那些真正高端的藝術品、高雅的藝術演出等因為價格相對高昂，實際消費情況就不那麼樂觀了。從消費層級來說，前者的文化消費相對低廉，後者的消費自然相對高端，而文化消費層級的高低，也在一定程度上標誌著一個國家文化軟實力水平。我們建設文化強國不僅要不斷提供文化創造能力，還要持續提升文化消費的層級，只有當世界一流的藝術家、理論家和創意人才不斷湧現，並擁有大量欣賞和消費高雅文化藝術的受眾群體，使高水平、高質量的文化產品占據主導位置，文化強國的目標才有望實現。

消費層級的提升，不光是要有高水平的文化產品和服務，更要有高水平的消費者和欣賞者。文化市場不同於一般物質產品消費那樣可以通過營銷刺激大眾消費，文化產品消費更多依賴於消費者文化趣味與精神需求。對此，有學者分析道：「文化市場是以消費需求為導向，消費需求決定產品供給。而文化消費具有大眾化、個性化、多元化、分眾化等特點。」、「在市場經濟條件下，文化市場的核心是消費，消費者的意願，決定著文化市場的產品生產和服務方式。」[8]消費層級的提升，與消費者意願密切相關，倘若消費者意願更多地傾向於高雅和高品質文化產品，無疑將極大提升整個消費層級。實體經濟領域中，消費對於增長具有基礎性的作用，消費不旺或疲軟，必然導致對生產的嚴重制約。文化產業也同樣遵循這一基本法則。高雅文化

8　祁述裕、孫博、孫鳳毅：〈論文化市場〉，《福建論壇》（人文社會科學版）2015年第2期。

消費需求和水平，對推動文化消費層級提升至關重要，但這種需求提升往往因非一日之功，使得許多決策者、投資者或不予重視，或心懷顧慮，難以在人財物上給予支持與投入。人們似乎更關注那些能短期見效的通俗文化消費市場的打造，而忽略需要長期投入和支持的高雅藝術市場的培育，如若聽任這種狀況持續下去，必然會嚴重制約消費層級的提升，而全社會文化審美水平的提高也就無從談起。

因此，培育大眾文化消費市場，拓展文化消費需求和空間，持續提高文化消費層次，是未來文化可持續發展的關鍵。文化消費的另一個重要特徵是，它不同於物質產品那樣具有剛性需求，而更多的是基於趣味、喜好、審美、認同等文化心理因素，帶有很強的主觀性和個人偏好，這決定了文化消費的需求空間往往具有很大的不確定性和彈性。人們喜歡一種物質產品，如大到電視、山地車、汽車，小到電腦、餐具、皮包、首飾等，在經濟許可情況下擁有一定數量也就滿足了。但我們時常看到那些對某一類文化藝術品情有獨鍾的人，不僅可以無限度的購買和擁有，甚至可成為某一類藝術品的收藏者；而歌迷們對自己偶像所情願付出的不單單是金錢，還有在常人看來不可思議的精力、情感投入：粉絲喜歡一個歌星，可以購買有關這個歌星所有的音樂製品和衍生產品，還可以收集歌星所有的個人信息和故事，甚至滿世界追隨歌星的足跡，這是文化消費中所獨有的現象。當然，隨著今天工業設計的進步，特別是高端綜合設計服務成為工業設計新趨勢，一些工業品也因具有獨特的設計美學和內涵，從實用功能擴展為審美以及體驗功能，被視為一種具有象徵、趣味和審美價值的物品。比如蘋果產品，如今已擁有數量可觀的果粉——他們可以追逐蘋果手機每一款新產品，並盡可能擁有它！這已經完全超出了擁有一般通訊工具的需求，而是將蘋果作為一種滿足自身趣味與喜好的產品——蘋果獨特的介面和操作方式的設計，契合了人們心理感受，獲得某種舒適的體驗，並形成對這種體驗的依賴心理，這就使手機操作便捷的功

能感受，上升為美妙的審美體驗，蘋果手機由此從一般的通訊產品演變為具有一定文化審美內涵的工業設計品。

文化消費這一獨特性啟示我們：高雅藝術的市場需求，有賴於持久不斷的藝術教育。高雅文化的欣賞和消費往往需要一定的審美素養和鑑賞訓練，但系統的專業知識和較高的美學修養，又並非社會大眾所能具備，這勢必極大影響高雅藝術的欣賞群體和市場空間，直接構成對文化消費層級躍升的抑制。因此，高雅藝術的消費需求，需要有一個更加長遠的培育時間和多樣化的舉措，這就必須在藝術教育方面立足長遠、下足力氣、用足功夫。藝術教育首先要確保在校園內能真正實施，不論是小學還是中學和大學，都有義務進行必要時間和必要強度的藝術教育，教育部已強調中小學不得隨意縮減藝術課程，就是看到藝術教育的重要性；其次要在社會層面，即對普通公民實施形式多樣、深入持久的藝術教育普及工作，培養公民對高雅藝術的認知能力和審美素養。藝術教育的實施程度與普及程度，將極大提升廣大公民藝術素養、審美水平，從而提高對高雅藝術的接受與欣賞能力，並自覺自發抵制低劣粗俗、粗製濫造的文化產品。

中央芭蕾舞團開展高雅藝術進校園活動，打破以往單純的表演展示形式，嘗試增添芭蕾舞知識普及、芭蕾舞基本舞蹈語彙示範等方式，並請學生上臺互動，近距離接觸充滿神祕和聖潔感的芭蕾舞，與演員一起練習；同時演員詳細分解芭蕾舞基本動作、表演程式，生動展示芭蕾藝術的獨特魅力。央視也開設相關欣賞芭蕾舞的節目，運用電視手段更加詳細解讀芭蕾舞蹈語彙的表現特徵；為普及古典音樂，還邀請著名鋼琴家李雲迪加盟，由他親自邊演奏邊講解經典曲目，使深奧難懂的古典樂曲能夠為更多的普通百姓所了解和欣賞。

法國高度重視藝術教育，不僅高等藝術教育發達，以嚴格的錄用制度和完善的教育體系在全球處於水平領先，培養了一大批一流的藝術人才，而且高度重視面向全體公民的的藝術教育普及工作，在制度

和政策上給予充分保障。前法國總統奧朗德竭力推動一系列有關文化藝術的立法，如「表演藝術指導法」、「文化例外二號法」、「資助表演藝術法」、「試聽管理改革法」等，其中「國家普及藝術教育法」體現了對普及藝術教育的高度重視，目的讓法國公民從幼兒園到大學期間都免費享受藝術教育，這樣做的結果將極大提升全體公民的藝術素養，既能提高公民對文化產品和服務的消費品味與水平，又可以從中產生藝術大師和高端創意人才，形成良性循環。[9]

三　文化環境：氛圍營造與人才戰略

文化環境不僅是文化創新的土壤，也是文化消費層級提升的重要基礎。先進的文化理念往往產生於優越的文化環境和社會氛圍，這種環境與氛圍同時對文化消費趨勢具有積極的引導和引領作用，有利於文化消費朝著健康、高雅的方向發展。文化環境本身又不是孤立的存在，而是制度文化、政策設計、社會環境乃至民族傳統等多種因素相互作用的結果。十八屆五中全會關於十三五規劃建議精神中，將創新放在突出的地位，提出構建發展新體制，加快形成有利於創新發展的市場環境、產權制度、投融資體制、分配制度、人才培養引進使用機制，體現了對創新環境的高度重視。習近平總書記在文藝工作座談會講話中，特別就創新環境的營造指出：要堅持百家齊放、百家爭鳴的方針，發揚學術民主、藝術民主，營造積極健康、寬鬆和諧的氛圍，提倡不同觀點和學派充分討論，提倡體裁、題材、形式、手段充分發展，推動觀念、內容、風格、流派切磋互鑑。[10]這就對創新所需要的環境提出了具體要求。

9　管寧：〈時尚創意鑄就的朝陽產業——法國文化產業的經驗與啟示〉，《東岳論叢》2012年第12期。

10　中共中央宣傳部編：《習近平總書記在文藝工作座談會上的重要講話學習讀本》（北京市：學習出版社，2015年10月），頁23。

　　文化創新是人們內心創造衝動和創造思想付諸實踐的結果，但人們的創造熱情和創造行為需要一個好的環境，這個環境要有助於激發、激勵人們大膽創新、勇於探索。營造一種自由、寬鬆、民主的社會環境，吸引和凝聚那些富有想像力、創新力和創造能量的人，形成人才高地、創新高地，文化的創新發展才有望實現。十八屆五中全會關於十三五規劃建議提出：要推動人才結構戰略性調整，突出「高精尖缺」導向，實施重大人才工程，著力發現、培養、集聚戰略科學家、科技領軍人才、企業家人才、高技能人才隊伍；實施更開放的創新人才引進政策，更大力度引進急需緊缺人才，聚天下英才而用之。發揮政府投入引導作用，鼓勵企業、高校、科研院所、社會組織、個人等有序參與人才資源開發和人才引進；優化人力資本配置，清除人才流動障礙，提高社會橫向和縱向流動性。完善人才評價激勵機制和服務保障體系，營造有利於人人皆可成才和青年人才脫穎而出的社會環境。在這裡，重點強調人才結構的戰略性調整，即要將人才工作的重心放在一流人才、領軍人才、緊缺人才、青年人才的培養、引進和集聚上，改變目前一般人才多、傑出人才少的人才結構。要培養、造就一流人才、傑出人才，就必須大力營造與之相適應的社會文化環境，尤其要營造一種創新環境，讓高精尖人才有充分發揮聰明才智的良好平臺和空間。

　　文化創新之根本在於如何對待人才，對人才的尊重程度、關懷程度、包容程度，決定著創新的力度。就一個國家、地區而言，人才所處的政策環境、社會環境、文化環境如何，決定著人才集聚、成長和發展狀態。其中政府管理方面，制定的人才政策很大程度影響著社會環境和文化環境，好的政策設計，能夠形成對人才尤其是高端優秀人才的吸引和集聚。杭州市高度重視人才問題，並以實際行動體現對人才的尊重，先後制定一系列政策：選拔三百名局級幹部赴境外攻讀MPA，構建人才住房保障體系，創新實施女裝設計師培養計劃，實施

青年藝術家培養計劃以培養宋派藝術家，與名校合作實施企業高級管理人才培訓「三五六工程」等，這些舉措無疑起到很好的吸引人才的作用。[11]但在進入創新、創意時代的今天，對創造性人才的吸引僅僅靠物質待遇、社會環境還不夠，還要有好的自然環境、生活環境和文化環境。除了優惠的政策，還要有相應的人才觀念，真正做到尊重人才、尊重知識。杭州市領導幹部奉行的人才理念是，包容高端人才和高智商人才的低情商，寬容人才創新的失敗，探索建立容錯機制，讓創新者的失誤能夠得到充分理解和包容，創新項目的失敗能夠得到一定的擔保和補償。新銳的創意依靠的是新穎思想和精神品位，而思想和品位絕不是金錢所能買得到的。讓人才能夠在自然條件優越、居住空間優美和社區環境優良的城市裡工作，有利於激發創新熱情、形成創新思想、提升創新品位、集聚創新動力。阿里巴巴、網易等互聯網大企業之所以能落戶杭州並獲得快速成長，離不開優越的城市環境和政策環境。

　　當然，政府提供給企業的只能是政策環境和設施條件，這種環境和條件再好，也無法代替企業自身的創新和發展。因此，企業內部機制和文化氛圍是企業發展至關重要的因素。大凡創新性強、創造力旺盛的企業，都具有獨特的企業文化，但這些文化的核心又都體現著對一流人才、一流團隊的高度尊重和信賴，體現著以適應高端人才充分發揮其才能為導向的企業文化和工作環境。網際網路經濟時代，網路科技企業的文化創新，對環境具有更高的要求。世界著名網際網路企業，內部的企業文化都具有鮮明的鼓勵創新的濃厚氛圍，並形成自己獨特的工作環境。谷歌文化很值得研究——辦公環境人性化（寬鬆、便利、富有設計感和個人趣味）組織方式靈活化、思維方式差異化、

11　詳見王國平總主編：《杭州城市化案例集》（北京市：中國社會科學出版社，2015年6月），第16篇「杭州城市人才問題案例」。

管理理念另類化。谷歌最大的成功在於：具有吸引人才的獨特能力，以及讓人才發揮作用、讓新人能夠充分展示能力的企業文化設計。谷歌倡導一種創新、民主和自由的企業文化，始終奉行只吸引最聰明的人才的用人理念，更重要的是，企業管理者深知最聰明的人才需要怎樣的環境。為此，公司打造了一個非常開放和寬鬆的工作環境，其特點是：具有最充分的民主精神，以研發人員為中心，倡導「工程師文化」，最大限度消弭管理者與研發人員之間的等級關係，實質性地鼓勵和支持員工的創新思想；採取扁平化的組織機構，而非金字塔式的管理，極力創造一個百家爭鳴的氛圍，讓任何人都可就產品和公司發展提出意見，同時給予人財物的支持來幫助你進行試驗，即便嘗試失敗了也給予充分諒解；給予員工以充分的信賴，並讓其有發揮能力的機會，不過於關注眼前的利益，而更關注長遠的發展；公司創造一流辦公環境，實行彈性工作制，甚至不安排項目給員工，而實際上大多數員工會主動自發地找項目做，公司還允許並提供條件讓員工有百分之二十的時間可以做自己的項目，如果項目好還可以得到支持成為公司的產品。這樣一種人才制度環境下，無疑能最大限度發揮人的聰明才智，激發想像力，產生更多的創意，同時這也是谷歌吸引並留住了一大批優秀人才原因，這使其人才流失率低於同行業平均水平。[12]蘋果公司的企業文化也富有特色，其中與谷歌有相似之處。蘋果倡導的是個人化文化，即產品、項目及服務的選擇強調以用戶個人化來引導，公司的創新能力以員工個人化來塑造和體現，同時以自身個人化獲得一種自由和愜意的人生。傳統的等級管理也被消解，不存在領導、部門和中層、高層等概念，「以下犯上」成為最著名的企業文化，公司員工可以充分體現自身個性，甚至可以我行我素、特立獨行。這一系列鼓勵人才創造創新的文化理念和所形成的環境，使蘋果

---

12 參見于林林：〈谷歌聚人的「DNA」〉，《現代企業文化（上旬）》2014年第12期。

成為最具創新力企業之一：在這裡，偏執的突破式創新、徹底的差異化、唯我獨尊的產品設計、致力引領行業標準等成為可能，公司也由此而躍升為全球市值最高的企業。[13]

　　在我國，大眾創業、萬眾創新成為國家戰略的背景下，更需要在全社會營造創新的環境，激發全體民眾的創造熱情。文化領域中的大眾創業、萬眾創新，則要更加關注民間文化人才的培養和成長。從歷史上看，「古今中外很多文藝名家都是從社會和人民中產生的」；我們要「用全新的眼光看待他們，用全新的政策和方法團結、吸引他們，引導他們成為繁榮社會主義文藝的有生力量。」[14]習近平高度關注近年來出現的各類新的民間文藝組織，如民營文化工作室、民營文化經紀機構、網路文藝社群等新的文藝組織；以及新的文藝群體，如網路作家、簽約作家、自由撰稿人、獨立製片人、獨立演員歌手、自由美術工作者等。這些組織機構和文化人才中所蘊藏的文藝創新潛力和活力，得到充分肯定，指出這些人中很有可能產生文藝名家。[15]當政府以政策鼓勵和調動體制內文化工作者的積極性和創造性同時，也要充分考慮通過政策和管理機制的創新，調動社會和人民群體中文化創造者與生產者的積極性。眼下迅速崛起、風頭正健的創客運動，就是一種源於民間創造力的文化創意和智慧的大釋放，它不僅將極大促進創客文化的興盛，而且會在實質層面帶來一個文化領域大眾創業、萬眾創新的全新局面。

　　高等院校和科研機構是人才培養的重要陣地，中央十三五規劃建議中，立足於未來人才戰略的高度，對我國高校和研究機構的改革提

---

13 參見鍾星、張沈偉：〈蘋果公司戰略解密〉，《中國機電工業》2010年第5期。

14 中共中央宣傳部編：《習近平總書記在文藝工作座談會上的重要講話學習讀本》（北京市：學習出版社，2015年10月），頁14。

15 中共中央宣傳部編：《習近平總書記在文藝工作座談會上的重要講話學習讀本》（北京市：學習出版社，2015年10月），頁14。

出了建設性的意見：擴大高校和科研院所自主權，賦予創新領軍人才更大人財物支配權、技術路線決策權；實行以增加知識價值為導向的分配政策，提高科研人員成果轉化收益分享比例，鼓勵人才弘揚奉獻精神。這體現了通過制度創新和發展環境優化，全面提升人才培養水平的戰略思路。國務院新近出臺了《統籌推進世界一流大學和一流學科建設總體方案》，從高等教育入手，提出立足培養各類創新型、應用型、複合型優秀人才，大力推進個性化培養，提升人才的綜合素質、國際視野和創造能力，著力優化中青年教師和創新團隊成長發展、脫穎而出的制度環境。而國務院《關於優化學術環境的指導意見》的發布，進一步強調要突破傳統人才觀念的束縛，營造一個寬鬆、寬容的環境，指出要「堅決破除論資排輩、求全責備等傳統人才觀念，以更廣闊的視野選拔人才、不拘一格使用人才，創造人盡其才、才盡其用、優秀人才脫穎而出的人才成長環境。」這些規劃建議、方案與指導意見，從政策層面創造了人才成長的良好環境，但僅有政策還不能解決所有問題，還需要在社會、企業、家庭等大環境中，確立正確的人才觀，營造健康、寬鬆、包容的人才培育和發展的氛圍。唯有如此，才能從根本上改變我國的文化創新環境，真正實現一流人才、傑出人才輩出的新局面。

城市品牌建構的文化思考
—— 基於文化選擇與創造的視角

　　城市品牌是一個歷史建構過程，是城市在漫長的發展中形成的歷史傳統、文化積澱、產業基礎及其與相應的城市肌理融合的結果，是一種具有地域性、獨特性和標識特徵的城市文化符號。城市品牌的一個重要構成和支撐，是城市的歷史文化，是城市鮮明的文化特色和地方色彩。這種特色和色彩，「來自於這座城市的氣候、獨特的自然環境、建築風格、高質量的公共環境，也來自於城市的獨特歷史、市民的價值觀、民俗民風、記憶與隱喻、日常性和季節性的文化活動等各個方面。」[1]

　　城市品牌形成過程中，文化選擇具有舉足輕重的作用，擁有什麼樣的文化選擇，就會有什麼樣的城市風格與城市品牌。城市的發展總是與經濟社會發展過程相伴隨，同時也與不同時期作出的文化選擇密切相連。城市一經誕生，就會沿著一定的方向不斷發展，或轉型變遷，或內涵提升，或模式轉換，始終處於發展變化之中，這其中就是因為人們不斷地進行文化選擇和創新實踐。「文化既是一種核心的價值觀念，又是一種思維方式和行為方式，也是一個社會結構和組織形態，並且表現為一系列人工產品的內在標準和表現形式。可以說，文化是從內在的意義上，制約和引導著人類社會選擇自己的發展方向和發展途徑」[2]城市的發展方向、形態，也同樣受到文化的內在制約和

1　葉辛、蒯大申主編：《城市文化研究新視點》（上海市：上海社會科學院出版社，2008年8月），頁19。

2　葉辛、蒯大申主編：《城市文化研究新視點》（上海市：上海社會科學院出版社，2008年8月），頁3。

引導。因此，城市的發展過程，就是一個不斷進行文化選擇、不斷優化文化選擇的過程。

文化選擇從哲學層面說，是指在對事物總體發展狀況作出科學分析、理性判斷基礎上提出的戰略構想和發展理路；從實踐層面說，是指在歷史變革、文化多元時代對那些被認為是有利於推動社會發展的文化的認可與選擇。一個城市的成長過程中，往往會在不同時代、不同時期進行不同的文化選擇，文化選擇的正確與否，將深刻影響一個城市發展的前途和命運。

在全球經濟發生重大轉型、信息革命日新月異、文化衝突與融合日趨深化的當今世界，城市的發展也面臨種種困境。依靠傳統產業、傳統商業模式以及自然和文化資源等支撐的城市，在新的轉型面前，正在失去其既有的各種優勢，以往顯赫的城市品牌也逐漸失去影響力。如何擺脫發展瓶頸，應對新的挑戰，尋求新的機遇，是當今世界許多城市面臨的共同問題。

一　對傳統文化應持怎樣的姿態

城市品牌的確立、建構和營銷，涉及到戰略規劃、定位確立、價值提煉、目標市場與行銷實施等一系列步驟和環節，是個不斷建構和完善的過程。但總體來說，城市品牌建構不可避免地要面對如何處理城市傳統文化及其當代發展問題。絕大多數城市都擁有自身獨特的歷史文化，它是構成城市品牌的重要元素，也是城市品牌建構中不可或缺的資源。以怎樣的姿態對待城市傳統文化是城市品牌建構首先要解決的問題。

忽視乃至拋棄傳統文化，或不分良莠全盤照搬傳統文化，都不利於當代文化的健康發展。在此，我們要探索的問題是：如何將傳統文化中優秀的、有生命力的東西帶入我們今天的生活，融入城市品牌的

建構。

　　在今天，保護文化遺產已然成為普遍共識，但作為傳統文化的繼承，作為我們正在和將要帶進當下社會文化領域以及日常生活中的傳承實踐，是否意味著要將所有傳統文化都毫無保留地帶入我們今天的生活空間？在今天保護傳統文化的口號日益響亮的情況下，人們往往容易陷入一種誤區：對祖先留下的文化遺產不加辨析地全盤接受。事實上，並非一切傳統文化都具有生命力，都值得進入當代社會：許多傳統文化可以作為文化遺產保留在博物館或收藏家手中，卻不一定適合為當代人所利用；而只有那些能夠為當代人的文化發展和文明進步提供資源的文化遺產，才具有生命力。具體而言有以下幾方面：

　　第一，要能夠為當代人身心健康發展提供先進理念、價值取向。當代社會的科學、健康發展，一方面需要由一大批具有現代文化素質和價值理念的人去造就；另一方面在實現社會進步的同時不斷促進人的身心健康發展。在這一過程中，傳統文化無疑能為現代人的人文素質的塑造提供豐厚的資源和養料，但正如前面所述，不是所有的傳統文化都能為今人所利用。健康的身心發展，需要有健康的理念和先進的價值取向。傳統文化中那些助於為當代人提供身心健康發展的部分，有助於塑造當代人良好的社會心理、處世態度、生活姿態的文化理念，才是真正富有生命力的，需要當代人很好地繼承、利用和發揚。

　　第二，要能夠為當代經濟社會發展提供精神動力、制度文化。傳統文化中，有相當一部分屬於精神文化，它不像以實物形式存在的文化藝術品和非物質文化遺產那樣，值得我們很好地保護──儘管其中蘊含的文化精神和審美形態可能不為當代人所接受，仍然需要加以保護；而精神文化作為一種社會倫理、審美意識形態和價值取向，許多已不再適合今天社會的需要，甚至對今天的社會發展是有害的。這類精神文化顯然不能進入當代社會，只能將其作為研究之用，不再具有生命力。只有那些能夠為當代經濟社會文化發展提供精神動力的傳統

精神文化，才具有生命力，才是我們要繼承、發揚的。尤其在今天民主和法制日益完善，科學、進步的制度文化對於推動社會發展越來越重要的時代條件下，傳統文化中那些有利於推動當代社會發展和制度文化建設的東西，才能夠為今天的人們所利用和發揚光大，從而在新的歷史條件下煥發出新的生命力。

此外，要能夠提供當代人所接受和欣賞的文化樣式、文化產品。我們祖先所創造的歷代文化遺產，大多仍然為今人所欣賞，這文化遺產又與不同城市的歷史發展有深刻的內在聯繫。但許多傳統文化遺產只能由為數不多的專家和各種業內人士所接受和研究，而大多數未經專業訓練的普通百姓，則往往很難接近這些歷史文化——從漢賦、唐詩到宋詞、元曲；從京劇、民樂到崑曲、南音，以及許許多多遍布大小城鎮的非物質文化遺產，這些中華文化的瑰寶，有不少並非普通百姓、特別是大多數年輕人所能接受和欣賞。如何讓這些精神文化遺產在城市品牌建構中發揮作用，需要我們進行不懈的探索和努力。

但是，我們還需要注意的一個問題是，傳統文化絕對不會主動提供我們所需要的東西，而是要靠今人去選擇、闡釋、改造、創新，然後才能談得上利用、欣賞和創造；如何選擇、闡釋、改造和創新，決定了傳統文化在今天城市品牌建構中能否發揮正能量、延續生命力。選擇意味著不是來者不拒、照單全收，而是要善於辨析、篩選那些符合當代社會發展需要的東西；闡釋意味著要以當代人的眼光和視角，去重新發現前人尚未看到的東西；改造意味著在選擇和闡釋的基礎上，將傳統文化融入現代文化之中，按照現代人的審美和價值需求進行提煉、完善；創新意味著立足於當代社會和人的發展需要，將傳統文化作為一種有益的資源和元素，進行新的文化創造。

我們要充分激活傳統文化中富有生命力的東西，而不要讓文化遺產中與當代社會不相適應的東西浮現；我們要在傳統文化與當代社會之間架起一座橋樑，而不要將文化遺產隔絕在今天的生活之外；我們

要讓厚重的文化積澱成為前行的動力和資源，而不能讓已有的文化陳規束縛我們想像的翅膀和創造的活力。

　　基於以上對待傳統文化的態度和認識，在城市品牌建構中，對城市既有的傳統文化，必須本著保護優先、科學傳承原則，以高度文化自覺和文物保護意識，盡可能地保存傳統建築、歷史街區和優秀現代文化遺產。只有這些體現獨特傳統文化符號的文化遺產的流傳，才能確保城市歷史文脈的接續，留住鄉愁、留住歷史記憶、留住民族獨特的文化符號，留住文化的多樣性。

　　傳統文化融匯貫穿在城市生活的諸多層面和細節之中。著名建築學家梁思成曾說：「我們有傳統習慣和趣味：家庭組織、生活程度、工作、游憩，以及烹飪、縫紉、室內的書畫陳設、室外的庭院花木，都不與西人相同。這一切表現的總表現曾是我們的建築。」[3]正因如此，「一個東方老國的城市，在建築上，如果完全失掉自己的藝術特性，在文化表現及觀瞻方面都是大可痛心的。」[4]很顯然，作為城市的重要物質組成部分的建築，在相當程度上體現著城市的歷史與文化。當然，城市所承載的傳統文化還遠不止這些。因此，城市品牌建構中，保護和弘揚傳統文化，既要從制度環境、規劃編制、公共服務、社會治理等方面入手，也要從我們身邊的衣、食、住、行、用做起。在現代城鎮建設中，除了保護和傳承建築文化外，還要盡可能提倡傳統服飾元素的利用，在相關節慶和活動中突出傳統民族和地方服飾元素；盡可能保留和發展傳統美食文化，引入外來快餐文化，同時保留更多具有地方特色的飲食習慣和習俗；盡可能保留包括住房、景觀、街道、公共藝術在內的傳統建築元素，保留與地理環境、自然景

3　梁思成：〈為什麼研究中國建築史〉，見梁思成著《中國建築史》〈代序〉（北京市：生活・讀書・新知三聯書店，2011年），頁10。

4　梁思成：〈為什麼研究中國建築史〉，見梁思成著《中國建築史》〈代序〉（北京市：生活・讀書・新知三聯書店，2011年），頁9。

觀相協調的傳統建築格局與城市肌理；盡可能在城鎮道路設計中因地制宜、就地取材，體現民族和地方文化元素，強調低碳理念，發展特色交通、綠色出行；盡可能提倡家居用品的民族化、地方化，保留富有鮮明地域文化特色的家居用品，促進傳統家居用品與現代生活用品的融合；同時還要在城鎮居民的行為準則、生活習慣、公共交往等方面保留健康、優秀的民族傳統習慣，使傳統習俗這個傳統文化的基本形式之一能夠有機融入當代社會生活。

堅持傳統視野，必然要面臨保護傳統文化與開發建設的矛盾，對此要積極探索針對性強、科學合理的保護方式和手段，統籌兼顧，有機融合，實現保護與開發共贏。要區別不同情況，實現分類指導，可以讓一部分文化遺產和文化符號進入博物館、陳列館等場館，供展示與研究；對一部分歷史街區進行科學有序的保護；一部分文化資源經過轉換和提升，進入現代文化生產和日常生活領域，由此實現傳統文化有序、有機、有效地融入城市品牌建構之中。

二　城市品牌建構的當代視野

在今天的中國，城市品牌建構面臨特殊的歷史際遇。新型城鎮化發展的大幕已經拉開，有著豐富文化積澱、又各具特色的眾多城鎮，正在進入前所未有的發展；與此同時，許多城市還隨著產業結構的調整而面臨新的轉型——不論是大規模城市建設與擴張，還是產業轉型與功能調整，抑或是傳統城市品牌的重構，都將深刻影響這些城市的未來發展走向。在這一過程中，無疑要進行從宏觀到微觀的各個層面的文化選擇，這種文化選擇的正確與否，將直接影響和決定城市品牌建構的成敗。

從城市品牌的當下發展角度看，城市在文化選擇中需要把握好傳統與當代發展之間的關係；也就是說，在解決了對待傳統文化的姿態

之後，還要考慮當代發展問題——城市品牌建構要以傳統文化為源頭和根本，同時又要立足於當下的發展。

傳統文化所具有的龐大符號系統，鐫刻著不同時代的歷史記憶和美學烙印，是一代又一代人創造性地繼承發展的文化結晶。但傳統文化不是一個固定不變的存在，而是一個可以被重新闡釋、重新創造以致進行文化再生產的開放體系。因此，在繼承傳統文化的前提和基礎上，要有當代視野，這是實現傳統文化的開放性，並使之富有生命力的關鍵所在。

在推進城市品牌建設中，不可避免地要面對傳統文化保護與當代發展之間的各種矛盾。我們認為，傳統文化是城市的財富，而不是包袱；傳統文化是城市發展的動力，而不是障礙。但傳統文化能否成為財富、成為動力，則要靠當代人創造性地運用。面對傳統文化，要具有當代視野，要以當代人先進的文化理念、前瞻性的眼光去觀照，在篩選、批判、接納、重構的文化選擇過程中，激發和延伸傳統文化的生命力。傳統文化只有在不斷更新、發展中才能實現其價值和意義，原封不動地照搬、沿襲，將導致傳統文化的窒息、衰敗乃至消亡。城鎮化過程要面對的一個重要問題，就是解決傳統文化如何進入當代社會並被人們所普遍接受；傳統文化精神如何成為當代人的精神支柱和動力。在這一過程中，也始終伴隨著各種各樣、具體而微的文化選擇——如何在城鎮建設中突顯地域文化特色；如何有效實現歷史街區與現代商業中心的融合；如何在現代化新城中避免傳統文化符號的弱化與消失；如何在引入現代社區管理和法制觀念的同時保持傳統村落固有的人倫、宗族關係；如何對傳統文化進行分類處理、合理轉換，有序推動傳統文化的當代發展；這一切都需要憑藉當代人的智慧和先進理念，開展創造性的文化活動。

當代人既是傳統文化的承載者、接受者，又擔負著傳統文化創新發展的歷史責任。傳統文化在當代發展得好壞，取決於作為文化創造

主體的當代人的文化選擇是否正確，是否具有前瞻性。充分發揮當代
人的主體意識，是實現傳統文化現代轉換的關鍵。我們一方面要充分
發揮這種主體意識，讓傳統文化成為服務於當代人的精神資源；另一
方面要慎用這種主體性，使傳統文化中的精華和富有生命力的東西成
為我們選取的對象，而不是相反。

　　文化發展繁榮的一個重要前提，就是要具有文化的多樣性。傳統
文化遺產保護與現代文化發展並存，是實現文化多樣性的保證。文化
多樣性有利於促進文化遺產的傳承，是文化創造性發展的重要基礎。
聯合國《文化政策促進發展行動計劃》指出：「文化多樣性是人類最
寶貴的財富，對發展是至關重要的。」[5]文化的多樣性不只是指一個
民族文化遺產的種類與數量，而且指具有文化的包容性，允許不同民
族、多元文化和多層次文化的存在與相互包容，文化的發展往往就是
在這種多種族、多元化、多層次的交互、碰撞、融合之中獲得創新源
泉和動力。這是因為，每一種文化代表著一種認識和理解世界的獨特
思維方式，不同文化之間相互借鑑彼此的智慧，正是推動文化發展創
新的絕好機遇和動力。「每一種文化都具有解釋世界和處理與世界關
係的獨特方式，這些文化共同構成了人類文化的寶庫。」[6]

　　城市品牌一經建立雖有其相對穩定性，但在今天日新月異的城市
化進程中，許多城市在新的歷史發展階段，不斷有新的元素融入到既
有品牌之中，但新元素只有與原有城市性格、城市品牌有機融合、互
補互動，才能不斷豐富和強化既有的城市品牌，不斷擴大其影響力。

　　杭州作為我國著名的七大古都之一，有著極為深厚的歷史文化積
澱，擁有「中國歷史文化名城」等稱號。在獨特的地理、歷史和社會
發展過程中，杭州逐步形成了獨樹一幟的城市文化特質。從地理環境

5　參見聯合國教科文組織相關文獻（www.unesco.org）。

6　葉辛、蒯大申主編：《城市文化研究新視點》（上海市：上海社會科學院出版社，2008
　　年8月），頁18。

而言，杭州地處山水之間，尤以水資源充沛、水系發達、水源眾多為特徵，與水有不解之緣：「杭州是一個因水而建的城市，井泉溪澗、江湖河海、一應俱全。杭州面海而樓、瀕江而建、傍溪而聚、因河而興、由湖而名，集江湖河海溪於一城，像這樣五水共導、五水皆備的城市，世界上並不多見。」[7]從文化特性而言，杭州這個水做的城市，自然而然地孕育出婉約、柔美、浪漫、閒適的文化特質，不論是歷史傳說、文人抒懷，還是藝術家的水墨丹青、碑刻題詞，抑或是民間濃厚的小資情調、崇尚閒適生活品質的氛圍，都賦予杭州鮮明的文化特徵。杭州人對佛教的崇尚與對品質生活的刻意追求，還形成了較為濃厚的閒逸樂活之風，也由此造就了當代杭州「生活品質之城」的城市品牌。但杭州的城市文化又具有很強的包容性，能夠恰當地將傳統與現代、歷史與現實、本土與域外文化有機地融合在一起，在注重享受閒適生活的同時，又重視商業經濟和文化創造，使城市的閒逸有經濟支撐、文脈能夠延續、文化得到發展。杭州城市文化的這些特質，都為其當代動漫文化的快速發展提供了有力的經濟和文化支撐——濃厚的美術氛圍和大批美術人才，不僅為動漫文化發展奠定了堅實的美術設計與人才基礎，也為動漫文化的消費提供了龐大的群體；發達的商業經濟為動漫產業提供了充足的資金保障；得天獨厚的自然人文環境所構成的吸引力成就了其國際動漫之城的輝煌。因此，「中國國際動漫節」之所以能在杭州落戶，動漫文化之所以能在杭州如此迅速地發展繁榮，在很大程度上是杭州獨特的自然景觀所具有的吸引力所致（世界動漫學會創始人波爾多‧多文考文維奇在參加第一屆杭州國際動漫節時曾說過這樣一句話：最富有創意的事業應在世界上最美麗的地方），是杭州文化脈絡和文化特質的自然延續，是新的歷史條件下杭州地域文化的獨特表現。如今，杭州作為「生活品質之

7　何坦野：《解讀杭州動漫文化》（北京市：光明日報出版社，2010年），頁2。

城」的城市品牌，又因多了「動漫之城」而為其增添耀眼的光彩與巨大影響力，實現了城市文化特質與現代產業的有機融合與對接。

　　泉州作為我國第一批歷史文化名城，文化遺產豐富，歷史底蘊深厚，改革開放以後，既有的城市文脈也得到較好的保護和保存，但泉州快速發展的製造業，使品牌之都的名聲日益擴大，成為泉州新的城市符號。如何實現歷史文化名城與品牌之都的有機融合，全面推動城市品牌建設，成為泉州面臨的新問題。

　　泉州在二〇一三年八月首屆「東亞文化之都」評選中，成為中國首個入選的「東亞文化之都」。這顯然得益於其深厚的歷史文化底蘊，同時也得益於當代泉州蓬勃發展的製造業。在以製造業為主要經濟支撐的今天，泉州一方面高度重視文化建設，另一方面充分利用發達的經濟和雄厚的財力，高起點、高水平地全面推進文化基礎設施建設，並以此為平臺和載體，策劃和舉辦一系列營造城市文化氛圍、提升城市文化品牌的活動。泉州積極推進文化與產業攜手，構築城市品牌新內涵——以文化產業為平臺，一方面利用豐富的閩南文化資源，打造具有濃厚地方風情和特色的系列文化產品；另一方面，借助文化創意將閩南文化符號融入製造業，提升文化附加值。民俗文化品牌無疑是地方文化行銷重要的資源之一，泉州充分利用世界非物質文化遺產南音以及梨園戲、木偶戲、高甲戲、打城戲等豐富多樣的閩南民間音樂歌舞文化資源，結合旅遊觀光，打造了《光明之城》、《古厝娶親》、《鄉愁》等一批大型演出項目，讓傳統地域文化成為城市文化行銷的有力支撐。泉州的惠安號稱「中國石雕之都」，其石雕藝術獨具特色，享有盛譽。為了進一步提升石雕的品牌知名度，惠安一些石雕企業有意識地打破傳統題材局限，注重融入地方文化元素和現代設計理念，在傳統的觀音、佛像以及建築雕刻之外，開拓新的題材內容，實現了新的轉型。除了傳統文化和工藝產業之外，泉州的現代服裝和鞋業相當發達，擁有眾多知名品牌，如安踏、特步、三六一、七匹

狼、利郎、九牧王等。在新一輪創業中，泉州充分意識到文化創意與城市文化形象對品牌發展的關鍵作用，他們立足本土文化，引入前衛時尚設計理念，力圖全面提升產品設計水平，提升文化附加值。提出「活力智造名城」戰略與「時尚織就夢想」宣傳語，演繹「足尖上的文化」，將城市文化形象與時尚品牌文化相聯繫，依靠科技和文化創意打造更具活力的智慧產業和智慧城市，由此不斷豐富泉州城市文化內涵，實現城市歷史文化與現代品牌文化的有機融合。

很顯然，傳統歷史文化與現代商業文化並非完全對立，只要注重二者之間的關聯，有意識地延續和擴展傳統文化，用創意智慧去嫁接傳統文化與當代產業，使二者相輔相成、相得益彰，實現融合發展，不僅可以為城市品牌注入新的內容，而且能借助文化多樣性的突顯，增添既有城市品牌的魅力。

三　城市品牌：靈魂守護與精神動力

城市品牌建構是個歷史過程，需要幾代人不懈努力；城市品牌發展也有一個可持續問題。城市品牌的可持續發展需要兩個支撐點：一個是要賦予城市品牌以靈魂；另一個是要賦予城市品牌建設以精神動力。前者需要通過守護城市的文化傳統來維繫；後者需要建構一種有助於城市品牌健康發展的文化理念和文化精神。

（一）守護傳統，賦予城市品牌以靈魂

城市品牌的構成中，最具穩定性的是屬於這個城市的文化傳統和文化精神。儘管現代化進程越來越快，網路時代文化價值觀日益多樣化，但城市固有的文化傳統卻往往能在各種文化大潮中保持其穩定性，那是因為傳統文化的血脈中始終流淌著民族文化基因，蘊含著民族的靈魂，並深深嵌入城市的肌理和民眾的精神之中，成為一個城市

的精神標識和靈魂。守護城市傳統文化，就是守護城市的精神血脈。
當然，守護不是故步自封、停滯不前，而是要在尊重傳統的基礎上，
與時俱進，傳承創新，不斷賦予傳統以新的內涵與活力。這是一個問
題的兩個方面，二者不可偏廢。因此在城市品牌建構中，不僅要保護
和延續城市文脈，還要持續不斷地以各種方式去豐富、拓展這種文脈。

　　在城鎮化不斷推進的今天，最具危機性的問題首先是城市文脈被
割裂與破壞。畢竟中國像深圳這樣的新興城市為數有限，更多的城市
和鄉鎮都擁有悠久的歷史、獨特的文化，並貫穿、熔鑄在城鎮的街
道、建築、景觀等城市肌理之中；當然也融匯在城鎮居民的文化性格
之中。著名建築學家吳良鏞曾對文化與城市及建築的關係作了深刻闡
述：「文化是歷史的積澱，存留於城市和建築中，融會在人們的生活
中，對城市的建造、市民的觀念和行為起著無形的影響，是城市和建
築之魂。」同時尖銳指出當下存在的問題：「技術和生產方式的全球
化帶來了人與傳統地域空間的分離，地域文化的多樣性和特色逐漸衰
微、消失；城市和建築物的標準化和商品化致使建築特色逐漸隱退。
建築文化和城市文化出現趨同現象和特色危機。」[8]

　　按照另一些學者的見解，城市文化甚至在更大範圍內表現出來：
「城市鮮明的文化特色與強烈的地方色彩，來自於這座城市的氣候、
獨特的自然環境、建築風格、高質量的公共環境，也來自於城市的獨
特歷史、市民的價值觀、民俗民風、記憶與隱喻、日常性和季節性的
文化活動等各個方面。」[9]基於這樣的認知，延續城市文脈，留住歷
史記憶，強化城市品牌，無疑是個要考慮到諸多與城市意象密切相關
的具體而微的城市肌理的保護，是個龐大的系統工程。在面對現代化

8　見吳良鏞在國際建築師協會舉辦的第二十屆世界建築師大會上提出的《北京憲章》，
　　該憲章於一九九九年六月在北京通過。

9　葉辛、蒯大申主編：《城市文化研究新視點》（上海市：上海社會科學院出版社，2008
　　年8月），頁19。

快速發展的城市改造之現實訴求面前，尤其要強調歷史文脈的保護與傳承。現代化絕不是割裂傳統，而是以傳統為起點面向未來。事實上，「人類社會越是現代化，就越是會將自己的傳統和歷史文化奉若神明。不論是羅馬、巴黎還是柏林，為了一堵牆、一座破教堂、一條老街道，都可以不計成本地來加以保護修復，為的是保留傳統的氣質和歷史的氛圍。」[10]巴黎對老城區的保護堪稱典範，其最大的成就便是將歷史城區整體地保存下來，而將現代化高樓建在老城區的外圍，這使得巴黎這座城市留住了燦爛的傳統文化和深厚的歷史感。著名作家馮驥才因此曾感慨道：「巴黎的歷史感，不僅僅來自於埃菲爾鐵塔、凱旋門、羅浮宮和聖母院。那是旅遊者眼裡的歷史，或只是歷史的幾個耀眼的頂級的象徵。巴黎真正的歷史感是在城中隨處可見的那一片片風格依舊的老街老屋之中。」[11]

　　許多情況下，城市品牌來自於城市獨特的歷史、文化和名人，同時也來自於組成城市肌理的那些看得見的街區、街道、建築、社區以及自然地理環境。如果說城市的風光是由自然環境與人文（建築）環境共同構成的，那麼，城市的靈魂則來自於它看不見的文化精神和氣質。因而，守護靈魂，首先要守護城市的歷史文化，同時也要守護表徵著城市文化特質和城市文化記憶的獨特建築、歷史街區等城市肌理與標誌物體系。這種守護的成效，關鍵在於否能真正意識到它們的價值與意義——唯有在認知上解決問題，才能在行動上有所作為。前國家文物局局長單霽翔曾表達了他對什麼是文化遺產的深刻見解：「人們對文化遺產的內容及其所包含的信息、價值等的認識在不斷提高，從而使這一概念所承載的文化意義也更加廣泛」、「文化遺產作為一種

10　葉辛、蒯大申主編：《城市文化研究新視點》（上海市：上海社會科學院出版社，2008年8月），頁19。

11　馮驥才：《手下留情——現代都市文化的憂患》（北京市：學林出版社，2000年9月），頁46。

特殊的資源，它的價值認知和評估首先在於發現，發現是一切文化遺產認知的前提和基礎。」[12]也就是說，我們既要清醒地認識到究竟什麼是文化遺產和文化遺產概念內涵的不斷變化與擴展，還要充分意識到文化遺產究竟具有怎樣的價值與意義，即要解決「發現」的問題。可目前而言，我國對文化遺產，特別是對以城市和歷史城區形態存在的文化遺產的保護意識還十分薄弱。雖然目前我國的世界遺產數量位居世界第三，「但是，在聯合國教科文組織的《世界遺產名錄》中，大約有一分之三是各國的歷史性城市或歷史城區，而我國一百餘座國家歷史文化名城中，卻只有平遙和麗江兩座城市列入其中。造成這一現象的重要原因，就是因為我們許多歷史性城市和歷史城區在城市建設和改造中遭到破壞。」[13]而導致這一結果更深層的原因在於普遍缺乏對文化遺產的整體性認知。正如加拿大學者所指出的：「當從整體的角度去認識人類文化遺產時，最清楚地突出在我們面前的是其數量之巨大和無所不包的豐富，並且它無處不在。」[14]我們的許多歷史性城市和歷史城區就是在急功近利和缺乏認知的情況下，無可挽回地毀滅在推土機的隆隆聲中。

　　另一個需要注意的問題是，對傳統文化的保護與延續並不是為了守護而守護。守護的目的，除了確立民族文化認同之外，還要選擇傳統文化中富有生命力的東西加以發揚光大，使得傳統文化所構築的靈魂，既能成為確認文化身分的標識，又能夠在新的時代裡引領城市健康發展。

　　因此，在城市品牌建構中，守護傳統文化並不意味著回到傳統，

---

12 單霽翔：《文化遺產保護與城市文化建設》（北京市：中國建築出版社，2009年），頁222。

13 單霽翔：《文化遺產保護與城市文化建設》（北京市：中國建築出版社，2009年），頁223。

14 〔加〕D. 保羅‧謝弗著，高廣卿，陳煒譯：《經濟革命還是文化復興》（上海市：社會科學文獻出版社，2006年9月），頁494。

而是要立足於滿足當代人的發展需要，要根據有利於當代人的全面、健康發展來進行文化選擇。不論是傳統文化的保護與傳承，還是當代文化的融入與發展，都要把增強民眾的民族文化意識與提高現代文化素質有機融合起來，立足於人的整體素質和創造力的提升。

（二）建構先進的文化理念

對於任何一個城市而言，都需要有一個保持其可持續發展的基本動力。這個基本動力，來自於進取的而不是懈怠停滯的、開放的而不是封閉保守的、創新的而不是墨守成規的文化。這種文化不僅要體現在城市居民的品格素養中，而且要體現在城市管理者的制度設計中，還要體現在城市實業家的社會責任中，成為城市的主流和主導文化。不同歷史傳統的城市，可以擁有自身獨特的文化品位和文化精神，但如果缺乏最基本的文化動力，已有的文化品位和精神也將失去支撐而難以為繼。

城市品牌建構是個複雜的系統工程，從文化的層面講，就包含器物文化、制度文化和思想文化。由於器物文化具有直接的觀感性，看得見摸得著，這使得許多城市往往熱衷於大舉財力大興土木，致力景觀改造、地標性建築打造等面子工程，而忽略城市制度環境和公民思想文化素質的提升。器物文化固然是城市品牌的重要構成部分，但如若城市缺乏相應的科學管理制度和有序的社會秩序（制度文化），缺乏進取向上的精神風貌和先進的文化理念（思想文化），器物文化就可能淪為毫無生命和意義的東西。因此，我們在考慮城市品牌建構過程中，要樹立整體性和協調性觀念，在頂層設計階段就要全盤顧及器物文化、制度文化和思想文化的協調發展。

只要擁有一定的經濟基礎和實力，器物文化的構建相對而言可以在較短的時間裡實現，但要確保城市品牌建構的持續推進，則需要有強大的、持久的精神動力，這種精神動力來自於先進的文化理念和正

確的發展方向。如果只有器物文化的繁盛，而缺乏內在文化蘊涵和精神，就勢必導致文化貧血、精神缺失，最終喪失發展動力，走向衰亡。人類歷史上有許多顯赫一時的著名城市，都有盛衰起伏、曲折發展的命運——要麼在朝代更迭中崛起或衰弱，要麼在產業轉型中興盛或式微，要麼在文明轉型中崛起或沒落。當然，也有一些城市在經歷了不同文明轉型與洗禮之後，依然能生生不息地發展繁盛至今，其中一個關鍵因素在於：這樣的城市往往具有適應性好、開拓性強、創造力旺盛的文化基因和文化理念的支撐，能夠在歷史變遷中與時俱進，應變自如，自我更新，從而不斷獲得新的生命力。還有一些城市，不但能獲得文化的新生，還能站立於文化前沿，引領文化風尚，這樣的城市無疑是最具活力和發展前景的。因此，構建先進的文化理念，不僅關係到城市整體發展的戰略支點問題，而且關係到城市能否獲得持續不斷的精神動力，並實現城市品牌可持續發展的關鍵。

　　構建先進的文化理念首先要解決的問題是：怎樣的文化理念才算是先進的？概括說來，符合時代發展需要、鼓勵開拓創新、倡導高雅文化創造、提倡健康文化消費的主流意識，就是先進的文化理念。這裡同樣涉及文化選擇的問題。早在上世紀三十年代，著名學者張岱年就在關於文化大論爭中提出「文化綜合創新論」，與當時頗有影響的「中體西用論」和「全盤西化論」不同，「文化綜合創新論」認為：不論是中國文化，還是西洋文化，都有健康的、優良的部分，也都有病態的、腐朽的部分，前者正是我們要保持、吸收的，後者則是我們要克服、批判的，不能籠統談論中西文化之優劣。很顯然，張岱年的論點拋棄和超越了文化選擇的單級立場，以綜合辯證的視角看待人類文明的遺存，在今天看來無疑是個科學的文化選擇，這是因為其「堅持文化體系的可拆分性和文化要素的可選擇性，提倡文化『優選法』，把『綜合』與『創新』的統一視為文化的生命動力」，[15]這不僅

---

15 王京生：〈從「文化選擇」到「文化強國」〉，《中國文化報》2012年4月17日。

避免了在文化選擇上一刀切的弊端，而且指明了文化創新的具體方式和路徑，同時還闡發了文化生命力的來源。

由此觀之，先進的文化理念應具備以下幾個特質：

1 開拓創新，永不知足

一個城市、一種文化必須在不斷創新發展中才有可能永保生命力。城市的傳統文化和經濟基礎只能代表既往的歷史，而不能代表未來。不論過去與今天如何輝煌，如果就此不思進取、無所憂患，那麼不久的將來就會失去曾經的榮耀。開拓創新的一個重要方面，就是要不斷進行價值創新，即吸收新觀念，創新價值觀。如深圳的城市精神中，就非常具有價值創新的內涵，先後提出和倡導的「空談誤國，實幹興邦」、「敢為天下先」、「改革創新是深圳的根，深圳的魂」、「讓城市因熱愛讀書而受人尊重」等文化理念，充分體現出創新、實幹、進取和勇於探索的主流文化和價值追求。

2 開放包容，崇尚智慧

城市活力的一個重要體現便是文化的多樣性和包容性，它同時也是文化創新、開拓進取的重要條件。一個文化封閉、固守傳統的城市，很難有持續發展的可能。另一方面，面對多樣化、多元化的文化，面對日新月異的科技發展，還需要依靠智慧在選擇、接納、改造和創新中，形成自身的創造力。我們常說知識階層要為社會發展提供智力支持，城市品牌的建構、城市文化的發展顯然也離不開智力的支撐。在以信息技術和生物工程為主導的當代科技突飛猛進，在文化創意和設計服務引領日趨成為產業風向標的今天，對知識、人才和智慧的崇尚關係到核心競爭力的確立。蘇州「崇文睿智，開放包容，爭先創優，和諧致遠」的城市精神，就鮮明地體現了這種文化特質——以傳承吳地文化為根基，以兼容並蓄的開放胸懷，以銳意進取的創新精

神，去構建與實現和諧幸福、美麗富裕的新家園。倡導這樣的城市文化理念，無疑有助於樹立積極向上的主流文化，推動城市健康、持續發展。

3 勤勉奮進，自強不息

　　創新、開放、包容、智慧的文化理念，可以為城市經濟發展提供不竭的動力，為城市文化繁榮提供充實的物質保障。但這還不是先進文化理念的全部內涵和特質。城市發展的終極意義是確立一種不僅具有創造活力，而且具有肌理健全、推崇進取、自強不息之內涵的文化，只有具備這一文化價值，才能在真正意義上確保城市的永續發展。我們需要的城市文化繁榮，不是一味追求歌舞昇平、休閒安逸，也不是自我消弭、安於現狀，而是要有一種內在的勤勉奮進、自強不息的精神氣質。中外歷史上許多繁盛一時的都城，如唐代的長安、南宋的臨安、古羅馬時代的羅馬城等，最終都因為過度倡導休憩娛樂，導致文恬武嬉、不思進取，將一世繁華匆匆葬送。因此，唯有勤勉奮進、自強不息，才能居安思危、不懈進取、精進有為，才能維繫城市的持續發展和繁榮。先進的文化理念，當以此為價值內涵的核心。

時尚創意鑄就的朝陽產業
——以法國文化產業為考察中心

　　二〇一二年，筆者有幸在法國就文化產業作了為期二十天的考察，除了參訪法國包括法國國家電視臺、國家廣播電臺、國家圖書館、費加羅報、國家考古博物館、法國電影製片人協會、蓬皮杜文化藝術博物館等在內的重要文化部門，以及考察部分城市具有代表性的歷史文化博物館、保護良好的歷史文化街區和古建築群，以及相關文化旅遊項目外，還在巴黎大學進行文化產業的短期培訓，培訓內容包括法國文化產業的特殊性、法國文化產業產品和服務現狀、文化產業的創新及有關政策和立法、文化產業藝術培訓體系、工藝美術文化管理、文化企業人才招聘以及優秀團隊管理、文化傳播媒介與公共文化新關係、演藝市場的管理和發展、科技創新帶來的文化產業機遇與風險等；對法國文化產業發展基本情況以及法國發展文化產業的政策、法律和運作機制等有了較為全面的了解和體驗。本文擇其要者進行梳理提煉，力圖總結法國文化產業發展的基本經驗，期望能對我國文化產業實踐有所裨益。

一　法蘭西：文化繁榮，產業興盛

　　法國長期以來高度重視文化事業的發展和本土文化產業的扶持，取得了顯著成效。

　　法國對文化產業的定義與我國有所不同，強調如何運用市場手段將文化概念變為文化產品進行銷售：「一系列經濟活動，這些活動把

文化的概念、創造、產品的特性與文化產品的製造與商業銷售聯繫起來」。[1]近幾年來，尤其是去年以來，依託於豐厚文化資源的法國文化產業有不俗的表現。

在歐洲各國普遍受困於歐債危機、經濟低迷、前景黯淡之際，法國的文化產業卻呈現出前所未有的繁榮景象。儘管法國作為歐洲核心國，其經濟不可避免地受歐債危機影響，經濟復甦受阻，增長乏力，然而法國的文化產業在二〇一一年卻給世人許多意想不到的驚喜：文化領域整體呈現繁榮景象，政府投入不但沒有減少，還有進一步增加。尤其是文化遺產旅遊、電影業和藝術品拍賣業更是蓬勃發展，創出有史以來的新業績：

二〇一一年法國作為文化資源大國，將法蘭西美酒和文化遺產作為主要文化符號及元素與旅遊密切結合，著力推出法蘭西美酒和文化遺產之旅作為年度宣傳主題，在世界各地展開各種形式的宣傳推介活動，取得顯著效益。作為文化遺產旅遊重要載體的博物館，在文化旅遊中因此有了不俗的表現：據法國媒體報導，法國眾多的博物館在文化旅遊中扮演了重要角色，二〇一一年共接待參觀者二七〇〇萬人次，同比增加百分之五，僅羅浮宮一個博物館就接待觀眾八五〇萬，其他的如凡爾賽宮接待觀眾六百多萬，具有藝術多元化特點的蓋布朗利原始藝術博物館接待觀眾一三〇萬，而專門展示現代藝術和前衛藝術的蓬皮杜藝術中心也接待了三六〇萬觀眾。這既表明文化消費持續走旺，也體現出消費群體的分眾化特點。

曾一度受美國電影衝擊而低迷的法國電影，自金融危機以來有了穩步增長，而歐洲危機加劇的二〇一一年，則有了更加明顯的起色，進一步呈現逆勢上揚的態勢。法國本土電影《不可觸碰》（臺譯：《逆轉人生》）榮登法國票房榜首，創造了票房奇蹟，法《電影週刊》統計表明，截止二〇一二年一月二十八日該片以吸引觀眾逾一八七〇多

1　侯津瑤：《法國文化產業》（北京市：外語教學與研究出版社，2007年），頁18。

萬人次，投資僅九五〇萬歐元的片子票房收入已達一點三四億歐元，而且觀影人數勢頭不減，目前依然在法國各大影院熱映。特別令法國人自豪的是，作為小製作成本，該片觀影人數已遠超美國大片《阿凡達》，有望超過《泰坦尼克號》（臺譯：《鐵達尼號》）在法國所創下的二〇六三萬觀影人次的歷史最高記錄。該劇組主創人員因此受到總統薩科齊的專門接見。整個法國電影院線在這一年擁有觀眾高達二點一六億人次（而法國全國人口僅有六千五百萬），觀影人數創下一九六六年以來的歷史最高記錄。法國電影業在海外的收入也達到四億歐元，增長達百分之十，其興盛繁榮可見一斑。

　　法國世界藝術品拍賣市場也一路看好，行情同樣不降反升。法國的德魯沃、艾德思及在法國的著名國際拍賣行英國佳士得、蘇富比等四家公司的業績，在二〇一一年創下歷史新高。德魯沃獨領群冠，成交額大四點七五億歐元，創下歷史記錄；佳士得也表現不俗，成交額近二億歐元，創十年來最高記錄；蘇富比的成交額比二〇一〇年提高了九個百分點，達一點九億歐元。藝術品拍賣業取得的斐然成績，雖然表現了人們為躲避危機、規避風險、實現資產保值的心態，但也從一個側面反映了文化產業的獨特地位和發展前景。

　　法國的時尚產業不僅歷史悠久，而且依然處於引領世界流行趨勢的地位。全國有近百分之八的公司涉及時尚與奢侈品領域，企業達一千五百多家，創造價值占法國製造業的百分之五。時尚產品的出口量也十分可觀，達到所有時尚產品的近四成。香水、化妝品、時裝和皮革製品等時尚產品，因得益於先進創意設計理念和一流的設計水平，使已有的品牌保持長久的生命力，也保持了依靠文化創意和品牌營銷所獲得的高附加值。

　　法國文化產業之所以能在歐洲危機背景下依然取得如此驕人業績，得益於政府長期以來對文化的高投入和對文化產業的政策扶持，其經驗值得總結和借鑑。

二　法國文化產業：經驗與特點

由於法國深厚的文化底蘊和對傳統文化的高度重視，導致法國文化產業與美國等完全市場化的文化產業不同，具有自身的特色。

（一）政府主導，政策扶持，立法保障

法國文化歷史悠久、底蘊深厚，這為法國發展文化產業提供了極為優越的條件。但法國真正的文化優勢還不在於文化資源，而在於法國對如何發展文化有其獨到的認知和理念。法國政府認為，在更加開放的文化市場中，如果沒有政府的有效扶持和干預，本國文化企業將受到很大衝擊而導致衰退。此外，對於文化，法國與美國採取的管理模式完全不同，法國在文化發展上不太信賴市場機制，他們以豐富的文化遺產為自豪，注重於以文化和藝術為主軸。為此，國家制定各種政策，扶持本國文化事業與文化產業。

法國歷來高度重視文化遺存保護和文化發展，突出表現在給予文化建設以充足的投入。儘管歐洲危機以來歐洲各國經濟均遭受嚴重打擊，低迷的經濟必然導致財政狀況不佳。法國也不能倖免。但就是在這種狀況下，法國政府對文化的投入依然不減，且逐年增加。國家文化預算是推動文化發展的重要保證，法國自二〇〇八至二〇一一年間，文化投入從五十九點七七億歐元逐年增加到七十五億歐元，增長了百分之二十。與此同時，為適應文化發展現狀、明確各部門職能、提高政府文化管理的效率，法國文化部近幾年還進行了大規模的機構改革與重組，經過合併與精簡，形成目前文化部的四大部門：文化遺產總司、藝術創新總司、媒體和文化產業總司以及總秘書處。同時，面對世界經濟一體化、文化交流日趨國際化、國家文化安全問題日益突顯、數位技術突飛猛進、傳統文化與媒體陷於困境等局面，法國文化部未雨綢繆，推出了一份長達三〇二頁的報告《二〇二〇年法國文

化和傳媒——新時代的文化部》，適時而有針對性的提出從七個方面
應對面臨的局勢：建立「數位文化」政策、逐漸形成各地區文化資源
平等的格局、建立一種協調公共文化機構系統的機制、促進建立一種
歐洲模式的文化政策、建立部際協調機制、促進與「私有領域」的互
動、建立一個文化政策行動的創新實驗室。這些舉措表明法國政府清
醒地意識到文化發展所面臨的新形勢和新情況，並富有預見性地採取
了必要的應對措施。

　　在法國不斷加大的文化投入中，很大一部分用於扶持和鼓勵本土
文化的發展，力圖維護法國文化在世界的地位，並始終保持著獨特的
魅力。在法國，許多文化項目都由國家投入，如歌劇、戲曲和電影產
業。同時還提供稅收優惠、補助等方式支持各種文化事業和文化產
業。即並不是將所有文化產業都推向市場，而是相當一部分由國家給
予各種形式的補助和支持。比如公營的國家電視臺，每年預算的增加
值超過物價上漲水平，其設備和新技術運用水平都比私營電視臺先進
和優越。而法國的電影產業，在歐洲乃至世界都具有其獨特審美風
格，這其中有法國深厚文化傳統的支撐，也是國家長期扶持的結果。
法國政府通過政策和立法，對電影產業實行扶持性的資助制度，並隨
著時代發展和市場變化的需要不斷調整、日益完善。法國早在一九四
八年就開始實行電影資助制度，由政府設立電影產業臨時資助基金，
以支持戰後法國電影的振興。一九五九年一月八日法國文化部成立
後，從原來歸屬教育部和工業部的法國國家電影中心劃歸文化部管
理，此時的電影中心開始設立「電影產業資助帳戶」。同時還進一步
將相關扶持政策規範法、法制化，由此出臺了《電影資助法》，該法
明確規定電影產業享受國家扶持資金，但在資金來源上不直接從國家
財政撥款，而是從每張售出的電影票中徵收百分之十點七二的稅，所
得稅款直接納入國家電影中心管理的電影產業資助帳戶中，作為電影
產業發展資助基金。

　　到了一九八四年，由於電視的普及和電視行業的蓬勃發展，法國立法又從電視臺的營業額中徵收百分之五點五的稅，稅款納入電影產業資助帳戶，作為電影產業發展基金的又一資金來源。因此，從那時起，電影產業發展基金正式更名為影視產業資助基金。一九九三年，法國再次頒布法令，對電影錄像帶和影碟徵收百分之二的營業稅，稅款補充進入影視產業資助基金。

　　隨著網際網路的出現，電影業不斷受到衝擊，於是法國政府又採取付費點播方式來滿足法國人休閒生活的需要，並逐漸成為重要方式。二○○四年，法國立法規定，所收點播費用也需交納百分之二的營業稅，作為影視產業資助基金的另一補充來源。經過六十多年的不斷完善，法國電影資助制度完全形成，為法國電影提供了制度和資金上的保證，使法國電影保持著較強的創造力和競爭力。

　　從國家管理體制看，法國文化產業由文化部主管，設有「媒體和文化產業總司」，具體負責管理文化產業。該司功能：一是對文化產業的支持。二是監督、考察文化產品質量。具體體現在：一、文化遺產保護、修復；二、個體藝術門類的扶持；三、新聞產業因受網際網路影響，報業生存受國家資助；四、廣電業的節目播出管理，包括是否健康、種類是否合理等；五、組織集體藝術活動，如狂歡節、嘉年華、藝術節等。

　　此外，文化部還通過授權相關行業協會進行管理。如法國電影製片人協會，是半官方的組織，可直接收取相關稅收支持影片拍攝；國家還授予影協審查影片，國家不再另行審查。

（二）重金投入，保護遺產，提升品質

　　文化產業發展離不開文化資源。法國是世界文化遺產大國，政府高度重視文化遺產保護，在這方面一直處於世界的先進行列。立法保護文化遺產是法國文化遺產保護最突出的特點和經驗。

　　保護本國文化遺產和文化傳統歷來是法國最重要的文化政策之一。早在法國大革命時期，格雷茹瓦教士基於大革命對宮殿等歷史遺址的破壞而呼籲保護歷史遺產。一七九三年，「共和二年法令」頒布明文規定任何文化藝術在法國領土都應該受到保護。一八四○年，法國政府頒布了第一部文化遺產保護法，即《歷史性建築法案》，一九一三年法國又通過了世界上第一部文化遺產保護法，即「保護歷史古蹟法」。一九三○年頒布了《景觀保護法》，一九四一年又通過了《考古發掘法》。馬爾羅主持文化部工作時期，頒布《歷史街區保護法》，繼續執行文化遺產保護政策，對文化遺產實行大規模的調查和登錄。一九九四年文化預算在法國國家總預算中所占比例已經超過百分之一，而文化部預算的百分之十五則用於文化遺產保護。

　　隨著經濟和文化全球化的快速發展，民族國家文化受到了貿易自由化尤其是美國流行文化商品的威脅，法國也不例外。如何把文化排除在全球自由貿易的框架之外，使本國文化產品受到保護，就成為當代法國文化政策至關重要的方向之一。經過長期的努力，二十世紀末，法國終於形成了保護「文化多樣性」和「文化例外」的政策（即著名的「文化特別原則」）。與多數主張「文化例外」的國家一樣，法國也採取了兩種保護本國文化的措施：「一是對外國文化商品的進入設置關稅壁壘和貿易配額，二是政府採取財政補貼的辦法資助本國的文化產業。」這些政策都對法國本土文化傳統和文化產業的保護起到了有效的作用。

　　近年來，法國不斷加大文化投入，即使在歐債危機持續蔓延、歐洲各國普遍削減文化預算和投入的背景下，法國依然高度重視文化發展，並給予充足的資金保障。據法國文化部門二○一一年九月公布的二○一二年文化預算顯示，其總額達到了一○六點二億美元，比二○一一年增加了百分之零點九，占國家總預算的百分之零點七六。法國二○一二年的文化事業經費（不包括人員薪酬）共計三十點一億美

元，比二〇一一年增長了百分之二點九；人員薪酬九點二四億美元，比二〇一一年增長百分之一點六；用於出版發行、文化產業和新聞媒體的經費為六十六億美元，與二〇一一年基本持平。文化研究項目經費為二點五五億美元。同時，地方政府的文化經費達到十一點六八億美元，比二〇一一增長了百分之零點六。

在博物館建設方面，法國不僅給予充分的經費保障，而且注重文化普及與傳播，確保本國公民的文化權益。蓬皮杜國際文化藝術中心屬於國家投資興建的博物館，員工一二〇〇人，工資全部由國家負擔，新的藝術品購入依靠企業贊助。有現代藝術作品六萬多件，平時展出二千多件，輪換展出。主要是現代藝術，涉及繪畫、舞蹈、音樂、造型藝術、工業設計、建築設計等。展示手段多樣化，實物、影像、現場表演等；設有適合成年、兒童、青年等不同群體的展館和區域。還有各國來此進行展覽的各類現代藝術。經常舉辦各種研討、學術和學習活動。集現代藝術大全，也展現現代藝術發展各個時期的代表性作品和人物介紹。該中心對法國人不收門票，充分體現了政府對公民文化權利的保障。但對外國人、特別是旅遊者收門票。（十八至二十五歲的法屬公民或居住在歐盟、列支敦斯登、挪威和冰島的年輕人免費。十八歲以下免費參觀所有展覽。）

法國考古博物館由文化部文化遺產總司下屬的博物館委員會全額撥款。館址為十二世紀建的皇家城堡。有職員一二〇名，十個研究員，全部享受公務員待遇。一年運營費三百歐元，修復費用根據需要另行撥付，購買新文物也另外預算撥付（在法國，私人發現文物屬於私人，但國家可通過購買收進博物館）。有兩百萬件文物，展示的有三萬件。文物可與地方博物館進行交換。

而對於在現代社會中扮演重要角色的媒體，法國並未完全推向市場或讓私人經營，而是實行保護政策，避免讓富人控制媒體，以保護媒體公信力和傳播健康的信息內容。同時在管理機制上，不是由政府

包辦，而是授權媒體業內人士組成的行業協會進行管理，這一方面保證管理的專業化，另一方面可確保該行業的權益不被侵犯。法國還非常善於利用自身文化資源打造文化產品。如百樂水晶，就非常強調法國文化品位和悠久歷史，在產品宣傳時特別側重和強調這方面的特色。尤其是在水晶的設計方面，融入了法國文化特質：法國文化講究高雅品味與浪漫氣質，設計師在設計百樂水晶宮「長廊博物館」天蓬時，運用了藍、綠、黑、紅四種顏色，以具有強烈象徵意義的色彩突出了法國文化的內涵。

　　但法國對文化遺產的保護除了政策和經費上的支持，還十分注意文化遺產的傳承。國家試圖通過加強與文化遺產相關機構戰略對話、在全國範圍內擴大文化遺產保護範圍、加快文化遺產保護數位化步伐、將公民置於文化遺產政策的中心、擴大文化遺產保護在國際上影響等方面的努力，在全面加強和完善文化遺產保護的基礎上，借助和利用文化遺產豐富的文化元素，以藝術創作、藝術創新、藝術經濟去推動文化傳承，以可持續的資金支持、不斷完善的產業政策、順應數位化時代需求的文化產業運行機制去推動法國文化產品的競爭力和世界影響力。具有二百多年歷史的法國《費加羅報》，既保留了其獨有的歷史特色，同時又格外注重媒體發展的新趨勢，在數位化方面進行許多探索。該報屬於私營媒體企業，目前屬於達索工業集團。有政治版、經濟版和文藝版三大板塊。發行五十萬份。該報下屬有《婦女》、《費加羅》雜誌，還有《電視報》以及其他附加的專刊，如旅遊、餐飲、文藝等。面對報紙讀者越來越少的困境，該報將盈利點放在時尚雜誌和網站上，建立了法國第一大信息網站，每天約有一百萬人上網，上網多為年輕人，在法國排名第一。另有智能電話、網際網路互動等方式的兼營項目。報業集團對紙質媒介仍然有信心，在他們看來人們對信息需求不會消亡，當然也採取相應措施，如實行訂報紙可獲得網站優惠和免費的策略。

（三）立足高端，注重設計，引領時尚

　　法國在文化產業發展上，並非各行業齊頭並進，而是有其側重方面，以地方性、本土文化為主要依託，實行差異化發展。即以高附加值的奢侈品設計，占領高端市場，引領時尚文化，形成法國文化產業一大特色。

　　如果說在高科技領域，美國、德國在許多方面處於世界領先水平，那麼，在設計與時尚領域，法國則是當之無愧的世界領潮者。這事實上也是法國文化產業最具特色和競爭力的領域。而另一個則是法國的文化旅遊業，其主要依託在於極為豐富的文化遺產和引領全球的現代時尚文化。從整體看，法國文化產業除了視覺藝術、表演藝術、出版、印刷、視聽之外，另一重要構成是包括高級成衣、香水、皮革、葡萄酒等在內的具有高創意涵量的傳統奢侈品行業和工藝品製造業。

　　法國時尚產業的發展擁有三百五十多年的歷史，業已成為法國經濟中具有重大戰略性地位的產業：每年可帶來三百五十億歐元的產值和十五萬人的就業機會。時尚產業中的香水和化妝品、高級時裝（奢侈品成衣）、高級珠寶不僅引領世界，形成強有力的國際吸引力，而且構成對其他行業如美食、葡萄酒、裝飾設計和旅遊業的輻射力。[2]這一產業能始終引領世界潮流，關鍵在於人才的世界化：巴黎城市的世界性吸引了來自全球最優秀的設計師，巴黎由此成為時尚產業的世界性平臺——在巴黎每年舉辦的眾多國際性時裝秀中，有為數不少的外國設計師參加，數量占了巴黎時裝秀全部設計師的三分之一。而同為時裝周，米蘭場秀中外國設計師只占百分之七。[3]

　　就傳統工藝美術而言，包括中國在內的許多國家都具有悠久而深厚的傳統，其藝術和工藝水平並不比法國遜色。但法國在傳統工藝美

2　http://www.diplomatie.gouv.fr/fr/france_829/economie_19084/index.html

3　〔法〕史蒂芬·基羅：〈法國時尚產業給中國上的五堂課〉，《加氣混凝土》2012年第2期。

術的現代設計和推廣上卻是獨領風騷。法國對本土色彩濃厚、特色鮮明的傳統工藝進行符合現代社會需求的創意、創新和傳播的意識十分明確，法國奢侈品行業協會的目標就是致力於「把決策者、大眾、年輕人、未來的創意者、未來的消費者組織起來，以活力無限的方式和創意、革新，把參與這個協會的品牌在法國和全世界提升其價值，同時提升法國的藝術及促進其國際化。」[4]並以「品質、藝術、本土性、傳統」作為該行業的品牌標準。不墨守成規、強調創意和革新、注重提升價值、立足國際化傳播——這些核心理念成為促進法國傳統工藝美術文化發展的極為重要和關鍵的推手。

法國奢侈品不論在設計、生產還是銷售方面，都處於世界領先地位。不僅涉及領域繁多，而且知名品牌雲集，同時具有相當高的市場占有率。法國奢侈品滲透於眾多領域：香水、珠寶、時裝、化妝品、高級瓷器、銀器、水晶、香檳、白蘭地、汽車等，其中最富盛名的是香水、化妝品和時裝——產值和銷售均居全球第一；並有眾多世界著名品牌：香奈兒、迪奧、路易威登、卡迪爾、百樂水晶、拉里克、蘭蔻等；這些奢侈品占據世界總市場的十五分之七。且由於附加值高，帶來的收益十分可觀：年零售額高達一百二十億歐元。更重要的是，這些產品的設計均是以法國文化為主要元素的。

如此成就和地位，離不開法國政府長期以來從政策、稅收、金融、項目、智力及國際合作等方面的不間斷的扶持：一、政策稅收方面，早在一九九九年，法國就已實行時尚產業產品（主要是紡織品、服裝和皮革製品）設計費稅務抵免的優惠政策，近年又將此項政策擴大到鐘錶、珠寶和首飾、金銀製品、眼鏡、餐具、玩具、樂器、家具和室內裝飾等眾多行業的製造企業；被授予「文化遺產」標識的企業還可享受設計新產品所投入資金稅務抵免百分之十五的待遇。二、項

4　王紹強：《漫步法國設計：潮流藝術的引領者》（北京市：電子工業出版社，2010年），頁36。

目支持方面，法國政府相關部門於二〇〇六年起實施了一項「創新-發明-設計」的合作計劃，試圖通過企業間協作關係的強化，達到推動項目生成和人才培育的目的，迄今已資助總額達三百萬歐元共十五項的時尚產業項目，並取得非常理想的效果，政府今後還將繼續支持類似協作項目並加以商業化。三、支持研發方面，國家和地方各級政府都積極支持包括專業學院在內的相關研究機構，為企業提供智力支持，國家重點支持法國時裝學院，該院成為法國時裝設計和研發的最高學府，還專門開設服務於服裝企業負責人的設計培訓課程；地方政府如聖艾蒂安市建立的設計城，重點推動時尚產業的發展，在最近十年來堅持舉辦國際創意和設計雙年展，其作用和貢獻不可忽視。四、金融支持方面，針對時尚創意產業的特點，也出於維護法國引領世界時尚產業的地位，二〇一〇年法國設立了時尚銀行（fashion bank），該行以政府擔保形式對時尚企業的融資給予大力支持，其力度可見一斑。五、國際合作方面，法國政府除了善於通過媒體傳播本國時尚品牌外，還積極鼓勵時尚界加入名為歐洲設計管理項目（Design Managment Europe，縮寫為 DME）的合作體系，該設計管理項目成員主要來自十一個國家的十九個成員單位，其宗旨在於通過交流、協作，掌握歐洲乃至世界最優秀的設計管理理念，促進創意和設計業務的合作與發展。[5]

三　法國文化產業：啟示與借鑑

　　雖然法國文化產業在多年的探索中形成了自身發展模式，並取得顯著成效，但也存在不足：其一，由於政府扶持力度大，雖然保護了法國本土文化及文化人才，但在某種程度上也削弱了一些行業的市場

5　參見中國貿促會駐法國代表處研究報告：《法國新產品創意和設計產業的發展策略》，見中國商品網（ccn.mofcom.gov.cn）。

競爭能力，尤其在全球新興文化產業蓬勃發展的形勢下，可能削弱法國相關文化產業門類的應對能力；其二，奢侈品產業發達，但傳媒產業的世界影響力下降，特別是網路媒體、遊戲動漫等產業相對遜色，從長遠看將削弱法國文化產業的國家影響力；其三，文化產業發展離不開產業鏈打造，而法國在這方面還比較薄弱，產業鏈的打造和營銷模式的創新遠不及美國，這或許是法國在文化發展上不太信賴市場機制的結果。

但儘管如此，法國文化產業的發展經驗，對我國文化產業仍具有一定啟示意義。

（一）注重保護本土文化，並納入法制化軌道

國家在發展文化產業過程中，奉行「文化例外原則」，文化例外原則是一種為了保護本國的文化不被其他文化侵襲而制定的一種政策。上世紀九十年代初，在關於關貿總協定的談判中，法國人敏銳地意識到國家和民族文化獨立的重要性，堅決而果斷地提出反對把文化列入一般性服務貿易。

首先注重保護文化遺產等文化資源，注重本土文化特質和文化傳統的保護，形成獨特的文化魅力和國家形象。這為發展文化產業提供了獨具特色的文化元素。同時有完善的法律體系，使文化遺產保護法制化、常態化，實現了文化遺產保護的可持續性。文化保護還體現在對本土傳統藝術和藝術家的扶持上。如收取電影票特別附加稅，作為經費支持法國人拍片。但也注意適應文化發展潮流，在現代藝術、時尚藝術方面，培養並造就了一批優秀人才。

我國文化產業發展近年發展較快，但在政府扶持過程中，需要特別關注文化遺產的保護，並在此前提下，進行適度、合理、科學的利用開發，切不可捨本求末。同時，要注意引入現代文化，將傳統文化與現代文化及科技手段相結合。

（二）注重高雅文化的宣傳和普及

法國文化部有專門法令，要求讓公眾更多的了解各種高雅文化和相關文化作品。實行「文化協調員」制度，在巴黎的文化園區中，文化協調員從事各種門類文化藝術的普及宣傳，引導公民欣賞高雅藝術，且這種宣傳非常講究效果與創新。他們設計各種形式的互動和參與性的活動來介紹包括歌劇、交響樂、芭蕾舞等在內的高雅藝術，以拉近公眾與高雅文化之間的距離。政府還要求文化對公眾完全開放，以此將公眾引進來。這種制度，一方面提升了公民的文化素質，另一方面間接地培育了文化市場。

我國公共文化服務體系建設已取得初步成效，但作為文化事業並非與文化產業互不關聯、彼此隔絕，而是相輔相成、互為依託。法國對高雅文化藝術的宣傳和普及，看似純粹的公益性文化事業，然而借助公民文化素養的提高，事實上間接地提升了公民的文化消費水平，這對文化市場的培養和拓展無疑十分有利。文化消費需求是文化產業發展的內生動力。如何提升公民文化素質，提高文化消費水平，直接影響文化產業的發展。法國設立文化協調員的經驗很值得借鑑。

（三）注重本土文化藝術人才的保護

面對全球化和外來文化與文化產品的衝擊，法國對本國文化人才是如何進行保護的？國家主要依靠政策進行保護。比如法國電影人拍片，製作成本的五分之一可獲國家補助，這部分資金是通過對外國影片收稅獲取的。也就是說，通過收取外國影片的稅來補貼扶持本國電影人從事電影拍攝。這樣做的目的，是確保法國電影人能夠生存下去。再如，國家為保護演藝人才，專門設立了「演員失業救濟特殊制度」。演員只需要每年工作五四八小時（約三個半月），可享受這種失業金。這個制度雖然不能保證出現更多優秀的藝術家，但能保證藝術

家有好的待遇，同時維護了藝術的多樣性，這為優秀藝術產品的產生奠定了基礎。

　　文化人才是發展文化產業的關鍵所在。政府除了要大力扶持文化人才，還要營造人才創業和成長的寬鬆、自由的環境。法國的制度有利於保護本土人才，但也會導致無法應對外來文化競爭的問題。我國應在保護本土人才的同時，提升文化人才的市場應對能力。

（四）注重文化創新與新媒體運用

　　法國雖然深為自身豐富的文化遺產感到自豪，也具有一定文化保守性，但總體而言，還是十分注重文化創新和網路數位技術的運用。文化部設有專門機構支持數位藝術等新的藝術形式的發展，對網路與藝術相結合的項目給予資金支持。同時注重借助網路進行傳統文化的數位化和網路傳播。包括羅浮宮、國家電視臺和電臺、國家圖書館、重要報刊等在內的文化機構和傳統媒體，都設立了網站，並開闢各種互動性強的交流活動，觀眾參與踴躍。法國時尚產業所具有的生生不息的活力，既來自於悠久的歷史傳統和長期培育，也來自於對先鋒文化、前衛創意的追求。而這事實上也是法國文化重要的特質之一：追求浪漫與時尚。

流行音樂的當代內涵與文化貢獻
—— 以周杰倫為研究中心

一　周氏音樂：顛覆與融匯

　　從出道至今，已然走過十五載光陰的周杰倫，留給流行音樂樂壇的作品顯然已經異常豐富了 —— 十三張專輯和眾多精美的 MV，還有為數不少給其他藝人譜的曲子 —— 但人們依然相信他還將會留下更多的音樂作品。不過，預測未來總是要擔當風險的，而考察他的音樂及其相關文化現象，不僅時機恰當，而且無需擔風險。當然，關於周董的研究已有不少文字，如何透過分析闡釋給出新鮮的見解，也依然是一樁並不輕鬆的考驗。

　　當代流行音樂所置身的無疑是一個群雄逐鹿、競爭激烈的商業社會環境，作曲者和歌手面臨的不僅僅是音樂才能的比拚，還必須跟上音樂錄製技術和生產方式的更迭，更要受商業、資本、消費和媒介法則的制約。很顯然，流行音樂的生存環境之嚴酷是不難想像的。對此，研究者們分析了種種成果和失敗的經驗，提出了諸多觀點，甚至給出了各種錦囊妙計。在他們看來，創作（作曲、作詞）作為流行音樂關鍵性環節，決定著最終的成敗，這個過程需要把握的是如何處理好作者的一廂情願與受眾趣味之間的關係，是堅持自身音樂個性，還是契合大眾需要，抑或力求尋找到二者間的平衡點，這是伴隨和困擾每一個作者（歌手）的問題；另一種觀點更傾向於迎合大眾需求，認為流行音樂之所以能流行，就是一定要在迎合大眾趣味和市場標準的前提下有所創新，以適應潮流並進而成為大眾流行時尚的引導者。因

此，成功的作者（歌手）都往往被描述為處理這二者之間關係的高手，但在我們看來，每一個優秀和傑出的作者（歌手）之所以能開創屬於自己的時代，其中的因素要遠比這種分析來得複雜。

誠如有研究者指出的那樣，文化多元化構成了美國流行音樂的特質，也就是說，美國流行音樂的主要魅力源於吸收了來自世界成熟的音樂曲風及其影響。但這樣的說法只是描述了問題的一個方面，卻忽略了創作者自身選擇與轉化的能力和獨特性——主體的創造能力才是一切問題的關鍵。在我們今天這個文化交流如此頻繁、便捷和密切的時代，流行音樂的創作者所接觸的音樂文化總是紛繁多樣的，任何人都可以輕而易舉地獲得足夠的音樂和文化資源。因此，文化多元化並不是產生流行音樂魅力的唯一因素，甚至不是重要因素，而是還有許多相關因素需要考慮，比如多元文化存在的社會政策環境和人文環境，這決定著多元文化是否能被自由地傳播和接受；比如創作者自身的文化觀念和音樂素養，這決定著他吸收什麼和不吸收什麼，以及吸收的數量和怎樣吸收、又怎樣改造等等，也就是說，創作主體自身因素更具有決定性意義。

今天來看周杰倫，他音樂世界的豐富性是有目共睹的：自幼經過良好的古典音樂訓練，讓他可以在鋼琴和大小提琴等古典器樂的伴奏下吟唱通俗情歌；而西方當代流行音樂中常用的 R&B 旋律和即興Rap，也能被他以或詼諧或幽默的方式融入充滿中國文化元素的歌唱之中；將中國富有詩意的婉約和柔美曲調，配上方文山充滿古典文化意像和符號的歌詞，創造性地演繹出中國風歌曲——從嘻哈風格到搖滾曲風，從憂傷情歌到婉約古韻，從另類 Rap 到電玩音效，從高亢歌劇到說唱結合，從巴洛克式到探戈旋律，從宗教福音到 Acid-Jazz 曲風，他如同音樂魔術師一般，將西方與東方、現代與古典、藝術與宗教、學院與民間等眾多曲風和音樂元素，甚至連日常對話與交誼舞曲都成為作曲素材，進行巧妙融合，幻化出一個奇異的音樂世界。而這

種融合又是那樣富有個性化，那樣富有令人意想不到的奇妙效果。但人們切不可以為做到這一切皆得益於周杰倫的音樂天賦，事實上，音樂才能固然是成就他的重要因素，而周杰倫對於生活的獨特體驗和感悟，更是扮演著極為重要的角色。

　　情歌從來都是充當流行歌曲的主力和主角，也往往是一個歌手最初打動和吸引聽眾的主題。但每一個歌手介入情歌的方式、打動聽眾的理由又是各不相同的。穿越流行樂壇的時光隧道，我們聆聽過透著夢幻式愛情憧憬的甜美清純的女性音色；感受過聲嘶力竭般衝擊心靈深處的極致愛念；陶醉過清麗悠揚古韻悠遠的至情至性之愛；迷戀過大氣磅礡豪氣衝天的曠世情愛……那些風格獨特、曲調迥異、廣為傳唱的流行情歌，都成為特定時代的經典音符。然而，如同流淌在青春血液中的情愛之流永遠不會停歇一樣，藝術創造的空間也永遠是無限豐富、廣闊和多樣的，青春的衝動賦予藝術不竭之動力，藝術的豐富詮釋著生命的豐沛。新千年伊始，一個幾乎青澀得不能再青澀的音樂新手，攜帶著他發自內心衝動的歌曲步入高手雲集、群星璀璨的流行樂壇，開始了他不同凡響的音樂人生。

　　這個一夜間捲起流行樂壇旋風的周杰倫，他最初的情歌選擇的是一種純淨、簡單和帶一點執著的曲風，〈星晴〉、〈簡單愛〉、〈晴天〉、〈時光機〉、〈可愛女人〉、〈回到過去〉等，把校園裡摒棄世俗功利的懵懂戀情、青澀純愛表現得清新自然、真切細膩。其中難免也有淡淡的憂傷和無奈——甜蜜的愛情總伴隨著傷心的情感體驗，如〈龍捲風〉、〈說好的幸福〉、〈雨下一整晚〉等，但就是傷心也是那樣簡單透明和真純。這樣一種曲風幾乎貫穿在周杰倫此後的情歌之中，甚至在最新的專輯《哎呦，不錯哦》中的〈手寫的從前〉依然還滯留著童真般的戀情。當然，這遠非他情歌唯一的表現和表達方式，也遠非僅此一種情歌風格，膾炙人口的中國風系列中，大部分都是情歌，一種以古典意象現代表達為顯著特徵的情歌——含蓄、內斂、婉約、雋永，

韻味十足，意境深遠。〈東風破〉、〈千里之外〉、〈髮如雪〉、〈菊花台〉、〈青花瓷〉、〈蘭亭序〉、〈煙花易冷〉、〈紅塵客棧〉、〈天涯過客〉等，雖然從古典文化寶藏中擇取出的種種經典元素，在歷史的長河中曾出現在無數文人墨客的筆端，也因此深深印刻在人們心靈的螢幕上，成為揮之不去審美記憶。但奇特的是，就是這些人們熟悉的意象，經由歌詞作者的重新組合、編織，融合在古韻十足的曲調之中，竟成就了一種全新的審美意趣。〈青花瓷〉、〈煙花易冷〉都借助古典意象，含蓄委婉地表現戀愛過程中一種常常無法迴避的心理狀態──期待與等候。〈青花瓷〉不僅將中國瓷器中具有柔美之韻、素雅之質的青花瓷器作為意象來表達情愫，更巧妙的是通過突出一個「等」字，渲染出思念與期盼之情：「天青色等煙雨，而我在等你」，這樣的表達除了現代句式融入古典元素外，更有充滿寓意的類比和含蓄的美感──古人要在瓷器上燒製出天青色需要的不只是技藝，還要自然界的助力，傳說只有在煙雨天氣中燒製瓷器，才有可能獲得素雅柔淡的天青色。等候那種可遇不可求的天賜機緣，恰如情人之間的偶遇和偶遇之後的期許、等待。在這裡，方文山以青花瓷的秀麗清雅及其背後豐富的歷史符碼做底色，將含蓄委婉、纏綿悱惻的情愫演繹得詩意盎然、唯美至極；而周杰倫以韻味醇美、委婉清雅的曲調，輔以鼓點、古箏、笛子、木魚、彈撥樂等中國古典器樂，結合西洋管絃樂的彈奏，如行雲流水般譜寫出音韻古雅、情愫纏綿、旋律婉轉的情歌。

　　詞作者方文山曾設想用具有典型的中華文化符號意義的青銅器和汝瓷為意象來寫情歌，但因青銅器過於厚重，汝瓷色調又偏於單一，皆不適合表現優美而又纏綿的情愫，而最終選擇青花瓷。如今看來，唯有青花瓷那種素雅純淨、輕倩柔美的圖案與色彩，更能貼切地表達戀情。〈青花瓷〉中還有許多意象源自江南──炊煙裊裊、潑墨山水、簾外芭蕉、江南小鎮，不僅有密集的江南文化意象，而且連接著深厚悠遠的古詩流脈──唐代李熠〈長相思〉中就有「簾外芭蕉三兩

窠，夜長人奈何。」而雨中芭蕉的描寫更為古人所偏愛，可謂比比皆是：黃庭堅〈紅蕉洞獨宿〉「枕落夢魂飛蛺蝶，燈殘風雨送芭蕉」；葉小鸞〈夜雨聞簫〉「一縷簫聲何處弄，隔簾微雨濕芭蕉」；蔡汝楠〈秋山積雨〉「絡緯吟愁連蟋蟀，梧桐滴雨淚芭蕉」；張栻〈偶作〉「退食北窗涼意滿，臥聽急雨打芭蕉」；……對芭蕉意象的偏好，在周杰倫、方文山其他曲目中也有呈現：〈蘭亭序〉「雨打蕉葉，又瀟瀟了幾夜」。這種深深根植於傳統文脈的江南雨中芭蕉的意象，既給歌詞呈現的畫面塗抹上淡雅的水墨意味，又以獨特的現代句式變化，傳遞和營造出一種另類意趣：「簾外芭蕉惹驟雨，門環惹銅綠，而我路過那江南小鎮惹了你」，連續三個「惹」字，將通常芭蕉、門環被雨水侵襲、侵蝕的被動語態變為主動態，從而流麗自然地與後面的「而我路過那江南小鎮惹了你」這一主動態相銜接，不僅文氣貫通，而且充滿了內在律動，是主人公內心充盈情感的一種曲折表現。無獨有偶，〈蘭亭序〉則用了三「怨」——「心事密縫繡花鞋針針怨懟，花若怨蝶，你會怨著誰」，內心纏綿糾結、愛怨交織的情感被一針針一線線縫進了繡花鞋，而原本戀花的蝴蝶，卻可能被花所怨，倘若那樣，你又會怨誰呢？如此形象的類比和巧妙的假設，微妙而又傳神地表現出戀人之間欲說還休、既愛又怨的複雜心理。〈東風破〉中突顯的是琵琶琴音、村野荒煙，而在古道、籬笆、燭火、孤燈和荒煙蔓草等意象映襯下，傷別的悠悠離愁成就了一曲不朽情歌。〈菊花台〉、〈煙花易冷〉、〈紅塵客棧〉、〈天涯過客〉亦有大量古典意象，而歌詞中那種將不同意象進行巧妙組合與轉意，構織出具有濃厚古韻而又有鮮明現代烙印的審美意趣，加之周杰倫融合中國民間音樂和古曲的旋律，把熔鑄著豐富古典元素的現代情歌演繹成流行音樂的精華之作。事實上，透過這些精心構思、精巧營造的詞曲，我們可以預期的是，最終能長久流傳於世的必將是這一批古典韻味雋永、現代意趣濃厚的中國風歌曲。

很顯然，周杰倫的現代情歌多半源自其對青春的獨特體驗，而仿古歌詞的中國風情歌則以源自傳統而又顛覆傳統的周氏曲風，得到相當廣泛的受眾群體的青睞，開創出一個時代的中式流行歌曲，在當今世界範圍流行音樂領域都具有特殊地位。但這還只是他富有創造性的音樂世界中的一部分，就是中國元素的表達，也還有〈雙節棍〉、〈本草綱目〉、〈龍拳〉、〈雙刀〉、〈亂舞春秋〉等歌曲，呈現的是另一種以糅合現代西方流行音樂各類唱法為基礎的曲風，但一樣是有顛覆性的，充滿周杰倫自己的理解和音樂特性，更適合青年一族，甚至在西方青年中擁有一定影響。藍調布魯斯 R&B、說唱 Rap、Hip-hop 曲風等形式的引入，把古老的武術、中醫等中國元素，演繹成時尚流行歌曲，打開了一扇全新的窗口。流行音樂本身具有貼近大眾和生活的特點，就歌詞內容而言，多半取材於當下日常生活，而周杰倫的音樂天賦則很好地將傳統文化元素與來自西方的流行音樂結合，不僅賦予傳統內涵的表現以時尚和流行形式，而且關注於音樂的生活性和愉悅性特徵，將抽象的文化符號與概念轉化成生動、歡快的節奏，如〈雙節棍〉中既有「仁者無敵」的武術理念，又有以「哼哼哈嘻」的生活化語言營造氣勢的表現方式，而整個音樂曲式與節奏都完全是西方流行音樂風格——既能融合傳統元素，又能接地氣，呈現生活氣息，同時還顛覆了以往流行音樂的嘻哈風格，創造出令人耳目一新的音樂世界。

倘若說情歌是周杰倫把少年時的青春體驗以獨特的音樂方式表達出來，喚起了同齡人少年時代的記憶，粉絲們更多地是與偶像借助音樂共同追懷逝去的純情年代、舔舐曾經的別離傷痛，向青春致敬，由此成為他擁有大批青少年粉絲的核心要素；那麼其他眾多主題——親情、友情、勵志、反戰、反貪、反毒、功夫、環保、歷史、遊戲、魔術等，則從不同的面向塑造著他作為一個充滿正能量的流行歌王的立體形象。在各種題材的歌曲中，周杰倫特別善於將看似與音樂無關的元素編織進他的作品，這固然表明他出色的音樂才能——沒有足夠的

音樂駕馭能力，無疑是難以把雜亂的元素通過音符轉化成或流暢、或歡快、或激越、或幽默、或詼諧的聽覺感受的。倘若再悉心考察，便會發現，那些龐雜的元素都來自於日常生活，只是周杰倫富有一種將平凡之物化為音樂妙思的才情。

表現親情的歌曲是周杰倫內心深處人性溫情的重要體現，也是他感念親人、孝敬長輩的心態流露。〈聽媽媽的話〉以塑造一個聽話懂事的乖孩子形象，表露了作為孩子對母親的款款深情，「聽媽媽的話，有空就多多握握她的手，把手牽著一起夢遊！」、「聽媽媽的話別讓她受傷，想快快長大才能保護她」。歌詞語言直白，語意曉暢，傳遞出傳統的孝敬長輩的思想，唱腔卻是俏皮活潑、略帶幽默的R&B，適合新一代少年兒童的欣賞習慣。現實生活中，杰倫對長輩也是格外孝順，經常安排母親和外婆觀看他的演唱會，讓親人與他共享音樂盛會和成功喜悅，他甚至還在〈迷迭香〉的 MV 中讓外婆扮演了一個角色。在「無與倫比」演唱會上，他為坐在臺下觀看的外婆傾情演唱了一首〈外婆〉，這是他專門為外婆創作的歌曲，歌詞淺顯易懂，敘述在外婆生日那天開著老爺車、穿著復古西裝前去看望，且深知老人需要的是什麼，於是便有了情真意切的「她要的是陪伴，而不是六百塊」這樣樸素的語言，而曲調則運用饒舌等現代音樂方式，整首歌的主題都是在籲求對老人多加關愛，多多陪伴。

對於親人的至愛至情，體現著周杰倫人性情感中向善向美的優質核心，也正是從這個核心出發，一系列的主題都呈現出正能量的指向和力度。但這些社會正義、文化正義和生活正義的表達，絕不是從空洞的概念和道理出發，而是常常用生活化的場景、通俗性的語言來表現，鮮活靈動、明白易懂，只是其中的句式變換、遣詞造句和意義呈現，打上了周杰倫、方文山所具有的獨特風格——這顯然是周杰倫試圖打破和顛覆以往流行音樂（歌詞）窠臼所進行的嘗試。事實上，就音樂而言，周杰倫的追求就是要酷，要與眾不同、新奇特異。藝術發

展的內在動力就是需要不斷出新，需要超越，需要引人入勝；但歌詞
內容，杰倫則強調要保持傳統，要有正能量，體現中國風。如此結
合，使正能量的內容以酷（新穎奇特、另類別緻）的方式得到真正有
效的傳播，不僅開創了華語流行樂壇跨時代的音樂奇蹟，而且讓廣大
青年以及更多的受眾借助音樂的欣賞獲得傳統文化的薰陶和教育，這
正是我們今天文藝創作所要達到的目標。

　　無怪乎教育部前發言人王旭明說：「文化不是大話堆起的、巨資
買來的和牛皮吹出的，文化不是豪華包裝和巨資製作的空洞，文化就
要多點周杰倫！」

二　叩問周氏音樂文化密碼

　　對周杰倫音樂創作特色，一批具有音樂素養的人士做過深入的分
析，在此我們試圖從另一個層面來探討問題：即從文化角度來看，周
杰倫音樂魅力究竟來自何處？換句話說，作為流行文化的周杰倫音
樂，有哪些文化內涵值得深入探究？人們都知道，周杰倫音樂一個最
大的特點就是多樣性，而且至今他還在嘗試更多的可能性，換言之，
在音樂風格上他顯然是不純粹的——純淨而又鮮明統一的風格絕不是
周杰倫所追求的。從整體上看，周杰倫音樂作品在作曲方面汲取了古
今中外各種音樂元素，並成功地將這些元素以他自己的方式作了創造
性的轉化，儘管中國風已然成為周杰倫標誌性的風格，但事實上他呈
現給世人的無疑是多樣化的音樂風格，中國風只是其音樂風格的一個
部分——我們很難設想，現今十三張專輯中，如果都只有中國風這樣
的曲風，周杰倫的音樂還有可能吸引那麼多的粉絲嗎？擁有多樣性的
音樂元素，加之周董出色的作曲能力，很自然地就將一種豐富多元的
音樂呈現給世人；而與音樂的豐富多元相得益彰的歌詞主題的多元性
似乎也順理成章了——無論是宏大的歷史文化主題，還是關乎個體的

親情愛情，抑或是瑣碎的日常事物，都能被巧妙地化作音符，成為美妙動聽、悅人心扉的曲調。

很顯然，多種音樂元素的融合是造就周杰倫音樂魅力的重要因素，而歌詞主題的多樣性顯然也不可忽視：勵志、反戰、親情、愛情、魔術，涉及內容格外豐富，而最有中國特色、最多中國元素的方文山的仿古歌詞，創造了一種古韻濃厚而又帶著現代感的獨特審美意趣──但畢竟最終還是要依靠音樂去打動無數不同年齡、職業和文化背景的人。那麼，接下來的問題是，這種在高雅音樂中比較少見的兼收並蓄甚至有些雜糅式的音樂，為什麼能散發出如此巨大的審美能量？甚至有些曲子完全有可能成為一個時代的經典？

一種優秀的文化創造究竟是怎樣形成的？如果從一個單獨個案難以看清問題的就裡，那麼，不妨讓我們把目光投向一個朝代的文化群體──比如唐朝，那樣一個大師雲集、傑作迭出的時代，是怎樣走進我們中華民族歷史的？透過浩如煙海的歷史記述與無數大家的經典闡釋，我們多少能梳理出幾縷頭緒：超越民族的包容心態、崇拜文明的虔誠心理、追求致性的精神自由──這是大唐帝國之所以成為盛世的深層文化內因。正如余秋雨所說：「盛唐之盛，首先盛在精神；大唐之大，首先大在心態。」

唐朝文化之所以具有宏大的氣象，得益於接納和吸收了來自眾多其他民族以及異域文化。多元多樣、百家雜陳的文化元素提供了極其豐富的精神營養，為釀就偉大的文化奠定了堅實的基礎。但文化的多元也可能帶來另一種結果，就是淹沒本土文化或使本民族文化變得毫無特色。然而大唐的胸襟使其能以海納百川的氣魄包容一切，並為自身文化精神的形成夯實根基。唐代的長安城是世界第一個人口超百萬的城市，經濟發達，交通便利，百姓富庶，富有盛名的東市與西市，更是商賈雲集、酒肆盈門、茶樓遍布、歌舞昇平，長安城因此成為那個時代萬國來朝、世人嚮往的中心。但這個比同時代羅馬城還大六倍

的東方古都，其真正的魅力則來自於她多彩多姿的文化，以及對世界
各民族文化的包容氣度與涵化能力。唐代來自西域的文化有鮮卑族、
吐蕃族、回鶻、退渾、于闐；來自外域的文化有中亞、印度、西亞波
斯等；來自中華民族的有北方游牧民族文化和中原農耕文化、少數民
族文化。如此眾多的文化匯聚長安，不僅帶來多彩多姿的文化繁盛景
象，更為唐帝國建構自身的文化提供了難得的精神土壤，在汲取其他
民族和地域文化精髓中可以擁有更多的選擇──依據自身政治社會發
展需要，在遴選各種文化的基礎上進行混合或嫁接──這無疑是產生
一種偉大文化最好的氛圍和機遇。

　　唐朝是幸運的，趕上了這樣的歷史機遇；唐朝又是有作為的，它
的制度和包容創造了這樣的機遇。這個制度體系中最突出的方面就是
對人的尊重與包容。開放的文化如果沒有對人的尊重是難以實現的。
首先對於女性而言，唐代女子地位前所未有，婚姻愛情自由度遠比其
他朝代寬鬆，這不僅體現在束縛女子的貞潔觀的淡薄，而且體現在法
律制度上。在唐代，女子失身與再嫁均不被視為不貞，也不會受到社
會的歧視，成年女子擁有戀愛婚姻自由，不受父母約束；女子還可參
加各種社會活動，除了像男人一樣騎馬、踏春，甚至參加打馬球等公
眾場合的休閒、體育活動，還可以在參政、教育、婚姻等方面享有平
等的待遇。婚姻制度給予女子充分的權利，結婚、離婚和再嫁都享有
自由。這種開放的社會文化氛圍，解放了女子，更解放了人性，使人
在自身發展和接收外來文化方面獲得自由和廣闊的空間。

　　人性的開放必然帶來社會等級某種程度的鬆動，打破了皇家貴族
壟斷文化的格局。貴族化官僚逐步淡出歷史舞臺，貴族文化向體現個
性的知識階層文化過渡，出現不同的學派；商品經濟的發展促進了表
現百姓趣味的市民文化的發展，民間文化豐富多樣；多層次多元化的
文化存在，對異域文化的汲取也各不相同，形成豐富多樣的文化內容
與形態──由此造就了輝煌的唐朝文化景象。

　　唐朝對宗教的包容也是任何朝代甚至世界諸國所難以比擬的，儒、釋、道並存不說，外來的佛教、伊斯蘭教、摩尼教、基督教的景教、祆教等也毫不排斥，甚至出現一種奇異的現象——那些在異國相互衝突的宗教，卻可以在唐朝的國都共存，比如在波斯，祆教排斥摩尼教，而伊斯蘭教又排斥祆教，可卻能相安無事地在長安找到棲息之地，並受到很好的禮遇。

　　不難看出，源自多元文化因素和養料的創造，往往能創造出不同凡響的傑出作品。不僅是大唐，歐洲文藝復興時代，同樣具有開放的文化氛圍，給多元文化融合提供機遇，形成一個群星璀璨的時代。今天的時代自不同於唐代與文藝復興，但那些年代的文化創造多少給我們一些啟示——多元文化（藝術）成分的融合，是文化創新和傑出文化人才及其作品誕生的重要條件。

　　現在讓我們把目光從遙遠的唐朝收回來，以多元文化視角來審視周杰倫的音樂。誠如人們已經注意到，周杰倫音樂融合了古今中外多種音樂元素，就是歌詞也涉及諸多主題。當代流行音樂中，許多歌手通常以單一的標誌性曲風贏得在流行樂壇的地位，但如果歌手能夠擁有多種曲風而躋身樂壇，或許能夠產生更加持久的影響。在一九九五至二〇〇五年度世界十大音樂鬼才排行榜中，曼森、傑克遜都是最頂尖的搖滾樂手之一；艾薇兒・拉維尼則以女歌手身分掀起了一股歐美女性搖滾的浪潮；Tupac 因擅長 Hip-Hop 而成為歷史上的一個傳奇人物；Eminem 是美國說唱界的一面旗幟；Tiesto 則是世界第一的 DJ 高手。而同樣列入該榜的周杰倫，不僅是唯一的中國和亞洲歌手，更以中國風歌曲影響了一個時代，而細究起來，他的曲風或許更為多元多樣——兼有上述頂級音樂鬼才所具有的 Hip-Hop、DJ、R&B、Pop、Rap 等當代西方各種流行音樂元素，還具有印度音樂、中國古代音樂、美聲中尖銳高音等元素，而更重要的是，這些元素到了周杰倫這裡，不是簡單的拼湊、無序的混合，而是以作曲者自己的方式進行融

合與嫁接，成為具有鮮明主體個性的全新音樂。這其中兼收並蓄的方式與唐代多元文化融合頗為相似——多元因素的有機融合，不僅成為一種獨創性的東西，而且具有豐富的內質和強健的生命力。

正因為是攜帶著諸多音樂基因步入當代流行樂壇，周杰倫影響的廣泛和持久似乎也就成為一種必然。毫無疑問，多種元素組合帶來曲風多樣而又獨特的周杰倫，實實在在奠定了他亞洲天王和世界歌手的地位。周杰倫音樂世界儘管已經為大眾所熟知，但其背後深層文化內涵並未被深入闡發。流行音樂顯然是從傳統音樂中抽身而出，建立起具有自身創作法則的音樂世界，它可以有傳統音樂的影子，但卻已經在許多方面打破了傳統音樂局限，成為更加接近生活本身、接近自然的自由的音樂創造。傳統音樂中的巴洛克派和古典樂派都是一種理性化的音樂，遵循既有的規範和程式。誠如學者高宣揚分析的那樣，傳統音樂中的典範，必然是「依據有規則、有規律振動及其協調的原理，以音樂的高低、強弱以及音色的節奏、旋律與和聲等因素合理配置而構成的一種藝術。」當這種規則運用到一定程度，勢必成為一種固定模式，雖然經典，卻往往「把許多自然界和人類社會日常生活中天然發出的各種聲音，加以人為的理性主義的篩選和配置，因而也把大量的原始自然聲音和生活聲音排除在音樂之外，使音樂越來越遠離生活世界本身，從而也喪失了其尋求自由的本質。」

周杰倫的流行音樂從來源上看無疑是非常多元化的，形成複雜的結構，但這種結構顯然不同於傳統音樂那樣被理性化了的，而是開放式的自由結構，可隨時進行想像和創造。音樂在某種意義上是一種聲音遊戲，而經由當代流行音樂家們的創造，則可以「從聲音遊戲過渡到更為自由的符號遊戲的過程中，當代音樂一方面把聲音提升為一般的抽象符號，另一方面又將各種新的人為的非聲音符號納入到聲音遊戲的循環之中，創造出多元的、除了聲音以外的各種符號遊戲立體地相交錯的新局面」。（高宣揚語）可以說周杰倫就是創造這種新局面的

高手，他不但融合了多母音樂元素，還將魔術、藥典、武術、皮影戲、戲劇大師等非聲音符號融進音樂，同時還善於把日常生活中原生態的聲音納入創作之中，甚至連對話、接打手機等未經任何音樂處理的聲音元素都被組合到作曲和演唱過程之中，成為一種極具自由度的音樂創作。

周杰倫的流行音樂創作歷程，延續了自斯特拉文斯基和勳伯格以來的一系列當代音樂的創新歷程，這種創新的要義，按照法國作曲家、學者米歇爾·希翁的分析，「是對理性主義、邏輯中心主義和語音中心主義的傳統文化進行調整的表現，也是人類嘗試返回原始文化和原始音樂狀態，重溫元素遊戲狀態中透過最自然和最具體的聲音結構進行資源創造的樂趣，並從中試圖闖出一條改造現有音樂和全部文化的嶄新途徑。」事實上，作為後現代藝術的當代流行音樂，其根本宗旨就是打破既有規範，追求最大限度的自由。「後現代主義者意識到，只有徹底打破傳統的語音中心主義和邏輯中心主義的理性化原則，才有可能為一種嶄新的無限制的自由開創出無限的可能天地。」（高宣揚語）作為後現代主義的後結構主義者，更是看到種種理性化的傳統意義結構在很大程度上約束和限制了人們的思想、語言和行為的內在自由，為突破列維-史特勞斯等結構主義滿足於用二元結構方式來分析語言、神話、音樂和文化，提出要在徹底打破傳統語言和文化結構的基礎上，尋求一種自由自主、無拘無束的創作活動。

當代流行音樂正是追求和崇尚自由的創作方式。自幼學習古典音樂的周杰倫，之所以最終擇入流行音樂的軌道，或許就是內心潛藏著的自由的天性和創造的衝動所使然，那曲一面世便受到熱捧的〈雙節棍〉就是因為顛覆傳統音樂觀念，完全置規整歌詞、句句押韻、吐字清晰的基本規範於不顧，以無拘無束、發自內心的律動與節奏，氣勢如虹、酣暢淋漓地表現中華武術的神奇、儒家思想的魅力而唱遍大江南北。不過，流行文化通常具有雙重性：一方面試圖打破傳統文化和

菁英文化的規範和自律，以追求無限創造和自由空間；另一方面，又受制於商業邏輯和資本邏輯，形成某種新的自律與規則。阿多諾早就洞察到這一現象，他指出，當某一首歌曲獲得巨大成功，成百上千模仿它的其他歌曲就會出現。也就是說，商業和資本邏輯總是會以各種方式行使對流行文化產品的干預權力，讓那些被驗證具有市場消費空間的產品大批量地投入生產，而其結果，便是導致文化產品的標準化。據此，阿多諾作出他著名的論斷：標準化是流行音樂的根本特徵，即使有時極力迴避標準化，流行音樂的整體結構仍然被標準化了；流行音樂總是把人們帶回到同樣的相似的感受，而根本性的新奇的體驗不會產生。

　　平心而論，周杰倫的音樂也有重複自己的地方，這是不需諱言的，哪一個大師作品能夠做到無一重複？但周杰倫顯然是一個不斷在尋求突破和創新的音樂人。就拿中國風歌曲來說，雖然都是古典與現代的結合，卻各有其自身不同的韻味；而中國風之外的歌曲，不論音樂還是歌詞主題始終在變化之中。他保持了自己一貫的風格，又在這風格中注入新的元素和創造。我們還注意到，他的創造超出了簡單的音樂遊戲，而具有符號遊戲的豐富內涵。周杰倫不僅從日常生活、民族音樂和西方當代流行音樂中汲取養分，以自由的方式創造了流行音樂新形態，而且從中融入了其個人的獨特風格，並具有了文化符號的意義。在周杰倫的音樂世界中，打破傳統意義結構的創作比比皆是，既往的種種主題都被以全新的方式進行自由的創造和表現。但難能可貴的是，周杰倫沒有因為不循規範的自由創造而拋棄傳統價值、消解真理意義——他借助傳統意象進行的現代音樂演繹，巧妙地將五聲民樂調式融入流行音樂、將傳統民族器樂運用於現代編曲，創造性地以現代音樂唱出古典韻味，建構起符合新時代的音樂美感。於此同時，他還彌補了許多當代音樂人膚淺浮泛、缺乏內涵的不足，讓那些母愛、反戰、勵志和愛情等人類永恆主題；功夫、中藥、詩意山水等民

族文化元素，以新的表達和表現方式呈現給世人，避免了傳統價值與真理意義在各種擬像遊戲中的喪失。

正因如此，我們在周杰倫既奇異獨特又膾炙人口、既古韻濃厚又時尚新穎的音樂（歌詞）中，再度深切地體味到人類的普遍情感，也再度親切和自豪地重溫著我們民族的文化意象與符號——這是周杰倫作為流行音樂天王所奉獻給這個世界和這個民族最重要的創造，也是他能持久站立於流行音樂潮頭的最關鍵的內在動因。

三　粉絲與偶像：迷戀周董為哪般？

在當今流行音樂領域中，周杰倫無疑是一個獨特的存在，他的影響力不僅在東南亞是首屈一指的，在全球也擁有其重要地位。最具說服力的資訊是，他曾躋身一九九五至二〇〇五年「世界十大音樂鬼才」之列，而這十大音樂鬼才中他又是唯一的亞洲人。無怪乎他能擁有數量龐大的粉絲群體，但相形於以往的歌星，周杰倫的粉絲群卻有著年齡結構、職業類別、分布空間上的一個突出特點，那就是巨大的年齡跨度——小至少年兒童，大至中老年；多樣的職業類別——從學生到教授、從普通職員到高級官員等等；廣闊的空間分布——從鄉村到都市、從海內到海外。毫無疑問，周杰倫粉絲群組成結構的複雜性在流行歌手中是頗為鮮見的，而這種複雜性不免喚起我們深入探究的興趣——作為粉絲的杰迷和作為偶像的周杰倫之間，究竟體現了哪些粉絲與偶像的一般關係，又呈現了哪些粉絲與偶像的特殊關係？

粉絲是對應於偶像而存在的、具有特定和相同審美欣賞趣味的文化消費者的集合。在大眾文化高度發達的時代，粉絲的集聚往往會形成一個具有相似行為的群體，這樣的群體又會以不同的方式展開各種活動，由此形成了一種特殊的文化現象——即粉絲文化，而研究粉絲文化的種種文本構成了粉絲文化理論的組成部分。粉絲文化要研究的

核心問題，除了其基本的特徵和表現形式之外，通常是粉絲與偶像之間的關係，以及這種關係如何影響、制約了大眾文化生產。更進一步的，是要研究粉絲行為和趣味如何構成對偶像創作的影響，二者之間生產與消費是怎樣交織和互動的。而對這些基本的、核心的問題研究過程中，如何生發出新的問題並給予恰當的闡釋，是研究者所要面臨的任務。

在考察粉絲與偶像之間關係時，我們有必要將視野擴大至整個現代大眾文化的生產體系，在這個體系中就不再是只有粉絲與偶像的關係，而要複雜得多——除了粉絲、偶像，還有生產者（經紀人）、媒介、資本（商業）運營及粉絲文化等諸多因素，這些因素的相互交織所構成的複雜系統，使粉絲與偶像這對關係擁有了更豐富的內涵。

大眾媒體時代的大眾文化生產所具有的一個典型特點，就是媒介在闡釋、解讀和傳播文化產品的過程中，有意無意地植入了媒介人的觀念和審美趣味，從而在一定程度上引導和左右著大眾對產品（作品）的理解和欣賞。這樣一種關係已有眾多學者進行了深入闡發，在此我們不再將其作為討論重點，而主要聚焦大眾媒介時代粉絲與偶像關係在建立過程中的複雜情形，藉此考察周杰倫與粉絲文化的關係。

粉絲文化的產生顯然離不開大眾媒介——粉絲之間相互交流、溝通甚至結盟，必須要有便捷的通訊工具，從這個意義上說，網際網路時代無疑將是粉絲文化發揚光大而促使其不斷興盛的時代。我們很難設想，一個缺乏便捷交流工具、信息閉塞的年代裡如何形成粉絲文化。按照菲斯克的分析，粉絲受眾因其不同於菁英受眾、普通受眾而形成了自身的文化——粉絲文化。在菲斯克看來，菁英受眾對待文本，往往抱著虔誠、敬畏的態度，不敢隨意解讀和曲解文本，而大眾受眾則時常以「為我所用」的實用主義態度對待文本；粉絲受眾則是另一種特殊受眾，他們通常能夠從文本中尋求與自身相關的意義和快感，並將這種意義與快感帶入新的文本生產過程之中。於是菲斯克指

出：「粉絲們卻經常將這些符號生產轉化為可在粉絲社群中傳播，並以此來幫助界定該粉絲社群的某種文本生產形式。粉絲們創造了一種擁有自己的生產及流通體系的粉絲文化。」

很顯然，粉絲文化的形成得益於媒介時代迅捷的信息渠道，哪怕是天南海北的受眾，只要迷戀和崇拜某一位明星，就能迅速地聚合在一起，成為一個個粉絲社群。當然，這裡的前提是這些受眾不同於普通受眾，更迥異於菁英受眾。那麼，粉絲受眾究竟具有哪些特點呢？

任何一個粉絲總是從最初對偶像的喜歡開始，而後發展為深度認同以致崇拜。對一個歌手或影星產生喜歡是一切的開端，從表達的語言可以看出最初的興趣是怎樣喚起的：

> 這一年我高二，繁重的課業似乎已經要把人壓垮，但是每每聽起杰倫的歌，總讓人不自主的設想以後長大的那些驚喜和憧憬美好的畫面，杰倫是一個追求完美的人，在音樂的王國裡總是給人驚喜，同時又是一位頗具古典氣質和詩人氣質的音樂家，〈十一月的蕭邦〉融合了古典的周杰倫和現代的周杰倫。
>
> ——尤丹

> 我喜歡他的中國風歌曲，因為它們就像是一幅幅水墨動畫，使傳統與時代元素得到完美融合。我喜歡他的感人情歌，因為它們總是唱到我們的內心深處，讓人慢慢的回味過去。我喜歡他的嘻哈快歌，因為他的編曲豐富讓人瞠目結舌，頓時叫人HIGH 爆全場。
>
> ——羅賢宇

> 二〇〇五年十一月，我十八歲，大一。此時開始，我對周杰倫的中國風歌曲開始萌生愛意。〈髮如雪〉、〈東風破〉成為 KTV

必唱曲目。MV 中唯美的畫面,〈東風破〉中輕羅紅帳,穿著
旗袍的女子、琉璃茶盞、青色筆架、搖晃的紅色燈籠,書生佳
人的淒美愛情,仿古歌詞透露出古舊的詩意,纏綿的旋律,都
深深地吸引著我,我彷彿自己進入那個古老的中國,感受那種
纏綿悱惻的愛戀。〈髮如雪〉中江湖客棧、摺扇、琵琶、劍
客、紅塵女子、搖曳的紅燭、朦朧的紗帳、一飲而下的酒、古
代與現代的穿越,愛戀痴纏千年。再後來,〈本草綱目〉
(2006)、〈青花瓷〉(2007)、〈蘭亭序〉(2008)、〈煙花易冷〉
(2010)、〈紅塵客棧〉(2012)、〈天涯過客〉(2014)。看著
MV 中的旗袍女子,我自己也去買了一件花色旗袍

——鄭麗霞

　　隨著這種喜歡之情感的繼續發酵,延伸發展為一種執著的愛慕,
不再是一時一地的偶然感覺,而是伴隨著一個生命階段甚至是一生,
這裡我們引用西方歌迷對偶像的表白:

即使狄安娜不曾展示她那漂亮的女高音,我相信她仍會是我的
最愛。但那聲音也是這種傾慕的原因⋯⋯當她唱著最簡單的旋
律時也會如此美妙,以至於把我感動得淚流滿面。
我對她的感覺不是一時的奇想。那種愛將持續一生。在接下來
的幾年中,我們看著狄安娜成長為一個令人驚豔的可愛女人。

——Ratricia Robinson

亦有中國的杰迷直白真切的表達:

我想「周杰倫」這三個字會永遠伴隨著我的一生,你的音樂伴
隨著我人生中的每一個重要時刻。總之,青春有你的音樂真

好！謝謝你，Jay！

——羅賢宇

而杰倫的歌曲，一首一首就是漫長時光裡的配樂，讓我們的人生那麼地富有情致，那麼美好，那麼讓人回首時百看不厭。他把自己的聲音藏在無數人的耳朵裡，滲進我們的記憶裡，陪伴我們走過青春。

——馬梓瀟

「我喜歡你多少年了」這個句式在我眼裡更似一個帶著綁架性質的儀式，甚至抹淚和微笑都殘留著表演的痕跡——即便出自真心。縱使愛是盲目，但譬如發現他的音樂中別人不曾發現的細節和他獨特喜好，是我認為最得體的表白。他的優秀人格和浪漫童心，發酵出了童話般的酒味，你只能嗅見香味，卻不能一飲而盡，歸根結底他並不屬於你，但他的作品屬於任何一個欣賞他的人。

——醋包

但這種愛慕還不是終點，因為它只是停留在感情階段，感情的進一步昇華，則是凝聚成具有理性因素的心理傾向，甚至如宗教般的膜拜和崇拜。在這種崇拜中，粉絲們事實上已不再把偶像視作凡人，而是當作神一般的頂禮膜拜，對偶像的情感也就超越了日常性和常規性，具有了某種宗教性質：

麗塔‧海沃斯對我和成千上萬的人來說，真可以說是美的化身，充滿魅力，美豔絕倫。自信，神氣地穿著華麗的衣服，神采奕奕地跳舞，她的音樂也絕對棒。她真是天外之人啊！

——Mary Marshall

她們是銀幕上的女神——影星們高高在上，就如鑲嵌於其他星
系的星星，與我們這些芸芸眾生們，這些上電影院看電影的粉
絲們的生活相距十萬八千里。

——Dawn Hellmann

　　的確，在粉絲眼裡，偶像都是才情橫溢、氣度不凡、超群脫俗的
天之驕子，他們的衣著打扮、趣味愛好以致舉手投足都會被粉絲們所
傚法。這個時候，受眾已脫變為粉絲，成為真正的追星一族。如果說
粉絲是從具有高度熱情和忠誠度的受眾中分離出來一種特殊受眾，那
麼，現今被稱之為鐵桿粉、真心粉、骨灰粉、腦殘粉的粉絲，則是從
粉絲群中進一步分化、升級而來的粉絲中的粉絲！這類粉絲的行為往
往超越了常規，他（她）們可以不計金錢、不計時間地追隨者偶像足
跡，收集一切關於偶像的信息，說盡能夠想到的讚美之詞，並盡可能
地貼近或與偶像交流，那種痴迷、仰慕、狂熱的程度令常人難以理
喻——模仿偶像的行為、假扮偶像的形象、渴望偶像的關注、幻想偶
像的生活……這種將消費對象演變為崇拜對象的情狀，的確是個耐人
尋味的現象。從中我們可以看出，受眾帶有偏執性的欣賞態度，是粉
絲產生的重要心理基礎；而當粉絲出現之後，其與偶像之間的消費與
被消費關係就被徹底解構，成為一種深度的文化認同——粉絲崇拜偶
像，偶像也因粉絲的崇拜而存在，二者事實上構成了一個共同體。

　　如前所述，粉絲受眾與菁英受眾最大的不同點在於：粉絲總是把
熱情和關注點投射到作品創作者本身，而菁英受眾更多只是推崇作品
文本；粉絲們會將熱情延伸到各種相關的產品之中，甚至自己製作產
品，菁英受眾則往往將欣賞轉化為內心修為，或是融入自身的精神創
造；粉絲們往往會形成一個具有高度認同感的群體，而菁英受眾則通
常是以個體的存在為主，至多也是小範圍的、專業性的交流。正如倫
納德·邁爾所言：對於嚴肅的美術、音樂和文獻，現在沒有、或許將

來也不會出現單一的具有聚合性的受眾群體。而是存在並將繼續存在許多不同的受眾群體，大致對應現存風格圖譜的各個寬泛領域。從研究角度看，粉絲受眾所形成的文化，因涉及更多的社會文化、傳播媒介、商業運營等因素和領域，往往更需要深入細緻的分析和探究。

　　現在我們要從粉絲受眾的一般特點，回到周杰倫這個特殊的個案。不消說，作為周杰倫粉絲的傑迷，無疑具有通常粉絲受眾的基本特點，但我們感興趣的是，在這個特定的粉絲與偶像之間的關係中，存在著哪些特殊的東西？事實上，周杰倫作為一個獨立而又極有個性的作曲家、歌手和演唱者，他的世界的豐富性和獨特性，決定了其粉絲行為和文化的豐富性。周杰倫儘管是個咬字不清、唱詞迷糊的歌手，卻能唱著從來沒有人唱過的歌，譜出從來沒有人譜過的曲風。他曲風的多樣性、特異性、創造性是顯而易見──曲調源自中西古今，歌詞融匯古典當代，器樂雜糅民族西洋，更重要也是最關鍵之處在於，這一切的兼收並蓄、融會貫通，都是以周杰倫極具個性化的方式來實現的，打上了鮮明的周氏印記和符號，這為構成他在流行音樂領域的地位，以及擁有龐大的粉絲群奠定了堅實的基礎。

　　周杰倫曲風以及歌詞（包括方文山作詞、周董譜曲部分）已有不少細緻深入的分析與闡述，在此我們想從外圍來進行考察杰迷與偶像杰倫的關係。周杰倫傑出的音樂才能當然是其偶像魅力的核心要素，但僅此還遠不能說明問題。杰迷們喜愛、追慕、崇拜周杰倫多才多藝，但這幾乎是所有歌迷都具有的特點，從麥克·傑克遜到麥當娜，從那英到劉德華……哪一個著名歌星不是多才多藝？我們想探究的，是周杰倫在其音樂魅力之外，還有哪些因素參與塑造了他的形象、增添了他的魅力？

　　音樂世界中的周杰倫，把藝術和時尚做了巧妙的結合，並且留給人們極為深刻的正能量的印象，而這種在音樂中獲得的印象，在周杰倫的生活世界中也被不斷地印證和強化──他的言談舉止、為人處世

所散發的精神品質與人格魅力，點點滴滴、每時每刻都在杰迷心中構建著他的形象。追求以酷為美的周杰倫，傳遞出諸多時尚和潮流信息，他用當代西方流行音樂中饒舌的唱法，把中華武功的「刀槍棍棒耍得有模有樣」；他將古箏與鋼琴相交融，把青花瓷、蘭亭序等中國符號演繹成既古典又時尚的中國風；他把民樂與電音進行結合，開啟了說唱的全新審美模式；他用古典絃樂融合嘻哈風格創造出耳目一新的周氏曲風……但這種種別出心裁的流行之酷卻一點也不怪異，竟是那樣奇特新異而又自然流暢，與眾不同而又親切怡人。阿多諾論及粉絲時，認為粉絲的熱情幾乎是一模一樣，是標準化的熱情，在他看來，流行音樂就具有標準化特徵；結構的標準化目的是獲取標準反應（即引起相同的感情和反應）；「聽者的耳朵應付流行音樂是憑藉他們已具備的形式結構知識進行小的替換」，而「在嚴肅音樂中不存在這樣模式化的機械替代，嚴肅音樂中，最簡單的也需要努力才能立即明白，而不是模糊地按照模式化的規則概括它，模式化的規則只能產生模式化的效果。」在筆者看來，阿多諾或許只看到了問題的部分或是表象，粉絲們確有相似的行為特點，但不同偶像的粉絲其熱情的內涵卻不盡相同，否則我們如何解釋 A 歌星的粉絲，卻可能完全不喜歡 B 歌星，甚至同樣是民族風格的歌手，粉絲們喜愛的對象也是各不相同。

當周杰倫名滿天下、享譽全球之後，作為被粉絲和媒體追蹤、熱捧的天王級偶像，他卻不事張揚，更不會擺譜耍大牌，而是出乎意料的低調、內斂與謙遜，並且這種低調、內斂出於自然，不做作、不矯飾。早在二〇〇四年他爆得大名後開的一場「無與倫比」演唱會中，他能切身為觀眾和粉絲們著想，在唱〈東風破〉時因天下小雨而以「謝謝你們都來看演唱會」的改歌詞方式表達對歌迷的謝意；中秋佳節面對歌迷的詢問，他誠心表示要跟兩個女人（外婆和母親）一起過節；與其他明星同臺獻藝，他向來不去搶風頭炫才藝；在加盟中國好聲音導師團隊中，能以天王的身分真心讚揚學員對歌曲的改編演唱比

自己強；他時常為公益事業慷慨解囊，卻從不希望媒體宣揚……這種姿態的背後，昭示著周杰倫並未將自己視作歌神與超級明星，他更願意做一個性情中人，率直而單純、真誠而樸實，回歸到人的本然狀態！

　　事實上，在他的音樂之中何嘗不是一種源於自然、出自生活，同時又充滿人性的光輝？

　　他的音樂世界，既亂花迷眼，又回歸本真；他的現實人生，既絢麗燦爛，又保持本然──這或許就是周杰倫最為迷人的魅力所在。

創意設計、文化傳統與日常生活

　　現今，人們對創意已不再陌生，對創意的作用也日漸明晰。創意不僅可以進入任何行業，也可以進入日常生活；創意既能夠改善和美化我們的生活，也能夠豐富和滋養我們的心靈；創意深刻改變了人類的生產生活方式，也極大豐富了人類文明創造的歷史。

　　創意存在於任何時代，也存在於任何領域。但今天的創意已然不同於農業時代和工業時代。農業和工業時代的創意，除了文化藝術領域之外，主要體現在促進生產工具性能提高和科學技術的發展，雖然一些生產生活工具也具有文化藝術元素，但並沒有將賦予器物更多文化內涵作為一種自覺的行為去實踐；信息時代或後工業時代的創意，更多要借助文化藝術資源，將人文元素注入各領域各行業，注入當代社會豐富複雜的公共空間，注入人們的日常生活。可以說，創意在這個時代不論與哪一個領域發生關係，都要更多地與文化藝術相聯繫，或者說離不開文化藝術資源的支撐；更重要的是，這種聯繫不再只是自發的行為，而是自覺的行動，並延伸到幾乎所有的領域，同時因其對經濟社會發展重要性的日益突顯而在許多國家上升到國家戰略層面。

　　因此，在今天便有了「文化創意」這樣的專有概念——即借助創意將文化藝術元素以不同的方式、形態和途徑，滲透、拼接、融合到諸多領域與行業之中，使得這些領域和行業富有更多的文化內涵與元素。而「文化創意產業」即是依託文化資源，借助創意、科技和技藝等手段，創作和生產文化產品和服務，並通過商業運作的方式獲得經濟利益的產業；而文化創意與相關產業的融合，就是賦予那些具有產業性質的行業領域以更多文化內涵以及功能體驗，並由此獲得更大的

市場價值。事實上，古代社會也有「文化創意」的實踐行為，只是不像今天這樣自覺地、廣泛地、深入地成為人們社會實踐的重要部分，也不像今天這樣將「文化創意」作為一個獨立的產業門類進行倡導和推進。這一方面表明了後工業時代的發展已進入到特別需要文化藝術支撐的階段；另一方面也表明現代化進程帶來的日漸疏離傳統文化的狀況，需要借助文化創意去找回那些久違的文化氣息和人性溫情。

一　創意的基石：思想觀念與文化資源

創意既然如此重要，那麼如何讓創意之泉長流不息、源源不斷呢？創意不是無源之水、無本之木，就廣義的創意而言，它來自於作為智能生命的人類的聰明才智；就文化創意而言，來自於對既有文化資源的改造和新的文化創造。文化創意既然是以文化藝術為基礎和載體進行的創意思維，自然離不開人類有史以來創造和積累的文化資源。

不難看出，擁有豐富深厚的文化藝術知識和素養，是產生創意必須具備的基本條件——知識匱乏、不學無術的人顯然不可能成為創意大師。當然，另一個顯而易見的重要事實是，擁有廣博的文化藝術知識，並不意味著就能產生好的創意——知識淵博的人可以頭頭是道、如數家珍地講述和描繪某個學科領域的知識譜系、理論脈絡，但這並不意味著他就能表達具有創造性意義和價值的見解，也不一定能夠就某個問題提出富有創意的觀點。掌握知識是基礎，運用知識才是關鍵；知識是客觀的靜態的存在，思想才是動態的活的靈魂。面對前人浩如煙海的知識創造和積累，今天的人們重要的不是死記硬背、墨守成規，而是要善於汲取其中有價值的思想和精髓，並形成新穎的、鮮活的思想觀念。僅僅從中國傳統文化中，我們就能汲取許多彌足珍貴的思想養料、文化素材，成為今天創意的不絕源泉。

天人合一這個中國古代重要思想在今天仍然有其生命力——人與

自然和諧相處不僅是人類文明進程的一個永恆主題，也是當今生態、環保、低碳理念的時代訴求。如何處理人與自然關係，中國古人提供了許多傑出的智慧與貢獻。中國古典園林把人居環境營造得如此富有自然意趣和藝術氛圍，其中不單是體現了天人合一的思想，而且體現了最具人文藝術內涵的生活追求。廊院回曲、移步換景、小橋流水、意境悠遠，種種獨具匠心、巧奪天工的園林創意設計，既集中展現了東方中國自成一體的園林美學思想和造園技巧，又完美無痕地融入了自然與人和諧統一的哲學思想。蘇州古典園林則是中國園林的傑出代表，僅姑蘇一城就坐擁九個獲世界文化遺產之殊榮的古典園林，為人類的園林藝術作出了突出貢獻。遍布中華大地的古民居，也是中國古代工匠奉獻給世人的精美藝術作品，體現著農耕時代鄉村和市井民眾的生存智慧與人居美學追求——無論是粉牆黛瓦、小橋流水的江南民居，還是厚實大氣、方正莊重的北方四合院，抑或是夯土築牆、堅固耐用的福建土樓，以及其他眾多各具特色的民居，都或多或少地體現了自然地理與人居環境的協調與融合：江南民居適應了吳地雨水充沛、河流縱橫的地理環境；北方四合院充分考慮北方保暖禦寒的氣候條件；土樓圍屋就地取材適應了當地地理土壤條件——古人如此講究因地制宜、融匯山水的建築理念，值得今人很好地汲取和發揚。

　　尊重自然、師法自然，也是中國人對待自然、處理人與自然關係的另一重要思想。中國為數眾多的京都和古城，尤其是古村鎮、古民居，其規劃布局、功能設計，都體現了人居與自然環境和諧相處的建築理念。同時在工藝美術領域，比如中國繪畫、書法、雕刻、漆藝等的創作中，也表現出鮮明的人與自然融合的創作理念——中國山水畫中的人及其居所向來占據的畫面空間比例都很小，並且總是作為自然山水的一各組成部分來表現；古民居建築中大量的壁畫、堆塑、雕刻乃至花窗的圖案題材，也與自然息息相關；農事活動所遵從的更是春夏秋冬的自然法則，二十四節氣充分體現了中國古人對氣象變化流轉

的深刻理解和把握；而作為精神活動的最高層面的哲學，則以師法自然的理念來看待和處理人事萬物。這些充滿東方智慧與特質的思想財富，無疑是我們今天進行創意活動的寶貴精神源泉。

開放包容、生生不息，體現的是中國人開放的思維、包容的胸懷和進取的精神。一個封閉、保守、狹隘的民族是不可能具有生命力的，更不可能引領時代的潮流。唐朝在政治和文化上的開放包容，造就了一個無比強盛的帝國，成為當時世界經濟最發達、文化最繁榮、宗教最多元、思想最解放的國度。唐代社會留下的精神遺產，值得我們今天很好地汲取和發揚。儘管歷史上中國也出現過一些閉關鎖國的朝代，導致國弱民窮，但中國文化中優秀的基因總是能最終修復精神的病灶與瘡疤，在不斷反思和警醒中，煥發出新的生命力。這是中華民族生生不息的思想根基和文化根基。改革開放三十多年取得的歷史性進步，更是開放包容思想在當代社會實踐中延伸和發揚光大的有力表現。現代創意無疑同樣需要對各種文化的開放包容，需要有廣闊的視野。汲取中華民族的這一精神文化基因，正有利於激發當今社會所需要的種種創意思維。

批判精神、探索勇氣。創意的目的是要超越既往的文明，實現新的創造，批判精神則是超越的前提。批判不是全盤否定前人，而是在前人的基礎上怎樣做到更好。因而開放的思想與思維，便應當是創意必須具備的核心理念。唯有開放性地對待前人乃至全人類的一切成果，才有可能超越既有的模式和框架，發現新的可能，進行新的創造。具體到創意（設計）領域，就是要擁有前人所不具備的創新思想和理念，創造以往所沒有的新產品和新服務，滿足大眾的消費需要。而高層級的創意設計，不是去迎合人們追求更便捷、更舒適的需要，而是創造一種新的需要、一種新的生活方式。但我們在強調和弘揚批判精神的時候，還應當注意一個問題，即超越和創新不可以不尊重前人的創造，不可以割斷歷史的脈絡，不可以脫離民族的土壤，不可以

不遵循事物發展的基本規律。無本之源、為創新而創新，甚至獵奇搞怪，絕不是真正意義上有價值的創意，也就不可能是有生命力的創意。從這個意義上說，擁有批判精神只是前提，不是全部。優秀創意的產生是個複雜、艱辛乃至長期的思維創造活動，需要人們進行大膽探索，勇於嘗試，不畏失敗，捨得獻身，在逆境中堅持前行的步伐，才有可能收穫真正的創意果實。

二　創意之獲得：創意思維與心理素養

　　當創意的重要性被普遍認同、創意的基石也獲得確立之後，接下來的問題就是如何讓創意層出不窮，不斷滿足現實創造的需要。事實上，創意思維有其自身特點和規律，如能很好的把握，就能讓創意源源不斷地湧現。人類作為智能生命的最大特點就是擁有思維能力，但思維本身又具有不同的類型——邏輯思維、形象思維、抽象思維、直覺思維、聚合思維、發散思維以及視覺思維等等，在人類的智慧領域中，文、理、工、農、醫以及現今許多新興科技如 IT 技術、納米（nm）技術、生物科技等不同的學科領域、不同的技藝、技能，需要有與之相對應的思維形式。相對而言，理工學科更多依靠邏輯和抽象思維；農、醫學科除了需要邏輯抽象思維，還需要直覺思維；而文科則更多需要形象思維、發散思維。當然，這只是相對而言。就創意設計思維來說，則更多地需要形象思維、聚合思維與發散思維，乃至視覺思維。在這些創意所依賴的思維形式中，最重要的因素是形象力——想像力是催生一切創意不可或缺的關鍵因素。

　　想像力對於創意的重要性在於，它可以在已知事物的基礎上，借助聯想、組合、重構等想像與構織出新的事物之可能性，可以突破已有的規則而創造新的秩序，還可以通過改變已有事物結構創造新的事物。想像力最大的特徵就是能夠突破和超越既有的思維模式、常規的

思維路向，獲得令人意想不到的思維結果。想像力拒絕循規蹈矩、按部就班；它不按常理出牌，不走尋常路線；它習慣天馬行空、漫無邊際；它熱衷獨闢蹊徑、異想天開。因此，大膽而超凡的想像力，就是對各種思維慣性的抗拒和掙脫，是對事物現存法則的突破與超越，是對未知事物的探索與創造。

當然，想像力是創造的前提和動力，但想像力要成為現實創造力，還需要遵循一定的方式方法——情感想像、意象想像、物象集聚，以致最終整合為一，是發揮想像力而達到創意設計之思維結果的基本方式，其中伴隨著各種複雜的思維活動，遵循著人類智能活動的基本規律和創意活動的特殊規律。對此，許多學者有深入系統的論述，在此我們不作進一步展開。我們更關注的問題是：除了創意所需要的思維能力之外，還應當具備怎樣的心理素質、情感狀態與價值觀念。

（一）保持單純的心境

一個富有創意的人往往視野寬廣、學識淵博，但一個普遍的現象時，與創意者豐厚學養形成鮮明對照的是其單純的心境。兒童的精神世界通常純淨無暇如一張白紙，但就是他們往往最富有創意。那是因為孩子單純的頭腦中沒有世俗羈絆，沒有成規俗套，更沒有功名觀念，有的是天真浪漫、無拘無束，有的是天馬行空、自由想像——不受約束的心靈常常能盡情釋放想像力，萌發創造力。許多創意大師的性格就往往如孩兒般單純，不諳世事、不懂人情，但對身邊的事物充滿好奇心，而正是這種心態促使其不斷探索、思考，不斷形成新的創意。不論是科學家愛因斯坦、霍金，還是藝術大師卓別林、傑克遜等，都擁有一顆單純的童心。這或許是他們天性所固有，但也因此昭示我們：從事創意的人就應當保持單純的心境。

（二）擁有敏銳的感知

　　單純的心境可以不受世俗約束、成規羈絆，但如果缺乏對周圍事物敏銳的感知能力，也難以形成有利於創意的情感素質。創意依靠的是靈感，而靈感的出現除了日常的知識、經驗和思考的積累，還要擁有敏銳的感知和感悟能力。靈感往往飄忽不定、稍縱即逝。擁有敏銳的感知力，就能一方面善於將腦中庫存的知識相互貫通，並能把知識與現實生活中的情節相聯繫，促發創意聯想；另一方面能夠在看似不相關的現象中捕捉到某種特殊的聯繫，形成新的思想和創意。荷蘭設計師瑪麗斯・德克斯以女性內衣設計而著名，她的設計理念是美與舒服，並以黑色為主要色調。她的設計靈感時常來自於哲學和電影乃至日常生活。許多創意大師的實踐表明，靈感常常來自專業領域之外的各種事物，中國古人所謂「工夫在詩外」就是指要善於在對專業領域之外事物的觀察中，在相關性的聯想中獲得啟迪。事實上，各種事物之間的內在聯繫是極為密切、豐富的，思接千載，觸類旁通，開闊視野，方能打開思路。敏銳的感知則是捕捉事物間聯繫所需要具備的重要稟賦之一。我們很難想像一個缺乏敏銳感知的人如何獲得好的創意。

（三）清靜恬淡的心態

　　人們身處世俗社會，尤其是現今物欲橫流、充滿誘惑的時代，難免會受各種功名利祿的誘惑和庸常人事的困擾，這些利欲之惑、瑣事之累，無疑會構成對創造性思維活動的嚴重干擾，影響和阻礙創意的產生。放下無休止的功利追求，擺脫碌碌瑣事的擠壓，放空蕪雜的思緒和沉重的目標追求，心境坦然，超越凡俗，看淡功名，才能氣定神閒地放飛思想，馳騁想像，擁抱創意。超然地看待紛擾的世事、瑣屑的煩憂，需要有一種包容和淡定的心態，如同西方哲人曾說過的那樣：凡是存在的都是合理。對看不慣的人和事，應當以寬懷之心去包

容接納；對迴避不了的麻煩與困擾，應當泰然處之不受其累；對無法
實現的願望和理想，應當安之若素順其自然；如此才能以淡定超然之
心態去面對大千世界。人們很難設想，一個心胸褊狹、唯利是圖、斤
斤計較、患得患失，被現實所困擾和羈絆的人，如何能夠產生創造性
的思維，實踐開拓性的活動。

（四）先進的價值觀念

　　創意者所從事的事業，往往是具有先鋒、前衛的性質，也是探索
性的活動，具有引領潮流和風尚乃至人類文明發展方向的重要作用。
但如果這種創意在價值理念上出現問題，其作用就將是負面的，對人
類文明進程產生破壞性後果。這一點需要引起人們高度重視——並不
是所有的創意都是人類社會健康發展所需要的。因此，創意者應當在
人類文明的成果中汲取正能量，以先進的價值理念為支撐從事創意活
動，使創意成果真正成為引領人類健康發展的風向標。優秀的創意自
然離不開先進的價值理念，在此前提下，創意的最高境界是具有創意
者個人特徵的創意——缺乏個性風格的創意，缺乏獨特的創意思維和
性格，就無法成為傑出的創意。

　　很顯然，創意的產生需要創意者個人擁有良好的心理素質、情感
狀態與價值觀念，但這些素質除了創意者個人的天分稟賦外，還需要
擁有一個有利於培養和造就這種素質的社會環境。教育當然是最重要
的環節，普及和推廣藝術教育是營造創意人才成長、孕育創意思想不
可或缺的基礎條件；而營造全社會對創意認知、尊重和理解的氛圍同
樣是至關重要的。創意在某種意義上就是一種文化冒險——所謂超越
前人只是就成功的創意而言的，許多時候創意也會成為一種失敗的嘗
試：誰也無法保證一種新的思想和行動會被社會大眾所接受。以寬容
的心態對待創意者，創意者以淡然的心態對待自己創意設想——這是
今天倡導和鼓勵創意所需要的社會文化環境。

三　設計的旅程：時代潮流的風向標

擁有創意的社會文化基礎以及優秀創意人才，就能夠形成豐富的創意思想。但再好的創意如果不進入實踐層面，便無法形成創意作品和產品。事實上，任何文化創意要變成現實，都需要經過一個繞不開的重要環節，那就是設計。許多時候，創意作為一種想法或點子，並不能直接發生作用和效應，也就不能延伸到各個產業領域，也無法對我們的日常生活產生深刻影響。要讓創意發生作用，就要經由設計乃至製作、製造這樣的環節，才能將人類的奇思妙想編織與縫合進某個行業（項目）或某個生活的具體場景之中。

創意還與藝術具有天然的密切聯繫——藝術的構思、靈感往往靠創意來支撐，另一方面，今天的藝術已經不只是局限於藝術領域本身，而是進入了兩大領域：即產業的領域和日常生活的領域。設計藝術與產業結合，派生的又不僅是藝術產業本身，而且還能延伸至幾乎所有的產業領域——時尚業、製造業、建築業、裝飾業、廣告業、旅遊業，以及現今飛速發展的數位內容產業。設計藝術與日常生活的結合，不僅改變人居環境，而且能提升人們的文化藝術素養。涉及建築設計、家居設計、景觀設計、公共藝術設計等諸多方面。

論及人類的設計史，無疑是個可以追溯久遠的話題——古代社會無數的能工巧匠就是以設計的方式創造了豐富瑰麗的文化遺產，在此，我們僅從現代設計的萌芽，即工業革命以來的現代設計藝術所經歷的重要思潮，來檢視設計所帶給人類哪些里程碑式的文明成果，而這些成果的背後又體現了一種怎樣的設計理念的變遷與更迭。

人類漫長而豐富的設計史顯然不是一篇有限的文字所能容納，在此我們將目光主要聚焦於設計史上那些意義重大的節點、事件以及影響深遠的設計思想、觀念和潮流。現代設計起始於工業革命時期，準確說源於十九世紀中葉，可以一八五一年英國倫敦舉辦的「世界博覽

會」為肇始——這次博覽會期間，由於工業產品設計質量不盡如人意，引發了一批設計師倡導藝術家介入設計領域，推動設計藝術的提升，以改變傳統手工藝設計遭遇機械生產衝擊所帶來的設計水平塌陷——新的機械生產方式使傳統設計無用武之地，而其自身又尚未建立起與之相應的設計手段和設計標準，因而建立現代設計體系以滿足機械生產的產品對設計的新要求和新規範，就成為時代的必然。

新的機械生產時代所形成的現代設計對於傳統設計而言，主要的區別在於：一是機械生產屬於批量化生產，複製的高效率導致產品的極大豐富；二是產品已從滿足宮廷貴族、文人商賈具有奢侈性的消費，擴展至普通大眾百姓的日常性生活消費；三是傳統設計美學受到現代美學觀念的衝擊，形成二者相互衝突、並存、融合的複雜局面；四是設計師隊伍的形成並擁有獨立的社會地位，與傳統手工藝者所扮演的社會角色有了本質差異。這些區別的產生與存在，使得現代設計因應工業革命的時代潮流而正式粉墨登場。

一部現代設計發展歷史，總是與諸多影響深刻廣泛的設計運動和潮流相伴隨——從藝術與手工藝運動到新藝術運動，從裝飾藝術運動到現代主義運動，從各國現代主義設計的特色發展到後現代主義設計的興起，人類運用藝術設計的才智給新興的工業文明增添了一道道亮麗的色彩，同時也在傳統設計之外，開闢出現代設計的嶄新天地。檢視各歷史階段不同設計運動所倡導、崇尚的設計思想和理念，不僅能豐富我們的設計知識和提升設計素養，更有助於從中體味前人創意的智慧、方式和技巧，為今天的創意和設計獲取更加豐富的思想資源、創意靈感和設計想像。

人類的設計旅程行進到十九世紀中期之際，出現了新的歷史性轉折：工業革命帶來的大規模機械生產模式，打破了長期以來以傳統手藝方式進行的設計實踐，使傳統設計開始向現代設計轉變。但畢竟傳統設計歷經千年的傳承，積累了深厚的設計文化和成熟的技藝，加之

工業革命發展的不平衡，傳統設計仍然有其強大的生命力；而適應機械生產方式誕生的現代設計還處於萌芽階段，許多新的理念和方式還在探索實踐過程中，這必然導致現代設計的發展不是一帆風順，並時常在與傳統設計的博弈乃至吸收其精華的過程中一路風雨兼程，歷經百餘年才不斷成熟和發展起來。期間所產生的各種設計運動和流派，就必然與傳統設計理念和精神存在千絲萬縷的關係，也正因如此，現代設計史才呈現出格外多彩多姿的面貌。

　　作為從近代走向現代工業設計的先導，由英國設計師威廉・莫里斯倡導的「藝術與手工藝運動」，以主張「讓設計服務於大眾」，並借助復興傳統手工藝和回歸中世紀或文藝復興早期純樸、自然的工藝風格，抵制繁複華麗、過度矯飾的維多利亞風格和機械製造的低劣粗糙，興起了第一波現代設計的浪潮。但儘管其影響範圍廣泛、延續時間長久，卻因未能在實踐層面遵從工業時代機器大批量生產的歷史潮流，過於強調手工藝的美感，以及在審美上未能形成符合機械生產特殊樣式的設計觀念，最終導致衰落。然而，這一運動所追求的「師法自然」、大量採用動植物紋飾作為設計圖案，還是給設計領域帶來清新純樸、自然大方和富有生機的藝術風尚。

　　由於「藝術與手工藝運動」反對工業化機械生產及其生活用品的造型樣式，使之並未解決已經成為時代潮流的工業化生產所面臨的設計粗劣問題。及至十九世紀末和二十世紀初，試圖改變現狀、迎接新時代到來的「新藝術運動」在法國興起並逐漸蔓延至整個歐洲，最終成為具有全球影響的設計運動。「新藝術運動」的設計主張和思想雖然在反對矯飾的維多利亞風格和過度裝飾，以及師法自然方面承襲了「藝術與手工藝運動」的精神，但卻有不同於前者之處：「新藝術運動」不主張一味遵從中世紀哥特手工藝和行會模式，也不承襲傳統裝飾風格，而是強調直接從自然中獲取靈感和設計母題，在遵從自然風格和形態的前提下，又主張超越自然的線條形態，使之具有現代抽象

感；另一方面，他們不決然反對大規模工業生產方式，而是著眼於長遠，試圖期望在重新喚起社會對手工藝重視和熱衷的同時，將其技藝和技巧適當融入現代工業品設計之中。很顯然，這些理念具有鮮明的開放性色彩和傾向，體現著直面現實、面向未來的時代精神，能夠以發展的眼光和姿態對待傳統手工藝，有利於設計適應時代變化而變化，不斷向前發展。由於這一系列主張的提出與付諸實踐，產生了一大批富於傳統韻味和現代感的精美設計作品，並形成了以流動感強、富於韻律的曲線和噴薄生命活力為典型特徵的設計風格，「新藝術運動」因此成為第一個具有真正現代意義的國際設計運動。但遺憾的是，這一運動倡導者過於追求產品造型的精美、材料的組合和浪漫色彩的營造，且大部分產品依然仰賴於手工加工，未能實現與機械生產的適度結合（這在某種意義上表明，雖然有先進的、符合時代要求的理念，但實踐這些理念往往還要有一個過程，畢竟新生事物的初創時期總是難以尋找到成熟的方式將理念變為現實），無法真正走向大眾，最終分解為兩個不同的設計風格脈絡，其中一脈則演變為二十世紀最初十年新的設計運動——裝飾藝術運動。

在機械複製時代不可逆轉，倡導傳統手工藝的復興被證明無法抗拒和改變機械化大生產浪潮時，設計領域開始新的思考與嘗試。事實上，設計所要解決的根本性與核心的問題便是：如何尋找藝術、手工、機械製造等有機結合的問題。傳統設計在經歷漫長歲月的發展，形成了一整套成熟的設計語言和方法，找到了藝術與手工藝完美統一的方式；而在十九世紀末二十世紀初，由於工業化大生產的出現為時尚短，顯然還未能很好地解決藝術與工業品無縫對接的問題。歷經多次現代設計運動的嘗試，設計師們逐漸開始將思考的焦點投向問題的關鍵所在——「什麼才是最符合新時代、新環境和新要求的藝術形式和設計品位，技術、材料、工具的進步如何能夠優化設計的質量並提高生產效率，以及藝術、設計、手工藝這三者如何才能更好地與現代

化的生產方式相結合，並為更廣大的使用對象提供更優質的服務。」
正是因為有了這樣的思考，在一批富有創造性的設計師的實踐基礎
上，以及工業化大生產蓬勃發展的時代背景下，「裝飾藝術運動」迅
捷興起，成為自機械複製時代以來第一次具有鮮明現代風格的設計流
派：其宗旨以反抗傳統手工藝和新藝術運動為標誌，充分考慮和推崇
與工業文化相適應的設計風格——機械美學與功能主義，並以誇張
的、幾何的、機械的線條，代替新藝術運動仿效自然動植物圖案與線
條的設計路徑，直接從機械冰冷的材料中尋求美感，在色彩上則偏愛
使用具有摩登感的金屬色和高飽和度的霓虹色。這一設計風格的確與
傳統設計乃至新藝術運動風格截然不同，以機械式的、幾何的和純粹
的裝飾線條作為主要設計元素，營造幾何構圖，形成了以造型的簡
潔、色彩的誇張和裝飾的豐富多彩見長的美學特徵，率先打破了傳統
設計精緻婉約的風格，「良好地解決了藝術趣味同工業生產利益之間
的衝突，同時強調了實用的主張，」可以說是在設計史上第一次樹立
了較為純粹的現代設計美學風範。但畢竟裝飾藝術運動是脫胎於新藝
術運動的，它依然無法完全跨越傳統設計的窠臼，因而具有手工藝和
工業化的雙重特點，是在傳統與現代設計、人情化與機械化之間尋求
結合點的一種嘗試，一定程度體現了工業時代的設計精神，成為下啟
現代主義運動的設計流派。

　　如果說以往的設計運動基本上是建立在傳統設計思想、理念以及
傳統手工藝技藝基礎之上（即便是裝飾藝術運動也是一隻腳在傳統設
計領域，另一隻腳在現代設計之中）的話，那麼現代主義設計運動則
是一場建立在大工業機械生產基礎之上的真正的設計革命：它不再強
調設計為少數貴族和菁英服務，主張設計為大眾服務；它不再依賴傳
統手工藝，而立足於機械的批量生產；它不再延續手工藝的精緻美
感，而構築了一種全新的機械時代設計美學；它不再強調設計的浪漫
情調和裝飾性能，而關注於設計品的美感形式是否服務於功能目的、

設計是否有利於產品色彩的標準化、規範化和高效率。從這些最基本的特徵看，現代主義設計運動確乎是全然超越了傳統設計的範疇，真正成為與工業化機械生產時代相匹配的全新的設計範式——它不僅在設計理念與思想，還是設計所依託的生產基礎，抑或設計的方式和手段等方面，都達到了與所處工業時代的生產方式及其社會意識形態的高度融合。

　　隨著工業化的深入發展和產品的不斷豐富，現代主義設計也日漸成熟，並發展延伸出許多新的流派，而不同工業國家、不同設計大師也形成具有自身特點的現代主義設計風格——現代主義設計在廣度和深度上的拓展，使現代設計不僅日趨成熟，而且出現了獨立設計師、設計工作室和設計機構及部門等，由此標誌著設計的職業化和作為獨立的創意產業重要門類的歷史性突破。這期間湧現了許許多多設計流派，如荷蘭「風格派」運動、俄國構成主義運動、德國包豪斯學院等，以及各領風騷、流行一時的設計風格，如美國的「流線型」設計和「好設計」、德國的新理性主義風格和「腎臟形」風格、以及反設計運動等。

　　產生於上世紀五、六十年代的波普設計，是那個時代具有國際性的波普藝術運動的一個組成部分。波普設計承襲了以往一些設計藝術運動服務普通民眾的理念，並在新時代大眾傳媒的推波助瀾之下，在更加廣泛的領域走進普通大眾，走進每一個人的日常生活。但不同於現代主義設計運動那種千篇一律的面孔，波普設計除了強調接地氣之外，還致力於打破以往統一單調的設計風格，讓設計具有更為多元的個性風格，如詼諧、幽默、前衛、人性化的設計紛紛湧現，形成更加豐富多彩的設計特色，徹底改變了由一種風格一統天下的局面，為後現代主義的發展奠立了基礎。

　　步入二十世紀六、七十年代後，隨著世界經濟發展形態和政治環境的變化，尤其是科技發展帶來新材料、新技術的迅速更新，特別是

八十年代後電子信息技術的突飛猛進，帶給設計界新的轉變，不僅進入了「塑膠時代」和隨後的新型複合材料、模仿性材料的時代，而且設計理念和價值取向也發生重大轉變：在強調產品設計擁有好的技術與功能的同時，還要有多樣化的形式與個性，尤其是開始注重設計的人性化、人格化，認為設計並不只是解決功能問題，還應該考慮到人的情感問題，盡可能賦予產品以人文內涵與象徵意味，讓消費過程成為對產品文化內涵的感受、體驗、欣賞與品味的過程，並由此給產品增添一種新的功能——心理感覺功能。這些設計主旨將人們從產品單純的功能價值向多元的心理、人文、象徵等綜合價值轉向，這也是新時代經濟文化化的重要特徵與表現。同時，後現代主義設計在其基本特徵之下，又有許多不同的風格流派，呈現出前所未有的多元發展狀態，並且潮流的更迭流轉之時間間隔越來越短暫，其變化之快令人眼花繚亂、撲朔迷離，甚至有「快速時尚」的說法。僅就服裝而言，就有「可愛先鋒」、「嬉皮風格」、「淑女風格」、「百搭風格」、「學院風格」、「民族風格」、「嘻哈風格」、「田園風格」、「中性風格」、「朋克風格」、「通勤風格」、「簡約風格」、「街頭風格」、「OL 風格」等等，真有一種亂花迷眼、應接不暇的感覺。在筆者看來，後現代主義設計事實上是一種以現代科技、設計手段和形式，找回傳統、歷史和人性溫情的設計運動，即是以新的、現代的方式回到傳統。它不是復古式地回到傳統，也不是拋棄傳統走向現代，而是在二者的對接、融合中，創造更加豐富多彩的設計文化和設計世界。

在上述我們對人類現代設計史的簡要回顧中，雖然只是匆匆一瞥，卻能看出設計文化與潮流的變遷，遵循著一個與時俱進、求新求變的基本規律。儘管設計講求創新，但這種變化的基本立足點，在於適應人類發展各個時期對於實用功能、美感需求、心理感受和文化體驗等的不同訴求。設計史上形形色色的運動所表達的價值追求和理念，正反映了那個時代人們的主導性需求。概要說來，影響設計及其

潮流的因素主要有：一是文化時尚，這是由於設計本身是文化風尚的一個組成部分，不同時代社會風俗和文化潮流必然要影響設計風格的走向，同時設計自身的發展需要也促使其要在批判以往設計的基礎上實現新的轉換和發展。二是技術進步，儘管設計屬於人類精神文化創造範疇，但它毫無疑問又是一個格外依賴物質材料的精神創造活動，新技術、新材料乃至新工藝的出現，必然構成對設計理念和設計風格的深刻影響，歷史上幾乎每一次技術革命都會帶來設計領域巨大變革。三是人性訴求，設計的最終目的是滿足人們的日常生活和工作創造的需要，是以人性需要為出發點和立足點的，但人性需要不是固定不變的，而總是處於動態變化之中。除了人的一般性需求之外，在人類文明進程中，人們還會不斷發現人性新的面向、新的需求。這種發現事實上是建立在對人性內涵新發現的基礎之上的。設計師們時常以其獨到的設計理念，發掘和創造新的設計之美。巴西建築設計師尼邁耶兒秉承「先形式後功能」的設計理念，並主張「當一種形式變為美時，它即成為了一種功能。」也就是說，他試圖借助設計創造一種新的形式美學，由此為人性的發展打開一扇新的窗口。

事實上，人類文明的發展過程在某種意義上就是對人類智慧的不斷發掘，以及對人性本身內涵認知的不斷深化。這個過程已經延續了幾千年，還會不斷地延續下去。而滿足人們現實需求的設計，也就必然會在人性發展的新需求面前，呈現出新的形態、新的發展。

四　多維的視角：文化創意之外圍關係

設計是體現和轉化創意的重要途徑和手段，設計發展的歷史表明：人類創意智慧的發展依賴於設計的不斷發展。當然設計本身也充滿了創意。好的設計必須有出色的創意作支撐，它是獨特創意的具體體現；而如何體現、體現得效果怎樣，則取決於對設計方式、技巧和

手段的把握程度。因此，設計在今天的重要性在於，它能將好的創意盡可能以完美的方式展現出來——這無疑是獲得創新和競爭優勢的關鍵所在！

　　從設計與人類發展的關係來看，設計不僅能創造一種新的產品、一種新的服務，更能改良人們的生活方式，甚至改變人們的生活態度和觀念。但創意設計在今天的發展，面臨著經濟、文化、科技、資訊等高度發達的現實環境，需要解決諸多更加多元和複雜的關係。

（一）創意（藝術）與技術

　　不論古今，創意與技術都存在極為密切的關係。在古代社會，以創意為支撐的藝術與手工藝，雖然也離不開一定技術和技藝，但主要還是依靠藝術才思與高超手藝來體現其價值，換句話說，藝術與手工藝品的水平主要取決於藝術家和工匠的水平，而不是所依託的技術與工具的水平。但在科技高度發達的今天，在藝術與技術共同打造的創意產品和服務中，藝術與技藝所占據的核心與主導的地位開始發生變化——不僅一些創意構思和設計構想需要某種技術作支撐才有可能實現，而且許多創意產品的質量與效果也在很大程度上取決於所運用的技術手段。就前者而言，技術幾乎決定了創意的價值實現，比如美國大片《阿凡達》，關於這個影片的創意構想，大導演卡梅隆早在十多年前拍攝《泰坦尼克》時就已經形成，但是當時的電腦立體動畫技術還不夠成熟，無法製作出卡梅隆心目所需要的生動完美的外星人形象及其動作，直到新世紀第一個十年之後，有了更加成熟的立體動畫技術，卡梅隆才著手拍攝了具有逼真和震撼性畫面的《阿凡達》，並獲得極大的成功。因此，就《阿凡達》這個案例而言，技術對於文化創意的作用可見一斑。而就傳統工藝品來說，現代先進的電腦控制精密機器，在批量加工乃至精細加工方面，對於產量和質量的提升也起到舉足輕重的作用；其他領域如演藝、會展、娛樂等，也能借助科技手

段獲得良好的效果。

　　但在技術進步極大地提升文化創意產品質量，甚至極大地提高文化創意產品的營銷能力的同時，也要防止另一種傾向——過度依賴技術而導致藝術水準的下降。技術雖然可以烘托、突顯與強化藝術效果，但如果單純依靠技術卻弱化藝術方面的努力，則會將文化產品引向膚淺、空洞和純粹的娛樂之歧途。人們應當明白，作為文化產品和服務，核心價值是文化內涵而不是技術，技術只是對文化內涵的表現起積極的支撐作用，文化（藝術）內涵是靈魂，技術只是輔助手段，不能喧賓奪主。強調文化與技術的結合，目的在於更好地傳播和表現文化內涵，突顯藝術效果，在二者的關係中，文化（藝術）始終是主角，技術只是配角。

　　當然，除了文化創意產品之外，還有許多產業，如製造業、建築業、裝飾裝潢、服裝業、信息業等領域，需要借助創意和設計的融入，目的是為了提升這些產業領域的文化含量及附加值，它們屬於創意和設計與相關產業的融合。由此所形成的工業設計、建築設計、裝飾設計、服裝設計，以及數位內容、時尚設計等專業性設計門類，構成了相關產業的高端部分。在這些創意和設計與相關產業融合的領域裡，文化創意和藝術的地位就不像單純的文化產業那樣是以內容為王，而是作為附加於這些領域和行業物質產品之上的文化符號與象徵意義，是提升其文化含量、品牌意義的重要手段。因此，在這些融入了文化創意和設計思想的物質產品之中，技術（功能）占據主導地位，是價值的核心所在，創意則處於輔助地位，是為了增強產品的美學與文化意味而存在的。前者應當是主角，後者則是配角，只是在越來越注重物質產品文化與審美價值的今天，文化創意和設計在這些領域中扮演著越來越重要的角色。

（二）技藝與藝術

在傳統手工業時代，技藝與藝術的關係可謂水乳交融、難分彼此。一個技藝高超的工匠，往往能創作出優秀的藝術作品，而一個藝術造詣深厚的藝人，則往往也擁有高超的技藝。步入現代社會之後，傳統手工藝受到極大沖擊，不僅許多傳統的民間技藝失傳，而且現存的許多純手工技藝也不同程度地被現代工具以及機器所代替。如果任憑這樣的情形發展下去，要不了多久，人類數千年積累和傳承下來的手工技藝便將消失殆盡，這無疑是人類文明的巨大損失。尤其是我們這樣擁有數千年歷史的文明古國，先人留下的優秀、精湛的獨門絕技更是數不勝數，非物質文化遺產從數量到藝術價值更是世所罕有。在今天現代化、數位化高度發達的背景下，如何保流傳統的手工技藝是擺在我們面前重大而嚴峻的問題。不論怎樣，我們首要的任務是確立手工藝在今天的價值——保護一切能夠保護的手工技藝，並發揮我們的智慧和創造力，讓其能夠在現代化的進程中傳承和發展。強調手工技藝的價值，一方面要樹立保護文化傳統的意識，充分認識到傳統手工藝的美學價值和文化價值，另一方可以嘗試手工技藝與現代消費品的融合。如利用傳統手工木作技藝，為高檔轎車配置內裝飾，便可提高其作為現代工業奢侈品的檔次；利用小型工藝品與現代日用品結合的方式，延續傳統手工藝的生命，等等。此外，在現代工藝品的生產製作中，由於師徒傳承體系日漸削弱，手工價值得不到應有肯定，機械加工帶來的效率優勢等因素的影響，導致傳統技藝水平明顯下降。這值得引起我們高度關注。事實上，傳統手工技藝是與眾多非物質文化遺產密切關聯的，手工技藝的退化與消失，就意味著非遺的退化與消失。保護傳統手工技藝，就是保護非物質文化遺產。在這一過程中，對那些部分保存手工、部分借助機器的工藝，則要十分慎重地區別對待。借助機器進行傳統工藝品的生產，不應削弱其藝術品位，也

不應削弱和排擠手工技藝的發揮和發展。只有在這個前提下，才可以為提高產品數量而部分使用機器加工。對待無法用機器進行輔助生產的手工藝，則要本著保護傳統文化的認識高度，將其視為民族文化的一個重要組成部分，借助政府、社會和民間力量進行保護與扶持，讓其原汁原味地傳承下去。當然，在這個追求速度、節奏和效率的時代，在物質豐沛、拜金盛行的社會，在現代文化多元發展、文化產品日益豐富的今天，要守住在生產效率、審美趣味等方面與時代潮流相去甚遠的傳統文化和技藝，的確需要我們樹立堅定的信念、拿出超人的智慧，同時需要擁有一種淡定的心態和堅韌的決心。

（三）自然與藝術

人與自然的關係是人類發展進程中永恆的話題。不同時代有各部相同的關於人與自然關係的認知與理念。具體到創意設計領域，各門類設計都關涉到與自然關係的問題：創意設計實際上是人與自然關係的另一種體現：借助藝術、設計來表達人與自然的關係，展現人對自然的認知與理解。在今天的創意和設計活動中，繼承前人優秀的理念，正確處理人與自然、自然與藝術的關係，能夠有助於文化傳承和藝術健康發展。與此同時，也要融入現代人的相關理念，將環保與生態、低碳與節能的觀念融入創意設計。中國古代建築注重將建築融入自然之中，實現人與自然、建築（藝術）與自然的和諧統一。榮獲世界建築界最高獎普利茲克獎的建築設計大師王澍，最新設計的中國美院象山校區專家接待中心，就運用了南方傳統民居夯土牆的建築材料和技藝，不僅保持和延續了本土建築特色，又具有環保、低碳的現實功能，同時取自自然界的土紅色建築色調又與周邊環境相協調，成為自然的一部分。既在觀念上也在實踐上，實現了傳統與現代的完美結合，不失為處理藝術與自然關係的典範之作。

現代媒介環境下，高度發達的媒介與資訊所形成的「第二世

界」、「第二自然」，使人們認識世界的方式發生了深刻變化。古人對
自然的認識往往通過與自然的直接接觸來獲得——落後的生產力、簡
陋的工具，只能以直面自然、深入自然、體驗自然的方式來感知、認
識自然。而現如今，由於知識的積累、傳媒的發達、資訊的豐富，尤
其是電子影像傳播的廣泛普及，人們對自然界的認識已經越來越脫離
自然本身，即可以在不直接面對和接觸自然的情況下，借助書本、影
像、模擬技術和媒介輕鬆獲取對自然的感知與認識。人與自然關係變
得原來越疏遠，甚至生活環境也遠離自然。於是借助圖書、影像和媒
介等第二自然來認識和把握自然成為這個時代的重要特徵之一。自然
體驗的缺失、擬像的再造、虛擬自然和藝術……技術進步提供的便
利，在不知不覺中成為人們遠離自然的行為慣性。這就必然深刻改變
人與自然，乃至藝術與自然之間的關係。儘管這是人類文明進步的表
現與結果，但倘若我們不警惕人與自然不斷疏遠乃至脫離自然的傾
向，就有可能導致對自然認識的偏差，也會導致藝術與自然關係的脫
節，其後果將使藝術失去土壤和生命力。

（四）創意與生活

發展創意設計的目的是讓人們的生活更有文化品位，讓人們的文
明素質水平不斷提高。然而創意設計通常總是與文化產業和相關產業
相聯繫，是作為一種提升產品文化價值、使用價值而存在的。但在今
天，全面提升人們的日常生活水平，不僅僅只是提升物質和文化產品
的品質與水平，而是要將品質的提升貫徹到日常生活的每一個層面。
從創意產業到創意經濟，實現了創意向各行業的延伸和擴展；從創意
社區到創意生活，則是創意向整個生活領域的全面滲透與覆蓋。創意
融入生活，需要的是以優良的感性素質和無處不在的創意去美化我們
的日常生活。將創意設計融入人居環境的構建，提升人們衣食起居諸
多方面的品質與品位，是創意設計工作者以專業的方式改變我們人居

環境的一種努力。但創意生活的打造更需要依賴普通大眾的自覺行為。臺灣借助社區營造的方式倡導「生活美學運動」，將日常居住環境、社區公共空間、休閒娛樂場所等都納入有計劃、有規劃的創意設計營造，使普通大眾的生活空間處處充滿創意氛圍，無形中塑造和提升了大眾的生活美學意識。這在另一個層面上，也為創意設計相關產品和服務提供了良好的生存環境和消費基礎。因此，創意的意識和理念，應當如涓涓細流，日夜不息地流淌和滲透在人們的日常生活之中，成為人們內心的需要和訴求。創意是需要其獨特的社會文化土壤的，只有將創意貫穿在日常生活之中，浸潤到人們的心靈深處，形成豐厚的創意土壤，才有希望萌發和產生許許多多優秀的創意。

當然，將創意設計融入日常生活，無疑是一個龐大而系統的工程，也是一個需要假以時日、著眼長遠的事業。從現在開始，以各種形式、途徑和手段，從細微之處入手、細小之事做起，在各個不同的生活領域和面向，持之以恆地展開創意設計的普及和提升，如此便能為創意設計水平的全面提高奠定堅實厚重的基礎。

五　創意設計：怎樣再鑄輝煌

二〇一〇年上海世博會的主題是：城市，讓生活更美好。圍繞這一主題，世界各國創意大師們各顯神通，傾盡才思，揮灑才情，以種種新奇獨特的視角、別出心裁的建築形式、獨闢蹊徑的展示方式、五花八門的表現手段，全方位地詮釋了對美麗城市、對美好生活的理解。這其中蘊含著人類追求美好生活的永恆理想和不竭動力，也閃現著人類創意智慧的耀眼光芒和無限空間。那些奪人眼球、打動人心的場館展示，吸引了數千萬的參觀者和全球媒體的關注，讓人真正領略了創意設計的無限魅力，並發出由衷感慨——與其說是城市讓生活更美好，不如說是創意讓生活更美好！這樣一個舉世矚目的世博盛會，

無疑需要一流的創意設計的支撐；而構織人類未來的美好生活，則不僅需要一流的創意設計，更需要將創意設計一點一滴地融入日常生活。雖然人類既往的創意設計實踐已經創造出輝煌燦爛的文明，讓當下人們的生活比以往任何時代都更加多彩多姿。但今天的世界正在發生深刻的變化，這種變化對創意設計的需求和期望已非昔日可比，也遠遠超出我們的想像——在某種意義上，工業時代國家的強盛依靠的是硬實力，那麼後工業時代國家的強大除了硬實力，還需要有軟實力。而創意設計正是構築國家軟實力不可或缺的重要因素。

　　儘管在新的時代訴求之下，創意設計從內涵到外延、從理念到方法都發生了深刻變化，需要我們在更廣闊的視野、更深刻的層面理解創意設計的作用、範圍和意義——在今天，創意設計涵蓋的範圍、引發的變革遠比以上我們所論及的內容更為豐富複雜。但不論怎樣，我們首要的任務是要將著力點放在創意設計自身水平的提升上——沒有高水準的創意設計，就談不上融合發展，談不上生活品質的提高，也談不上軟實力的提升。當然，創意設計水平的提升無疑是個極為複雜的系統工程，在此我們僅就創意設計發展中無法迴避的幾個重要理論問題——傳統話語與當代話語、民族話語與世界話語、模式化與創新性——這三組關係進行探討。

（一）傳統話語與當代話語

　　創意設計是以一種獨特的形象化、具象化的方式所進行的智慧創造，同樣具有以什麼樣的話語作為依託來構織和展開創造性勞作的問題。自從現代以來工業文明逐漸走向成熟之後，創意設計在經歷了復古與創新的多次反覆和探索，終於找到了一條適應現代工業化機械生產特點的設計方式和設計風格，並以現代主義設計運動為標誌。在這個過程中，歷史久遠、技藝深厚的傳統手工藝所形成的強大慣性，使其獨特而成熟的設計語言（話語）在相當長時間裡未能被新興工業化

時代的設計所吞噬和淹沒：現代設計誕生以來一波又一波的設計運動浪潮，始終無法擺脫傳統手工藝時代的設計影響，足見一種成熟設計語言的影響力是多麼巨大。現代設計的誕生、成長和成熟的過程，事實上就是不斷在尋找和確立自身設計語言的過程：從材質、色彩、形狀、結構、圖案到審美理念、審美意趣和審美風格，如何形成一個區別於傳統設計的獨立體系，這顯然不是一件簡單的、短時間所能完成的事情。即便是到了現代主義設計運動，也仍然還有許多不足和缺失需要完善──這個過程經歷了百多年並未完結，還要繼續走下去。從開放性的角度來看，將永無終結之時。也就是說，現代主義設計依然在不斷發展完善之中，同時也依然在不斷地以新的視角和方式從傳統手工藝設計中汲取養分，在與之交流對話中改變和完善自身，而後現代主義設計就是這種努力的結果。

　　因此，創意設計的發展，總是面臨如何妥善解決傳統話語與當代話語之間關係問題。一方面，傳統手工設計儘管在今天不再處於主導和優勢地位，但它仍然在某些局部領域顯示出頑強的生命力：中國的刺繡、漆藝、編織、瓷雕、鐵藝、銅雕等，主要還是依賴手工製作，其一整套完善、複雜的製作方式、審美法則和設計語言，還難以與現代設計接軌；另一方面，日漸成熟的現代設計雖然形成了一套獨立的設計語言和美學範式，但它的歷史畢竟太短，缺乏深厚的積澱，時常需要從傳統手工設計乃至傳統文化那裡汲取必要的滋養和元素，而如何汲取、運用和轉化，則取決於不同時期的設計理念和思想。很顯然，一部現代設計發展史，始終離不開如何對待傳統設計，而未來設計的發展，也同樣離不開如何處理傳統話語與當代話語的問題。傳統的豐厚存在，無疑是當代設計的重要資源，源遠流長的傳統設計文化將為現代設計提供不竭的靈感；現代設計建立起來的與傳統截然有別的設計語言，開啟了全新的設計空間，為傳統設計的當代發展和生命力的延伸提供了可能。尋求二者之間以最佳的方式互相滲透、融合、

轉化，將使創意設計獲得更加廣闊的發展空間，也有助於創意設計水平邁向新的更高的台階。

（二）民族話語與世界話語

傳統和當代是一種縱向的關係，民族和世界則是一種橫向的關係。前者需要解決的是繼承和發展的問題，後者則要解決的是特色與借鑑的問題。就創意設計領域而言，每一個民族都有其獨特的創意思維、設計理念、審美意趣和工藝技巧，並擁有極其豐富、龐大和獨特的設計文化遺產。在創意設計發展中，古代社會的工匠們由於落後的交通、通訊的限制，總是在相對封閉的本民族文化背景下從事創意設計活動（當然也有例外，如唐代社會，由於思想解放，文化多元，交流頻繁，使長安城匯聚了世界各地的文化和宗教，導致唐代工藝設計擁有濃厚的異域色彩）。但進入現代社會尤其是信息社會之後，設計師們事實上置身於一個文化開放、信息暢通、交通便利的環境中，如何確立自身的文化選擇，形成自己的設計風格，就成為一個十分重要的問題。

幾乎每一個設計師都有自己的民族歸屬，這種歸屬將在其設計中留下深刻印記。一般說來，任何一種文化都有其民族性。民族性在一個民族的文化中，往往體現為這個民族歷史發展過程所形成的有別於其他民族的主流哲學思想、思維方式、價值觀念、宗教信仰、審美趣味等等，其中包括這個民族所擁有的獨特的文化符號體系──這些是該民族文化的核心和靈魂，是其得以獨立存在的根基。設計文化是依託某一民族文化而存在的，是民族文化的一個組成部分。因而，民族文化對設計師設計風格的形成具有內在的規約作用，它將潛在地影響設計的題材選擇、表現技巧、形式語言、審美意趣等。一個成熟的設計師總是以一套帶有個人印記的民族話語進行藝術創造。但在全球化時代，民族之間的交流越來越頻繁，世界各國民族文化交流融合已成

為不可逆轉的現實。如何在網路時代文化大融合的背景下，堅守本民族文化的民族特性，是擺在我們面前的重大挑戰。一方面要用自己民族話語，另一方面又能與世界文化對話和同步發展。這就需要把握一個重要的尺度：既要廣泛汲取其他民族文化元素，又能保持自身民族文化特色。其分寸就在於不能將外來文化的吸收借鑑變成照抄照搬，而要有機融入本民族文化，成為滋養民族文化的新元素，發展民族文化新動力。

（三）模式化與創新性

儘管事物的發展變化是自然界乃至人類社會永恆的規律，沒有一種事物是固定不變、永久靜止的。與之相應，每個時代都有屬於那個時代的文化，也有屬於那個時代的創意設計風格。從這個意義上說，一定歷史階段、一定社會文化發展時期，創意設計的風格是相對穩定的──當一種新的設計風格走向成熟之後，就會形成相對固定的模式。模式既是成熟的標誌，也是僵化的開始，同時也就孕育新一輪創新的啟動。從中外各國設計史的發展中，都不難看出這樣的演變軌跡。在這一對關係中，有兩個層面的問題需要解決，一個是當一種新的設計風格形成時，如何讓其擺脫幼稚走向成熟的同時，又不至於迅速走向僵化；另一個是在相對成熟的風格中，如何追求統一之中的變化與特色。對於前者，關鍵之處在於：對新風格要以開放的視野和動態的方式去建構和完善，在確立其獨特風格的同時，預留新的發展空間；對於後者，要善於在同一時代的文化潮流中、在民族文化的交流碰撞中，尋求獨特的、差異化的視角和途徑，堅持創意者個人的立場和觀察角度，從而形成多樣化的設計風格。當然，任何一種風格都會有過時甚至消亡的時候，模式化與創新性總是在相互糾結纏繞中融合與轉化。只是在這個轉化過程中，我們要善於捕捉盡可能多的創新點，讓同一歷史階段呈現更多優秀的創意設計成果──那些歷史上文

化鼎盛時期（如西方的文藝復興，東方中國的唐朝盛世），就是獲取和成就了眾多優秀創意設計的時代。

當今時代，創意設計面臨良好的發展機遇和環境，但與以往不同的是，今天的創意設計擔負著一個重要任務，那就是要改變工業化帶來的文化冷漠的氛圍和千篇一律的環境，要在後現代社會中以新的理念和視野，從傳統文化和民族文化中重拾人性的溫情與藝術的豐富多樣。

現代社會高速運行的經濟與快節奏的生活，以及日益加快的城鎮化帶來的交通擁擠、環境污染、資源短缺、城市森林等問題，使自然山川遠離了城市人群，碧水藍天日漸遙不可及，文化綠洲日趨貧瘠沙化；而另一方面，則是日益濃厚的商業氛圍，越演越烈的物欲潮流，日漸淡薄的人性溫情──中國古人詩意的棲居之理想離現實越來越遙遠，追逐利益和及時性享樂成為人們近乎無奈的選擇──人們失去了悠閒自適的自由、親近自然的機會、享受藝術的空間、靜心思考的心境、恬淡平靜的心態；人性中最值得珍惜與呵護的那些東西正離我們遠去。

這樣的社會和現代化顯然不是我們所需要的──借助創意設計將藝術的溫情和美感，一點一滴地滲透進我們生活的環境，潤物無聲地滋養我們的心靈，同時融匯古今中外文化元素構築和創造新時代的藝術人文空間，不斷提升人們的生活品質，正成為這個時代最迫切的訴求。也正因此，創意設計將在未來世界發展中扮演越來越重要的角色，並在這個過程中獲得新的突破和發展。

融合現代設計　弘揚造物文化

──中華傳統造物文化現代性轉化

　　新形勢下，文化產業供給側改革的穩步推進，將對文化產品質量和文化服務水平提升產生積極的推動作用，從而不斷增強我國文化建設水平和文化軟實力。這一過程中，創意設計是極為重要和關鍵的一環：對於以內容為形態的文化服務，優秀的創意是其核心與生命力所在；對於以器物為形態的文化產品，獨創的設計是其價值和可持續發展的關鍵所在。無論是供給側改革，還是轉型升級，創意設計水平的提升都將始終是重中之重。

　　在供給側改革和一帶一路建設背景下，文化產業轉型升級成為當務之急，對創意設計有比以往更迫切更嚴苛的要求；文化走出去也不再僅僅限於精神文化產品，而更多依靠文化含量高、設計優良的物質產品的輸出。在某種意義上，設計優良的中國商品的大量輸出，其影響力要高於純粹的精神文化產品；前者能融入到人們日常生活之中，後者卻可能由於文化折扣而削弱影響力。有鑒於此，在大力提升文化產業創意水平的同時，高度重視產品設計水平提高，不僅有利於文化創意和設計服務與相關產業的融合發展，也有利於在更廣闊的領域實現一帶一路建設中中華文化的傳播與發展。

一　中華造物文化：傳承與復興

　　中華傳統文化是一個龐大的系統，可概要劃分為兩個傳統：一個是精神文化傳統，一個是造物文化傳統。中華民族在五千年的文明發

展中，創造了燦爛輝煌的精神文化與造物文化，形成了中華文化獨特魅力，孕育了中華美學精神。在當今世界大發展大變革大調整時期，政治多極化、經濟全球化、文化多元化的趨勢深入發展，科學技術日新月異、網際網路日益普及、文化交流日趨頻繁的態勢下，中華傳統文化為我們確立文化自信奠定了堅實基礎，也為我們當代的文化創造提供了豐富的資源。但在西方當代文化以其天馬行空的創意、新奇獨特的設計而鋪天蓋地的背景下，中華文化如若不緊跟時代、銳意創新，縱使傳統悠久、典籍如山、文物燦爛、遺產遍布，也依然會導致在西方文化產品和器物產品的包圍下，使國人滋生崇洋媚外的心理。這種心理的另一個表現是，國人對源於西方現代設計美學體系的造物文化的追捧——如在海內外表現出的從奢侈品到日用品、從家居裝飾到服裝首飾、從電子小商品到大型家電乃至汽車、遊艇等眾多洋品牌的崇拜，由此不可避免導致人們在日常生活消費過程中，不知不覺、潛移默化地丟失了中華文化傳統，淪為西方現代造物文化的擁躉。

在市場開放、信息暢通的全球化和網際網路時代，年輕一代消費者對民族傳統文化的了解與認同，因受現實文化環境、社會環境和商業氛圍的影響，往往存在知之甚少、陌生隔閡現象。殊不知，中華傳統文化經典浩若煙海、精妙磅礡，不僅為今天的文化創造提供了底蘊深厚的思想文化資源，而且提供了獨具特色的美學精神。中華美學在世界美學領域中自成體系、獨樹一幟，是中華民族集體審美意識的集中體現。中華美學講求托物言志、寓理於情、言簡意賅、凝練節制、形神兼備、意境深遠，注重知、情、意、行相統一；推崇審美教化、文以載道，追求象外之象、韻外之致、味外之旨；崇尚境界高遠、蘊藉內斂，追求樂而不淫、哀而不傷的中和之美；講究以物比興、托物言志、情景交融，講究意象、意境、意趣和感覺經驗的貫通。正是在這一體現中華美學歷史精粹、文化基因的美學思想涵養下，產生了一大批包括傳統詩、詞、賦、音樂、書法、國畫、戲曲、舞蹈、民間藝

術、中華武術等在內的優秀文藝作品，成為世界文明創造中一道絢麗的風景。這一傳統為當代中國精神文化創造提供了豐富資源和不竭靈感。

但中華傳統美學的豐富性還不止於此——以另一種方式體現出中華傳統文化獨特審美意趣和風範的，還有一個蔚為壯觀的造物文化寶藏：它涵蓋了包括從宮廷建築、古典園林、鄉村民居、古典家具、民族服飾、日用器皿（雜貨）以及傳統工藝美術等造物文化。但在現代化和全球化的浪潮下，相形於精神文化而言，這個曾經令世人驚嘆和驚奇的輝煌造物文明，正處於前所未有的危機之中。在某種意義上，不是因為其喪失了美學價值，而是在繽紛多彩的當代文化形式和造物文化的創造面前遭遇了冷落，它所代表的中華造物美學體系也面臨岌岌可危的處境！究其原因，其一，西方造物文化在現代設計理念支撐下實現了現代轉型，設計水平大幅度提升；其二，我們以往更多關注精神文化傳承而忽略了造物文化的弘揚，而且在文化產業分類中未將時尚設計、工業設計和建築設計納入其中；其三，我國現代設計文化的缺失和斷裂，導致古代設計文化現代性的遲滯與阻隔。當白話文、話劇、現代小說、現代詩歌、芭蕾舞、管絃樂、油畫、電影等外來文藝形式，經由與民族傳統藝術的融合創造而成為人們廣泛接受的新文藝時，傳統造物文化卻未能實現文脈相通的現代轉化，導致傳統造物文化或嚴重毀損或閒置不用，由此形成的文化真空，勢必給西方現代造物文化大行其道提供絕佳機會。

事實上，中華傳統造物文化同樣精深博大、蘊藏豐厚，習近平總書記所說的「讓收藏在禁宮裡的文物、陳列在廣闊大地上的遺產、書寫在古籍裡的文字都活起來」，後者指的是精神文化，而前二者「遺產」和「文物」中的相當一部分指的就是造物文化。中國古代擁有極為豐富的設計思想資源，同時還擁有極為豐富的設計美術（美學）資源，並形成一個獨立的美學體系，產生一批經典著作——如《天工開

物》、《營造法式》、《三才圖會》〈器用〉、《考工記》、《長物志》、《工段營造錄》、《裝潢志》、《繡譜》、《陶說》、《園治》等——誕生諸多中華造物文化思潮流派，如簡約主義風尚、科學主義精神、自然主義傾向，以及對形式與功能關係的獨特理解，並在歷史上形成對西方的深刻影響。十七至十八世紀的明式家具風格曾對那個時代的西方家具設計產生較大影響，西方設計師從明式家具彎曲有致、線條優美的造型與線腳中獲得靈感和啟發，並將其中的一些線型、紋樣及工藝運用到西方新家具的設計之中；西方家具史的兩個高峰：法國巴洛克式家具和洛可可式家具都不同程度受到明式家具的影響。在今天，中華傳統造物文化資源同樣可以提供現代設計在「表象」呈現中所需要的美學元素，關鍵在於人們是否有意識地去關注、選擇、闡釋、轉化和創造。比如中國古典園林設計中的人居美學獨具特色，講求整體建築的飛動之美（飛檐、飛龍、飛鳥、走獸），室內空間的藝術之美（雕樑、畫棟、花窗、迴廊），居住環境的自然之美（園藝、山水、借景、隔景），這些設計理念和美學思想的背後，蘊含著中國古人關於人與自然關係的哲學思想：天人合一。[1]王世襄先生總結出中國古典家具設計的十六品用以概括不同地域和用途的家具風格特徵：簡練、純樸、厚拙、凝重、雄偉、渾圓、沉穆、濃華、文綺、妍秀、勁挺、柔婉、空靈、玲瓏、典雅、清新等，「但簡潔、典雅、優美是其主要特徵。他本人也認為樸實率真、質勝於文史明代家具的主要風貌。」[2]可謂風格多樣而又富有中華造物文化之審美特質。這些設計理念和思想、設計風格與特點，完全可以同西方現代設計相融合，創造出融匯古今中外設計精華的現代造物文化，即如著名畫家林風眠說言：以固有文化為基礎，吸收其他民族的文化，從而造就新的時代。

1　宗白華：《美學與藝術》（上海市：華東師範大學出版社，2013年），頁242-246。

2　梁梅：《設計美學》（北京市：北京大學出版社，2016年），頁105。

　　繼承和弘揚傳統造物文化，首先要深入理解和掌握傳統造物文化精髓，其次要熟練運用現代設計語言，同時因應當代社會文化和心理情感需求，進行創造性轉化、創新性發展。歷史傳統只是基點和起點，我們顯然不能僅僅停留在起點上，還要有面向未來的著眼點，要賦予傳統文化新內涵，構織傳統文化新肌理，激活傳統文化新生命，創造貫通古今新文化。這就要做到立足本土、博采眾長，辯證取捨、轉化創新，服務當代、面向未來，讓傳統造物文化中的精華以新的形式和樣態，進入新的時代和新的生活。

　　面對當今世界精神文化多樣化發展、造物文化日新月異的現實，堅守傳統而不拘泥傳統，吸收外來而不唯洋是尊，是我們推動中華文化不斷向前發展確立和增強文化自信應有的科學態度。守正出新才能歷久彌新，如果說豐厚的中華傳統文化是我們文化創造的源頭活水，那麼外來優秀文化則是我們文化創新的有益養料。傳統文化的繼承絕不是簡單的擬古、仿古、尊古，而是對其精華的再提取、意義的再闡釋、價值的再發現、生命的再激活。在當下，要借助西方現代設計美學理念和方法，轉化和弘揚傳統造物文化。如以現代建築設計與裝飾美學對接和弘揚中國人居美學，以現代工業設計語言融合與創新傳統工藝美術，以現代創意設計推動和拓展非遺技藝。

　　在日益開放和充滿競爭的二十一世紀，文化交流交融交鋒日趨頻繁，為此我們務必勵志前行，潛心發掘先人流傳下來的文化寶藏，融合現代設計語言，創造當代中國造物文化。對此，中國美術學院院長許江充滿信心，他堅信用中國人的藝術思維、中國人的生活習慣，構建我們自己的東方美學，這一天，一定會到來。

二　設計文化：當代理念與實踐

　　中華傳統精神文化現代性轉化不僅先於造物文化，且在當代的發

展遠比造物文化繁榮興盛。傳統造物文化必須借助和植入現代設計文化才可能實現當代轉化。西方現代設計文化起步早，已經形成一個完整的理論體系和成熟的設計語言。從時間上看，西方現代設計早在十九世紀後半葉就已萌生，形成截然不同於歐洲古典設計語言的現代設計語言和體系。一八七三年，芬蘭就建立了赫爾辛基設計博物館，起初是一所建於一八七一年工藝學院，收集了大量作為教學素材的設計作品，以此為基礎而設立了設計博物館；提倡「將設計融入生活」，形成富於人文情感和浪漫情調的現代設計觀。一九○七年，德國「新收藏」博物館設立，以收藏工業設計藏品為主，區別於藝術與手工藝博物館。它的誕生甚至早於「設計」一詞在德國的出現。一九一九年，德國建立了第一個設計學院：包豪斯設計學院，成為現代設計和設計教育的起源，引領和影響了整整一個時代的設計風潮。興起於美國二十世紀三十至六十年代的現代設計風潮，其引領者主要來自包浩斯學院的教授。而在我國，「藝術設計」作為學科專業取代在我國高等教育界延續了近半個世紀的「工藝美術」，是直到一九九八年才發生的事。也無怪乎在時隔一四三年的二○一六年，中國第一個正真意義上的現代設計博物館──中國國際設計博物館，才有望於在杭州的中國美術學院落成。不難看出，我國現代設計文化和設計教育的發展起步晚，基礎薄，這既體現在高等教育中，也體現在社會領域人們對設計文化認知淡薄，大眾對設計文化如何深刻影響了我們的生活還不甚了然，更談不上能夠有意識地去欣賞、理解和運用，這必然導致現代造物文化的落後，導致中國在時尚設計、工業設計方面與西方的巨大差距，中國造物品牌也難以在西方國家立足並產生影響。

我國現代設計文化的滯後，不僅極大制約了製造業的轉型升級，也制約了中國文化以物質產品的形式走向世界、產生影響的進程。這必須引起我們的高度警醒和重視。當務之急，是進行系統而全面的現代設計文化啟蒙，這不僅是實現傳統造物文化現代性轉換的前提，而

且決定著文化創意產品十分具有核心競爭力，更是製造業轉型升級的關鍵所在。

在後工業時代，設計已成為不可或缺的基因，成為一種能夠體現和反映我們情感和文化價值的語言。設計已走出人類造物單純的功能和功用需求，而具有更多元和多重的價值意義。全球工業設計教父艾斯林格很早就預見到創意設計對於企業的意義，在他看來，創意設計「是新經濟秩序的重要驅動力和組成部分，其所蘊含的價值不可估量。為實現商業目的，公司可以提供設計這一方式戰略性地運用創意。」[3]倫敦設計博物館館長迪耶·薩迪奇深刻揭示了設計語言在當代的多重作用：設計語言可以通過視覺和觸覺上的提示，讓物品顯示出「珍貴」或「廉價」；設計的語言能夠通過色彩、形狀、大小和視覺的關聯來表示物體的性別與個性；設計能夠借助國家的標識和企業的商標來創造某個範圍如國家或集體的認同感；設計語言的不斷變化和巧妙運用，能夠塑造物體被理解的方式；設計正是我們今天了解人造世界的關鍵。

正因如此，世界各國許多知名企業的主管都極其重視設計在公司發展中的戰略地位，由此出現區別於傳統設計注重裝飾、造型、色彩、功能等的設計思想，提倡設計置於公司發展的頂層，強調設計戰略的重要性──即從長遠的、人性化的、可持續的角度，考慮企業產品發展的未來方向，在設計戰略的框架下進行具體的產品體系化設計。作為世界著名設計公司青蛙設計的創始人艾斯林格，在他加盟蘋果公司時，就促使喬布斯將設計置於公司的重要地位。艾斯林格深刻洞察到當代經濟所面臨的變革，在他看來，設計師必須站在公司的高層，成為企業家、CEO 的得力助手；在一個快速發展的創意經濟中，企業可持續的核心競爭力，來源於創意蘊含的巨大盈利能力，以

3　〔美〕艾斯林格著，孫映輝譯：《一線之間》（北京市：中國人民大學出版社，2015年），頁26。

及設計本身至關重要的作用；技術和市場趨勢轉瞬即逝，真正永恆的
是品牌以及它們所代表的獨特文化，而「設計戰略」正是促成這種文
化神奇的驅動力。[4]

　　在現代設計起步較早的國家，設計教育發達，設計理念先進，設
計理論成熟，設計思想豐富，這些通過設計師與企業主管的協作，對
企業戰略的確定和產品變革產生深刻和重要的影響。一些世界級設計
大師，更具有獨特的設計思想和理念，在他們的影響下，許多企業或
起死回生，或重振雄風，或風靡世界，演繹出一幕幕現代造物文化的
奇觀。世界著名工業設計師艾斯林格，依靠他率領的青蛙設計公司團
隊，為全球知名企業產品品牌的打造貢獻了傑出的設計智慧：他先後
為蘋果、微軟、索尼、戴爾、通用、惠普、雅虎、迪士尼、花旗集
團、阿迪達斯、LV、宏碁等設計和創造了暢銷而經典的產品。

　　艾斯林格加盟蘋果後的最大業績，就是讓喬布斯接受和認可他的
設計理念，並將設計置於公司戰略的重要地位，他與喬布斯聯手打造
的蘋果「白雪公主」設計語言，成為蘋果高速成長的重要因素。當二
十世紀八十年代初許多公司還在關注科技驅動時，艾斯林格就已經意
識到設計驅動在未來巨大潛力，所幸的是喬布斯恰恰也是個天生對設
計有敏銳感受的 CEO，二者理想的契合與和諧的合作關係，決定了
蘋果輝煌的今天。如今，蘋果的成功故事見諸於眾多的報刊雜誌與圖
書，梳理海量的信息，我們可以透視其中最精要的部分。

（一）明確設計的戰略地位

　　在許多人都把工程技術視為公司核心競爭力的時候，喬布斯已經
看到了設計對於蘋果的真正意義，且早就關注世界級的設計，很想把
那些帶入蘋果。因此他很快就接受了艾斯林格把設計作為蘋果商業戰

4　〔美〕艾斯林格著，孫映輝譯：《一線之間》（北京市：中國人民大學出版社，2015
　　年），頁27。

略的核心部分的提議，堅定地回絕了人們對設計在組織結構中的新地
位的質疑，並且不允許自己偏離軌道，由此引領蘋果實現了從往昔的
工程師驅動設計到由設計師主導的前瞻性設計的轉型，使蘋果很早就
成為設計驅動型公司。這無疑是蘋果的幸運。艾斯林格曾經在索尼公
司服務七年，儘管索尼公司高層也關注設計，但是他們從來沒有真正
努力去把設計放在索尼業務的戰略層面。[5]這也表明，除了設計師，
公司管理者也至關重要，「大多數成功的商業設計案例不僅需要天才
設計師，更需要開明的管理者。」[6]

（二）前瞻性設計

　　蘋果的設計所考慮的不是根據市場的需求去決定設計方向，而是
善於預期他們的用戶想要什麼。事實上，與其說是預期，不如說是引
領。當艾斯林格介入蘋果之後確立的「白雪公主」設計語言，就是在
研究了蘋果的歷史以及納瓦霍人的幾何沙畫、阿茲台克人的藝術之
後，同時針對當時電子產品停留於機械設計的狀況，確立了一個人性
驅動和極簡風格的設計方向。他們推出的極簡風格果然引領了一個時
代電子消費品的潮流。但蘋果並未止步於此，他們期望通過人工智慧
為人們創造新的體驗方式。蘋果除了外觀設計具有前瞻性，更在操作
介面設計上費盡心力，喬布斯希望做到的是：「在我們的設計中，最
重要的就是一目了然，讓使用者能夠憑著直覺知道一切。」[7]使設計
達到與人的感覺融為一體的效果，這便是設計的一種境界──「無
形」的存在。蘋果設計語言的確做到了超越產品功能和美妙外觀，使

5　〔美〕艾斯林格著，朱宏譯：《極簡設計：蘋果崛起之道》（北京市：電子工業出版
　　社），頁34。

6　〔英〕愛麗絲・勞斯瑟恩著，龔元譯：《設計，為更好的世界》（桂林市：廣西師範
　　大學出版社2015年7月），頁114。

7　〔英〕愛麗絲・勞斯瑟恩著，龔元譯：《設計，為更好的世界》（桂林市：廣西師範
　　大學出版社2015年7月），頁144。

產品根植於歷史又突出用戶靈魂兩個方面，讓它能表達出作為一臺「會思考的機器」的新精神面貌。喬布斯事實上在很大程度上繼承了包豪斯的遺澤，蘋果系列產品因此成為有人文情懷的品牌。當具有人文情懷的設計深深扎根於蘋果自身的文化語境中，購買蘋果就不再僅僅是消費一種電子產品，而是購買一種生活方式。

（三）文化與產品嫁接

設計活動就是通過某種設計手段將一定的文化理念和審美元素嵌入到產品之中，是產品成為有溫度、有情感和美感的人性化商品。艾斯林格有句名言：「技術來來去去，但品牌必須活下去。簡單地說，文化總是贏家。」[8]喬布斯早在一九八二年就接受了艾斯林格主持的青蛙設計公司為蘋果打造的全新設計語言，從此，他把被文化改變的產品帶到人間，重新用設計的 DNA 為今日的蘋果定義了企業戰略。富有文化情感內涵的產品，不僅僅只是賦予功能更舒適的感覺，而是賦予用戶更深層的體驗。蘋果設計語言力圖做到能夠把物理存在和虛擬場景融合成統一的體驗，從而將數位消費品變得更加人性化。蘋果深知唯有文化能夠獲得永久的魅力，認為「渴」不是靠「一杯水」來解決的，「它把電子產品設計成一種文化、一種人類生活狀態，而絕不僅僅是塑膠、金屬和玻璃的工程產物。」很顯然，唯有文化才能成為遠比「一杯水」更多更持久的的泉源。

（四）整體和系統設計

對於一個公司而言，設計語言不能只體現於某個產品樣式，而要成為一套視覺化的品牌 DNA，並且體現公司的獨特價值和遠景目標。因此，設計必須是貫徹到公司整個產品體系之中，成為具有標識

8　〔美〕艾斯林格著，朱宏譯：《極簡設計：蘋果崛起之道》（北京市：電子工業出版社，2016年9月），頁33、124、26。

性的語言和特徵，形成自己的視覺品牌。蘋果超越當初的電腦公司巨無霸的 IBM，依靠的就是真正為用戶考慮的系統化的品牌設計，這得益於艾斯林格的理念，他「堅持認為蘋果需要一套完整的策略來整理出一條偉大的產品線。」

　　無獨有偶，同樣是因為對設計的重視而成就了無印良品。如果說蘋果是當代工業設計的成功典範，那麼無印良品則是日用雜貨設計的佼佼者。不同於蘋果作為電子消費品的相對單一產品特性，無印良品面對的是包括服裝、文具、廚具、化妝用具、箱包、家具等在內數千種用途各異的商品，如何將這些種類繁多的商品納入統一的設計風格之中，換句話說，如何使得數千種商品通過獨特的設計語言而呈現出相近的設計理念和美學風格，這對設計師來說無疑是個巨大的考驗。無印良品管理層高度重視設計對公司戰略發展的意義，聘請了日本頂級設計師作為其顧問委員會成員：原研哉、深澤直人、杉本貴志、小池一子，由他們與董事長一起制定公司的設計方向。這些設計師均是具有深厚設計思想和豐富設計實踐的世界級設計大師，為無印良品確立了一整套設計理念。

　　無印良品一反眾多市場品牌推崇炫酷、吸引眼球的設計路徑，從環保、節約和簡樸的角度出發確立公司的設計理念，追求終極的「這樣就好」。這一理念包含的思想是提倡和強調一種克制的消費，但又不是無奈放棄的選擇，而是一種自信、自主和獨立的消費立場所決定的選擇行為，體現以最環保的方式提供充分滿足的價值，給消費者帶來恰到好處的舒適感，避免過度消費帶來的壓迫感。這些獨到思想，通過設計師們的整體性設計，即從產品設計、傳播設計到店鋪設計來體現和傳遞。因此，無印良品就個別產品而言很難進行設計評論，但將它的產品集合在一起來看，就能發現其中所體現的簡素、簡單的設計理念和風格，甚至能體味到其所倡導的一種消費方式和生活方式。無印良品堅持已經形成的價值觀，即便顧客需要也不銷售，由此更加

突顯了其產品特徵和品牌內涵。

　　無印良品設計師們這些理念，是基於對全球消費潮流以及日本自身在現代化進程中存在問題的反思，對什麼是真正優質產品，產品應當體現怎樣的價值觀等世界性問題進行深入思考，同時融入了「日式簡單」的本土文化的結果。他們力圖在全球範圍內重新尋找優質產品，並關注如何通過生活方式而不是依靠物質來豐富生活、提高幸福感。重新審視以往的設計觀念，對習以為常的產品進行「再設計」，是原研哉一直思考的問題，他認為「我們以前只是在設計一些『刺激』，而現在我們要與那種過去分道揚鑣，用明亮的眼睛看待平常，得出設計的新思路。」[9]深澤直人作為產品設計師，也有其獨特設計思維和方式，在他無意識設計理念下產生的作品，看似簡單，實則不易。他設計中下功夫的地方，往往是其他設計師看不到的微妙而難以察覺之處。他運用的方法，就是去深入人們的潛意識行為，而為之設計。正是這些富有獨特設計思維和設計理念的設計師的加盟，無印良品才可能如此突顯出品牌特徵和價值。

　　在中國，雖然現代設計教育起步較晚，發展滯後，但一批具有高度文化自覺和文化自信的文創人才和設計師，已經領風氣之先，開始致力於創造有中國本土特色的當代造物文化的新銳實踐。王澍、杭間、張雷、孟凡浩等設計師和設計理論家們清醒地意識到：在全球化時代，中國當代設計的出發點應該是本土；原創不是新鮮的就好，而是要把中國人用得合適的而外國人沒有做到的東西做出來，這才是原創設計。他們著力實踐和構建的新「杭派民居」已悄然在富春江畔的數個鄉村煥發生機；尤其是王澍為烏鎮設計的網際網路國際會展中心更是成功實現了江南民居與現代建築的完美融合；而深圳一家以繼承弘揚非遺文化為宗旨進行文化消費產品設計生產的「非遺生活」品牌

9　原研哉著，紀江紅譯：《設計中的設計》（桂林市：廣西師範大學出版社，2015
　　年），頁23。

也閃亮登場。這一系列繼承與弘揚中華傳統造物文化的創新實踐，必將引領中國傳統造物文明走進當代，走向世界。

三　現代設計：啟蒙與重構

中華傳統造物文化儘管包含豐富的設計思想，也形成一整套完整獨特的設計美學體系，但自近代以來，隨著工業文明的興起，人類造物領域和空間獲得極大的拓展，造物的種類、材料、技術、手段、方式和設計美學都發生了革命性的變化，也逐漸形成一個完全不同於傳統設計的現代設計教育和美學體系。

在西方，由於工業文明發展領先、過程完整，造物文化的現代轉化基本與傳統精神文化的轉型相同步，現代設計從萌發到逐漸成熟，已歷經百餘年歷史，形成了一個成熟的現代設計語言與美學體系。儘管由於設計作為應用性很強的一門學科，其系統的理論著作並不多，現今西方設計學院多半使用的教材主要是英國學者撰寫的設計史和工業設計史專著，如約翰・赫斯吉特《工業設計》，潘尼・斯芭克《二十世紀設計和文化》等，但在歐美發達的工業國家，現代設計從理論到實踐，都得到很好的發育和成長，現代設計的基礎教育也十分普及。在現代設計支撐下產生的時尚與工業品始終引領世界潮流，不僅成為發展中國家追捧的商品，而且對發達國家的文化輸出和國家形象塑造起到不可忽視的重要作用。在西方國家的商店櫥窗裡，人們幾乎看不到一線品牌有來自中國的。一個國家的文化影響，除了形而上的精神文化產品輸出外，形而下物質產品的輸出也同樣能產生重要作用。形而下的物質產品進入的是人們的日常生活，其影響往往是潛移默化的，其傳播的範圍要遠比形而上的文化來得廣泛和深遠。「我們說文化形而上，但實際上它的根基一定是形而下的，形而上的東西無

形地浸透在所有形而下裡，這才更重要也更持久。」[10]

造物文化是中華文化的一個重要形態和組成部分，本身也體現著中華精神文化諸多內涵，並且滲透在人們日常生活之中，潛在而持久地傳遞著文化基因，將深刻的文化印記烙刻在人們意識之中。我們不難想像，倘若國人使用的都是外國商品和品牌，即便精神領域未曾脫離中國文化傳統，其自身的文化自信也是難以建立和體現的。王澍對此有更為警醒的說辭：「當你腦子裡，把所有歷史的、文化的包括所有和時間有關的東西都作為不需要的東西清洗掉之後，只需要五十年，中國人就會忘掉自己是中國人，中國的文化可以連影子都不見。」

在中國，由於種種歷史、社會和文化傳統等原因，造物文化的現代轉化不僅遠遠滯後於精神文化，更因政治動盪、外族入侵和頻繁戰亂而數度中斷和遲滯。同時，中華傳統文化體系中，精神文化歷史積澱極其深厚，並得到相對完整的記錄、保存和流傳；而造物文化雖然也曾經驚豔世界，如陶瓷、絲綢、明式家具等在十七世紀至十八世紀被歐洲諸國所追捧與收藏，成為那個時代風靡全球的時尚和高檔商品，但有關於造物的歷史典籍和著作為數不多，流傳不廣，造物技藝主要以師徒相傳的方式傳承下來，構成我國非物質文化遺產的重要組成部分。這與中國注重精神文化、輕視造物文化的傳統不無關係，以至於當西方現代造物文明傳入中國之際，竟被視為奇技淫巧，未給予必要的重視，更談不上吸收借鑑，推動傳統造物的現代轉化。這既導致中華造物文化的學術積累失之單薄，又使得現代工業文明和設計難以獲得健康快速發展。

即便到了當代中國，造物文化依然落後於西方，表現在四個方面：其一，傳統造物文化現代性遲滯，現代設計文化語言未能與傳統

10 王澍：《造房子》（長沙市：湖南美術出版社，2016年8月），頁217、238。

設計語言融合，且傳統工藝、材料也缺乏更新，以致曾經被西方人追捧的陶瓷、家具的設計製造都逐步被西方超越，尤其是包括家具在內的家居系列產品，在全球基本沒有中國的市場份額；其二，因現代設計文化的缺失，沒能有效拓展造物文化的新領域，發展出符合現代人消費需求的造物文化及其產品，或是發展水平存在較大差距，如工業設計產品、時尚設計產品等；其三，與設計教育密切相關的職業教育的相對滯後，無法提供現代高端造物和品牌產品對工藝的要求，也就無法支撐高品質的製造業，更無法打造一流的產品品牌；其四，設計思想和理論的貧乏與落伍，使產品設計缺乏先進理念支撐，影響力輻射力小，多半局限於國內乃至狹小的區域範圍，難以為國內外消費者所普遍認同，更談不上引領世界潮流。

如果說高能耗、粗放式的工業生產導致日益嚴重和突出的環境污染的話；那麼，低水平、低質量的產品設計所導致的是不容忽視的設計污染。設計污染不僅指低水平造物設計帶來的視覺污染，同時還包括人們日常生活中因使用低劣設計產品所帶來的生活品質的降低。由於現代設計理念滯後，設計水平低下，從城市規劃到建築設計，從景觀設計到公共藝術，從日用雜貨到時尚設計，從工業品到室內裝飾，從電子消費品到工藝美術品，新銳創意和高端設計產品的普遍缺位，致使低端設計大行其道，導致我們置身的環境充滿著品位缺失、設計低劣、製作粗糙的物質產品。這種現象不僅使我們生活的環境品位不高，而且潛移默化地降低了人們的審美趣味，形成一種無形而又普遍的設計污染。

應對設計污染無疑是個複雜而系統的工程。但我們必須從現在開始，堅定而持久地繼承和弘揚中華優秀傳統造物文化，堅定而持久地推動現代設計水平和能力的全面提升。

（一）重視現代設計啟蒙

現代設計文化啟蒙至關重要，不僅要從娃娃教起，從基礎教育乃至高等教育都要重視設計學基本知識的教育。同時，還要面向社會大眾進行廣泛的現代設計教育普及與啟蒙，其中包括藝術教育的普及。唯有全體公民擁有基本的設計知識和相應的設計意識，知道什麼是設計，什麼是好的設計，什麼樣的設計是人們真正需要且符合人的情感需求和未來發展方向的，高端設計才會被認同和欣賞，設計大師們的設計產品也才能被廣泛理解和接受。也唯有如此，設計師和企業家們共同致力的以現代設計打造一流產品的努力，才可能有被社會接納，才可能擁有廣闊市場空間。這一啟蒙的意義，還不僅僅限於造物文化的弘揚與發展，而是關乎中華民族的文化軟實力和國家形象的提升。

（二）樹立設計引領理念

人們曾經信奉科技的力量，科技進步的確開啟了人類發展一個又一個新紀元。然而，以技術為中心的創新觀念，已經不能適應今天全球經濟發展的趨勢了。這是一個全新的轉變，這個轉變也使設計的內涵發生了深刻變革：不再只是產品色彩、外觀和造型這些表面元素的改變，而是以某種設計理念去整合、組織產品外在美學元素和內在操作方式，使產品除了訴諸視覺感官，還能以其人工智慧為用戶創造新的體驗方式，帶給消費者獨特的心理、情感的滿足；更進一步，設計能通過人們所喜愛的用戶體驗來獲得消費者的依賴和追捧，從而創造乃至引領一種生活方式。今天的設計所考慮的問題，是如何用同樣的技術，通過設計讓消費者獲得更愉悅的體驗。設計已經上升為高端綜合設計服務，更加人性化，也更加便捷、更有趣味，更有文化內涵，體現了設計在產品創新中與技術同等甚至高於技術的重要作用。

（三）確立前瞻設計思維

　　前瞻設計不同於具體的、單一的產品設計，而是一種設計戰略。是從企業未來產品發展方向，或以產品引領未來消費趨勢的長遠目標著眼，進行系統性、整體化的產品定位與設計。著名設計大師艾斯林格早在上世紀八十年代初，就與喬布斯一道憑藉對設計價值和意義的清醒認識，將設計師的地位提升到直接與董事長、CEO 對話的地位，並確立了深刻影響蘋果發展的「白雪公主」設計語言——這個語言實現了喬布斯「保持簡單」的設計理念，不僅保持外觀的簡單，而且保證使用和操作的簡單。喬布斯正是借助這種全新的設計語言，「把被文化改變的產品帶到人間，重新用設計的 DNA 為今日的蘋果定義了企業戰略。」[11]也正是借助這種語言，使蘋果的品牌特徵更加突顯。事實上，出色的前瞻設計，不僅能實現產品的新變革，而且能讓產品引領消費潮流。

（四）重估造物文化價值

　　精神文化是一種以意識形態來呈現和傳播審美觀、價值觀、世界觀的無形文化，是直接訴諸於人們的思想意識和心靈情感的；而造物文化是一種以物質形態來表達和體現審美觀、價值觀和世界觀的有形文化。無形文化傳遞價值理念雖然直接，但通常不具有日常性和世俗性；有形文化呈現價值理念儘管是間接的，卻時刻環繞於我們的生活空間，甚至塑造著我們的生活方式。在今天，中華優秀傳統文化的弘揚是在精神文化與造物文化兩個維度上展開的，它所面臨的西方文化的挑戰也同樣發生在這兩個維度裡。某種意義上，造物文化因其日常性、世俗性和實體性而具有更廣泛、更普遍的影響力，而精神文化則

11　〔美〕艾斯林格著，朱宏譯：《極簡設計：蘋果崛起之道》（北京市：電子工業出版社，2016年9月），頁8。

因其抽象性、無形化和非實體性而難以形成持久和經常性的影響。人
們通過日常性地接觸物品來體會和感受某種思想並潛移默化地接受，
往往要遠比通過抽象理念來接受一種思想更便捷；思想難以時刻環繞
於我們生活空間，而我們的生活與社會活動卻時刻離不開器物。因
此，留住一個民族的文化傳統、文化記憶和文化基因，造物文化具有
比精神文化更持久更重要的作用。當然，造物文化影響力的發揮，必
須借助優良的設計。我們弘揚中華傳統文化，除了注重精神文化，也
要注重造物文化；在實施一帶一路戰略中，要注重與各國精神文化的
交流，也要注重與各國造物文化的合作；在推動文化走出去過程中，
不能只重視精神文化走出去，更要重視造物文化走出去，通過輸出越
來越多體現中國設計文化精神的優秀物質產品和商品品牌，讓世界更
真切、更實在地感受到中國文化的魅力和底蘊，真正使新絲綢之路成
為中華文化傳播的重要途徑，成為各國通過商品交流重新認識和了解
二十一世紀中國的重要窗口。

　　在我們強調現代設計啟蒙的重要性時，絕不能將中國傳統造物文
化丟棄一旁。中國傳統造物文化蘊含著獨特審美意趣和東方神韻，曾
經引領世界、風行全球，其中許多理念依然符合人性和當代需求。比
如中國傳統人居思想所表現出的對「詩意棲居」與「天人合一」價值
追求，就符合今天生態理念，只是具體表達與構築方式不同於今人；
中國各地依照當地自然環境和條件形成的有自身特色的多元化民居風
格，體現了因地制宜、立足本土的理念，形成符合區域地理環境、氣
候條件和風俗習慣的差異化人居文化，使心靈得以安放、鄉愁有所依
附。我們不僅要高度重視傳統造物文化的保護，更要深入研究中國傳
統造物文化之精髓，從中汲取優秀的基因，使造物文化得到不斷傳承。

　　但是我們也必須看到，傳統造物文化顯然與當代設計文化存在較
大差異，今天的大多數人更容易接受的是現代設計文化及其產品。因
此，探索優秀傳統造物文化與現代設計文化的有機融合與轉化，是弘

揚傳統造物文化的關鍵，是最具挑戰性和創新價值的，也因此最能造
就具有當代中國氣派和中國風格的造物文化。

文化：當代背景、傳承理念與活力再造

——關於文化發展若干問題的思考

一　引言：當代文化發展的背景

在今天，我們這個擁有五千年文明歷史的古老民族，正經歷一個從經濟復甦、繁榮到文化復甦與繁榮的時代，許多事實可以表明，中華文化正面臨一個全面復興的時代機遇——中國經濟總量已躋身世界第二，但中華民族的偉大復興離不開文化的復興。然而，在經濟復興的過程中，在城市化的進程中，在現代文明和外來文化的滲透過程中，在大力推進文化及文化產業發展的過程中，文化發展所面臨的不僅是機遇，而是一個比以往任何時候都更加複雜的境況。

只要稍加分析，我們就會發現，當代文化及文化產業的發展，正面臨著一個前所未有的、諸多因素相互交織的複雜的時代：一方面，世界各國越來越重視文化軟實力的提升，並將文化產業的發展納入國家戰略；另一方面，在現代化尤其是城市化進程中，傳統文化正遭遇前所未有的衝擊和破壞——許多文化遺存被損毀、非物質文化遺產岌岌可危。一方面，隨著網際網路的普及和現代交通的便捷，文化交流與合作越來越頻繁，促進了文化融合與發展；另一方面，文化安全成為各國高度重視的問題，文化貿易逆差導致文化強國在意識形態輸出方面占據了顯著優勢，形成新的文化霸權、文化入侵和文化衝突。一方面，現代時尚文化借助包括新媒體在內的傳播手段，獨領風騷；另

一方面，富有歷史和美學價值的傳統文化則面臨受眾萎縮、無人問津甚至消亡的巨大危機，而這一文化脈絡被切斷的危機在勢不可當的現代化腳步面前，並未因眾多文化專家的呼籲而有所好轉。不難看出，在文化發展面臨新的生機的同時，也面臨新的危機。作為文化研究者，應當全面把握當下文化發展所面臨的處境，冷靜分析存在的問題，思考如何在文化發展的複雜境況中，尋求科學的、有利於文化健康發展的道路。

要解決上述問題，無疑是個龐大而複雜的系統工程，需要許許多多頭腦清醒、科學理性、能把握文化發展規律的文化專家的共同努力，也需要許許多多政府管理者、經濟學家、文化企業家等各行各業的專門人才的共同努力，甚至需要幾代人的努力才能實現。在這一過程中，一個最重要的問題是，要樹立文化發展的正確理念——雖然不同時代有不同的發展文化的理念，但正確的、先進的文化發展理念要能確保文化遺產不被破壞、文化傳統不被割裂、文化多樣性能夠維繫、文化生產能夠持續推進、文化推動社會發展的作用能夠有效體現。

二　傳統文化：傳承理念與當代延伸

基於這樣的認知，在文化的地位和作用越來越被人們所關注和重視的今天，我們要特別注意思考一個容易被忽略的問題，即什麼樣的文化是有生命力的？這是樹立正確文化發展理念需要解決和思考的問題。

我們首先要面對的是以怎樣的姿態和立場對待傳統文化。當下對待傳統文化有兩種態度和現象：一種是在經濟社會發展中，缺乏對傳統文化保護意識，導致大量文化遺產遭到破壞；一種是雖然擁有保護傳統文化的意識，但缺乏保護和利用的正確與合理的方式，導致傳統文化難以融入當代社會。在此，我們主要針對後一種情況進行探討，

具體而言就是要探索如何將傳統文化中富有生命力的東西帶入我們今天的生活。

在保護文化遺產已然成為今天人們較為普遍的共識，但作為傳統文化的繼承，作為我們正在和將要帶進當下社會文化領域以及日常生活中的傳承實踐，是否意味著要將所有傳統文化都毫無保留地帶入我們今天的生活空間？在今天保護傳統文化的口號日益響亮的情況下，人們往往容易陷入一種誤區：對祖先留下的文化遺產不加辨析地全盤接受。事實上，並非一切傳統文化都具有生命力，都值得進入當代社會：許多傳統文化可以作為文化遺產保留在博物館或收藏家手中，卻不一定適合為當代人所利用；而只有那些能夠為當代人的文化發展和文明進步提供資源的文化遺產，才具有生命力。具體而言有以下幾方面：

（一）要能夠提供當代人所接受和欣賞的文化樣式、文化產品

我們祖先所創造的歷代文化遺產，大多仍然為今人所欣賞。但這裡需要明白的是，許多傳統文化遺產只能由為數不多的專家和各種業內人士所接受和研究，而大多數未經專業訓練的普通百姓，則往往很難接近這些歷史文化——從漢賦、唐詩到宋詞、元曲；從京劇、民樂到崑曲、南音，這些精粹的中華文化的瑰寶，並非普通百姓、特別是大多數年輕人所能接受和欣賞。也正因如此，這些傳統文化中，特別是那些地方性戲曲、曲藝以及其他非物質文化遺產，有不少由於缺乏受眾和生存的環境而瀕臨消失。儘管我們許多藝術家，為擴大這些傳統文化的現代傳播效果進行了許多探索和努力，如青春版崑曲《牡丹亭》、試驗劇《先鋒杜甫》等，但許多文化門類或許最終難以進入今天大眾的視野，只能在博物館的展室中、在少數民間藝人的堅守中，延續其有限的生命。當然，還有一種傳統文化體現的是文明創造中的

負面效應，諸如小腳文化之類壓抑人性的、落後乃至落沒的文化，只能作為一種文明的暗影放在歷史的角落之中。

（二）要能夠為當代經濟社會發展提供精神動力、制度文化

傳統文化中，有相當一部分屬於精神文化，它不像以實物形式存在的文化藝術品和非物質文化遺產那樣，值得我們很好地保護——儘管其中蘊含的文化精神和審美形態可能不為當代人所接受，仍然需要加以保護；而精神文化作為一種社會倫理、審美意識形態和價值取向，許多已不再適合今天社會的需要，甚至對今天的社會發展是有害的。這類精神文化顯然不能進入當代社會，只能將其作為研究之用，不再具有生命力。只有那些能夠為當代經濟社會文化發展提供精神動力的傳統精神文化，才具有生命力，才是我們要繼承、發揚的。尤其在今天民主和法制日益完善，科學、進步的制度文化對於推動社會發展越來越重要的時代條件下，傳統文化中那些有利於推動當代社會發展和制度文化建設的東西，才能夠為今天的人們所利用和發揚光大，從而在新的歷史條件下煥發出新的生命力。

（三）要能夠為當代人身心健康發展提供先進理念、價值
　　取向

當代社會的科學、健康發展，一方面需要由一大批具有現代文化素質和價值理念的人去造就；另一方面在實現社會進步的同時不斷促進人的身心健康發展。在這一過程中，傳統文化無疑能為現代人的人文素質的塑造提供豐厚的資源和養料，但正如前面所述，不是所有的傳統文化都能為今人所利用。健康的身心發展，需要有健康的理念和先進的價值取向。傳統文化中那些助於為當代人提供身心健康發展的部分，有助於塑造當代人良好的社會心理、處世態度、生活姿態的文化理念，才是真正富有生命力的，需要當代人很好地繼承、利用和發揚。

　　一個民族文脈的傳承，應當不斷揚棄傳統文化中那些病態的、頹廢的、低俗的東西，而不斷吸取其中健康的、昂揚的、高雅的東西，並不斷融入當代社會之中，使傳統文化綿延不絕，充滿生機與活力。

　　但是，我們需要注意的一個問題是，傳統文化絕對不會主動提供我們所需要的東西，而是要靠今人去選擇、闡釋、改造、創新，然後才能談得上利用、欣賞和創造；如何選擇、闡釋、改造和創新，決定了傳統文化在今天能否發揮正能量、延續生命力。選擇意味著不是來者不拒、照單全收，而是要善於辨析、篩選那些符合當代社會發展需要的東西；闡釋意味著要以當代人的眼光和視角，去重新發現前人尚未看到的東西；改造意味著在選擇和闡釋的基礎上，將傳統文化融入現代文化之中，按照現代人的審美和價值需求進行提煉、完善；創新意味著立足於當代社會和人的發展需要，將傳統文化作為一種有益的資源和元素，進行新的文化創造。

　　在這裡，一方面要充分發揮當代人的主體意識，讓傳統文化成為服務於今人的精神資源；另一方面要慎用這種主體性，使傳統文化中的精華和富有生命力的東西成為我們選取的對象，而不是相反。只有這樣，傳統文化才能真正成為推動社會發展、文化繁榮、身心健康的寶貴資源。

　　我們祖先所創造的中華文化，無疑是一份博大而深厚的文化遺產，我們要格外尊重和珍愛前人的創造成就，很好地加以保護、繼承和發揚光大。我們可以為前人的輝煌成就而驕傲與自豪，但不能在這些成就面前頂禮膜拜、亦步亦趨，更不能因此妄尊自大、裹足不前。我們要充分激活傳統文化中富有生命力的東西，而不要讓文化遺產中與當代社會不相適應的東西浮現；我們要在傳統文化與當代社會之間架起一座橋樑，而不要將文化遺產隔絕在今天的生活之外；我們要讓厚重的文化積澱成為前行的動力和資源，而不能讓已有的文化陳規束縛我們想像的翅膀和創造的活力。

三　文化產業：可持續發展何以可能

　　文化發展是個龐大的系統工程，其中包含文化理念的確立、文化精神的建構、文化教育的實施、文化設施的打造和文化產業的發展，而文化產業本身又包括諸多領域和行業，並與文化事業有著密不可分的關係。在近年國家和地方大力推動文化產業發展的形勢下，這個熱門的領域也有許多問題值得關注和警惕——目前在文化產業發展過程中，存在哪些違背文化產業發展規律、同時也違背文化發展規律的現象？適時地檢視與糾正存在的問題和不足，不僅有利於文化產業的科學有序發展，也有利於文化的健康良性發展。

（一）文化產業增速：喜憂參半

　　文化產業雖然在很大程度上依賴於創意，但創意的產生不可能憑空而來，必須有思想元素和文化元素，而這些都蘊含在文化資源之中。雖說文化資源不論國度可以全球共享，尤其在當代信息社會，文化傳播可以說已進入無國界、無邊界時代，一個地區乃至一個國家即便缺乏文化資源，也依然可以借用其他民族的資源發展文化產業。但在有著五千年文明史和豐厚文化遺產的中國，不充分利用自身資源而捨近求遠的做法顯然是不理智的。事實上，博大精深的中華文化正可以成為我們發展具有獨特魅力和無限潛力的文化產業的源頭活水。然而，正是這些值得我們引以為豪的文化資源，眼下卻面臨大規模毀損和消失的厄運。在文化產業不斷提速的同時，文化遺產卻隨著城市化進程而加速消失。

　　在今天，當現代化的訴求已經成為我們這個歷史悠久、文化燦爛的民族無可阻擋的主旋律時，當我們走出生存的困境而邁向發展的道路時，許多現象被認為無可非議、也無可遏制——人們要求改善生活居住空間的願望越來越強、人們要求能享受更加便捷舒適生活的願望

越來越高、人們渴望欣賞來自世界最優秀的文化和享有最前衛時尚生活方式的願望越來越濃——所有符合時代發展的合理訴求都無可厚非的，畢竟現代科技、交通、通信以及不斷發展的經濟，已經能夠為滿足人們的種種願望提供了越來越多的可能。

　　但是，當人們陶醉於現代化成就的同時，卻於不經意中陷入了「路人問漁夫」的歧途：「路人問漁夫：你打這麼多魚幹什麼？漁夫答：賺錢買船。買了船幹什麼？打更多的魚。打更多的魚又幹什麼？買更大的船，打更多更多的魚……」。不難看出，漁夫的人生目標只有一個：對物質財富的無止境的追求。殊不知，這種片面的、擴張性的追求，在獲得的同時，卻失去了許多彌足珍貴的東西。今天我們正在進行的大規模的城市化建設，如果不注重城市傳統文化、城市人文精神的建設，只是一味地追求城市規模擴張、人口集聚、功能完善和經濟指標，就會不可避免地陷入「路人問漁夫」的歧途。

　　事實上，我們在城市化進程中已經出現了這種偏差——綠水青山日益減少、清新空氣日顯稀缺、純樸民風日趨淡薄、文化遺產日漸消失。而所有這些偏差最重要的是文化的偏差——不僅僅是在大規模城市建設中對文化遺產的破壞，而且是喪失了健康理性、富有特色的文化理念，導致城市文化乃至城市文化產業嚴重的同質化。

　　我們今天面臨的難題就是要解決城市化過程中，如何既滿足人們的種種合理的願望，又能促進城市建設和文化建設的健康理性的發展。對於當下城市化進程中存在的矛盾與衝突，文化專家單霽翔有深刻的表述：「在城市中，一方面是城市風貌的日新月異，呈現出物質財富的增長和經濟的繁榮；另一方面，則是傳統文化的黯然失色，呈現出文化財富的銳減和精神生活的浮躁；人們在失去了文化資源和廣闊文化空間的同時，也失去了形成文化共識的基礎和文化創造的能力。」[1]

1　單霽翔：《文化遺產保護與城市文化建設》（北京市：中國建築出版社，2009年），頁127。

如果從發展文化產業的角度看，文化資源的消失固然值得擔憂，但更值得擔憂的，是失去自身的文化個性和文化創造能力。文化產業是最依賴創造性的產業，如果在城市化進程中由於傳統的、富有特色的文化資源的流失而導致文化創造力的弱化，文化產業的發展也將面臨危機。

然而，我們先輩在幾千年的文化創造中所積累的文化遺產正處於岌岌可危之中——伴隨著前所未有的大規模、高速度的城市化進程的，是前所未有的文化遺產大規模、高速度的消失。其中不僅包括歷史文化遺產，也包括城市古街區、鄉土建築、工業遺產、農業遺產、二十世紀遺產、文化景觀、文化線路、文化生態區等新的文化遺產形態。造成這一現狀的原因，除了平面追求城市擴張和人口集聚的經濟效益外，很重要的方面在於公眾對文化遺產及其價值認識的缺位與偏差。

文化遺產的價值不僅在於其不可再生性，還在於其獨有的文化特質所形成的文化個性，更在於其所蘊含與彰顯的文化基因與文化理念。同時，豐富多樣的文化遺產還是維繫文化多樣性的前提，沒有了文化多樣性，就如同沒有了生物多樣性那樣，人類的精神家園將因此黯然失色。但文化遺產的價值還遠未被公眾所認識，這造成我們身邊的文化遺產隨時隨地在流失。

曾經有位文化專家，對周邊的文化存在有非常敏銳的感觸，許多在常人眼裡與文化遺產毫不沾邊的事物，在他眼裡都被視為文化遺產。正如加拿大學者保羅・謝弗所言：「當從整體的角度去認識人類文化遺產時，最清楚地突出在我們眼前的是數量之巨大和無所不包的豐富，並且它無處不在。」[2]然而我們現實中太缺乏這種認知和意識了。事實上，這種認知對非物質文化遺產而言尤為重要。由於非遺是

2　〔加〕保羅・謝弗著，高廣卿、陳煒譯：《經濟革命還是文化復興》（上海市：社會科學文獻出版社，2006年9月），頁494。

以傳承而非物質的形態存在，在現代化過程中許多傳統手藝、技藝和工藝逐漸失去了實用的、現實的價值，這也就很容易被人忽略甚至遺忘。同時，非遺多分布和散落民間（更多地是散落於鄉村），且與民眾日常生活融為一體，民眾的認知程度決定著保護的好壞；而處於行政管理末端的鄉鎮，相對薄弱的行政執行力使得民眾自發的保護顯得尤為重要。然而，鄉村文化程度普遍較低的現實，又很難期望民眾有必要的認知。在鄉村考察中，筆者曾目睹一位企業家的大宅院裡堆滿了大量民間淘來的石刻、木雕及各種工藝品，足見在鄉村改造中文化遺產遭破壞的程度。那麼，我們該怎樣去提高民眾對文化遺產的認知？又怎樣去加強民眾的非物質文化遺產的保護意識呢？

（二）文化遺產保護：任重道遠

我們首先要做的，是通過各種途徑、以各種方式進行什麼是文化遺產的宣傳與普及工作。如今越來越多的人知道保護文化遺產的重要，但卻往往除了古建築、古遺址之外還有哪些是文化遺產不甚了然，尤其不知道那些近現代文化遺產和自己身邊的非物質文化遺產。多年前福建土樓申報文化遺產時，當地人還十分困惑：他們知道北京的故宮是世界文化遺產，那沒有問題，因為那是皇宮；但他們不知道自己從小居住的這些破土樓破民居也可以是文化遺產，甚至可以是世界文化遺產！這就是認知問題。而如今，土樓擁有了世界文化遺產的名頭，旅遊業也因此興盛起來，人們知道它是個寶貝，需要保護。但是與土樓相關的土樓武術、客家風俗、民間工藝，乃至土樓周邊的自然環境（山地、溪流、田野、林木等）、當地風味獨特的飲食，也是土樓文化遺產的一部分，是與土樓相維繫、甚至不可分割的，這些也需要與土樓本身一樣進行保護。這恐怕許多人就沒有那麼明確的認知了。這就意味著我們進行什麼是文化遺產的宣傳的重要性。因為還有許多在普通人看來不是文化遺產的東西，正是我們需要保護的。比

如，文化環境、文化線路，工業文化遺產、農業文化遺產等等。文化
環境要求不僅保護文物的物質實體，而且還要保護實體周邊的自然環
境與景觀，甚至還要保護與這一實體相關聯的習俗活動（這本身就是
非遺）。三明地區的永安市槐南鄉洋頭村的客家土堡安貞堡屬於國家
重點文物，在其建築群的正門外有個大型廣場，每年都要舉行盛大的
民俗活動，因此保護安貞堡除了其物質實體，還要保護好這種與之密
切關聯的非物質文化遺產。文化線路是跨地區、歷時性的，甚至跨民
族、跨國界的，通常包括物質文化遺產與非物質文化遺產，它往往是
最具豐富性的綜合性文化遺產。如我國的大運河、絲綢之路等。大運
河的保護，除了歷史遺跡、遺址，還包括沿途各地的民風民俗，只有
整體的保護才是完整的、真正的保護。

　　在現代化進程不斷加快的今天，工業文化遺產和農業文化遺產的
保護也非常重要。許多昨天還在使用的廠房和農具，今天可能就成為
歷史了，但我們必須保護這種歷史，因為它記錄了人類文明的足跡，
記錄了一個城市發展的軌跡，是一個時代文明的象徵。如果不加保
護，就會面臨迅速消失的命運。

　　事實上，人們對文化遺產的認知是不斷變化的，也就是說不同時
期人們關於文化遺產的保護理念不同。在這裡有必要介紹現今國外保
護文化遺產理念的幾個轉變：從保護建築藝術精品，到保護與普通人
生活密切相關的一般建築；從保護文物到保護文物的環境；從保護單
體的文物古蹟擴大到保護整體的、歷史地段和歷史城市；從重視古代
文化遺產到重視近現代文化遺產、從保護與當今生活已無關聯的古建
遺址，到保護現在還有人繼續生活和使用的建築與歷史街區；從保護
單一要素的文化遺產到保護多種要素的綜合性文化遺產；從保護物質
文化遺產到保護非物質文化遺產；從專家保護、政府保護到民眾保
護、社會保護。很顯然，從這些保護理念的轉變中，我們不難看出：
對什麼是文化遺產，我們的確要重新加以認識，否則就很容易導致新

的、不必要的對文化遺產的破壞。

　　當然，要讓廣大民眾確立這樣的認知並非易事。但我們依然要勉力而行。因為認知決定行為，法律固然重要，但在文化遺產保護方面，法律的作用往往不及提高人們認知重要。許多存在於民眾生活之中的文化遺產已非法律所能觸及，而主要還需有民眾自覺自發的保護。事實上，隨著經濟發展和生活水平的提高，人們有條件和時間去欣賞文化遺產，越來越多的「人們已經開始注意他們的現有環境，喜歡並欣賞它們。城內的早先趨向於投資減縮和放棄的地段正在修復，並將得到充分的利用。保護能提供解決利益，不僅因為這樣能吸引旅遊者，而且還由於這樣做節省了昂貴的自然資源，否則那些資源就會被浪費。城市因而變得更加多彩多姿和令人感興趣。」[3]

（三）文化產業開發：切忌捨本求末

　　另一種對文化遺產造成破壞的因素，是不恰當的文化產業開發。

　　改變人們的認知無疑有助於提高對文化遺產的保護意識。但人們保護文化遺產的目的，最終還在於傳承延續，乃至發揚光大。這就涉及文化遺產的利用。保護與利用經常成為一對悖論。過度利用、不當利用將不利於保護，這是顯而易見的。但是不加利用和傳承，也無法激發其內在生命力，最終失去保護的意義。因此，科學、合理的利用文化遺產，是弘揚傳統文化基本原則。

　　但在近些年大力發展文化產業過程中，許多文化街區被打造成文化旅遊景區，許多文化元素被利用於文化產品的開發，許多民間風俗被移植為文化服務——這本無可厚非，但問題在於許多時候或出於政績的需要、或出於對文化的無知、或出於認知的誤區、或出於急功近

3　〔美〕凱文・林奇著，林慶怡、陳朝暉、鄧華譯：《城市形態》（北京市：華夏出版社，2001年6月），頁184。

利的需求，文化資源在運用於文化產業開發時，出現了偏差——歷史文化街區改造導致偽歷史偽文化和虛擬化現象大量湧現；文化元素的利用出現粗鄙化、淺薄化的傾向；民風民俗的移植利用帶來低俗化、商品化的結果。我們不反對甚至提倡利用文化資源開發文化產品和文化服務，但絕不能因此將文化資源單純地演變為一種商業工具。利用文化資源應有一個前提：不能損害和扭曲文化資源所固有的物質機理、精神內涵、藝術美感和歷史價值，即便是元素的提煉，也應遵循其基本的歷史與藝術風貌。與此同時，即便是科學的利用，也一定要講求美學的、藝術的質量——這本身就是對文化的尊重。如果我們的文化市場上充斥的都是低俗膚淺、粗糙拙劣的文化產品，那麼這樣的文化產業所帶來的 GDP 又有什麼價值和意義？

　　文化的魅力在於它的豐富性、多樣性與獨特性。發展文化產業就是要提供各具特色、豐富多樣的文化產品與服務。然而，在文化產業快速推進的過程中，由於急於求成、急功近利而導致發展模式缺乏創新、文化產品雷同化等問題。這不僅失去了發展文化產業的正面意義，同時也往往導致產業發展失去應有的市場空間——大量雷同化的產品湧入市場，其結果可想而知。如果說文化的積累需要有時間，那麼文化產業發展過程中文化產品乃至文化品牌的打造也同樣需要時間：產品的獨特性需要獨特的創意與獨特的文化元素支撐，產品的更新換代需要高科技作為後盾，產品的營銷需要別出心裁的營銷手段與方式，產品市場的培育需要公民文化素養的提升與相關消費理念的樹立，產品的品牌打造需要持續不斷的投入與努力……所有這一切，形成了文化產業自身的發展規律，它不可能像發展傳統產業那樣單純依賴資金和技術就能夠在短期內獲得明顯效益，而是要在行業內外一個複雜的體系建構中去實現綜合的效益。因此，轉換固有發展經濟的思維方式，以適應文化產業特性的思維與運作方式，才能科學有序、良性持續地推動文化產業的發展。

　　文化產業尤其是新興文化業態是個新生事物，在發展過程中出現偏差、誤區乃至失控等問題都是難免的。關鍵在於我們要有不斷學習、善於借鑑、尊重科學、勇於探索的精神與姿態。在此前提下，適時地、動態地跟蹤與把握文化產業發展態勢，客觀、科學地檢視與分析存在的問題，及時調整方向和策略，不斷積累經驗，探索新的路徑，以此確保文化產業的健康發展。

四　文化人才：感性素質與藝術教育

　　以上問題無疑是個需要政府、社會各方面力量才能解決的。在此我們只能從文化人才培養的角度來考慮。關於文化創意人才的培養，學界和相關部門已有許多探討，從長遠的目標和文化發展的宏觀需求來看，筆者以為很需要提升文化人才的感性素質。

　　所謂感性素質就是一個人對美的感受和體驗能力，缺乏感性能力的人，對周圍美的事物往往視而不見，對生活環境也缺乏美的要求，而擁有感性素質的人，往往對周遭事物的美有要求，難以容忍生活中缺乏美的元素。但是這樣一種看似非常個人化和主觀性的能力，在很長一段時間裡不被人們所關注，甚至不被看作是一種社會所需要的能力。殊不知，那些受無數人推崇和豔羨的精美商品和奢侈品，正是出自那些擁有一流感性素質的設計人才之手！沒有他們高度的美學品位、超群的審美理念和高水平的專業設計，就不可能成就這些頂級的世界品牌；同樣，倘若沒有除了專業設計人員之外的相當一部分公民具有較高的感性素質，也不可能將城市和鄉村環境打造得富有文化品位、充滿文化魅力。

　　事實上，感性素質、感性能力正是從一個人們不經意的地方並在人們不經意的時候，擴展和散發出的一種無形力量和魅力。

　　我們應當承認，在發達國家，人們的感性素質相對較高，這體現

在許多方面：

在大多數歐洲國家，無論城市還是鄉村，公共建築和公共環境總是以獨特、鮮明的色彩和造型令人賞心悅目、流連忘返；自然環境與人居環境也總是那樣渾然一體、協調一致。這種觀感上的美與協調同樣深入到大街小巷以及包括商場、旅館、博物館等公共空間。雖然許多建築和街區因歷史久遠而略顯破舊，雖然一些面向大眾的旅館和餐飲店說不上高檔豪華，但從美學視角看，都能給人以悅目舒心之感。

穿行在街頭的人群，也無論男女老幼，從衣裝打扮到拎包佩戴，都給人以色彩豐富、時尚前衛、活潑明快的舒適之感。這種著裝打扮上的講究和對於鮮豔亮麗色彩的美學偏好，與公園花圃、陽臺亭閣布滿鮮豔花卉的城市景緻相互映襯，由此構織出的景象足以構成一個視覺盛宴，不免讓人駐足流連。無怪乎這些國家不僅成為世界的旅遊勝地，也成為許多人度假和移居的首選之地。

在歐洲的一些大城市，中央商業街區總是那樣人頭攢動、擁擠不堪，而一些充滿著濃厚的傳統地域風情的特色商業街區，一樣吸引著世界各地的遊人穿梭其中。這些去處之所以吸引人，除了琳瑯滿目、精緻漂亮的商品外，街區獨特的裝飾設計和人性化裝潢也是構成其特有文化魅力的重要因素——許多店家的裝飾無不巧為構思、精心裝點，形成爭奇鬥豔、引人矚目的景觀。這一切的背後都離不開富有感性素質的人的精心構織。

在法國，服裝、香水、奢侈品成為支撐其經濟的重要產業，並在全世界享有盛譽。在這個國家擁有百分之十的企業與這三個產業有關，光是服裝發布在巴黎每年就有三百多場。當然更重要的是法國擁有並集聚了大批全球一流的設計師，沒有他們的存在，就不可能形成全球範圍的巨大號召力。

事實上，衡量國家或城市的實力與差距，遠不僅僅是看得見的硬體設施，除了硬體設施之外，制度環境、社會公德、公民素質、文化

特質、創新活力等諸多因素，都在很大程度上決定著一個國家或城市的魅力。為此，如果我們把探究的觸角深入到這些方面，深入到一些更加細微和具體的層面，就會感受到究竟哪些方面我們還存在著差距。

在科學技術還不發達的近代社會，誰抓住了科技發展的先機，誰就能引領世界潮流，於是科學理性素養顯得格外重要；在科技推動下，工業化逐漸延伸至全球，工業的飛速發展和普及，使商品日益豐富，導致商業的發達，這就要求人們擁有商業頭腦和溝通交往能力，於是擁有良好情感素質的人往往能成為商業新秀和時代弄潮兒；在商品極大豐富的後現代社會，誰能賦予商品更精美的設計、更富有美學和時尚內涵，更具有獨特的審美理念、文化觀念和個體特質，則往往決定著產品能否具有市場競爭力並在商界脫穎而出並引領潮流，於是人的感性素質的提升就成為關鍵所在。

由此，我們不難看出，感性素質在今天為何顯得越來越重要，而對於文化創意產業人才來說，更是必須具備的最重要素質。中國製造的產品已遍布全世界，但這些產品主要是勞動密集型的，不僅附加值低，更缺乏有影響力的品牌。而那些高端的大品牌幾乎清一色是歐美的產品——這其中的差距，就在於我們缺乏一批全球一流的設計大師。

今天人們所越來越看重的軟實力，在很大程度上就是由感性素質所構築起來的——日益激烈的國際貿易和商品市場的競爭中，除了技術的、工藝的競爭外，設計的競爭越演越烈。在某種意義上，今天的世界，「設計改變世界」、「設計改變生活」不僅僅是設計師們為強調這一行業重要性的一種說辭，而是道出了未來世界發展的方向！

培養感性素質的關鍵在於強化藝術教育，並且這種教育不僅限於對文化人才，還要面向所有的公民。因為如果文化創意人才所設計、創造的文化產品，面對的是一群缺乏審美能力的人；如果文化創意人才所營造、構建的文化氛圍，無法贏得大多數人欣賞和維護，就難以有市場空間和社會空間。在這個意義上，發展文化和文化產業，應當

著眼長遠，著力於藝術教育普及，著力於文化人才感性素質的提升，這是促進文化軟實力提升的極為重要的途徑。

創意設計：引領經濟發展轉型升級
——集成創新時代的產業深度融合

一　新引擎：創意設計與國家戰略

　　二〇一四年度，國家出臺了一系列推動文化創意和相關產業發展的政策意見，內容涵蓋了文化創意、設計服務、對外文化貿易、電影產業、新媒體產業、旅遊產業，以及相關的製造業、數位內容產業、建築和裝飾設計、創意農業、體育產業，同時還包括博物館、美術館、公共藝術、城市規劃、文化資源活化等諸多方面和領域。這些政策意見的出臺，其核心就是圍繞如何推動文化產業實力提升，增強國家文化軟實力；如何通過創意設計與相關產業融合發展，轉變發展方式，促進經濟結構調整和創新型經濟發展，在經濟和城鄉建設領域實現全面的轉型升級。

　　隨著文化創意和設計服務與相關產業融合發展上升為國家意志，以及國家對新媒體、電影業、旅遊業的發展提出新的要求和新的政策，未來若干年，這些領域將成為政府、業界和學界關注的重點和發展方向，尤其是如何不斷提升創意設計水平、如何實現創意設計與相關產業的對接融合，還需要我們進行不懈的探索和努力。

　　創意存在於任何時代，也存在於任何領域。但今天的創意不同於農業時代和工業時代。農業和工業時代的創意，除了文化藝術領域之外，主要體現在促進生產工具性能提高和科學技術的發展，雖然一些生產工具和生活用品也具有文化藝術元素，但並沒有將賦予器物更多文化內涵作為一種自覺的行為去實踐；信息時代或後工業時代的創

意，更多要借助文化藝術資源，將人文元素注入各領域各行業，注入
當代社會豐富複雜的公共空間，注入人們的日常生活。可以說，創意
在這個時代不論與哪一個領域發生關係，都更多地要與文化藝術相聯
繫，或者說離不開文化藝術資源的支撐；更重要的是，這種聯繫不再
只是自發的行為，而是自覺的行動，並延伸到幾乎所有的領域，同時
因其對經濟社會發展重要性的日益突顯，而在被許多國家上升到國家
戰略層面。

　　因此，在今天便有了「文化創意」這樣的專有概念——即借助創
意將文化藝術元素以不同的方式、形態和途徑，滲透、拼接、融合到
諸多領域與行業之中，使得這些領域和行業富有更多的文化內涵與元
素。而「文化創意產業」即是依託文化資源，借助創意、科技和技藝
等手段，創作和生產文化產品和服務，並通過商業運作的方式獲得經
濟利益的產業；而文化創意與相關產業的融合，就是賦予那些具有產
業性質的行業領域以更多文化內涵以及功能體驗，並由此獲得更大的
市場價值。事實上，古代社會也有「文化創意」的實踐行為，只是不
像今天這樣自覺地、廣泛地、深入地成為人們社會實踐的重要部分，
也不像今天這樣將「文化創意」作為一個獨立的產業門類進行倡導和
推進。這一方面表明後工業時代的發展已進入到特別需要文化藝術支
撐的階段；另一方面也表明現代化進程帶來的日漸疏離傳統文化的狀
況，需要借助文化創意去找回那些久違的文化氣息和人性溫情。

　　文化創意是以文化資源為依託的創意活動，設計服務則包含更廣
泛的內容——不僅包括文化領域的設計，還包括其他許多領域的設
計；不僅要依託文化資源，還要依靠包括信息技術、材料科學、生物
技術、體育科學等在內的科技及其他領域門類技藝的支撐；不僅需要
文化創意的介入，還需要科技創意、管理創意、規劃創意和營銷創意
等的融入。文化創意和設計服務是具有高知識性、高增值性的新型、
高端服務業；也就是說，文化創意和設計服務與相關產業的融合，是

一個以產業鏈高端向產業鏈下游延伸擴展的產業，同時也是一個綜合性強、融合度廣、附加值高的產業。因此，它需要以寬視野、多維度、大綜合的思維方式，探索創意設計與相關產業的結合點，由此達到全面提升經濟、社會和文化發展水平的目的。在這個過程中，特別需要樹立集成創新的理念，即要超越在單一領域中尋求創新的模式，而善於在跨領域、跨行業、多元化、多交叉的融合中實現創新。人類文明發展史曾不止一次顯現這樣的規律：科技和經濟發展導致行業分工越來越細，但許多創新又往往來自那些交叉的領域。在今天，學科分類和行業分類比任何時代都更加細緻和多樣，但這同時也意味著學科之間、行業之間的交叉融合比任何時代都更加密切、更加頻繁。事實上，文化創意和設計服務已經貫穿在經濟社會各領域各行業，並由此催生出許多新產品、新業態。我們今天和未來要做的，就是要將這種融合引向深入，開拓更加廣闊的空間，促進經濟發展全面轉型升級。

二　新轉向：集成創新與深度融合

（一）工業設計轉型：高端綜合設計服務

　　文化創意和設計服務與相關產業融合，將給諸多領域和行業帶來新的生機與面貌。新一代的創意設計是一種智能化、人性化的集成創新，它可以促進信息技術的溢出效應的產生，推動消費升級、服務模式升級。就工業設計領域而言，將實現從傳統設計向高端綜合設計服務轉變，推動消費品工業向創新創造轉變。以往的工業設計只要解決好功能與美感，即產品的外觀美化問題就能獲得消費者青睞，如今則需要在考慮除了功能、外觀之外，進一步研究產品結構、用戶體驗和心理（文化）感受等更加多元、多向度的問題。這就要求工業設計從以往單純的功能、外觀因素，向功能、外觀、結構、用戶體驗等拓

展，將多種因素綜合地納入視野進行考慮，使產品不僅能提供良好的
功能、新穎的外觀，還能提供既便捷又新鮮的體驗，甚至能起到引領
一種以新的體驗方式和美學感受為內涵的消費時尚。這無疑對創意設
計提出了新的、更高的要求。蘋果公司系列產品及其現今的輝煌，就
完全得益於其出類拔萃、別具一格的工業設計。蘋果公司曾經歷了一
個發展危機期，而化危機為生機的關鍵，除了喬布斯重返蘋果之外，
就是聘請了極富創新力的設計師喬納森・伊夫。現今風靡全球的蘋果
系列產品 iPod、iMac、iPhone、iPad 就是出自這位天才設計師和他的
團隊之手。目前他擔任著蘋果電腦工業設計部門資深副總裁，也是蘋
果公司中最重要的設計師。

　　喬納森・伊夫的專業背景是藝術與設計學，其設計的核心理念
是：「在很多時候，設計是最直接把產品特點傳遞到人們腦子裡去的
方法。」他在工業設計領域最大的貢獻，就是開創了電腦的時尚時
代──不僅因將色彩引入呆板的電腦設計而開創了炫目的 IT 產品新
紀元，而且因其在介面功能以及包括手感、觸摸屏、屏顯方式等用戶
體驗方面獨一無二的設計，帶給用戶顛覆性的全新體驗和感受，由此
引發電子消費市場的一場劃時代的革命。正是由於喬納森・伊夫出色
的創意設計，使蘋果公司實現了從工業設計向高端綜合設計服務的轉
型，由此開啟了一個全新的設計時代，喬納森・伊夫也因此獲得英國
設計博物館年度設計師獎，並被英國女王伊莉莎白二世授予「不列顛
帝國勳章」。

　　在蘋果手提電腦設計中，特別突出了用戶體驗的新穎性和便捷
性。蘋果自創的作業系統之所以能得到用戶的青睞，關鍵在於充分考
慮到使用者的便利，更重要的是在便利的同時還提供了全新的感受。
如純手指觸摸控制、可同時開啟多個視窗等操作方式，給用戶獨特
的、人性化的體驗。特別需要指出的是，構成蘋果核心價值的是其包
括作業系統、用戶體驗在內的系統設計，而蘋果產品的大多數部件都

由其他生產商製造，蘋果甚至沒有一家自己的生產性工廠，真正實現了從生產型向服務型的轉向。蘋果正是憑藉出色的設計，贏得眾多用戶的青睞，甚至擁有了一大批忠實的用戶粉絲，其品牌價值更是因此而成幾何級數的增長，創造了高端設計帶來高附加價值、高品牌價值的神話。

　　在這個用戶需求驅動設計創新的時代，產品更新換代的節奏越來越快，用戶要求也更加多變、更加苛刻。稍有懈怠就可能落伍，甚至被淘汰。因此，高度重視創意設計、占領設計前沿就顯得格外重要。尤其是在時尚界，更新換代的速度更是你方唱罷我登場，令人目不暇接、眼花繚亂，唯有緊跟潮流、占領先機，方能引領時尚、取得主動。西班牙世界著名時裝品牌 ZARA（颯拉），是西班牙 Inditex 集團旗下的一個子公司，它既是服裝品牌，也是專營 ZARA 品牌服裝的連鎖零售品牌。它之所以能成為全球排名第三、西班牙排名第一的服裝商，就在於其優異的設計和快時尚的經營理念。也正是基於設計優勢和獨特理念，為其贏得了廣闊的市場和豐厚的利潤，ZARA 的 CEO 奧特加在二〇一二年身家達到四六六億美元，超越了伯克希爾公司董事長巴菲特，在世界富豪榜的排名中位列第三。

　　究竟是什麼使 ZARA（颯拉）公司創造了如此輝煌的業績和商業神話？ZARA 的成功無疑要歸功於其獨闢蹊徑的「快捷時尚」經營模式：它既不走高端服飾路線，也不走大眾服飾路子，而是在傳統的頂級服飾品牌和大眾服飾之間開闢一條道路，即以快速更替的時尚設計和中等價位的消費模式，迎合了一大批時尚青年追求時尚並能獲得滿足的消費需要，由此開創了時裝服飾行業的一大主流業態——快速時尚，成為服飾產業領域快速崛起、備受推崇、所向披靡的著名品牌。ZARA 的經營理念真正做到了品牌精神與整體性時代精神及消費者深層需求的高度契合。但是，我們不要忽略一個重要事實，那就是支撐這一理念實施的高端、新潮、快捷而又符合市場需求的設計！沒有相

應的、強大的設計做後盾，ZARA 就不可能獲得如此巨大的成就。
ZARA 的成功因素簡單說來就是設計快、生產快、送貨快，這三快實
現了其快捷時尚的經營模式。而設計快就必須要擁有一支龐大的、反
應靈敏而富有實力的設計師團隊。ZARA 的設計師團隊達到近四百
人，平均年齡二十五歲，對時尚高度敏感並富有旺盛的創造力。他們
每週像空中飛人一般穿梭於巴黎、米蘭、倫敦和東京等世界一流時裝
大都市，參加各種時裝發布會，出入各種時尚場所，捕捉全球最前
沿、最時尚、最新潮的時裝設計趨勢，而後迅速形成自己的產品設
計，使得 ZARA 品牌的服飾款式永遠緊跟時尚潮流。同時在生產、
送貨和營銷方面，創造了快速更新、及時上市和款多量少的獨特模
式，由此贏得一大批追逐時尚潮流的消費者推崇。

蘋果和 ZARA 的成功表明，在新時代激烈競爭的市場領域，商
家之間比拚的不再只是產品質量和價格，還包括一流的設計和被廣泛
認同的品牌形象，而後者則在很大程度上決定著產品的競爭力。很顯
然，設計力決定競爭力在今天已不再是理論家們空洞的說辭，而是日
益激烈的市場競爭中的真實現象。

（二）數位內容產業：技術與藝術雙向互動

文化創意與信息技術的融合，已經催生了動漫遊戲、數位出版印
刷、新媒體等新興產業。但隨著信息技術高速發展和移動網際網路迅
速普及，信息產業對文化創意和設計的需求、文化傳播對數位化和網
路化的依賴，要比任何時候更加迫切和強烈；二者雙向深度融合所催
生的新型業態，也比任何時候都更加多樣多元。比如，騰訊作為民營
IT 企業，依靠科技創新和產品創新在短短十幾年裡，高速成長為網
際網路領域的世界知名企業，旗下相關產品不僅數量多，而且影響廣
泛，效益明顯，涉及通訊軟體、金融理財、電子郵箱、微信微視、
QQ 詞典、影音、瀏覽器、騰訊視頻、騰訊搜搜、手機騰訊網、娛樂

一擊破、騰訊娛樂業務、拍拍網、財付通、騰訊房產、電子期刊、騰訊文學、騰訊線上教育以及眾多遊戲產品等。其中騰訊 QQ 截止二〇一二年註冊用戶超過十億，活躍用戶超過七億，已成目前中國使用人數最多的即時通訊軟體產品，而其服務提供商騰訊則為中國最大的網際網路通訊應用軟體服務商。毫無疑問，騰訊在網際網路領域已取得驕人的業績，但二〇一四年騰訊強勢引入文化娛樂內容，試圖打造網際網路的娛樂帝國，經過兩年「泛娛樂」的試水之後，騰訊全面發力進軍網際網路娛樂，將「互動娛樂」首次代替「遊戲」成為主打產品，從而把戰略核心從打造精品遊戲轉變為精品 IP，在思維方式上也從原來簡單的業務疊加轉變為主動策劃。也就是說，騰訊的戰略布局開始全面向內容創意進軍──從網路通訊和遊戲，向包括遊戲、動漫、文學、影視、電競等在內的泛娛樂轉變，打造更多的具有豐富和精緻內容的產品：騰訊兒童、騰訊原創動漫、騰訊閱讀和文學、騰訊影視製作、騰訊戲劇製作等，並拓展相關版權和授權等業務，同時提出「粉絲經濟」策略，試圖通過內容精品的打造，形成騰訊產品粉絲群，進一步擴大騰訊品牌影響力。不難看出，騰訊這樣新的戰略舉措，富有遠見地預測到未來以網際網路為傳播載體的娛樂產業將具有極為廣闊的前景，依據有關業內人士推測，電影行業預期產值很快將突破三百至四百億，而「泛娛樂」產業則很快也將突破二千至三千億的規模。由此足見文化與信息業的深度融合將帶來巨大的發展空間，而在這一過程中，傳統文化、傳統媒體也將獲得新的生機和活力。

　　新興媒體日新月異的發展給傳統媒體帶來前所未有的壓力和挑戰。新興媒體的快捷便利、靈活機動以及即時性、立體化、互動性、參與性、隨機性等特點，不僅帶來信息傳播革命性變革，而且改變了人們的交往方式、社群結構乃至生活方式，代表著未來媒體發展乃至社會發展的新方向。傳統媒體走出困境的路徑之一，就是要與新興媒體進行深度融合。國家從戰略層面已充分意識到這種融合的重要性和

緊迫性，新近審議通過了《關於推動傳統媒體和新興媒體融合發展的指導意見》，強調要在遵循新聞傳播規律和新興媒體發展規律基礎上，用網際網路思維，以先進技術為支撐、健康內容建設為根本，推動傳統媒體和新興媒體在內容、渠道、平臺、經營、管理等方面的深度融合，實現優勢互補、一體發展，打造一批適應當今時代媒體發展特點和趨勢的形態多樣、手段先進、具有競爭力的新型主流媒體。實現這一重要戰略構想，推動傳統媒體與新興媒體深度融合，首要的是充分了解和把握新興媒體的優勢和特點，尋求二者的結合點和生長點。劉奇葆對新興媒體特點進行了概括和表述，並對如何實現傳統媒體與新興媒體融合提出方向性意見：「要適應新興媒體平等交流、互動傳播的特點，樹立用戶觀念，改變過去媒體單向傳播、受眾被動接受的方式，注重用戶體驗，滿足多樣化、個性化的信息需求。要適應新興媒體即時傳播、海量傳播的特點，樹立搶占先機的意識，高度重視首創首發首播，充分挖掘和整合信息資源，在信息傳播中占據主動、贏得優勢。要適應新興媒體充分開放、充分競爭的特點，樹立全球視野，強化市場觀念，提高市場營銷和產品推介能力，做大做強自身品牌。」

但要做到這三個適應，除了在宏觀認識層面要跳出舊的思維框架、迅速改變觀念外，在微觀實踐層面則要充分借助創意設計來實現融合發展。事實上，不論是傳統媒體還是新興媒體，也不論是二者的深度融合發展，都離不開創意設計水平的提升——從內容創意到形式創新，從傳播方式到表述方式，從話題設置到活動策劃，從產品製作到媒介營銷，幾乎每一個層面、每一個環節都需要創意，需要精心策劃和設計。特別需要指出的是，新興媒體之所以能以前所未有的速度成長，除了信息技術日新月異的發展外，更重要的是新興媒體行業集聚了一大批富有創造熱情和探索勇氣的年輕一代，他們之中不乏智慧、膽識之人，加之一些優秀民營企業較為完善健全的現代企業制度

和寬鬆自由的文化氛圍，給予這些年輕人以充分施展才能和創造的機會。否則，我們很難設想像阿里巴巴、騰訊等 IT 民營企業能夠在短短十多年裡創立那麼多媒介產品，占據那麼廣闊的市場，永遠那麼龐大的用戶群體。因此，在促進傳統媒體與新興媒體融合發展中，凝聚和培養一大批適應新時代媒介發展特點、富有創造活力的創意創新型人才隊伍是當務之急。

很顯然，面對信息產業的高速發展，如何強化創意設計，促進文化內容與網際網路、行動網路的深度融合；推動傳統媒體與新興媒體的互動融合，催生新型業態，將成為未來提升經濟和媒體競爭力的關鍵所在。但文化與信息產業的融合，不僅僅是內容與載體的簡單結合，而是一個複雜的產業鏈系統，需要多方協調、互動合作、創新發展。如三網融合之後，強大的信息傳播能力的形成如何保證有足夠的內容支撐，就是一個複雜的系統工程，也是一個全產業鏈體系建構過程。這其中包括軟硬體的建設，涉及電視終端、互動式網路電視在內的通訊設備製造、網路運營、集成控播、內容服務商等之間的互動合作，還需要有相應的服務平臺作支撐，如建立智能終端產業服務體系，實現從產品設計製造、內容服務、應用商店模式的整合發展，由此形成全產業鏈體系，提升整體競爭力。

（三）大旅遊：轉變帶來新生

旅遊業是一個綜合性強、涉及面廣、綠色環保產業，有相當廣闊的發展前景。但傳統旅遊產業的發展面臨新的瓶頸，需要借助高水平的創意設計促進其轉型升級。國務院新近出臺的《關於促進旅遊業改革發展的若干意見》中，明確提出旅遊業要加快轉變發展方式，實現如下三個轉變：一是旅遊產品向觀光、休閒、度假並重轉變，滿足多樣化、多層次的旅遊消費需求；二是旅遊開發向集約型轉變，更加注重資源能源節約和生態環境保護，更加注重文化傳承創新，實現可持

續發展；三是旅遊服務向優質服務轉變，實現標準化和個性化服務的有機統一。這些轉變的核心，就是要賦予旅遊更豐富的文化內涵，使之更具個性化與多樣化──旅遊不再僅僅是觀光遊覽，而是融合康體、養生、運動、娛樂、體驗以及文化消費等綜合旅遊服務；同時還要突顯主題酒店、特色演藝、地方美食等更加豐富多元的內容。這就需要借助創意設計來提升旅遊文化內涵、提高旅遊產品質量、豐富旅遊項目內容。譬如，要實現旅遊產品觀光、休閒、度假並重，適應遊客多樣化、多層次和個性化需求，就必然依靠優秀的創意設計來實現產品的人性化和個性化。現今鄉村旅遊和個性民宿的逐漸升溫和走俏，就得益於特色鮮明的休閒項目的設計開發，得益於個性化民宿及其特色餐飲服務的精心設計。旅遊消費市場細分加劇、客戶訴求提升，勢必倒逼旅遊產品和服務在個性化設計上不斷提升與完善。在旅遊產品類型開發方面，也有許多新的發展空間有待拓展，如體育旅遊、健身旅遊、醫療旅遊、鄉村旅遊、工業旅遊、低空飛行旅遊、鐵路旅遊、會展旅遊、研學旅遊、老年旅遊等，而這些旅遊項目及其相關旅遊紀念品的開發，都離不開系統的、高水平的創意設計。同時，旅遊業與網際網路的融合創新也能催生新的增長點，如可通過創新地理信息系統，構建數位文化和數位景觀景點信息平臺，實現旅遊文化資源的數位化運用，改變傳統旅遊信息服務方式，提升現代旅遊服務水平。

　　旅遊業發展新空間的開拓，一個很重要的方面就是創意農業。作為第一產業的傳統農業，其收益僅限於農產品，從糧食、蔬菜到水果、花卉，乃至地方農副土特產，都屬於低附加值的產品，其經濟效益的提升空間十分有限。而創意農業則能實現傳統農業向現代服務業轉變──農耕體驗、田園觀光、鄉土文化、農事景觀、樓宇農業、陽臺農業，特色農產品展示展銷；以及地理標誌產品、綠色環保產品和原產地標記產品等──這種轉化同樣需要依靠創意設計去點化、去提

升、去運營。同時創意農業也可以成為旅遊業的重要內容之一，推動二者的融合發展，既能提升農業附加值，又能豐富旅遊內涵，實現互動互補、互利互贏。而體育產業的發展，可借助創意設計精心策劃和打造精品賽事、體育產品知名品牌以及體育衍生品開發等，不僅能提高城市知名度，也能為旅遊業提供相關項目內容。

（四）文化生機：活化資源美化生活

　　文化創意是文化產業的高端部分，文化產業在經歷了快速發展階段後，將進入內涵式發展階段，當下特別需要推進發展方式的轉換。依靠政策紅利釋放的文化發展活力畢竟是短暫和有限的，而以人力和自然資源為主要依託的文化產品，不僅附加值低，且缺乏競爭力和可持續性。文化產業發展方式的轉變，就是要強化創意和設計含量，提升文化產品和服務的品質內涵，增強原創性和市場營銷能力。特別要關注文化消費市場趨勢、關注網路時代消費特點、關注年輕消費群體消費習慣、關注當代文化的創造與傳播。對以新媒體為代表的新興文化產業，要緊跟和引領時代潮流，開拓新領域，擴展新空間。對傳統文化資源，要保護與利用並重，以創意活化資源，推動傳統文化以新的面貌走進當代社會，走進日常生活。如特色傳統工藝美術、地方戲曲等，要借助文化創意與設計，使之與現代文化、現代消費方式融合，創造出適合當代社會文化消費習慣和審美需求的文化產品和服務，全面提升文化產業的發展水平。

　　創意設計對於推動各行業創新發展、融合發展，促進經濟轉型升級無疑具有舉足輕重的作用，同時創意設計還對人居環境質量提升和特色文化城市的打造具有至關重要的推動作用。作為高端服務業，創意設計水平直接關係到建築、園林、景觀、裝飾、家居、公共藝術等日常生活環境的質量與品質的提升，也關係到城市規劃的科學性和城市文化特色的形成和突顯。同時，創意設計還對包括博物館、藝術

館、美術館、歷史街區、古建築、工業遺產、農業遺產等公共文化設
施和遺存，在展陳水平的提高、功能的完善和發揮方面，起到不可忽
視的作用。蘇州博物館作為市一級的地方博物館，館藏內容不見得很
豐富，但由於新館獨具匠心地將蘇州古典園林元素和現代元素進行完
美的融合，園林布局的展館所帶來的活潑靈動的展示方式，以及展示
內容結合本土與現代，使得這個規模不大的博物館集聚不小的人氣，
正真成為一張亮麗的城市名片。雖然人居環境的提升本身不具有直接
的經濟和產業意義與價值，但卻是一個城市或地區文化行銷的重要基
礎，是能夠讓人們在日常生活中隨時感受到優雅美麗環境的保證，也
是一個城市和國家軟實力的重要體現，而這種軟實力將間接地對推動
相關產業的發展發揮重要作用。

三　新思考：價值取向與內生動力

　　從以上分析論述，我們不難看出，創意設計已經廣泛滲透和融入
到經濟、社會、文化和日常生活的各個層面。這表明當今社會發展呈
現出一個新趨勢：即任何一個領域和行業都不可能單打獨鬥、孤軍奮
戰，而需要更多地與其他領域進行融合；於是跨界融合、混業經營成
為普遍現象，集成創新成為時代新潮流。古代社會農業與手工業沒有
明確的分野，進入現代社會之後，隨著工業革命和科技進步，行業分
工越來越細，社會管理體制和結構也隨之發生重大變化。但進入信息
社會以來，細緻的行業分工開始彼此交叉，走向融合發展——其動力
來自於各行業自身轉型升級的需要，以及後工業時代經濟發展的特
點。而就創意設計本身而言，其重要性在這個以網際網路、新媒體為
主導的後工業時代的日益突顯，不僅已成為諸多領域和產業的核心競
爭力的重要體現，而且它在新的行業融合趨勢中，發揮著極為重要的
媒介和黏合劑的作用——創意設計除了本身融入各行業之外，還在行

業之間的融合中起著穿針引線、嫁接融通的重要作用。

英國早在上世紀七十年代就開始重視創意設計，前首相撒切爾夫人甚至提出：「英國可以沒有撒切爾，但絕不能沒有工業設計！」的口號，並規定在英國從四歲到十四歲接受義務藝術設計教育。（頁176）經過數十年的努力，英國的創意產業有了突飛猛進的發展，不僅助推當時已失去優勢的傳統工業走出了困境，而且成為世界創意產業的領跑者。在某種意義上，今天的創意設計是在更宏大的背景、更寬廣的領域展開人類文明的創造。這一創造的最大特點，就是讓進入現代社會以來越分越細的行業，通過彼此之間的交叉、融合，不斷催生出新的業態、新的生長點、新的生活方式甚至新的理念。於是，融合成為這個時代的潮流和典型特徵——不僅許多領域和行業之間的融合成為趨勢，而且融合所形成的新興業態層出不窮，超越了傳統行業劃分的範疇與標準。這或許也是後現代社會文化碎片化特徵在經濟和產業領域的一種特殊表現。

在跨界融合、混業經營成為大趨勢的今天，我們應當避免為融合而融合的「拉郎配」式的行為——缺乏市場基礎和內在動力的融合，往往導致人力、物力和財力等資源的浪費。為此，我們需要在一個更具宏觀性、根本性的層面進行探究與思考這樣一些問題：什麼是創意設計的靈魂與真髓？如何保證創意設計與相關產業實現有機融合、創造性融合與有效融合。

創意設計不是簡單的一個點子、一個方案、一張設計圖，那只是外在的表現形式。創意設計所呈現的每一個點子、每一個方案、每一張設計圖的背後，都凝聚著對既往歷史、文化和思想資源的汲取和提煉，凝聚著對已有科技成果的創造性利用，是人類文明創造的一種延續，體現著創意主體獨特的思考角度、理性觀察和審美洞識；而蘊含於創意設計深層的，則是對事物的獨特理解和把握，是對世界的理性立場、情感姿態與價值觀念的表達——這才是創意設計的核心與靈

魂。一種創意設計的產生與實踐，事實上是某種價值觀念和情感姿態的表達和直觀呈現。因此，創意設計必須有先進的文化理念作為其靈魂與核心，否則就不可能成為優秀的創意。在這個前提下，創意設計與相關產業的融合還需要把握如下幾點：

（一）有機融合

　　所謂有機融合，是指要找準創意設計與相關產業的結合點，在這個結合點上展開的創意設計及其融合實踐，一方面能夠有助於相關產業按其自身規律發展，另一方面有利於該產業文化內涵和附加值的提升。在創意設計被前所未有強調的時候，往往容易導致生搬硬套、牽強附會的行為出現，將所謂的創意人為地、機械地、貼標籤式地與某些產業和產品相聯繫，帶來一些不倫不類、甚至令人啼笑皆非的結果。比如在一些城市的公共藝術作品中，不考慮當地歷史文化傳統，也不考慮本土建築的風格特點，更不考慮本地居民的審美習慣，而生硬地照搬國外某些歷史文化符號作為大型公共藝術景觀，導致與周邊人文環境極不協調，完全破壞了原有的城市特色景觀。就更大範圍而言，大規模的城鎮化建設中，許多歷史文化名城的固有風貌遭到前所未有的破壞，原因之一就是在城市建築設計中沒有很好地考慮本土具有深厚傳統的建築風格與元素，而是照搬西方乃至世界各國建築樣式，並生硬地植入傳統城市的肌理之中。這樣的建築設計顯然未能做到與傳統建築的有機結合，更沒有順應已有風格進行有機改造。我國著名建築學家吳良鏞先生對北京菊兒胡同的改造方案，就充分考慮傳統四合院的建築風格，在盡量不破壞傳統建築風格和城市肌理的前提下，設計了基於「有機改造」理念的菊兒胡同新四合院建築，被聯合國授予最佳人居設計獎。不難看出，只有這樣的有機融合才具有的價值和意義。

（二）創造性融合

　　模仿、照搬不是創意設計，更不是具有創造性的創意設計。所謂創造性融合，就是要在有機融合基礎上，進行富有創新性的實踐，並能夠形成獨有的風格和獨立的智慧財產權。如果只是簡單地模仿古人，照搬國外現成的東西，這樣的創意儘管可能做到有機融合，但卻不具有創造性，不能以自身的智慧財產權獲得核心價值與競爭力。就服裝設計而言，我們顯然不能讓今天人們穿上古人的服裝，但卻可以利用古代服裝（如唐裝、漢服等）的圖案、花飾、色彩等元素有機地運用到現代時裝的設計中去。二十一世紀最初十年曾流行的許多服裝流派如「民族風格」，就大量運用民族傳統元素設計製作時裝，形成獨具一格的時裝風格。而現今日趨流行的古典家具，則在引入現代家具設計理念和風格基礎上，擺脫了中規中矩、莊重古樸的傳統家具風格，逐漸形成輕盈簡潔、靈動活潑的新中式、新古典風格的家具和家飾，在保流傳統中式風格基礎上，融入大量現代元素，創造性地實現了傳統與現代的融合。

（三）有效融合

　　所謂有效融合不僅指符合行業特點和需要進行融合，而且還要適應相關產業市場拓展的需求與可能，是著眼於市場角度而言的。既然是為推進相關產業發展進行的融合，就不能僅僅滿足於簡單地賦予產品文化內涵，而要充分考慮這種融合是否有助於通過提升相關產品創意設計水平，促進品質提高，能適應和滿足消費者心理變化與需求，使產品擁有更大的市場空間。創意設計與相關產業的融合，如果提供的僅僅是以一種純粹的、理想化的創意產品和設計產品，既不切實際，又缺乏市場空間和前景（概念設計除外），就可能成為一種脫離現實的空想。許多時候，設計師可能會因為一味追求創新而提出一些

脫離實際、無法實現（市場效應）的設想與方案，這不僅會導致資源、資本的浪費，而且無助於產業的實際發展。當然，這不等於說要排斥前衛的探索和大膽超前的創新，而是要區分那些不切實際的設計與前瞻性設計之間的差異——前衛、先鋒的創意設計，不是無源之水、無本之木，而是與一定的文化傳統、時代精神有著內在深層的聯繫，預示著歷史發展的某種趨勢和方向，是對於未來世界的一種先行的探索和嘗試。

毫無疑問，創意設計與相關產業融合的效果如何，不僅取決於創意設計本身水平的高低，而且取決於對其他相關產業自身特點的把握是否到位。這涉及對諸多產業和行業特性的了解，以及文化創意和設計在什麼面向和角度與之結合，其中還涉及到如何在新的概念和範疇裡進行新的融合與嘗試。畢竟，這是一個新的領域，需要長期不懈努力和探索；同時，這又是一個已經取得許多成就的領域，需要不斷總結和汲取經驗，在更廣闊、更深入的層面進行創造性的拓展。

色彩、創意與視覺設計

一　引言

　　色彩，普遍存在於自然界之中，並隨著春夏秋冬季節的變化而變化，對於一些動植物而言，鮮豔的色彩往往成為吸引食物、恐嚇天敵抑或求偶的重要工具。

　　色彩，也普遍存在於人類社會之中，不同年代、不同時期，人們對色彩有不同的偏好；對於大多數人來說，無處不在的色彩（包括自然界色彩）就像日常生活一樣平淡無奇，但對於一些藝術家而言，色彩卻是他們情有獨鍾且賴以創作的重要元素。

　　無論是自然界的色彩，還是人類所創造和運用的色彩，都已伴隨著我們走過了漫長的歷史歲月。可以說，除了藝術家之外，大多數人對於色彩關注多半停留於服裝、家具、飾品、藝術品等方面，並通過這種關注來點綴和美好生活環境。

　　然而在今天，色彩所扮演的角色遠不止於此。色彩除了點綴生活、美化環境，還被更多地運用一個新興的產業——創意產業。人們司空見慣的色彩，在創意大師手中，則能如同魔方一樣變幻出無媲美妙與奇異的世界……

　　二十世紀末，當工業革命的先行者英國的經濟逐漸走向低迷和衰退之時，如何重整日不落帝國昔日的輝煌，成為困擾英國領導人的重要問題。工業革命作為曾經是世界先進生產力和經濟新引擎、新方向的產業革命，開闢了人類社會發展的新紀元，英國也因此成為全球經濟的領跑者，工業革命由此蔓延至全球各地。但一種文明的誕生，其

生命力往往因另一種新文明的出現而日漸式微——信息技術革命帶來的新的文明曙光，迅速掩蓋了工業文明的光輝。當然，信息技術產生的衝擊不僅僅是技術本身，而是需要大量的新信息和知識作為支撐。我們很難設想，沒有足夠的信息以及由信息帶來的觀念、思維乃至創意的激盪，網際網路的出現僅僅只是提供了一種快捷的傳播渠道，而無法構成對世界的歷史性、革命性影響。

如今，人們都將挽救英國於衰退之勢的良方歸功於創意產業——英國是第一個命名「創意產業」的國家。的確，在傳統產業中注入更多的創意元素（歷史上創意本就存在，只是這個時代更強調創意的重要性，並將其放在至關重要的核心位置），使得英國經濟逐漸呈現出新的生機。將發展創意產業提升為國家戰略，這在歷史上無疑是首創，這也表明英國這一民族內在生命力和創造力的強盛。一九九七年布萊爾當選首相後，政府為了振興低迷的英國經濟，下決心發展知識經濟。布萊爾首相親任「創意產業特別工作組」主席，並於一九九八年十一月與二〇一一年分別提出《創意產業圖錄報告》。創意產業由英國提出並實踐之後，逐漸被各國所接受，近年來更是在世界各地風生水起，成為新的經濟增長點乃至支柱性產業。

創意產業不僅涉及眾多行業門類，而且涉及包括創意、科技、文化、時尚、民俗、美學、設計、媒體等領域中的許多要素，其中創意構想是核心要素，是統攝其他要素的靈魂。在注意力經濟時代，創意的目的，就是運用創意思維將其他元素進行合目的性的組合，即借助創意的運用，打造出符合市場需求的產品。而在這一過程中，作為傳統美術中重要元素的色彩，成為創意思維所依賴的重要因素，並發揮著令人意想不到的作用。

二　創意：魅力無窮，但不是隨處可貼的標籤

　　創意是傳統的叛逆，是打破常規的突破。創意拒絕重複和模仿，強調創新和創造，通過創新給人新的體驗和感受。當然創意離不開人類歷史文明的沉澱，創意是對既往人類文明的再創造。英國的創意產業研究報告指出：只有創造力是無法被模仿的，創造力也是最高端的寶貴資源。

　　充分發揮人們的潛能與智慧，去創造新的事物、新的世界，這是創意自身的魅力所在。而從物質產出和精神創造角度看，創意借助科技、工藝和文化等元素，最大程度提升產品價值，並創造經濟效益來影響人們的生活。依賴創意所造就的當今社會，無疑比工業時代擁有更豐富的物質產品和精神產品，世界也因此變得更加精彩。據不完全統計，全世界創意經濟每天創造的產值達二二〇億美元，並以每年百分之五左右的速度增長，創意產業由此被國際公認為二十一世紀最具發展前途、最具增長潛力的朝陽產業。在科技飛速發展的今天，人們對創意更加青睞，創意也因此充斥著我們的生活。最早提出創意產業的英國，把創意產業作為提升經濟的重要力量。創意產業在英國的 GDP 總產值中貢獻了百分之八，大約八五〇億英鎊，相當於一千六百億美金，成為英國僅次於金融行業的第二大產業。倫敦市作為英國創意產業的代表性城市，創意產業的產值占其 GDP 的百分之二十五左右，約二一〇億英鎊。英國的創意產業行業，分為十三個子項，其中設計涵蓋非常廣泛，包括零售、廣告設計、工業設計等。據英國相關部門二〇一〇年的統計，僅是廣告、設計、電腦相關的遊戲以及出版業這四個行業，在當年前三季度的生產總值已經達到八五〇億英鎊。

　　創意與製造業的融合──尤其是具有前衛性的工業設計，已然創造出許多讓人津津樂道的神話。蘋果在二〇〇七 Mac World 大會上正式發布了其旗下第一款手機產品──iPhone。而正是由於蘋果 iPhone

手機的出現，直接導致第二天諾基亞、索愛、三星以及 LG 等手機製造商的股票出現不同幅度的下跌。而蘋果的股票則應聲大漲。蘋果電腦已經在消費者心目中有了一個鮮明的印記，那就是：優越的性能、獨特的外形和完美的設計，蘋果電腦意味著特例獨行，意味著「酷」的工業設計，意味著時尚。喬布斯力圖讓創新產品都符合消費者心目中的蘋果文化印記，幾乎每款都讓消費者欣喜若狂：這就是我的蘋果！其實顧客並不希望被奉承迎合，有時候極力地討好反而使他們無所適從，倒不如吊足胃口來激發他們的興趣。現代營銷主張：只要客戶需要，要多少有多少。而人性營銷則是故意控制供應量，不讓顧客輕易就得到滿足：「你想要嗎？沒貨，下次再來試試吧。」蘋果很多產品在其推出前和推出後都會有大量的短缺現象。這種造成市場飢餓感的手法，被蘋果運營商運用得可謂爐火純青。認同我價值的人，就是我的消費者，請跟著我走──蘋的營銷已經用精神和價值觀來號召和統領消費者了，超越了純粹的產品層面，這正是品牌營銷追求的至高境界。真正不同的是，別人向消費者灌輸，喬布斯是吸引，「願者上鉤」。蘋果無論是時尚的外標設計，還是創意的營銷模式都是一個成功的案例。人們更加享受新的創意帶來的驚喜，而創意的營銷戰略和出色的設計理念也讓企業名利雙收。創意提升了產品的品質和品位，提高了人們的生活質量，讓生活更加的多彩多姿。

　　但在「創意」滿天飛的時代，切莫拿創意當作標籤見到什麼都往上貼。人們應當意識到，創意有層次之分乃至品位之別。底水平的創意不僅無助於任何產業發展，還會降低人們的審美品位和生活品位。如今許多城市經濟發展、物質充裕，於是大興舊城改造，但又缺乏高端創意和高品位設計，將原來獨具特色的城市文化個性毀損殆盡，營造出或千遍一律或格調低俗的城市景觀。

　　當今世界許多事例已經不斷在證明一個事實：高端創意、高品位設計越來越成為一個地區一個國家軟實力的關鍵性因素和重要標誌。

三　色彩：讓創意炫出個性與活力

　　創意在某種意義上，就是對各種元素的創造性組合。而在這些元素中，色彩常常是最受青睞的寵兒。

（一）吸引眼球，也傳達情感

　　抽象主義畫家康定斯基認為：「色彩直接影響到心靈，色彩宛如鍵盤，眼睛好比銀錘，心靈好像繃著許多的鋼琴，藝術家就是鋼琴的手，有意識地接觸各個琴鍵，在心靈中引起震動。」[1]從視覺文化角度講，色彩是大自然給予我們最美麗、最珍貴的禮物，而色彩在各種創意中也占有重要的地位。色彩是人類認知外部事物中最敏感的元素。創意中奇妙的色彩成為我們的視覺盛宴，為產品增加不可估量的附加價值。根據國際流行色協會調查表明，在不增加成本的基礎上，通過改變顏色可以給產品帶來百分之十至百分之二十五的附加價值，為企業和商家帶來更多的利潤。

　　據國外相關機構的研究表明：一種產品瞬間進入消費者視野並留下印象的時間是零點六七秒，在由造型、體積、線條、結構、色彩組成的產品中，色彩的作用達到了百分之六十七。有很多消費者根據第一印象決定購買選擇，而色彩是第一印象中的首要關鍵因素。因此，通過合適的色彩營銷可以給企業帶來巨大的經濟價值。

　　雀巢咖啡經銷商曾經做過一個實驗，把等分的同種咖啡放在紅、綠、白三種顏色的杯子中，讓消費者品嚐，結果是，大多數消費者認為紅色中味道最棒，綠色杯子中的咖啡感覺偏酸，白色杯中則感覺偏淡，於是雀巢經銷商選擇了紅色為包裝設計的產品，一推出就在市場上大受消費者的青睞。

1　陳恩惠：〈論影視作品中色彩的作用〉，《電影評介》，2007年第22期。

在現代廣告設計中，色彩是產生視覺衝擊力的重要因素。文字、色彩、圖形是廣告設計的三要素，而色彩最能引起人們的注意，最能直觀的傳達信息。人們在看廣告時，首先是色彩帶來的視覺衝擊。不同的色彩烘托不同的廣告主題，從而讓廣告更有吸引力，讓消費者產生感情上的共鳴，起到好的廣告效果。

廣告設計中的色彩因素更具有舉足輕重的作用，出色的色彩創意往往讓人們驚喜不已。色彩在視覺傳達中對創意有怎樣的影響呢？荷蘭阿姆斯特丹大學教授佛蘭奇的實驗數據表明：一般人在面對視覺廣告時，從認知到決定是否看下去的時間在兩秒鐘以內。每次凝視約為零點三秒，其後再有一秒鐘左右決定是否把這個廣告繼續看下去[2]。例如可口可樂的平面廣告，大量運用紅色，紅色容易引起注意，使人有興奮感，在廣告中成為最有力的宣傳色。中國傳統的用色，習慣將紅色作為歡樂、喜慶、勝利時的裝飾用色。可口可樂長期在設計中運用大量的紅色，逐漸使紅色成為可有可樂具有標誌性和識別性的商品色，在消費者的心中形成了固定的商業形象，很容易區別其他品牌的飲料類商品。這讓其在消費者選購時更容易記住，也更容易選購。從而為自己的公司帶豐厚的利潤。

(二)影像藝術：沒了色彩玩不轉

著名的攝影師斯托拉羅曾經說過：「色彩是電影語言的一部分，我們使用色彩表達不同的情感與感受，就像運用光與影象徵生與死的衝突一樣。」近年來的 3D 電影受到人們的喜愛，大製作《阿凡達》裡的外星人和外星世界環境就大量運用成熟的 IT 技術進行表現，其中富有真實感的色彩運用獲得了出色的視覺效果。傳統的外景拍攝只有百分之二十五的內容，剩下的全是 CG 世界結合表演虛擬環境生

2　何潔：《廣告與視覺傳達》（北京市：中國輕工業出版社，2003年）。

成，而立體畫面的色彩給人們感官的享受，色彩組合方式讓影片每一分鐘都有驚豔的畫面。影片裡璀璨奪目如夢如幻的世外桃源讓人倍感新奇、難以忘懷，各種奇異的植物和不同種類的動物都有著繽紛的色彩，令人為之歎服。這些由色彩構成的奇異畫面不僅開闢了一個嶄新的視覺空間，而且創造了新的 3D 電影時代，為具有百年歷史的電影產業注入了新的活力和生機。

在中國電影界呼風喚雨數十年的張藝謀，從某種意義上說，其一生的電影之旅就是他的色彩之旅，甚至還將足跡拓展到演藝產業。早在張藝謀拍《黃土地》時就用單純的色彩──土地、黃河、腰鼓等表現一個古老的傳說，顯示出一種荒涼悲壯的美。《紅高粱》裡大自然的蒼涼，東方文化的神祕，通過色彩表現得淋漓盡致。九兒穿在身上中間寬上邊窄的大紅棉襖大紅棉褲，夥計們古銅色彩的上身和他們桀驁不馴的光頭，日食時候鋪天蓋地的紅，高粱地裡滿眼透不過氣的綠，幾乎每個鏡頭都可以看作是一幅飽滿濃烈的色彩鋪成，在這之前還沒有人敢把那樣濃重的色彩，就那麼潑墨般的肆意揮灑。很顯然，張藝謀對色彩的情有獨鍾，與其說是他對色彩的偏愛，不如說是深諳視覺藝術之精髓所使然。在他的影片中，色彩的大膽運用無疑是一種視覺創意，並在很大程度上成就了他的電影藝術生涯。

《英雄》這部影片把張藝謀鍾愛的色彩發揮到極致，人物服裝的色彩形成了強烈的視覺衝擊，也具有區分故事情節的功能。《英雄》是一部唯美的電影，在色彩的襯托下優美的畫面，宏大的場景，絢麗的服飾讓電影很自然的傳遞感情和引起觀者共鳴。

張藝謀近期作品《金陵十三釵》，依舊毫不避諱地挑選了大紅大綠，在一場殘酷戰爭的背景下，用在教堂色彩綺麗的玻璃下的一群出逃的女性身上，她們面對死亡雖有懼怕，但不至於為了保命而拿一堆破衣裳裹身。打從這幫妓女一出場，她們就成了全片的焦點人物，慢鏡頭下，濃妝豔抹，披金戴玉，旗袍狐裘。濃重的色彩和戰爭後的悽

慘狼藉的灰色調形成鮮明的對比。影片的後期加工和對色彩的調整使整個影片的色調給人留下不可磨滅的印象，引人深思。色彩的運用使張藝謀獲得世界性的榮譽。他在民族文化的基礎上成功的運用色彩走進了世界電影舞臺的大門。

（三）建築設計：凝固的色塊會說話

　　追溯歷史，人類很早就認識了色彩且運用於生活之中。春秋戰國時期，色彩在建築上的應用就有很高的水平。所謂「楹天子丹，諸侯黝，大夫蒼，世黃圭。」當時帝王宮殿屋宇的柱子用紅色，諸侯用黑色，其他臣子用黃色。不僅用色彩區分等級，也用色彩烘托環境氣氛。著名古建築學家梁思成在《中國建築史》對中國傳統建築色彩的運用有深入的研究和精到的論述：「色彩之施用於內外構材之表面為中國建築傳統之法。雖遠在春秋之世，藻飾彩畫已甚發達」，「其裝飾之原則有嚴格規定，分劃之結構，保留素面，以冷色青綠與純丹作反襯之用，其結構為異常成功之藝術，非濫用色彩，徒作無度之塗飾者可比也。」[3]在這裡，梁思成精到地分析了中國傳統建築在運用色彩方面的獨到之處，指出古人善於借助不同色彩的反襯、結構搭配以獲得最佳視覺效果的高超技藝。

　　在現代設計領域，色彩能直接或間接的改善人們的生活空間環境。我國著名的園林建築藝術的代表蘇州園林，用色之講究堪稱經典：由白色的牆、黑色的瓦、灰色的假山、紅色的柱子、綠樹、翠竹所構成的畫面，色彩的運用達到了和諧的統一，給人幽靜高雅的視覺感受。建築師萊戈雷塔在設計中大膽的玩轉色彩，作品明快、典雅，有強烈的鄉土氣息，在設計領域獨樹一幟，引人矚目。萊戈雷塔設計的墨西哥城外的出租辦公樓在色彩運用上大膽和諧、別具一格：建築

3　梁思成：《中國建築史》（天津市：百花文藝出版社，2007年），頁36。

顏色由暗紅、土黃、藍接近三原色的顏色組成，既是功能的需要又豐富了建築造型，幾乎沒有額外的裝飾，僅憑色彩就使建築活潑生動。

「世界上有一個地方，那裡的人們常常要在水上看景，這樣的現象很引人注目。這就是威尼斯。」[4]威尼斯建築多形成於中世紀，擁有文藝復興時代和巴洛克時代的建築。建築多為三至五層，並組成連續性很強的街道和組合很好的廣場。威尼斯的建築多以紅色陶瓦構成屋頂，少量的教堂為白色或者灰白色的穹窿頂。建築牆面以淡黃色、黃色，粉橙色，磚紅色，紫紅等暖色為主。商業區的廣告牌與遮陽棚只有藍綠色和紫紅色兩類色彩，沒有一點雜亂的感覺，形成了豐富又協調的城市色彩，整個城市浪漫而有情調，如同漂浮在靜波上的夢，詩情畫意揮之不去，是城市色彩運用中的佳作。

科學技術的發展、新材料的大量湧現，大大推動了色彩在建築中的表現力。有色玻璃、閃光材料等高新材料的運用，更是推進色彩在建築中向多元化的方向發展。

從二〇〇八年開始，歷史文化名城北京又多了一處新的城市代表建築——水立方。水立方擁有精巧繁雜的結構，也擁有著簡潔明快的外觀，當夜晚來臨，整個體育館被湖藍色的燈光照耀時，你會感嘆這一番景象只會在夢中見到。當不同的高科技材料把水立方裝飾得五彩繽紛的時候，不得不令人感嘆色彩的魅力。水立方的外牆被人們戲稱為泡泡牆，它是由一種新型的特殊材料製作而成，透光性極強，使游泳中心內的自然光採光率非常高，不僅高度節約了電能，而且在白天走進體育館內部也會有種夢境般的感覺。

伊頓在他的《色彩藝術》中寫到：「色彩就是力量，就是對我們起正面或反面影響的輻射能量，無論我們對它覺察與否。藝術家利用

4　〔丹麥〕S.E. 拉斯姆森著，劉亞芬譯：《建築體驗》（北京市：知識產權出版社，2008年）。

有色玻璃的各種色彩創造神祕的藝術氣氛，它能把崇拜者的冥想轉化
到一個精神境界中去，色彩效果不僅應該在視覺上，而且應該在心裡
上得到體會和理解。」[5]

（四）工業設計：以色悅人

　　現在的產品設計不只是實用，也更要美觀和大方。色彩是溝通人
們和產品的媒介橋樑。產品的色彩不僅僅只是視覺上的美感，還承載
著消費者生理和心裡的需求。蘋果公司經典的白色 IPOD 播放器，既
是創意設計的勝利，也是色彩的勝利，白色意味著極度簡約，而
IPOD 就勝在簡約。產品外觀中的色、型、材三要素中，佳能、尼康
主打色彩戰略：佳能的「你好色彩」、尼康的「我型我色」等色彩戰
略已經席捲全球。高科技的研發和出色的創新，讓色彩賦予產品更加
完美和引人入勝的魅力。

　　一直致力於研究「藍海戰略」的 LG 電子就因為色彩而得益。通
體純黑、一觸即紅的「巧克力」手機──這也許是當時中國時尚男女
展示個性的最好標誌物和道具。而在一項手機網路調查中，絕大多數
消費者表示，他們第一眼就被「巧克力」的紅黑色彩所吸引，簡約大
方，用色響亮。這款被譽為「後極簡設計」的漂亮甜品，曾奪得二
○○五韓國產業設計總統獎，之後又獲得了二○○六德國 iF 國際設
計大獎和二○○六紅點設計大獎。加上「I chocolate you」的感性營
銷策略，「巧克力」手機已經創下了瘋狂的銷售成績，全球銷量突破
四五○萬。這些產品的創新中，把色彩作為啟開創意之門的鑰匙，使
色彩成為人們對產品認可的重要紐帶。

　　廣義上講，創意存在於一切人類文明的創造過程中。正如畫家陳
逸飛說：「事實上，創意存在於所有的行當之中，所以應該在不同的

5　邱蔚麗、高小偉、龔世俊：《設計色彩》（上海市：上海人民美術出版社，2006年8
　月）。

行當裡採取不同的具體措施，來提升藝術對經濟的貢獻和效能。」[6]
創意在人們的生活中扮演著重要的角色，社會的進步、科技的發展、
觀念的轉變為創意開闢更廣闊的路。

　　在後工業化的今天，產品的功能性得到了基本的滿足，產品創新
更趨向個性化，色彩則在創新中起到了舉足輕重的作用，人們把色彩
遊刃有餘的運用到文化產業各個門類的創新中。未來的生活，創意時
刻都在充斥著我們生活的各個角落，而色彩讓創意更加完美。

四　色彩：助推創意產業拓展新空間

　　在創意產業的許多領域中，色彩可謂是生命源泉——在動漫設
計、服裝設計、公共空間藝術及工藝美術中都可以看到色彩給我們帶
來的情感碰撞與共鳴。

（一）動漫：高清畫面成亮點

　　從動漫的發展進程來看，從黑白二維默片時代到二維彩色動漫的
發展，不斷接近自然色，而電腦科技的發展使得立體三維動漫更加精
彩炫目，同時也顯現了色彩這個重要視覺元素在動漫創造中的不可或
缺。在塑造動漫角色造型與個性、豐富畫面、營造場景的真實感方
面，色彩提高了動漫本身的欣賞價值。畫面色彩的美感，是作品能夠
打動人、吸引人的重要因素。動漫大師宮崎駿的作品中對於自然的刻
劃細緻入微。其代表作《幽靈公主》（臺譯：《魔法公主》）中繪製的
場景畫面清新明朗，無論場面氣勢還是色調技巧，都是動畫中的極
品。《龍貓》、《回憶點點滴滴》等作品中呈現出醉人的綠，天真無邪
的孩子們在鄉間奔跑玩耍、清風拂過、明澈的河水、藍色的天空，極

6　榮躍明：〈超越文化創意：創意產業的本質與特徵〉，《毛澤東鄧小平理論研究》2004
　　年第5期。

具視覺震撼力。馬提斯說「假如形是精神的東西，那麼色就是感情的東西，首先要畫形，然後孕育精神，往精神中導入色彩……」色彩在動漫作品中是一個不可忽視的環節，不論是沉重、濃郁，還是清新、疏朗，色彩只有完整地表達和烘託故事的意境時，作品才更可能擁有巨大的感染力和不朽的生命力。

　　色彩鮮明的米老鼠形象已經存在了近八十年，不但沒有衰落，還在為迪士尼創造越來越多的價值。迪士尼電影和動畫片的產品已經延伸擴展到服裝、食品、玩具等領域。在此同時，迪士尼樂園、酒店的建設和迪士尼音樂劇的產生為迪士尼帶來源源不斷的利潤。迪士尼樂園的每一個遊樂設施都基於迪士尼有影響力的電影或動畫片。進入迪士尼樂園就像進入迪士尼的動畫中。迪士尼每當推出一部成功的大片，迪士尼樂園就會出現相應的遊樂設施。《加勒比海盜》（臺譯：《神鬼奇航》）是迪士尼一部創造票房奇蹟的電影。影片成功後，迪士尼樂園中馬上出現相應的遊樂設施，整個遊樂區都是按照加勒比海盜中的場景設計的，以水為依託，遊客坐船上，彷彿置身於電影情節中。每一部新動畫片或者電影成功後，與之相關的產品會陸續出現在迪士尼樂園或者迪士尼店鋪中。例如：走出「加勒比海盜」遊園區會進入一個商店，商店裡賣的東西都是源於該片相關的產品。加勒比海盜人物戴的帽子、寶劍、鞋子、DVD、玩具等等，在玩過後又可以帶些紀念品回去。而同樣質量的 T 恤，在外面的商鋪是要十美元，但在迪士尼商店裡印了動漫角色的可以賣十五美元，源於人們對影片的喜愛與認可。

　　迪士尼的成功固然主要取決於其生動形象的動漫角色，但這些角色以及相關產品乃至迪士尼樂園之所以受歡迎，與其富有吸引力的色彩不無關聯。西方國家中，對於色彩感受的教育從兒童時期就已開始，這不僅能培養人們對色彩的敏銳性，更重要的是可以培養人的感性能力——即對美的判斷力和對周邊環境的審美要求。只有高品位的

感性能力和美感要求，才可能創造出包括動漫在內的高質量、高品位的文化產品以及優美的人居環境。

（二）公共空間藝術：小點綴大學問

　　隨著社會經濟的發展與大眾審美水平的提高，中國當代城市公共藝術呈現出多元化發展的趨勢。色彩在公共空間藝術中具有特殊的功能。埃德蒙・N. 培根在《城市設計》中指出，生活的目標是獲取和諧感受，個體在運動經歷中所感受到的空間的變換關係，就是設計的主要問題。公共空間色彩的設計應當與運動方式形成相互適應的聯繫。美國的珀欣廣場（Pershing Square）是洛杉磯市中心地區的一處優美的公共活動空間，而且該廣場也是洛杉磯中心建造年代最早的廣場之一。廣場整體用色反映出洛杉磯城的西班牙文化傳統，顏色鮮明而重點突出。這些顏色使珀欣廣場具有歷史紀念意義，又不失現代廣場的包容性和創新感。其純幾何結構和強烈的色彩給人留下深刻的印象。廣場的焦點是一個紫色的塔，周圍環繞著高樓大廈。而具有框景效果的紫色牆以及位於中段的餐廳與派出所運用活潑的色彩為廣場添加了生氣，吸引了遊客。廣場的顏色溫暖而不失親和力，塔樓和那些開洞的牆體漆成了鮮亮的丁香色，帶著石榴種子的橘色的雕形球體任意的散落在大地上，明黃色調的咖啡廳與樸實泥土色調的人行道形成對比，綠色的草坪以及樹木在廣場周圍那些金屬高樓的映襯下顯得格外悅人心目。

　　公共空間藝術在很大程度上，就是借助各種雕塑、壁畫乃至建築本身的藝術化設計，為城市和鄉村增添美感、提升品位，而這一切都在相當程度上依賴於對色彩的運用——一個沒有色彩的城市是乏味的，一個缺乏主導或個性色彩的城市則是失卻人文氣息和文化特徵的。當然，強調色彩並不意味著濫用色彩，培養對色彩的高雅鑑賞力格外重要。在今天，許多經濟發達起來後的歷史古城，其建築往往一

味效仿新興城市，將街道、住宅建設得相當現代化，而在另一些小城鎮中，雖然沒有高樓大廈，但獨門獨院的住宅儘管用料考究，卻往往缺乏獨特的個性：清一色的瓷磚外牆和大理石地面、冷冰冰的不鏽鋼護欄、呆板生硬的屋宇造型、毫無風格特色的綠化景觀，不僅整體風貌缺乏美感，而且令人難以親近，感受不到一絲人文氣息。

如何在公共空間藝術的建構過程中，通過對色彩等元素的出色運用，提升和美化我們的生存環境，而不是製造新的視覺污染，無疑是值得我們深思的。

（三）工藝美術：出色才能出彩

中國的工藝美術，歷史悠久，品種繁多，技藝精湛。它蘊含著中國人民的智慧，融匯了中華民族特有的民族氣質和文化素養，以其生動的神韻蜚聲國內外，是世界文明中一顆閃光的明珠。作為中國四大國石之首的壽山石，是中國傳統「四大印章石」之一。一件優秀雕刻作品的誕生，是雕刻者雕刻技藝、審美修養、文化內涵等綜合能力和水平的反映。但與其他雕刻不同的是，壽山石雕刻十分注重依石造型和巧色利用，這就使相石的能力格外重要，因而有「一相抵九工」之說。

根據石料的形狀、色彩和紋理等特點進行構思，雕刻者應具備在作品中最大限度地挖掘和發揮材質美的能力，壽山石雕的一個重要特點是巧色的利用。壽山石有十多種色，非常綺麗，雕刻之前要看它表面的形狀和顏色進行初步構思，刻進去以後出現其他顏色還要進行構思的調整或再構思。壽山石雕不僅具有邊創作邊構思、巧色利用的特點，而且強調整體性，好的壽山石雕作品都是純天然、無拼接的。在雕刻的過程中，天然的色彩讓雕刻大師創作出很多不朽之作。壽山石雕刻大師馮久和就有很多巧色的上乘作品。

花果作品是馮久和大師的拿手好戲。這塊紅、黃、白的壽山美

石，在他眼裡，就是綻開的豔麗的四季花果。藍中紅色的牡丹、荔枝，白色的玉蘭花，黃色的枇杷、佛手果、菊花，就是作者用手中的鐵筆耕耘的結果。巧色運用得心應手，栩栩如生，幾可亂真。堪稱藝石雙絕之作，是近年來難得一見的大師代表作品。

　　傳統工藝美術創作離不開色彩的運用，現代工藝產品也需要色彩為其增添魅力。臺灣的法蘭瓷就是把色彩運用得活靈活現的現代創意瓷器品牌，現今已成為眾多時尚人士的瓷器珍藏首選。法蘭瓷，瓷胎細薄，修胎規則，完整無缺，大多為小件，超過一尺大的都少見。造形，多為碗、瓶、煙壺之類的日用小件瓷，和動物擺設品。而底軸，為純白軸，不偏青也不偏黃，軸面光滑潔淨無疵。它是陶瓷，但又不僅僅是陶瓷，不同於周正勻稱的普通陶瓷，多了份立體感，精緻但不奢華，經典又不乏時尚。法蘭瓷絢麗的色彩、立體的造型贏得了市場消費者的青睞。它打破了傳統瓷器的製作方式，在色彩的運用上又別具一格，給人留下深刻的印象。作品中將大自然的花草丰姿、蟲鳥律動、野性奔放以立體造型呈現於作品之中，將藝術融入自然、帶進生活。在色彩的運用中，法蘭瓷一方面格外注重提取自然界的色彩，從工藝手段上盡量讓作品中的色彩接近自然；另一方面也借鑑和提取繪畫藝術大師經典作品中的色彩畫面，由此產生的逼真感、生動感，形成明豔紛呈、逸趣橫生的藝術效果，為法蘭瓷贏得了普遍的讚譽，也由此長期領銜於藝術陶瓷界，並成為瓷藝精品。

（四）服裝設計：講究炫彩的藝術

　　在服裝設計中，色彩的作用更是至關重要。服裝借助色彩在視覺上先聲奪人，其次才是服裝造型，最後是材料和工藝。所以色彩作為服裝的組成部分，無疑是構成服裝魅力的關鍵性因素。

　　色彩的不同組合與運用，讓服裝新款花樣翻新、層出不窮，而不同材質和面料的色彩也可構成不一樣的審美感受。就服裝設計而言，

同一面料質地由於色彩不同，能形成不一樣的心理和審美感覺。如同樣是棉布，米色棉布給人以踏實、質樸、親膚的視覺感；灰色棉布更加突出自身的質感，接近自然、質樸無華。

隨著經濟的發展，科技的升級，新的面料材質越來越多，再加上絢麗的色彩，使服裝設計具有更加廣闊的空間，可創造出更多的特色服裝，滿足人們物質和審美的需求。在剛結束的二〇一三春夏時裝秀中，品牌 Chloé 運用了品牌標誌的檸檬黃、沙石色、蜜桃色和蛋殼青，充滿休閒舒適的情調。本次作品中採用了很多新材料，充分體現了品牌勇於創新的精神，設計師用硬的幾何花邊和褶皺狀日本聚酯材料創造出的立體感非常漂亮。展現 Chloé 內在精神的傳承與發揚。而色彩和新型材料的應用更迸發出完美的作品。

KENZO 是由高田賢三在法國創立的品牌，結合了東方文化的沉穩意境、拉丁民族的熱情活潑，大膽融合了繽紛色彩與花朵，創造出活潑明亮、優雅獨特的作品。鮮豔的花朵在 KENZO 設計中出現頻率很高，包括大自然的花，中國的唐裝和傳統花樣，使用上千種染色及組合方式，包括祖傳的印花蠟染等方法來表達花的鮮豔和質感，從而呈現新鮮快樂的面貌。在 KENZO 服裝品牌的色彩運用中，高田賢三善於利用色彩之間的共同成分或以黑白色作為調和手段，對比色彩能保持較高的純度，但卻給人以協調舒服的感覺。高田賢三能充分利用人視覺所具有的補色效應，例如在一組完全由紅色和黃色構成的色彩組合中，由於在視覺上缺少與之互補的藍色就會顯得缺乏生機、平淡無奇。這正是 KENZO 服裝所帶來的視覺震撼力的原因。KENZO 服飾中色彩語言成就了品牌特色，也成為品牌挑戰世界高端服飾業無聲而又有力的方式之一。

就自然界而言，沒了色彩，世界將變得單調乏味、黯然失色；就人類而言，沒了色彩，生存環境將變得平淡無奇、索然無味；就創意產業而言，沒了色彩，發展空間將變得逼仄狹小、無所依憑。

　　崇尚色彩，能夠增強我們的審美感受；追求色彩，能夠美化我們的生活環境；善用色彩，能夠極大豐富我們的創意產品。

　　創意能化腐朽為神奇，色彩則能讓創意成為變化無窮的魔方；創意遭遇色彩，便能為我們生活的世界幻化出絢麗多姿的景緻。

荷香蓮田　　別有洞天

——陳禮忠壽山石雕刻藝術探覓

　　馬年初春，坐落於榕城西湖之濱的福建省博物院展廳，一場藝壇盛事悄然拉開帷幕——冠名為「文心荷境」的三人聯展吸引了眾多文人雅士前來觀賞。這個以荷花為主題，集書法、攝影、雕刻三種藝術形式的展覽可謂別開生面、意趣盎然——書法以筆墨趣味和詩文內容詮釋深厚久遠的荷花意象與內涵；攝影以現代平面影像的光影藝術展現荷花的多姿多彩；雕刻則以獨特石材立體地呈現荷花擁有的多樣意境；三者可謂珠聯璧合、相得益彰。其中，陳禮忠先生的壽山石雕刻讓人有別開生面之感——「恍似瑤池初宴罷，萬妃醉臉沁鉛華」、「水中仙子並紅腮，一點芳心兩處開」的春日燦爛荷花，被花瓣凋零、枝葉枯萎的秋天殘敗景象所代替；「誰於水面張青蓋，罩卻紅妝唱採蓮」、「笑隔荷花共人語，煙波渺渺蕩輕舟」的荷田嬉戲，被蕭瑟秋風、孤寂落寞的感傷情境所消弭；「郎指蓮房妾折絲，蓮不到頭絲不止」、「斷腸脈脈兩無語，寄情流水傳相思」的動人情愛，被孤立獨思、殘荷聽雨的理性表達所取代——很顯然，陳禮忠儘管接續了中國傳統文化中荷花這一重要符號意象，卻另闢蹊徑地創造了屬於他自己的荷花藝術譜系，為源遠流長、博大精深的傳統荷花意象譜系，奉獻了一種新的另類表達和意象，並由此建立起他作為國家級工藝美術大師所應當具有的個人風格。

　　然而，人們不禁要問：在積澱深厚、源遠流長的美學傳統之中，這種意象表現上的突破又是如何取得的？換句話說，陳禮忠是如何在深厚的美學傳統薰染與覆蓋下，突顯與嶄露出自身的藝術風格？

　　事實上，陳禮忠的藝術道路並非是從雕刻殘荷起步，而是經歷了一番曲折的探索而一步步走到今天。

一　鋒芒初露：摹刻山水人物

　　翻開中國美術史這部璀璨輝煌的藝術畫卷，詩書畫無疑是最具代表性的藝術門類：不僅因為它是中華文化獨有的藝術形式，並在作品數量、藝術造詣、文化影響等方面遠勝於其他藝術門類，還因為除了詩書畫之外的陶瓷、雕刻、園林、漆藝、刺繡、剪紙乃至建築、家具（設計）等藝術門類，無不仰賴詩書畫的藝術營養、無不烙印著詩書畫的深刻痕跡。而作為視覺藝術，中國畫獨有的表現技法與美學意境，更是深刻影響了其他藝術門類。且不說陶瓷藝術精品中，從圖案花式的描繪，到人物山水的摹寫；從畫面意趣的構織，到題材故事的選擇，幾乎都擺脫不了國畫的影響。而就體系龐大、種類繁多的雕刻藝術而言，除了材質上擁有豐富的種類，如竹、木、石、鐵、銅等，其雕刻題材、審美趣味、表現手法等也離不開詩書畫傳統的影響。這是由於中國畫以其獨特的技法和審美理念，表現了對於自然萬物的觀察描摹、對人和自然關係的理解，也表現了中國人在視覺藝術領域所追求和營造出的獨特意境與美學理想，同時還滲透著中國人天人合一的哲學思想與世界觀。當陶瓷這一曾經是中國獨有的文明創造和獨特文化符號顯現的器物，逐漸被西洋和東洋人所模仿、製作之後，它就不再是中國唯一能夠製作、生產的藝術品類了，而唯有中國畫依然保持著純正的中華文化血統和文脈，難以為外族人所染指和模仿。這就不難理解現今我們那麼多的藝術門類需要從中國畫中汲取藝術養分、尋找藝術靈感。

　　在有著一千五百年歷史的壽山石雕刻領域，作為青年時期初入藝門的陳禮忠，自然是從模仿前人傳統技法和創作題材開始其藝術生涯

的。同樣是雕刻藝術，壽山石雕刻卻因其材質的特別而獨樹一幟。在其百餘種的石材中，既有集細、潔、溫、潤、凝、膩之「六德」於一身的田黃石，又有色澤鮮亮、嬌豔凝脂的芙蓉石；既有純淨溫潤、玲瓏剔透的坑頭凍石，又有青天散彩、如雲似霞的天藍凍石；既有質如凝脂、肌理細膩的高山凍石，又有瑩膩通澈、蘿蔔紋絲的掘性高山石；既有肌理細白、晶瑩剔透的荔枝凍，又有紅若桃花、黃如蜜蠟的善伯洞石；既有石質堅細、色彩豐富的旗降石，又有潔淨細嫩、晶瑩通透的老嶺晶石；既有通靈晶瑩、色澤繁複的雞母窩石，又有凝凍透亮、晶瑩乳白的花坑石……可謂品種繁多、質地豐贍、異彩紛呈。面對如此多彩多姿的天之瑰寶，無疑為藝術創作提供了極為豐富的選擇與想像空間。然而，材料的繁複多樣、各具特色，也容易令人陷入選擇的困惑與迷茫。事實上，從事壽山石雕刻的大師們，往往不會迷失在品種繁多、令人眼花繚亂的美麗石材之中，而是善於根據自身的美學觀念和藝術追求，選擇其中數種石材作為主要雕刻材料。如林亨云大師擅長用白色壽山石雕刻北極熊，將單調的色彩轉化為栩栩如生的北極霸主，彰顯他對形態與細節的準確把握；馮久和大師擅長將色澤暗淡的石材，雕刻出富有濃厚生活氣息的群豬形象，以及用多彩的芙蓉石雕琢出富有時代感的繁盛花果，體現出他善用巧色的功力；當然，也有不少大師擅長多種石材的雕刻，以構思、巧色、刀法和細節的完美見長，如林壽煁、郭功森、林發述等。很顯然，雕刻材質的豐富固然十分重要，但更重要的是雕刻主體的內在藝術稟賦、審美趣味和文化涵養，真正決定雕刻藝術水準的是雕刻家的精湛功力和藝術精神，而不是材質本身。否則，歐洲文藝復興時代那些冰冷堅硬的大理石，論材料品質遠不如壽山石，卻依然能夠在雕刻家們的手中幻化為栩栩如生、精美絕倫的藝術品！

　　那麼，陳禮忠又是如何對待這些質地或細膩、或溫潤、或堅實，色彩或純淨、或斑斕、或通透的絕美石材呢？他的獨到之處，在於能

捕捉到對象的關鍵要素，並顯現出科學的思維方法：以化繁為簡的方式來處理那些讓人目不暇接的豐富石材。在壽山石的眾多物理特性之中，陳禮忠抓住了最為重要的元素──色彩。在他看來，壽山石的色彩才是對藝術創作最有意義的元素，「因為在基本吃透一塊壽山石的全部物理、化學性質之後，只有分辨清楚了其各種顏色的多元構成之秘，你才能在相石的過程中，迅速捕捉到色彩和想像力所激發出來的那種藝術創造靈感！」事實上，這不僅體現他善於抓住事物的主要特徵，而且顯露出他對於視覺藝術關鍵性要素的精準把握──在構成視覺藝術的結構、線條、色彩、造型等元素中，最重要的元素就是色彩。大畫家陳逸飛先生就認為：唯有色彩才是視覺藝術的關鍵要素。很顯然，色彩之於視覺藝術是何等重要。作為視覺藝術作品，給人的第一印象往往是色彩，然後才是線條、結構、造型等。由色彩所構成的視覺感官不僅具有感官刺激性強的特點，而且還能夠調動人們豐富的心理感受：色調的冷暖與明暗、強烈與溫和、單調與豐富，都能在人們的心理和情感上形成細微和豐富的感受效果。因而，對色彩是否具有敏感性，是否具有對色彩與情感以及其他事物關係的獨特理解，往往將決定著一個視覺藝術家的造詣和功力。在日常生活領域，人們對色彩可以司空見慣、習而不察，但在藝術家眼中，則能將色彩如同魔方一樣變幻出無媲美妙與奇異的世界⋯⋯在某種意義上，視覺藝術就是色彩的藝術，就是藝術家把握色彩、運用色彩乃至創造色彩的能力體現。我們甚至可以說，在這個領域裡沒了色彩就玩不轉！

　　當然，抓住了視覺藝術的關鍵元素還只是第一步。就壽山石雕刻而言，畢竟有著一千五百多年的歷史，從古至今產生了一批又一批雕刻大師和出類拔萃的作品。初入此道的陳禮忠，還只能從最基本的技藝學起。好在他心靈手巧，善於學習，且勤奮刻苦，很快入了門道。在拜師馮久和大師期間，又深得大師賞識和指點，雕刻技藝有了長足進步，在馮氏門下算是較為出色的弟子。陳禮忠早期的作品主要以傳

統山水人物為題材，雖然沒有獨特創造和突破，但要駕馭壽山石這一特殊的雕刻藝術，能夠將傳統題材做好就不是一件容易的事。這是由於壽山石雕刻藝術本身是視覺藝術中具有特殊性的門類，它不同於平面視覺藝術，也不同於一般的立體雕刻藝術，而是以五彩繽紛的石材為依託載體，融薄意、浮雕、圓雕、透雕等多種技法於一體的雕刻藝術，需要學習掌握比現代雕刻（如石膏、普通石雕、銅雕等）更為複雜多樣的雕刻技藝。在陳禮忠的早期山水人物作品中，將傳統繪畫藝術技法與自身觀察體驗相結合，抒發了他「君子渴慕林泉」的情懷。陳禮忠深知，前人傑出的山水畫無一不是創作主體對自然山川獨特觀察的結果，同時也是畫家獨特運筆技法點染的結晶。為此，他不僅潛心研學和揣摩中國畫的留白和三遠技法，並將其運用於山水雕刻，而且深入自然山川，悉心觀察和感受綺麗山水，每每還用筆打草稿，用心觸摸與感受，最終因材施藝，鐫刻出他心中的山水景象。《春風又綠江南岸》、《武夷晨曲》以細膩的刀工刻劃出枝葉綻放、禽鳥翻飛、溪流潺潺的萬象更新、生機蓬勃的初春景象，其意境深得古代山水畫之精粹；《山居圖》表現大山深處的自然景觀和山民的辛勤勞作景象，構圖巧妙，刀法樸拙，氣勢雄渾，透露出宋代山水畫嶙峋挺拔、雄奇壯美的意境，其中也依稀透露出作者寧拙勿巧、寧樸勿華的心性情懷與藝術追求；《天地兒女》、《大漠風情》、《江南山色》等作品也有異曲同工之妙。陳禮忠還善於融人文情趣於自然山水之中，這使他的山水雕刻作品不是孤寂的山水，而穿插融合了許多動人的情景——從小品系列《春夏秋冬》到《清風朗月》，從《訪友圖》到《深山行旅》，從《獨釣寒江》到《抱琴訪友》等一系列作品——或為江上泛舟垂釣的船夫漁樵，或是曲水流觴的文人墨客，或為牧笛橫吹的牧歸稚童，或是長亭送別的恩愛情侶，亦或是開山劈路的創業者和邊疆巡邏的騎兵……而陳禮忠的人物小品，則更多地選擇了歷史文獻和文學作品中的題材，採用薄意或淺浮雕的技法，構圖精巧、刀工細膩地刻

繪出寒江獨釣、月下對談、松下問樵、山居行旅、戶外品茗等生動景
象，較之中國畫中的類似情景，更有一種來自於豐富色彩和立體畫面
的獨特美感與氣韻。

　　作為壽山石中的極品田黃石，因石材珍奇稀有，且體塊偏小，往
往限制了雕刻者的想像空間和才藝的施展。但歷代皇家多收藏田黃，
乃至田黃成為壽山石雕的一種標誌性石種，普通人大凡提到壽山石無
不知曉田黃。這種石材也因此名聲顯赫，盡得風流。要在貴比黃金的
田黃石上施以雕琢，難免下刀惜材，輕易不作大的雕鑿。這就給雕刻
家提出了很高的要求——既要構思巧妙，又要減少雕鑿，以免浪費珍
貴的材料。面對珍貴的田黃石及其色彩、質地特點，陳禮忠敏銳意識
到田黃石雕刻「不能用鏤空的手法，只能用薄意的手法，在盡量保持
它重量、形狀的前提下進行雕刻，把一些瑕疵、裂痕消化掉。」以這
樣的理念來雕刻田黃石，既保持石料的珍貴特性不被破壞，又能最大
限度施展雕刻家的才藝水平。縱觀陳禮忠的田黃石雕作品，基本採用
薄意手法，題材雖然多取自傳統，如《林泉高士》、《隱士圖》、《節節
高》、《梅竹雙清》、《群賢野逸》等，但經他精心構思，隨形施藝，並
充分吸收中國畫寫意境界的營造方式，不僅構圖巧妙，布局得當，且
刀工細膩，技法圓熟，頗得中國古畫之意境神髓，同時作者又不拘泥
於古代經典，而是不經意地融入當代人的審美意趣，從而營造出意象
生動、古雅俊逸的藝術效果，展示出陳禮忠壽山石雕刻的多面才藝。

二　漸入佳境：雕琢翎毛飛禽

　　傳統藝術的滋養令陳禮忠技藝日精，對傳統題材的雕刻逐漸了然
於心、遊刃有餘。但陳禮忠顯然不滿足於已有的成就，他內心深處懷
有更遠大的志向、追求與抱負，這決定了他在藝術上的不斷超越。自
打做學徒起就表現出敏銳藝術感受力的他，在其所熱愛的石雕藝術實

踐中，逐步領悟出「因材施藝，因色取巧」的壽山石雕真諦。在他看來，把「因材施藝，因色取巧」這八字訣貫穿到終生的雕刻事業中，一定會成就一番事業。但如何理解在行業中盡人皆知的這八字訣，體現著雕刻家獨特的藝術思考和眼界。陳禮忠認為，田黃石儘管名貴，但在藝術張力的表現上往往很難拓展，而類似老嶺石這樣的普通石材，則可以充分發揮雕刻家的想像，大刀闊斧地進行藝術構思和創作。在藝術表現形式上，他主張打破既定模式的約束，充分從相關藝術中吸取藝術養分，同時善於結合壽山石雕自身特點進行創作。比如，傳統中國繪畫題材、意境是一個獨立的審美體系，遵循著一定的審美法則，可從中汲取豐富的營養。但繪畫畢竟是平面視覺藝術，而石雕則不僅是立體的，還受制於石材自身形態的限制，在構思、布局中不能像繪畫那樣隨性隨意、大膽誇張，更多時候需要隨形依勢，依照材料自身特點進行雕鑿鐫刻。這是石雕之不同於中國畫的藝術創作特點。

　　但壽山石雕最大的特點在於豐富的天然色彩，「因色取巧」也就成為壽山石雕作為石雕藝術需要把握的至關重要的因素。陳禮忠對此也有其獨到見解。在他看來，因色取巧雖說是善於利用壽山石色彩斑斕的石材特點的一種能力，需要良好的美術素養和色彩感受力，但這還只是體現為對創作載體特性的駕馭上。更高層次的因色取巧則需要一定的創造性，真正做到化腐朽為神奇。如同方家所言：「薄意工藝，因田而生」。田黃石裂格的彌補，瑕疵的掩飾，都是一種對色彩的創造性利用。這無疑體現了陳禮忠對壽山石雕刻色彩學的獨特見解，這得益於他早年的美術學校學習經歷。年輕時候，他不滿足於傳統師徒現場傳授的學藝，意識到那種手把手的傳藝方式，固然可以培養和掌握良好的動手能力乃至高超的技藝，但從長遠來講，往往容易陷入發展瓶頸，難以行之久遠並成大器。故而他主動報考進入高校學習，通過系統的美術理論和專業技能訓練，掌握了一般壽山石雕刻者

所不具備的素描、繪畫、色彩學等相關知識，為日後的藝術道路奠定
了更加厚實的基礎。

　　我們依然以對色彩的理解來說，陳禮忠的知識背景以及他日常觀
察和實踐經驗，使他對色彩有深刻的洞見：他發現有時候光影在空間
中產生的錯覺可以形成一種顏色，即空間可以創造色彩。他還進而領
悟到如何依據這一現象達到借用色彩目的，也就是利用空間來創造色
彩。這在他觀察羅浮宮的名畫中，也發現了這一巧妙的繪畫手法，於
是大膽地將這一色彩處理手法運用到壽山石雕刻之中。陳禮忠作於二
○一○年的《秋塘獨鳴》就是典型的運用空間創造色彩的案例。作為
立體空間藝術的石雕，可以借助鏤空的方式，在光線陰影的作用下形
成黑色調區域，《秋塘獨鳴》所雕刻的殘荷，以淺黃色為主色調，恰
到好處地表現了秋荷枯黃但不殘敗的意象，而作品中部右側和下方長
條狀的鏤空部分所形成的由陰影構成的黑色區塊，不僅增添了作品的
立體感，而且增加了豐富的層次感，在飽滿和富有張力的形態中，很
好地烘托出殘而不敗的審美寓意。

　　陳禮忠的這些獨特見解與技法的形成，得益於他的勤奮好學，也
得益於他對自然的潛心觀察。如此關於色彩的理解和把握，僅僅從書
本上是很難學到的。他清醒地意識到，作為「藝術家不能夠陷入本本
主義，在藝術創作中不能夠太局限於框框條條，循規蹈矩，一定要崇
尚自然。」嚮往名山大川、秀麗山林、荒野景象、飛禽走獸，在自然
中感受、觀察、體驗與頓悟，能夠帶給藝術家豐富的素材、靈感和想
像空間，也能使作品獲得更多的生機和活力。陳禮忠深刻感受到，在
創作過程中，很多內容要到自然界中去提煉。他的翎毛動物系列作
品，就是這種向自然學習、從自然中提煉的結果。

　　中國傳統繪畫中花鳥畫是一個與山水、人物畫並駕齊驅的龐大系
列，歷代畫家都留下屬於那個時代的花鳥畫傑作。在壽山石雕歷史
上，花鳥也是常見的傳統題材之一。就動物系列而言，當代以來還產

生過許多具有時代精神烙印的傑出作品，如馮久和的《群豬》、陳敬祥的《求偶雞》、林亨雲的《北極熊》等。除此之外，其他壽山石雕刻家的動物題材作品也頗有建樹，如潘驚石的昆蟲系列等，都將自然界的生靈表現得栩栩如生。而陳禮忠則選擇了鷹作為他的創作對象，這或許還與他的個人性格有深層關聯。鷹的形象具有雄悍與剛烈的寓意，恰如作者內心對藝術的執拗和人格的自尊自強。然而，但凡具有靈性的東西都不易於把握，更何況蒼鷹這種性格鮮明的猛禽。陳禮忠有關鷹的系列作品，再一次展現出他對壽山石色彩的出色把握和創造性運用，也展現出他對自然界悉心觀察和獨到發現。為了熟悉創作對象，他在家裡養了數隻鷹，一有閒暇便認真觀察鷹的一舉一動，捕捉那千姿百態的形態特徵和豐富細微的神情。對鷹的羽毛形態的觀察更是細緻入微，在動靜之間、嬉戲之時、捕食之狀中，感受鷹的各種姿態與神韻。在《玉樹臨風》、《雄視》、《高岩獨立》、《群山盡覽》等作品中，陳禮忠巧妙利用石材大面積的黑色調作為雄鷹的身軀，既細緻逼真地雕琢出黑亮、密實的羽毛，又以紅色作為雄鷹頭部、白色為翎羽綻開的頸部，刻劃出體態矯健雄昂、翎毛栩栩如生的形象。這些作品中的雄鷹雖呈靜立之態，然其神情倨傲、睥睨天下的挺拔氣勢卻有撲面而來之感，那氣宇軒昂的精氣神真可謂靜中見動、英姿勃發。而《嘯震滄海》則在動態中展示雄鷹俯衝於海浪翻捲的大洋時那無所畏懼的雄姿與氣勢，呈單一黃褐色色調的石材，將海浪與雄鷹幾乎合為一體的構思，以及依形施藝之造型處理，充分展現出俯衝海面的雙鷹搏擊衝天浪花的矯健身姿與雄悍之氣。不過，陳禮忠並沒有局限於表現鷹的雄性氣概，而是多面向地展現鷹的性格——《家‧天下》、《春日》、《禽王天倫》、《長相廝守》等作品，以細膩刀法、生動細節、精巧構思，將禽王老鷹的舐犢之情、恩愛之態表現得惟妙惟肖、感人肺腑。這事實上是作者內心人性溫情的表露和顯現，這種情懷還延伸到鷹之外的其他翎毛動物的作品之中。在表現天鵝、八哥、燕雀、水

禽、家禽等作品中，更有細緻生動的刻劃：《重逢》在一片碩大深色岩石上，雕琢出一對情態可掬、溫情脈脈的美麗鳥禽，雖然在整個作品中占比例十分有限，卻分外搶眼，富有感染力；而《春眠不覺曉》、《飛雪迎春到》中的佳禽不僅有異曲同工之妙，且在細節捕捉上更加生動，刀工也更為精細圓潤，兩對佳禽頭部均呈鮮亮的粉紅色，巧色運用恰到好處，結構布局樸實自然；《秋菊滿庭香》、《竹林安居》、《菊花雀鳥》等作品，則將鳥禽置於大自然的萬千景象之中，在疏密有致的構圖與結構布局中，展現出自然界的蓬勃生機；《群鶴向陽》、《孔雀牡丹》、《鶴壽》、《梅花雀報春》等傳統題材作品，也在陳禮忠的刀鋒下呈現出獨特祥瑞氣象。

如果說鷹為自然界之禽王，那麼鳳凰則是虛構世界的鳥禽之王，它作為中國文化的傳統經典意象，自古為藝術表現的重要元素。壽山石雕刻也不例外。陳禮忠的鳳凰雕刻作品不多，如《丹鳳朝陽》、《錦上添花》等，但卻有一件與鳳鳥有關的作品在他的藝術生涯中占有極為特殊的意義，那就是《春聲賦》。這尊高一點四米，寬七十八釐米，厚七十六釐米的大型石雕不愧為一件難得的藝術精品：整件雕刻由五十六隻包括鳳凰在內的鳥禽組成，象徵著中國五十六個民族和睦相處的民族大家庭，構思巧妙，布局得體，結構緊湊，疏密有致，寓意深遠。從細部看，頂端有一輪紅日冉冉升騰，普照眾生，兼有白色祥雲繚繞山崖，平添幾分高遠飄逸之感；而遍布山體懸崖之中翎羽秀美的群鳥佳禽，或駐足而立，或展翅翻飛，或嬉戲耍鬧，或林間信步，神態各異，形象生動，可謂色彩斑斕、雕工精湛；其中更有花團錦簇、果實纍纍、藤蔓纏繞、芳草迎風之生機蓬勃的無限春光，一幅春意盎然、祥瑞和諧的美麗景象。這件作品曾作為上海世博會福建館的鎮館之寶參展，體現了它在壽山石雕界的獨特地位和影響力。但這件作品除了藝術價值之外，對於陳禮忠而言卻有另一番特殊的意義——那就是它記錄了陳禮忠藝術生涯中的一段不平凡的曲折經歷。

一九九五年夏天，陳禮忠聽聞壽山村農民在山上挖出一塊重達數噸的罕見雞母窩石，酷愛石雕藝術的他一見那五彩斑斕的巨大石材，便忍不住想擁有它。那時他還是個沒有名氣、經濟也不寬裕的年輕人，可對藝術的一腔熱情促使他傾盡所有積蓄以十二萬元巨資購下（那時候這個數目的款項可以購買兩套房子）。但這塊罕見壽山石在後來的日子裡帶給主人的，卻是屈辱、心酸、喜悅與榮耀等五味雜陳的複雜感受。如今，這件價值連城、與主人有著極深情感牽連的作品依然靜靜地擺放在陳禮忠的工作室裡，始終不捨將其出手。或許作為主人生命的一部分，《春聲賦》將伴隨陳禮忠一生。

三　蛻變昇華：營造秋荷意境

現在我們要說到陳禮忠壽山石雕藝術道路的一個重要轉折——殘荷的雕刻。

以荷花為主題進行藝術表現，在中國文化傳統中可謂源遠流長，且形式多種多樣：詩詞曲賦、工藝美術都以各自的載體和手法，在吟詠唱和、歌舞演奏、筆墨揮灑之間，傳達出千姿百態的藝術美感和理想寄託，形成中華文化獨特的意象譜系。然而，豐厚悠久的歷史傳統既為今人提供充足藝術滋養，又為新的藝術創造設置了障礙、抬高了門廊，任何超越前人的嘗試都勢必以付出艱辛努力為代價。

那麼，陳禮忠又是以怎樣的方式接續上荷花這一意象譜系的呢？

中國文化符號中，荷花無疑是一個重要的意象序列，並向來以表現富貴喜慶、和諧吉祥、清雅情懷、百年好合等為主要審美內涵和基調，因此不論詩文還是繪畫，大都摹寫和描繪荷花盛開、蓮蓬飽滿、綠蓋婷婷的意境和景象。其中不乏精美之作：獨特的意象、巧妙的比喻、優美的意境和奇異的象徵……光是直接以荷花、採蓮為題的詩詞就不勝枚舉：白玉蟾的〈荷花〉：「小橋划水剪荷花，兩岸西風暈晚

霞」，那是荷田行舟、西風晚霞的動靜之美；皇甫松的〈採蓮子〉：
「船動湖光灩灩秋，貪看年少信船流。無端隔水拋蓮子，遙被人知半
日羞」，那是荷池戲耍、情愛初萌的少女懷春；吳均的〈採蓮曲〉：
「問子今何去，出採江南蓮」，「願君早旋返，及此荷花鮮」，那是情
侶別離、愛意綿綿的相思情懷；釋仲殊的〈荷花〉：「水中仙子並紅
腮，一點芳心兩處開。想是鴛鴦頭白死，雙魂化作好花來」，那是兩
性至情、托物抒懷的詠荷妙筆；李白的〈採蓮曲〉：「日照新妝水底
明，風飄香袂空中舉」，那是妝映荷花、幽香飄逸的採蓮女子；蘇東
坡的〈荷花媚‧荷花〉：「霞包霓荷碧，天然地，別是風流標格。重重
青蓋下，千嬌照水，好紅紅白白」，那是水中仙子、嫵媚妖嬈的風流
寫照……可以想見，古代文豪們對荷花是如何的情有獨鍾！這些意象
譜系所編織的藝術圖景，意趣盎然、美輪美奐，令人賞心悅目。只
是，它們的背後都有一個相近的審美指向——花好月圓、男歡女愛、
春滿人間、幸福吉祥。

　　然而，藝術創造從來都是無止境的，任何一個對象都可以有無盡
的表現方式和角度，更可以有不同的審美理念作支撐。在這樣一種有
關荷花的意象譜系中，陳禮忠對於古人的應和卻顯得頗為節制：他固
然也創作了一些類似主題和審美意趣的荷花作品，如《過蓮塘》、《映
日荷花》、《芙蓉仙子》、《翡翠鳴荷》、《綻放》、《翠蓋映雲霞》、《荷塘
倩影》等，但在他所有的荷花題材作品中只占有很小的比例，而大多
數作品則是另一種美學意象的表現——那就是他的秋荷系列；更為重
要的是，對秋日殘荷的創作完全是源於陳禮忠自覺的藝術行為，是他
藝術觀念轉變之後作品，也是他對於秋荷獨特藝術感悟和理解的產
物。儘管在古人眾多的詠荷詩詞中，也有少數表現秋天荷田枯枝敗葉
的景象，並寄喻相應的情懷：劉秉忠〈乾荷葉〉：「乾荷葉，色蒼蒼，
老柄風搖盪。減清香，越添黃，都因昨夜一番霜。寂寞秋江上」；李
商隱〈暮秋獨遊曲江〉：「荷葉生時春恨生，荷葉枯時秋恨成，深知身

在情長在，悵望江頭江水聲」。但那只是古代詩人們偶爾所為，數量極少，且非自覺為之，也未形成完整的系列。陳禮忠則是將對秋荷之美的挖掘作為自覺的藝術追求，由此構成他獨具一格的審美世界。

作為四大國石之首的壽山石素以色彩斑斕、色系豐富、石種眾多而聞名，且五彩繽紛中更有玲瓏剔透之奇妙之美，也因而獲得「天遣瑰寶」的美譽。壽山石雕作品的精美許多時候得益於石材的天然美色與質地，其價格也往往取決於石材的珍貴與否。在今天國泰民安的時代，從事壽山石雕的藝術家也多半能憑藉這一天賜瑰寶而不必為稻粱謀。然而，深懷憂患意識的陳禮忠，卻在業界的繁榮中看到潛在的危機：「面對『天遣瑰寶』壽山石五彩繽紛的豐富色彩，我們許多作品的樣式，顯得太單一了，完全是依樣畫葫蘆的機械仿造；我們的許多作品的巧色，顯得太『輕車熟路』了，完全是批量化生產的老式做法；我們的許多作品的工藝，顯得太『流水作業』了，完全是一母所生的多胞胎形象。」很顯然，他從這些現象中敏銳察覺到這個行業存在的深層危機──以石材本身的優劣主導市場，而不是以藝術水平的高低決定其價值，不僅導致優質石材的浪費，而且影響了藝術水準的提高，最終將影響壽山石雕藝術的可持續發展。為此，他深感作為藝術神殿朝拜者的責任，也清醒意識到改變這一現狀的艱難。難能可貴的是，陳禮忠既不是那種好高騖遠、空懷理想的浮泛之輩，也不是只知品頭論足、眼高手低的旁觀者，而是心懷大志、腳踏實地、意志堅韌的藝術世界的追夢者和圓夢者。他虛心求教、悉心揣摩前輩大師們藝術哲學理念和精湛技藝，同時能在深切領悟東西方藝術精粹、大師經典作品和磨練自身技藝的基礎上，逐步形成自身的藝術見解和思想。他從林亨雲、馮久和等壽山石雕刻大師雕琢單一色調石材而成就藝術珍品、西方雕刻家憑藉普通大理石而能創造世界級雕塑精品的藝術實踐中，深切感悟到藝術家主體自身創造力的核心地位和價值──只要有精湛的刀法、豐富的想像力、百折不饒的意志以及為中國壽山

石雕存流傳世作品的雄心，單色調的普通壽山石，同樣能夠創造出一代壽山石雕藝術精品！正是出於這種感悟與認知，最終樹立了他「石無貴賤」的藝術理念，他的殘荷系列作品才得以誕生。

　　在常人眼中，秋日的荷塘總是呈現這樣一種景象：枯黃捲曲的葉片、低垂彎曲的枝幹、凋零殘敗的花徑、乾癟枯萎的蓮蓬……蕭瑟、荒蕪、凋敝的荷塘秋景，難免給人落寞、淒清、荒涼之感。然而，在陳禮忠眼裡，荒蕪的荷塘卻另有一番動人的美的意境，那就是風骨之美。那是一種區別於繁花似錦、富貴吉祥之美的另一種審美境界。陳禮忠在近些年的創作中選擇秋荷作為題材，固然體現了他「石無貴賤」的藝術理念，試圖用老嶺石、焓紅石等在一般壽山石雕刻家眼裡不屑一顧的普通石材，雕刻出藝術精品，但同時也與他獨特的藝術觀察和對於枯荷之美的發現密切相關。在他看來枯荷是一種自然現象，經歷了繁花盛開、綠蓋連天的夏季之後的秋天荷塘，另有一番迷人的景緻──深秋時節，「這個時候的殘荷最美，尤其是夕陽下的那些秋荷，秋風一過，儀態萬方，美不勝收。隨著季節的變化，那飽滿的蓮蓬，或自然舒展，或捲曲荷葉，此時顏色由綠轉褐，或者轉黃。蓮葉上自然的洞孔開始形成，它們中有的桿彎曲了，有的桿甚至折斷了。那些蓮蓬，滿池海的蓮蓬，朝著荷葉垂下去了，荷塘其他部分同樣也傳遞了這種成熟的美，這也是一種豐碩的美，豐收的美。」這裡已經從對自然現象美的獨特觀察，延伸到理性之美的感悟：秋天並非蕭瑟、落寞與淒切，而是呈現一種成熟之美，是一種有沉澱、有內涵的美，因而枯荷在他看來是一道豐饒的人間美景，美譽殘敗的、悲涼的意境。不僅如此，陳禮忠還從這種沉澱之後深沉而厚重的美中，體悟到一種更內在的精神氣質──風骨。「殘荷枯而不朽的風骨，正好可以反映中華五千年的人文風骨。」從殘荷的外在風致，到積澱深厚的內在意蘊，再到深層寓意的意象提煉，陳禮忠這一系列的美學感悟，已經完整而清晰地構織出一種屬於他自己的關於殘荷的美學思想。正

是在這樣一種美學認知基礎上，他的殘荷才顯現出獨特的審美意境和深層意蘊。

在陳禮忠《荷塘秋景》、《殘荷聽雨》、《秋塘鳴蟲》、《獨立秋荷》、《獨享秋塘》等一系列以殘荷為題材的作品中，《獨享秋塘》最能體現藝術的風骨之美。獨立秋塘的枯荷，枝葉枯黃卻依然挺立，葉片殘破卻弧線柔美，不畏寒風勁吹，不顯淒涼萎頓，透露出殘而不敗、枯而不朽的精神氣韻；佇立莖桿上的翠鳥，不僅為秋塘增添生機，更具有獨享秋塘之深刻意味。在其他秋荷系列中，同樣透露出鮮明的美學風骨——那枯黃的莖梗剛勁有力，殘破的葉蓋經脈伸張，那種孤傲獨立與荒寒野性的意境，強烈地表現出富有力度的美學精神和藝術風骨。而這正是作者所追求的審美境界。

迄今為止，陳禮忠的秋荷已成為他獨特的個人審美符號，這與他早年迷戀鷹的雕刻在精神氣質上有一脈相通之處，都表現出孤傲獨立與荒寒野性。當然，藝術的另一個重要法則在於追求豐富多樣，秋荷系列中如若僅僅表現風骨之美感，或將限於單調和乏味。難能可貴的是，陳禮忠的秋荷系列並非只突出殘荷意象，許多作品以殘荷為依託或背景，經由巧妙的構思和恰到好處的點綴，表現出另一種出人意料的美。《依依蓮塘裡》、《荷塘兩相依》在捲曲的殘荷葉片中，卻有兩隻翠鳥立於莖梗之上，相依相偎，恩愛有加，一朵蓮花將謝未謝，映襯著這一對情侶，生動有趣，一掃秋意；《十里錦香看不盡》、《清香滿面來》在枯黃荷塘中，依舊有新萌發的花蕾和蓬勃生長的野草，殘敗的枝葉似乎成為新生命的養料，秋天收穫的喜悅如同自然界植物的清香漫溢田間；《留得枯荷聽雨聲》借用古詩表現意境，殘荷靜立之中期待甘霖降落，將聲音元素引入，並伴有兩隻翠鳥相視對望，意趣盎然；《荷塘對語》、《稻香蟹肥》利用美麗鳥禽的呢喃對語和稻穗爬蟹的映襯點綴，有效化解了蕭瑟秋意，呈現出自然生機與豐收喜悅；《暗香》、《荷趣滿塘》以殘荷葉下藏匿的覓食禽鳥和塘蟹，喻示著枯

荷中自有豐富的生靈與內涵。很顯然，這些作品雖以秋荷為主題，但卻延伸和創造出許多枯荷之外的意象和意境，實現了藝術的多樣性和豐富性，也充分展現出作者觀察自然、感悟自然、表現自然的眼力和功力。

如今，秋荷主題雕刻已成為陳禮忠重要的藝術符號而為眾多藝術界和理論界人士所認可，但有著強烈藝術創新追求的陳禮忠，不會止步於此，而將在未來的秋荷創作中，展現出更為精湛的技藝與豐富的內涵。

四　凝聚精華：構築宏大境界

相對於繪畫而言，同為平面視覺藝術的攝影，能夠賦予創作者想像的空間顯然十分有限，一幅優秀的攝影作品更多的時候取決於拍攝的對象如人物、景觀等，尤其是風景照，自然景觀和景象是否美麗、壯觀和獨特，很大程度決定著作品的成功與否。於是攝影師們總是要跋山涉水、歷經艱難尋找優美的風景、捕捉轉瞬即逝的萬千氣象，這就如同許多壽山石雕刻家總是要尋求成色上好的石料作為雕刻對象一樣，因為許多時候一款優質的石料往往能使雕刻者獲得事半功倍的結果。然而，英國攝影大師戴維‧沃德的藝術理念和創作實踐，卻給我們另一種啟示。

戴維‧沃德崇尚簡潔、簡約的藝術理念，這不僅是因為攝影與繪畫截然不同——繪畫是一個做加法的過程，攝影則是一個做減法的過程；繪畫是在一張白紙上從無到有地從簡單到複雜的過程，而攝影卻是從複雜開始最終處理成簡潔；而且更重要的是，戴維‧沃德作為世界攝影藝術大師，擁有一雙善於發現美的眼睛，能從其他攝影師所忽略的極為普通和簡單的事物對象中，捕捉到意想不到的鏡頭效果，創作出不同凡響的作品。也就是說，他具有化繁為簡、化腐朽為神奇的

本領——他所依賴的不是對象本身的美，而是作為創作主體所擁有的審美觀察力和創造力。白雪皚皚的山坡上幾株枯黃的小草、斑駁岩石上一彎蕨類植物的葉莖、荒郊野外的野草地裡幾片破木板構成的柵欄、山川冰舌開裂的景象……這些遠比不上自然奇觀和人文景象的攝影對象，在戴維・沃德的鏡頭中卻成為極富形式意味和美感的攝影佳作。這全然得益於攝影者主體不同尋常的創造和發現能力。

　　陳禮忠「石無貴賤」的藝術主張，可謂與戴維・沃德的見解不謀而合，二者都強調創作主體的想像、創造和藝術理念對於藝術創作的重要性，而不僅僅是追求材料美和技巧美。在陳禮忠看來，藝術創作中人的主體創造力是最重要的因素，許多藝術家忽略了人在作品裡面的價值。事實上，雕刻藝術家只要擁有足夠的創造力，不論材料如何粗糙和普通，都能借助創意和構思以及文化觀念，創作出符合材料質地特點的優秀作品。陳禮忠在創作中就樹立了這種價值理念，即去除對石材的迷信，在他眼裡遍地都是壽山石，壽山上的石頭隨便哪一塊都可以在他的手中點化為藝術珍品。的確，真正有創造力的藝術家，不應當過於依賴材料本身，就像攝影師不能過於依賴攝影對象一樣。基於這樣的藝術理念，陳禮忠將許多質地普通、粗糙的石材雕刻成栩栩如生的藝術精品，充分體現了主體的創造力和獨特審美感悟。作為壽山石雕刻藝術家，他的藝術追求和抱負還不僅限於此，他的理想是要以普通壽山石為載體，為中國壽山石雕史增添時代精品，為這個領域的可持續發展作出不懈的努力。

　　陳禮忠這種藝術理念的形成，與他對藝術的熱情與膜拜，以及追求藝術的至高境界分不開。這種追求貫穿在他從年輕到中年的整個過程之中，也將體現在日後的藝術探索之中。早在多年前，作為民間藝人出身的陳禮忠，雖然由於心靈手巧，勤奮好學，掌握了壽山石雕刻的嫻熟技藝，完全能夠憑藉自己的石雕手藝過上優裕的生活。但他深知自身藝術積累和文化修養的不足，在雕刻技藝獲得他的師父中國工

藝美術大師馮久和先生賞識的同時，並未因此而滿足，他主動進行系統專業學習，多方開拓視野，提升理論修養——研究姐妹藝術，如國畫、油畫等，學習和吸收姐妹藝術的精華，不斷探索各個行業的藝術語言；深入鄉村荒野，悉心觀察自然萬物，向大自然學習，從自然中獲取創作靈感；拓展藝術視野，多次赴歐洲觀摩考察世界頂級石雕藝術，深刻感受那些由普通大理石、漢白玉石雕琢而成的藝術精品，體味其中所蘊含的濃厚人文情懷。在自然與藝術的涵養下，陳禮忠的藝術視野與觀念發生了深刻變化，他的「石無貴賤」藝術理念的形成，便是在考察羅浮宮中那些藝術珍品之後逐步確立的，並由此影響了他創作方向的重要轉變。

然而，這種轉變所帶來的更為重要的變化，在於陳禮忠藝術境界和思想境界的提升。如果說許多年前當他第一次看到著名的美國雕刻家愛德華・波姆的《天鵝》作品時，曾嚮往有朝一日也能創作出這樣的藝術精品，那種願望還屬於年輕人樸實的藝術渴求的話，那麼，在獲得中國工藝美術大師榮譽的今天，陳禮忠更是自覺地將創造世界一流的作品作為他的藝術追求。而他的思想境界則是從對藝術思考的昇華而來的。在深入考察作為藝術生存環境的歷史與文化背景中、在不斷探尋藝術精神與人文精神關係的思考中，陳禮忠逐漸把目光投向更為闊大和深遠的思想領域。他將對藝術的思考上升為文化的思考、民族精神的思考。在他看來，藝術家應當崇尚自然與科學，以自然之力、科學之力作為藝術的支撐。「審美意識可以反映一個國家的強與弱，如果我們還是停留在封建的那種觀念體系裡面，我們的民族是沒有希望的，必將重蹈鴉片戰爭的覆轍，這是我們必須引以為戒的。文化是民族的血液，血液是古老的，怎麼能煥發出青春呢？怎麼能煥發出生命呢？」對此，陳禮忠認為，藝術家要向自然學習，汲取一切人類優秀文明養分，表現和傳遞富有人文情趣的東西，同時體現源於大自然的荒寒野性與雄強霸悍的精神氣質。

　　這就是為什麼陳禮忠如此獨鍾於矯健雄悍的蒼鷹、如此青睞於荒寒孤傲的殘荷的深層動因。其中所顯現的，不僅是一個藝術家對富有力度的美學境界的執著追求，更是一個藝術家在藝術領域中所傳遞出的宏大思想境界。

作者簡介

管　寧

　　江蘇蘇州人。福建社會科學院《福建論壇》雜誌社執行總編輯、教授、博士生導師。中國文化創意產業研究會副會長、福建省文化產業學會會長、國務院政府特殊津貼專家、福建省文化名家。

本書簡介

　　伴隨世紀之交中國經濟社會發生的深刻變革，文學創作在表現手法、藝術追求和審美風格上也展現出全新的風貌。把脈世紀之交文學、消費社會與大眾傳播之間的關係，透視消費文化背景下文學審美特徵的變遷，是透視當代中國文學的重要視角；在經濟社會快速發展、文化需求日益增長的時代背景下，傳統文化如何進入當代生產、生活空間，如何借助現代創意設計發掘利用深厚文化資源，成為當今文化及文化產業發展的關鍵所在。本書對上述問題進行了視角獨到、見解新穎、闡釋深入的分析探討；既有深刻的理論洞見，又有詳實的實證分析；既有宏觀理論分析，又有微觀案例剖析，是一部理論與實踐有機融合的學術論著。

福建師範大學文學院百年學術論叢·第六輯 1702F08

文藝創新與文化視域

作　　者	管　寧
總 策 畫	鄭家建　李建華

發 行 人　林慶彰

總 經 理　梁錦興

總 編 輯　張晏瑞

編 輯 所　萬卷樓圖書股份有限公司

　　　　　臺北市羅斯福路二段 41 號 6 樓之 3

　　　　　電話 (02)23216565

　　　　　傳真 (02)23218698

發 　 行　萬卷樓圖書股份有限公司

　　　　　臺北市羅斯福路二段 41 號 6 樓之 3

　　　　　電話 (02)23216565

　　　　　傳真 (02)23218698

　　　　　電郵 SERVICE@WANJUAN.COM.TW

香港經銷　香港聯合書刊物流有限公司

　　　　　電話 (852)21502100

　　　　　傳真 (852)23560735

ISBN 978-986-478-400-4

2020 年 6 月初版

定價：新臺幣 600 元

如何購買本書：

1. 劃撥購書，請透過以下郵政劃撥帳號：

　　帳號：15624015

　　戶名：萬卷樓圖書股份有限公司

2. 轉帳購書，請透過以下帳戶

　　合作金庫銀行　古亭分行

　　戶名：萬卷樓圖書股份有限公司

　　帳號：0877717092596

3. 網路購書，請透過萬卷樓網站

　　網址 WWW.WANJUAN.COM.TW

大量購書，請直接聯繫我們，將有專人為您服務。客服：(02)23216565 分機 610

國家圖書館出版品預行編目資料

文藝創新與文化視域 / 管寧著. -- 初版. -- 臺北市：萬卷樓, 2020.06

　面；　公分. -- (福建師範大學文學院百年學術論叢. 第六輯；1702F08)

ISBN 978-986-478-400-4(平裝). --

1.中國文學 2.文學評論

　　　820.7　　　　　109015593